내가 좋아하는 한시

내가 좋아하는 한시漢詩

시와 삶이 하나로 만나다

민병수·김성언 외 지음

태학사

내
가
좋
아
하
는
한
시

'내가 좋아하는 한시漢詩'는 어떤 것일까, 스스로 물어보고 싶을 때가 있다. 여러 사람이 함께 좋아할 수 있는 것이면 더욱 좋을 것이라 생각해보기도 한다. 그러나 이것도 쉬운 일이 아니다. 읽다 말고 무릎을 탁 치며 좋아할 만큼 신바람 나게 하는 한시가 있는가 하면, 마음속 깊은 곳을 감동케 하여 혼자 머리를 끄덕이게 하는 한시도 있다.

그래서 한시는 '가슴으로 쓰는 시'라 하기도 하고, 이와 반대로 '머리로 쓰는 시'라 하기도 한다. 이것들은 물론 한 시대에 풍미한 시단詩壇의 습상習尙을 두고 하는 말이어서 우리는 앞의 것을 당풍唐風의 시, 뒤의 것을 송풍宋風의 시라 부르는 데 익숙하다.

그러나 신바람으로 쓰는 시에는 몰개성이라는 흠이 생길 우려가 있을 뿐만 아니라, 시인과 독자가 느낌을 같이하는 것도 쉬운 일이 아니다. 그래서 평소의 온축蘊蓄이 없는 범용凡庸으로는 당시唐詩의 멋 부리는 일은 엄두를 내기 어렵다.

그런가 하면 후자의 경우에는, 배우고 닦으면 좋은 시를 쓰는 데 도움은 될 수 있지만, 산골짜기에 흐르는 시냇물처럼 깊은 곳에 감춰진 속뜻을 알아차릴 수 없게 할 때 난삽한 시로 떨어지기 일쑤다.

그러나 "논시論詩나 선시選詩가 작시作詩보다 더 어렵다"는 옛말은 지금의 우리에게 특히 유효하다. 작시의 경지에도 입문하지 못한 지금의 우리가 좋은 한시를 스스로 찾아내는 일은 결코 쉬운 것이 아니기 때문이다. 따라서 직접 생활 속에서 시를 즐기며 한시를 생산한 시대의 선발책자選拔冊子 속에서 좋은 시를 찾는 일부터 시작해야 할 것이다. 길거리에 버려진 돌무더기를 보옥寶玉으로 잘못 알고 그 앞에 엎드려 큰절한다면, 옥석玉石을 구별하지 못하는 어리석음이 범한 욕됨을 어떻게 감당할 것인가 걱정되어 하는 소리다.

자연은 시인의 좋은 친구다. 그림처럼 먼 곳에 있을 때는 훌륭한 감상의 대상으로도 좋고, 직접 삶의 터전으로 끌어들일 때는 시인과 자연이 하나가 될 수 있어서 좋다. 현실의 벽이 너무 높아 도피하고플 때, 가장 가까운 길동무가 되어주는 것이 자연이기도 하다.

끈끈한 정을 함께 나누고 유별난 감동을 던져주는 시는 대체로 후자에서 찾아질 때가 많다. 고려 시대를 대표하는 시인인 김극기金克己(?~1209)의 〈고원역高原驛〉은 다음과 같다.

백 년 인생 어느덧 오십에 가까운데	百歲浮生逼五旬
기구한 세상살이 잘되는 일이 없네.	奇區世路少通津
3년 동안 서울 떠나 무슨 일 이루었나?	三年去國成何事
만 리에서 돌아오는데 다만 이 몸뿐이네.	萬里歸家只此身
숲 속의 새는 정이 있어 나그네 보고 지저귀고	林鳥有情啼向客
들꽃은 말없이 웃으며 나를 붙잡네.	野花無語笑留人
가는 곳마다 시마가 사람을 괴롭히니	詩魔觸處來相惱
곤궁하고 시름겨움 없이도 고생스럽기만 하다네.	不待窮愁已苦辛

시인 자신이 스스로 시인임을 선언한 보기 드문 작품이다. 여말麗末에 편찬된 《삼한시귀감三韓詩龜鑑》에 김극기의 시가 가장 많이 뽑혀 있는 것을 보면, 그는 고려 일대一代를 통해 대표적인 시인임에 틀림없다. 어떤 사정으로 3년 동안이나 북변北邊에 가 있었는지 알 수 없지만, 체념과 달관이 섞인 여유를 보이고 있는 것이 이 작품의 겉모습이다.

그러나 비감悲感의 시인을 맞이하는 숲 속의 새, 들에 널려 있는 꽃 모두가 삶의 길동무가 되어주고, 가는 곳마다 시를 짓지 않고서는 배길 수 없게 하는 시마詩魔 때문에 가난하고 시름겨울 때보다 더 힘들고 고통스럽다고 호소하는 데 이르러서는 더 이상 칭찬할 말을 꺼낼 수가 없다.

"시마촉처詩魔觸處"는 평측平仄 때문에 "촉처시마觸處詩魔"를 자리 바꿈한 것이며, "신고辛苦"를 "고신苦辛"이라 한 것은 '신辛'을 운자韻字로 쓰기 위한 것이다.

정情을 풀어내는 작자의 솜씨는 여기에서 그치지 아니한다. 얼마나 곱고 아름다운 것이 있는지 다음에서 확인할 필요가 있다. 〈전가사시田家四時〉의 명구들이다.

비 오라고 비둘기는 지붕 위에 날아들고	喚雨鳩飛屋
진흙 물고 제비들이 대들보에 찾아드네.	含泥鷰入樑 (春)

새끼들 먹이느라 꿩은 여위고	雉爲哺雛瘦
고치를 만들 때 누에는 살찌네.	蠶臨成繭肥 (夏)

목동의 피리 소리 저녁연기 뚫고 가고	牧笛穿烟去
나무꾼 노랫소리 달빛 안고 돌아오네.	樵歌帶月還 (秋)

널판자 처마는 눈에 눌리는 것 걱정하고   板簷愁雪壓
사립문은 바람 소리 윙윙대는 것 싫어하네.   荊戶厭風號 (冬)

김극기가 읽는 이의 마음을 사로잡는 데도 명수임을 알게 해주는 명구들이다.

여말의 운석韻釋 원감 국사圓鑑國師 충지冲止(1226~1292)는 승속僧俗 양쪽을 드나들며 문인시文人詩의 수준으로도 손색없는 가품佳品을 남겼다. 다음은 대표작 〈한중잡영閑中雜詠〉이다.

주렴 걷어 올려 산 빛 끌어들이고   捲箔引山色
대통으로 물 받아 산골 물소리 나누어 갖는다.   連筒分澗聲
아침 내내 찾아오는 사람 적은데   終朝少人到
두견이는 스스로 제 이름 부르네.   杜宇自呼名

승속 어느 쪽에도 빠져들지 아니하고, 있는 그대로 한가할 뿐이다. 산은 그대로 두고 "산 빛"만 끌어들이고 물은 물대로 두고 "물소리"만 듣는다고 한 한가로움은 문인시의 세계에서는 상도想到하기 어려운 경지임에 틀림없다. 그런가 하면 아침 내내 울어대는 두견이는 제 이름만 불러, 사물은 스스로 제가 가지고 있는 것만으로 살아간다는 만유萬有의 이치를 깨우쳐준다. 산과 물, 두견이와 작자 자신까지도 모두 있는 그대로지만, 가장 가까운 거리에서 한가하게 하나가 되어주고 있다.

오언절구에는 대우對偶의 구속이 없지만, 작자는 안짝(제1·2구)에서 훌륭하게 구대句對를 이루어내고 있으며 세 번째 글자인 '인引'과 '분分'을 동사로 배치한 솜씨는 시안詩眼이 바로 이런 것임을 확실하게 가르쳐준다. 특히 '分'이라는 한 글자로, 말로는 나타내기 어려운 경지를 탁 트이게 보여준 솜씨가 절묘하다.

다음은 충지의 시가 승속불격僧俗不隔임을 알게 하는 게송偈頌이다.

지나온 나이 예순일곱,	閱過行年六十七
오늘 아침에 이르러 모든 것이 끝났네.	及到今朝萬事畢
고향으로 돌아가는 길 평탄하고	故鄕歸路坦然平
길머리가 분명하니 실수가 없으렷다.	路頭分明曾未失
수중에는 겨우 지팡이 하나뿐이지만	手中纔有一枝筇
도중에 다리 아플 일 없어 기쁘기만 하구나.	且喜途中脚不倦

얼핏 보면 집 떠난 나그네가 고향으로 돌아가며 읊조린 시 같지만 이는 충지의 나이 예순일곱, 속세와의 인연이 다했을 때 머리 감고 옷을 갈아입은 후 마지막으로 남긴 임종게臨終偈다. 평범하지만, 빈손으로 왔다가 빈손으로 돌아가는 불승佛僧의 법리法理가 이 속에 담겨 있다.

김시습金時習(1435~1493)처럼 시 말고는 따로 할 일이 없어 시를 위하여 시를 쓴 방랑시인에게 자연은 더더욱 특별한 의미를 붙여줌 직하다. 〈도점陶店〉부터 보기로 한다.

아이는 잠자리 잡고 늙은이는 울타리 고치는데	兒打蜻蜓翁掇籬
작은 시내 봄물에는 물새가 멱을 감는다.	小溪春水浴鸕鶿
청산 오르기 다했는데도 돌아갈 길은 멀어	靑山斷處歸程遠
등나무 한 가지를 비스듬히 메고 가네.	橫擔烏藤一介枝

푸른 산길이 다 끝났는데도 아직 갈 길이 멀어, 여태 신세를 진 지팡이도 들고 가기 힘들어 짊어지고 간다는 것이 이 시의 핵심이다. 산길

을 오르느라 까만 등나무 한 가지를 꺾어 지팡이로 썼지만, 산길이 다하고 나니 이것도 짐스러워 이제는 짊어지고 갈 판이다. 먼 길 가다가 지치면 여태껏 신세를 진 지팡이조차 힘에 겨워 두 팔을 뒤로 젖혀 지고 가야만 하는 체험적인 길손의 모습을 즉흥적으로 읊어낸 것이다.

글재주가 아무리 뛰어나다 하더라도 앉아서 그려낼 수 있는 그런 경지의 것이 아니다. 세속의 땟물이 완전히 걸러진 김시습만의 것이다. 그래서 김시습에게 자연은 있는 그대로의 것이 아니라 때로는 현실 대결의 공간이 되며, 때로는 시인 스스로 자연의 일부가 되기도 한다.

다음은 길 위에서 살다가 길 위에서 삶을 끝낸 김시습의 〈도중途中〉이다.

맥국에 처음으로 눈이 날리니	貊國初飛雪
이곳 춘천 땅에도 나뭇잎이 듬성해졌네.	春城木葉疏
가을 깊어 마을에는 술이 있는데	秋深村有酒
손님 노릇 오래하니 밥상에 고기가 없네.	客久食無魚
산이 멀어 하늘은 들에 드리우고	山遠天垂野
강이 머니 대지는 허공에 붙었다.	江遙地接虛
외로운 기러기도 지는 해 밖으로 날아가니	孤鴻落日外
타고 가던 말조차 갈 곳 몰라 머뭇거린다.	征馬政躊躇

늦가을 수확이 끝나 술을 담그고 휴식을 준비하는 마을 사람과, 여전히 유리걸식流離乞食하는 나그네의 모습이 대비적으로 그려져 있는 부분이 함련頷聯이다.

유리표박流離漂迫하는 길손에게 자연은 무한대로 열려 있는 공간이다. 그러나 외로운 기러기도 지는 해 밖으로 사라질 때, 타고 가던 말도

김홍도, 〈마상청앵도馬上聽鶯圖〉, 18세기, 종이에 담채, 117.2×52cm, 간송미술관.   >

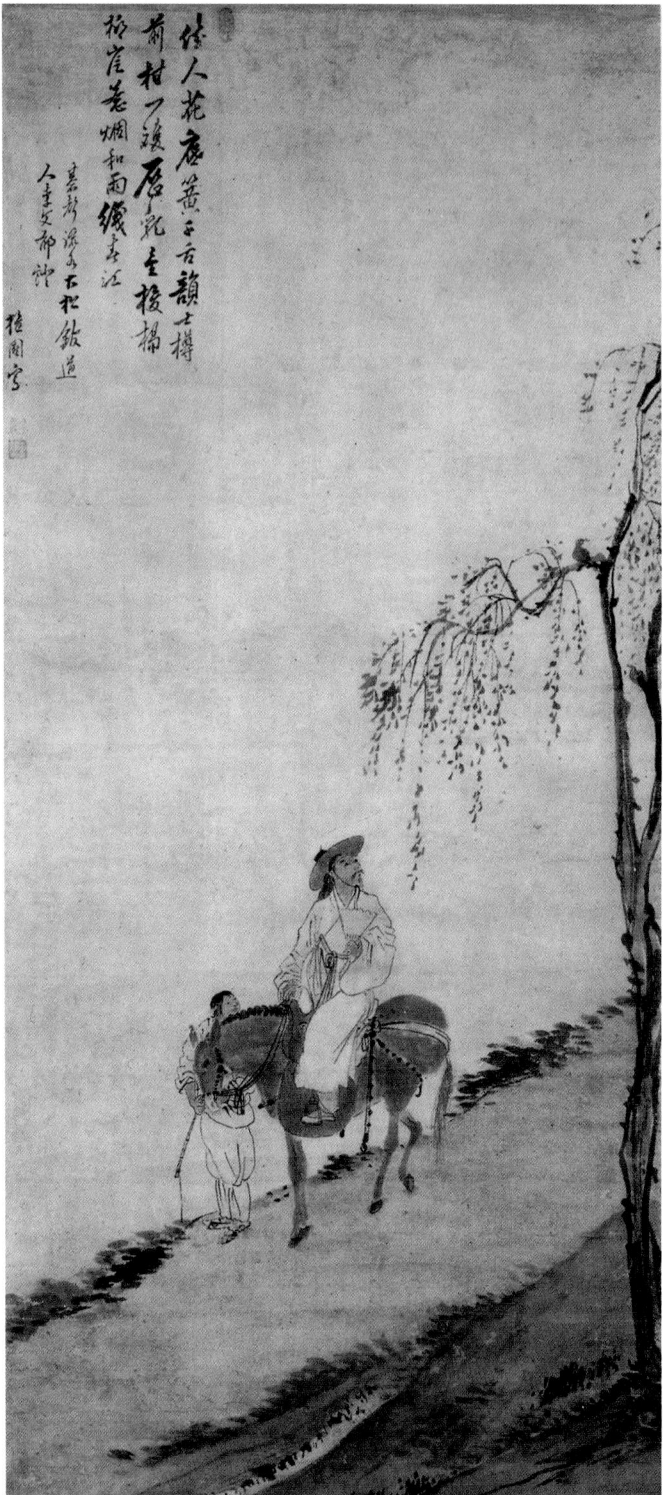

어디로 가야 할지 갈 곳 몰라 머뭇거리는 처지가 된 유랑시인에게 자연은 문자 그대로 풍찬노숙風餐露宿이 기다리고 있는 가까운 길동무요, 인생행로의 동반자다. 하늘을 지붕으로 삼고 떠돌아다니는 길손에게 말을 타고 다니는 일은 가당치도 않거니와 머뭇거리는 "정마征馬", 즉 타고 가는 말은 바로 작자 김시습이다.

이배移配 때의 중복 기간을 제외하고 정확하게 21년의 귀양살이에서 살아남은 노수신盧守愼(1515~1590)에게 자연은 해배解配를 기다리는 인고忍苦의 공간이요, 명시名詩를 제작한 작시의 산실이며 살아서 돌아가야 하는 현실 대결의 장이다. 그의 〈십육야감탄十六夜感歎〉은 생사의 기로에서 현실과 맞대결을 벌이는 처절의 극치를 보여준다.

8월이라 물결 소리도 크고	八月潮聲大
한밤중에는 계수나무 그림자도 성기네.	三更桂影疏
잠자리에서 놀란 도깨비는 안절부절못하고	驚棲無定魃
나무에서 떨어진 다람쥐는 이리저리 분주하네.	失木有奔鼯
세상만사는 가을바람에 나뭇잎 떨어지듯 하고	萬事秋風落
외로운 마음은 흰머리 빗질하듯 하네.	孤懷白髮梳
멀리서 우러러 바라보는 것은 고된 일이 아니지만	瞻望匪行役
죽고 사는 것은 한순간에 있다네.	生死在須臾

작자가 남황南荒에 귀양 간 지 19년이 되던 1565년(명종 20) 8월 16일에 쓴 것이다. 8월이라 하여 유별나게 물결 소리가 높을 리 없지만, 4월에 명종明宗의 생모 문정 왕후文定王后가 죽은 뒤 을사乙巳 원흉 윤원형尹元衡이 전리田里에 방축放逐되던 때가 바로 이때다. 전편全篇이 부정적인 시어로 가득 차 있지만, 감동과 차탄嗟嘆으로 작자의 처지를

대변하고 있는 것인지도 모른다.

생사가 한순간에 있음에도 "멀리서 우러러 바라보는 것은 고된 일이 아니"라며 자위하고 있는 것은 작자의 삶과 위인爲人을 함께 말하고 있는 것으로, 이 작품을 일품逸品으로 만들어낸 핵심 부분이다.

함련은 의미상으로 "경서망무정驚棲魍無定, 실목오유분失木鼯有奔"이라 해야 할 것을, 불안한 삶을 강조하기 위하여 "경서무정망驚棲無定魍, 실목유분오失木有奔鼯"로, 수식어와 피수식어 사이에 서술어를 넣어 동적인 미감을 살려냄으로써 호방豪放한 기세를 뽐내고 있다. 대우對偶를 고려한 솜씨도 물론 탁월하다.

그런가 하면 두보杜甫가 〈추흥秋興〉 제8수에서 과시한 "앵무가 쪼아 먹던 향기로운 벼 남아 있고, 봉황이 머물던 벽오동 가지 늙었네(香稻啄殘鸚鵡粒, 碧梧棲老鳳凰枝)"를 다시 보게 하는 듯하여 두보를 배운 흔적을 감추지 못하고 있는 모습이다.

민병수閔丙秀
서울대학교 국어국문학과 명예교수. 시대를 대표하는 한시 작가들과 당대의 명편을 발굴하고 소개하는 동시에 한국 한시의 미학과 역사를 체계적으로 논구하여 한국 한시 연구의 기틀을 마련하였다. 지은 책으로 《한국한시대표작평설》, 《한국한문대표작평설》, 《한국한문학개론》, 《한국한시사》, 《한국한시대강》(전 2권) 등이 있다.

차례

조그마한 매화꽃 지고 버들은 춤추며 드리웠는데
한가로이 푸른 산기운 밟노라니 걸음은 더디어라.
고기잡이 집은 문을 닫았고 사람 소리 적은데
온 강에 내리는 봄비가 실실이 푸르구나.

小梅零落柳僛垂
閑踏靑嵐步步遲
漁店閉門人語少
一江春雨碧絲絲
• 진화陳薄、〈들을 거닐며(野步)〉

1부

이방운, 〈7월〉 부분, 국립중앙박물관.

걸어도 멈추어도 모두 다 한가로워라

1980년을 전후하여 울산대학교에 근무하던 시절이 있었다. 그 당시 울산은 인구 30만 정도의 신흥 공업 도시로 외진 곳이었다. 서울에서의 교통수단 또한 다섯 시간 걸려 오가는 고속버스 외에는 달리 마땅한 것이 없었다.

승용차를 이용하는 사람들은 좀 특별한 사람들이었고, 서울과 울산 간의 항공 편도 생기기 전이었다. 서울과 경주를 다니는 새마을 열차가 있었으나, 경주에서 울산까지 완행으로 바꿔 타야 하는 불편함이 있었고 시간도 꽤 많이 걸렸다.

서울에 연고를 두고 있던 나로서는 이런저런 일로 나들이가 잦았고, 고속버스를 이용하여 경부고속도로를 자주 오가게 되었다. 지금도 그런지 모르겠으나 서울과 울산을 다니는 고속버스는 중간에 두 번 휴게소에 들렀는데, 꼭 들르는 곳이 바로 금강휴게소였다. 내 짐작이기는 하지만, 아마 고속버스 기사나 안내양(당시에는 안내양이 있어 더러 손님들에게 사탕을 나누어주기도 했다)에게도 금강휴게소에서 내려다보는 강가의 풍광이 너무나 아름다웠기 때문일 것이다.

내가 좋아하는 한시

금강휴게소에서 머무는 15분 남짓한 시간은 다섯 시간 동안 버스를 타야 하는 지루함과 괴로움을 상쇄하고도 남을 만큼 행복한 순간이었다. 그곳에서 대하는 금강의 풍광은 언제나 좋았다. 강을 내려다보면 산색이 그대로 그림자 져서, 산과 강과 하늘이 온통 푸른빛 일색이었다. 때로 푸른 산을 배경으로 백로白鷺가 산허리를 가로질러 날기라도 하면 말 그대로 한 폭의 산수화였다.

지형적 여건 때문인지 몰라도 금강휴게소에는 비가 내리는 때가 많았다. 그럴 때면 절로 고려 중기 시인인 진화陳澕의 "온 강에 내리는 봄비가 실실이 푸르구나(一江春雨碧絲絲)"라는 시구가 실감 나게 떠오르곤 하였다.

차 한 잔 마실 정도에 불과한 시간이었지만, 그때 마주한 금강의 풍광은 한시의 세계이기도 하고 산수화의 세계이기도 하였다. 자연의 한가로움 속으로 침잠할 수 있었던 그 순간, 어머니 같은 편안함과 헤아릴 수 없는 기쁨이 마음속에 피어오르곤 했다.

고려 시대 최고의 시

조선 시대의 문인文人들은 고려의 시가 조선의 시보다 낫다고 하였다. 혹자는 고려 5백 년 동안의 시에서 단 한 수를 꼽으라고 한다면 진화의 〈들을 거닐며(野步)〉를 꼽겠다고 하였다. 그렇다면 진화의 시가 지닌 매력은 무엇이며, 그 매력은 과연 어디에서 비롯하는 것일까?

조그마한 매화꽃 지고 버들은 춤추며 드리웠는데
한가로이 푸른 산기운 밟노라니 걸음은 더디어라.
고기잡이 집은 문을 닫았고 사람 소리 적은데

온 강에 내리는 봄비가 실실이 푸르구나.

小梅零落柳僛垂　　閑踏靑嵐步步遲

漁店閉門人語少　　一江春雨碧絲絲

조그마한 매화꽃이 지고 버들가지가 하늘거리며 춤춘다. 겨우내 움
츠렸다가 봄기운에 흥을 되찾은 시인이 푸른 들을 한가로이 거닌다.

어느덧 저녁 무렵이 되어간다. 저녁나절 들판에 피어오르는 푸르스
름한 이내를 보며, 봄날을 맞은 흥 때문에 발걸음이 더디기만 하다.

흥에 겨워 이리저리 들판을 거닐던 시인은 어느덧 강가에 이른다.
더러 고기를 팔기도 하는 어부의 집은 문이 닫혀 있다. 인적이 전혀 없
이 적막한 것은 아니다. 어디선가 어렴풋이 사람의 말소리가 이따금씩
들려오기 때문이다. 이 모든 것이 한적하기 짝이 없다.

강을 내려다본다. 강 양쪽으로 산이 푸르다. 들판도 푸르다. 저물녘
푸른 이내도 그에 어울린다. 강물에 산이 비치니 강물도 푸르다. 온통
푸른빛이다.

아, 그런데 비가 내린다. 옷이 젖는 줄도 모를 정도의 가느다란 이슬
비가 강물에 내리고 있다. 사람들의 입에 오르내리는 시구 가운데 "연
못을 보고야 이슬비를 알고, 나뭇가지 끝을 보고야 산들바람을 아네
(細雨池中看, 微風木末知)"라는 것이 있다. 빗줄기가 너무 가늘어 알아
채지 못하고 있다가 방울지는 연못 수면을 보고서야 비로소 비가 내리
는 것을 알았다는 뜻이다.

이슬비에 젖는 줄도 모르고 강변의 풍광을 바라보던 시인은 뒤늦게
비가 내리고 있음을 깨닫는다. 다시 눈여겨보니 그제야 실같이 가는
빗줄기가 보인다. 그런데 들이 푸르고 산이 푸르고 산이 비친 강물도
푸르니 그 가운데 내리는 빗줄기도 푸르다.

이 시에 보이는 한가로운 흥취는 자연스러움 그 자체이다. 인위의 흔적이라고는 털끝만큼도 없다. 이러한 한가로움은 한시만이 만들어 낼 수 있는 미학이다. 일상과 인위에서 벗어난 자연, 그 속에 어울릴 수 있는 한가로움은 인간에게 무한한 희열과 편안함을 선사한다.

이처럼 한가로운 정경을 한시에서는 자주 대할 수 있다. 고려를 대표하는 또 다른 시인인 이규보李奎報(1168~1241)는 비교적 분주한 삶을 살았다. 그러나 그에게도 절로 무릎을 치게 만드는 한가로운 정경을 그려낸 〈여름날(夏日)〉과 같은 시가 보인다.

> 가벼운 적삼에 대자리 펴고 바람 부는 창가에 누웠는데
> 꿈에서 깨어보니 두세 마리 꾀꼬리 소리.
> 우거진 잎사귀 가린 채 꽃은 철 지나도 남아 있고
> 엷은 구름 터진 새로 비치는 햇살이 빗속에 환하구나.
> 輕衫小簟臥風櫺　夢斷啼鶯三兩聲
> 密葉翳花春後在　薄雲漏日雨中明

진화의 〈들을 거닐며〉와 이규보의 〈여름날〉은, 정황과 경물을 산만하게 따라가다가 마지막 구절에 이르러 시 전체를 지배하는 선명한 인상으로 한가로운 정취를 구체화하였다는 점에서 비슷하다.

진화의 시는 매화꽃 지고 버들가지가 춤을 추는 들판, 강가의 한적한 고기잡이 집 등으로 구성되는 정경에, 강에 내리는 봄비가 더해짐으로써 시의 정취가 완성된다. 이규보의 시는 가벼운 옷, 바람 시원한 대자리, 낮잠에서 깨어나 듣는 꾀꼬리 소리, 잎사귀 사이에 숨은 철 지난 꽃 등으로 구성되는 정경에 엷은 구름 사이로 내리는 빗줄기와 환히 비치는 햇살이 더해져 그 정취가 완성된다.

한 폭의 그림 같은 정취를 보여준다는 점, 시에 열거된 소재들이 '한 가한 정취'라는 구심점을 향한다는 점에서 두 시는 매우 닮았다. 허균 許筠은 《성수시화惺叟詩話》에서 진화와 이규보의 시를 모두 "매우 맑 다(甚淸)"고 평하였는데, 이는 한가한 정취를 표현하는 선명한 인상을 향하여 시의 소재들이 선택되고 정리되었다는 공통점을 가리킨 것이 라고 할 수 있다.

여기서 한 가지 주목할 점은, 진화의 시를 이루고 있는 소재가 봄철 의 들판이라면 누구나 보고 느끼고 상상할 수 있는 평범한 것들인 데 비하여, 이규보 시의 경우에는 잎사귀 사이에 숨은 듯 피어 있는 철 지 난 꽃, 여우비가 내리는 가운데 구름 사이로 비치는 햇살 등에서 볼 수 있듯이, 순간을 놓치지 아니한 섬세한 관찰력과 그에 의한 재치 있는 포착이 두드러졌다는 것이다. 즉, 소재의 선택만을 놓고 볼 때, 재치가 돋보이는 이규보의 시와 달리, 진화의 시는 일상적이고 일반적인 소재 를 나열한 것뿐이어서 매우 평범하다고 할 수 있다. 이러한 특징은 다 른 시인과 구별되는 진화만의 개성이기도 하다.

뜻으로 쓴 시, 말로 쓴 시

일반적이고 평범한 성격을 넘어서서 무한한 흥취를 느낄 수 있게 하 는 진화 시의 개성은 어디에서 연유하는 것일까? 그것은 의경意境 설 정의 견고함에서 비롯한다고 말할 수 있다. 진화 시의 이러한 특징을 좀 더 알아보기 위해, 〈봄날 김수재에게 화답함(春日和金秀才)〉을 본다.

　나무 가득한 봄꽃에 이슬이 빛나고
　문에 비친 늘어진 버들 갈까마귀 감출 만하네.

정선鄭歚, 〈인곡유거도仁谷幽居圖〉, 1740~1741년, 종이에 담채, 27.5×27.3cm, 간송미술관.

시 짓는 일도 참된 흥에는 방해만 될 뿐이니
봄바람에 쓸리는 낙화를 한가로이 바라볼 뿐이네.

滿樹春紅泣露華　暎門垂柳欲藏鴉
作詩亦是妨眞興　閑看東風掃落花

　조선 시대의 뛰어난 비평가인 이수광李睟光은 이 시를 두고, "시가 매우 맑고 곱다(詩甚淸麗)"고 평하였다. 이슬을 머금은 꽃, 늘어진 버들가지, 봄바람에 쓸리는 낙화 등의 경물이 종합되어 느껴지는 정취가 바로 진화가 표현하고자 한 요체이다. 즉, 꽃·버들·낙화가 어우러진 정경으로 이미 설의設意가 완성되었고, 한가롭고 아름다운 봄의 정취를 만끽하는 것만으로도 이미 시심詩心이 충족되었다. 따라서 이것을 표현하고자 새삼스럽게 글자를 맞추고 다듬는 것은 번거롭기 그지없는 일이다. 설의로 시는 이미 이루어지며, 이럴 때 시어의 선택과 조합이란 그다지 중요하지 않은 부차적인 것이 되는 셈이다.

　설의를 중시하는 진화의 입장은 자연을 묘사하는 태도에도 반영된다. 진화는 자연을 통찰하되 그 세세한 부분은 신경을 쓰지 아니한다. 시 전체의 인상이 선명하게 드러나도록 시의 각 부분을 배치하지만, 여기에 예리한 세부적 통찰은 보이지 않는다.

　진화의 시에는 담담히 바라보는 평범한 자연 경물이 담겨 있을 뿐, 인위의 흔적이라곤 없다. 진화는 자연물을 하나하나 예의銳意 관찰하여 시를 쓴다기보다는, 그것에서 받은 선명한 인상을 가지고 그 인상을 만족시킬 수 있는 요소를 절제하는 태도로 선택하여 배열한다고 할 수 있다. 그러므로 진화의 시에서는 세부 묘사가 그리 절실하지 않은 것이다.

　고려 후기의 탁월한 비평가인 최자崔滋가 그의 《보한집補閑集》에서 진화의 시와 이규보의 시를 비교하여, "진화의 시는 뜻으로 쓴 것이고 이규보의 시는 말로 쓴 것(陳詩以意, 李詩以言)"이라고 평한 것은 진화 시의 이러한 특성을 잘 지적한 것이다.

또한 진화의 시가 한가로운 흥취를 성공적으로 담아낼 수 있었던 것은, 자연과 교감하는 정감이 시에 언표言表되는 소박한 묘사 이상의 함축적 의미를 담을 수 있다는 점에서도 기인한다고 할 수 있다. 일상적이고 평범한 시어를 아무 의도 없이 자연스럽게 나열하고 있는 것처럼 보이지만, 언표의 뒤편에 흥취의 의미 세계가 함축되어 있는 것이다.

떨어진 꽃이 한 치나 쌓였다고?

다음은 진화의 또 다른 대표작인 〈늦은 봄날 산사에서(春晩題山寺)〉이다. 이 시 또한 칠언절구이니, 장편에 재주를 보인 이규보 같은 이들과 달리 진화는 짧은 시에 능했음을 알 수 있다.

비 온 뒤 마당에는 소복하게 이끼 돋고
인적 고요한데 두 짝 사립문은 낮에도 닫혀 있네.
푸른 섬돌에 떨어진 꽃은 한 치나 쌓여
봄바람에 날아갔다가 또 날아온다네.
雨餘庭院簇莓苔　　人靜雙扉晝不開
碧砌落花深一寸　　東風吹去又吹來

진화는 이 시를 두고 스스로도 "노련한 문인의 시어(老儒語)"라고 자부하였다고 한다. 어쨌든 이 시는 〈들을 거닐며〉와 함께 진화의 시적 성취를 대표하는 작품 중의 하나라고 할 수 있다.

고려 후기의 시인인 김태현金台鉉은 이 시에 나타난 묘사가 너무나도 간결하고 담담하니, 진화의 시에 대해 "맑음으로써 주를 삼았다(以淸爲主)"고 평하는 말이 적실하다고 하였다.

이 시의 뛰어난 점은 일차적으로 산사山寺의 정경을 객관적이고 구체적으로 묘사한 언표에서 찾을 수 있다. 그러나 이 시의 실제 묘미는 한가함과 여유로움 속에 시인과 자연이 물아일체物我一體를 이루어내는 내면의 공간을 함축하였다는 데 있다. 감각적 묘사의 우수성보다는 그것을 초월한 저 너머 어딘가를 지향했다는 점이 더욱 뛰어나다고 할 수 있는 것이다.

이 시 속에서 시인의 모습은 자연 속에 숨어서 드러나지 아니하며, 시적 자아는 자연과 합일되어 있다. '맑음으로써 주를 삼으려는' 정신이, 간명하게 선택되고 감각적으로 배열된 시적 소재들과 완벽에 가까운 조화를 이루어내고 있는 것이다.

그런데 후대의 비평가들 가운데 일부는, '낙화가 한 치 깊이나 쌓였다'고 한 표현이 지나친 과장으로 실제와 맞지 않는다고 비판하였다. 이러한 비판에 대해 찬반이 엇갈렸으나, 진화의 작시作詩 태도에서 보면 이는 아무런 문제가 되지 않는다.

진화가 관심을 둔 것은 꽃 더미의 정확한 깊이가 아니라 낙화가 '많이' 쌓였다는 사실 그 자체이다. 땅에 한번 떨어졌으면 그것으로 족한 것을, 또다시 바람에 이리저리 날리는 꽃잎, 그것을 바라봄으로써 일어난 감정과 인식의 변화, 진화가 말하고 싶은 핵심은 바로 이것이다.

이와 같이 진화는 시어의 세세한 표현보다 그 뒤에 담긴 취의趣意에 관심을 두었고, 취의의 중요 부분을 한가로움의 미학에 두었다고 할 수 있다. 서거정徐居正은 《동인시화東人詩話》에서, 이백李白과 소식蘇軾 등 중국 시인의 시구詩句를 선례로 들어 진화의 〈늦은 봄날 산사에서〉에 쓰인 과장된 표현을 옹호하면서, 그 표현이 다소 이치에 벗어나더라도 다만 시인이 의도한 시의詩意를 취하면 되는 것이라고 하였다. 시어 자체보다는 그 뒤에 숨겨진 의취意趣를 파악하는 것이 옳다고 한 서거 정의 주장은 진화의 작시 의도를 잘 파악한 것이라고 할 수 있다.

시 속에 무한한 취의趣意를 담아내는 한가로움의 미학은 인위의 흔 적이 없는 자연스러움을 바탕으로 이루어진다. 진화 시가 보여준 '한 가로움'은 그 속성상 '자연스러움'을 떠나서는 생각할 수 없는 것이다.

억지로는 되지 않는다

한가로움의 자연스러운 속성과 관련하여서는 조선 후기의 문인이 자 명필인 윤순尹淳(1680~1741)의 설명이 명쾌하다. 윤순은 〈차군정 기此君亭記〉라는 글에서 대숲의 정자에 머물면서 한가로움을 누리는 희열과 흥취를 말하였는데, 다음은 그 글의 한 부분이다.

부귀는 절로 부귀한 것이니 부귀하고자 하여 반드시 부귀할 수 있는 것이 아니요, 한가함은 절로 한가함이니 한가하고자 하여 반드 시 한가할 수 있는 것이 아니다. 이에 부귀와 한가함이 모두 자연스 레 얻어지는 것이고 힘써서 구하고 꾀하여 취할 수가 없음을 안다. 〔……〕

내가 한가함을 바라나 얻지 못함이 또한 몇 해이더니 오늘 우연 히 한가함을 얻게 되었으나 또한 꾀하여 취하고 힘써 구한 바가 아 니다. 이른바 자연히 한가함을 얻음이니, 한가하고자 한 자가 반드 시 한가함을 얻는 것이 아니라는 것이 과연 아무렇게나 하는 말이 아니로다.

세상사를 부귀와 한가함에 견주어 그것이 자연스레 얻어지고 이루어지는 것임을 말하고 있다. 현실에 인위를 가하여 억지로 되는 것이 아니고 자연을 따라가야 한다는 것이다. 조선 후기에 유행한 문학론인 천기론天機論은 우주의 조화, 자연의 신비, 인위가 배제된 자연 상태의 진정眞情 등을 추구하였는데, 시작詩作에서 추구하는 자연스러운 한가로움과 일맥상통하는 점이 있다 하겠다.

무한한 흥취를 담을 수 있는 시의 한가로움은 인위가 아닌 자연스러움을 바탕으로 삼아 가능한 것이며, 그러한 시 세계를 평자들은 '맑음'의 풍격으로 규정한 듯하다. 옛사람들이 한시를 통하여 보여준 한가로움은, 바로 인위의 흔적이 없는 자연에서 얻어지는 아름다움이다. 서정抒情으로서의 시가 도달하고자 하는 영원한 지향점이란 바로 이러한 것이 아닐까?

김성기金聖基
충북대학교 국어국문학과 명예교수. 진화, 이제현 등 고려 시대 시인들의 시문학에 대한 논문을 쓰는 것으로 시작하여, 점차 관심의 대상을 조선 시대 시인들로 확대하여왔다. 주로 한 시인의 시 세계와 관련되는 사유의 바탕과 체계의 연관성을 눈여겨보고자 하였으며, 우리나라 시인들이 중국 시를 수용하는 양상에도 관심을 가져왔다.

자연은 말 없는
스승이자 다정한 벗

우리나라를 포함한 동아시아의 한시 속에는 늘 자연이 등장한다. 개인적 관심에 따라 자연을 바라보는 시인의 태도가 조금씩 다르게 나타나기는 하지만, 불완전한 인간 세상에 대비되는 완전한 존재로 자연을 그려내는 경우가 가장 많다.

산과 강은 언제나 그 자리에

우리 한문학의 비조鼻祖라 일컬어지는 최치원崔致遠(857~?)의 〈윤주의 자화사 상방에 올라(登潤州慈和寺上房)〉에서부터 이러한 사실을 확인할 수 있다.

산에 올라 잠시 세상사를 벗어났는데	登臨暫隔路岐塵
흥망을 읊조리자 한이 더욱 새롭네.	吟想興亡恨益新
화각 소리 속에 아침저녁 물결이 일렁이고	畵角聲中朝暮浪
푸른 산 그림자 안에 고금의 인물이 바뀌었네.	靑山影裏古今人

서리가 옥수를 꺾어 꽃은 임자 없는데	霜摧玉樹花無主
바람은 금릉에 따스하여 풀은 절로 봄이라.	風暖金陵草自春
사씨 집안의 경지가 남아 있어서	賴有謝家餘境在
길이 시인의 정신을 맑게 해주네.	長敎詩客爽精神

제목에 보이는 윤주潤州는 지금의 중국 강소성江蘇省 진강현鎭江縣이다. 이곳은 금릉金陵·건업建業·석두石頭·건강建康·경구京口 등으로 이름이 바뀌어왔는데, 삼국 시대 오吳나라 이래 남조南朝의 역대 왕조가 도읍으로 삼아 대대로 번성하였던 도시이다.

그러나 최치원이 찾았던 당唐나라 말에는 이미 과거의 영화를 뒤로하고 적막만이 남아 있는 지방의 작은 도시일 뿐이었다. 윤주의 자화사를 찾은 최치원은 옛 도읍지를 눈 아래 내려다보며 그곳에서 일어난 과거사를 회고하고 있다.

함련領聯에 보이는 화각畵角은 악기 이름이다. 겉에 채화彩畵를 넣은 뿔피리인데, 군중軍中에서 시각을 알리고 사기士氣를 진작하는 데쓰였다. "화각 소리"는 왕조가 교체될 때마다 일어난 전란을 의미한다.

이에 대비되는 "아침저녁 물결"은 전란에 상관없이 언제나 시간을 지키며 들고 나는 조수潮水를 말한다. "푸른 산 그림자"는 시대를 가리지 않고 늘 사람을 품어왔지만, 그 속에서 살아가는 사람들은 예와지금이 너무도 다르다. 시간과 공간을 대응시키면서 무상無常한 인간세상사와 항상恒常된 자연의 이법理法을 대비하고 있다.

경련頸聯도 같은 내용을 말하고 있다. 이곳을 도읍으로 삼은 마지막왕조 진陳나라의 후주后主는 북방 강국인 수隋나라의 위협을 도외시한 채 화려한 궁전을 짓고 궁녀들과 환락을 즐기다가 결국 나라를 망친 인물로 역사에 남아 있다.

후주는 정치에 무능하였으나 예술 쪽으로 뛰어난 자질을 지닌 것으로 유명하다. 후주가 직접 지어 후궁들과 함께 즐긴 작품이 〈옥수후정화玉樹後庭花〉이다. 강남의 호사豪奢를 다하던 궁전의 옥수가 서리를 맞아 다 꺾이고 이를 즐기던 사람들 또한 모두 사라졌지만, 따뜻한 바람이 불어오니 풀이 절로 봄을 알린다고 하였다.

평양 대동강의 부벽루浮碧樓에서 지어진 이색李穡(1328~1396)의 〈부벽루〉에서도 비슷한 시상詩想의 전개를 확인할 수 있다. 최치원의 작품과 달리 우리나라의 역사를 제재로 다루고 있다.

어제 영명사를 지나다가	昨過永明寺
잠시 부벽루에 올랐네.	暫登浮碧樓
성은 비었고 달은 한 조각,	城空月一片
돌은 늙었고 구름은 천 년의 세월.	石老雲千秋
기린마는 가고서 오지 않으니	麟馬去不返
천손은 어느 곳에서 노니는가?	天孫何處遊
난간에 기대어 길게 휘파람 부니	長嘯倚風磴
산은 푸르고 강은 절로 흐르네.	山靑江自流

부벽루와 영명사永明寺는 평양 대동강에 있는 누각과 절의 이름이다. 평양은 고구려의 왕도王都이다. 평양으로 천도한 시기는 20대 왕인 장수왕長壽王 때이므로 고구려의 시조인 동명성왕東明聖王의 유적이 평양에 남아 있을 수 없겠지만, 민간에서는 영명사가 곧 동명성왕의 구제궁九梯宮 터라 믿었다.

천제자天帝子 해모수解牟漱의 아들로 숱한 이적異蹟을 남긴 동명성왕은 기린마麒麟馬를 타고 하늘로 조회朝會를 다녔다고 한다. 동명성왕이 기린마를 얻었다는 기린굴麒麟窟과 말을 타고 하늘로 날아오를 때 디딘 자국을 남겼다는 조천석朝天石이 영명사 안에 있다. 천 년 고도古都 평양의 부벽루에서 동명성왕의 흔적을 발견한 이색은, 지금은 찾을 수 없는 고구려의 옛 기상을 회고하면서, 인간사에 무심한 듯 언제나 변함없이 "산은 푸르고 강은 절로 흐"른다고 하였다.

친구 같은 스승

변화무상變化無常한 인간사에 비해 자연은 항상 같은 자리에서 늘 같은 모습으로 우리를 대한다. 그래서 자연은 인간이 닮고 싶어 하는 덕성을 가진 존재로 자주 묘사되었다.

가장 이른 시기의 작품 가운데 하나인 〈외로운 바위를 노래함(詠孤石)〉에서 그 모습을 확인할 수 있다.

높은 바위 하늘에 곧추 솟았는데	迥石直生空
잔잔한 호수는 사방으로 통하였네.	平湖四望通
바위 뿌리엔 항상 물결이 치고	巖根恒灑浪
나무 끝엔 늘 바람이 부네.	樹杪鎭搖風
물결이 멈추니 도리어 그림자 잠기고	偃流還潰影
노을이 짓쳐드니 돌 머리 붉어지네.	侵霞更上紅
홀로 뭇 봉우리 밖에 우뚝 솟아	獨拔群峰外
외로이 흰 구름 속에 빼어나네.	孤秀白雲中

고구려 때의 승려인 정법사定法師가 자신의 깨끗한 모습을 외로운 바위에 비유한 시이다. 사방이 툭 트여 있는 넓은 호수 가운데에 뿌리

김수철金秀哲, 〈계산적적도溪山寂寂圖〉, 19세기 전반, 종이에 담채, 119×46cm, 국립중앙박물관. 〉

를 내리고 선 높은 바위는, 늘 물결에 씻기고 바람을 맞지만 비교할 만한 대상이 없을 정도로 우뚝하게 서서 존재감을 과시한다. 자연물을 대상으로 인간의 기상을 투영하였는데, 풍파에 흔들리지 않는 시인 자신의 성품을 읽어낼 수 있게 한다.

옛사람들은 자연 속에 어울려 살아갔기에, 때때로 자연은 친근한 친구처럼 사람의 일상 속에 들어와 말을 건네기도 하였다.

뜰 가득한 달빛은 연기 없는 촛불이요	滿庭月色無煙燭
자리에 드는 산 빛은 부르지 않은 손님이라.	入座山光不速賓
다시금 솔바람이 악보 없는 곡을 타는데	更有松絃彈譜外
다만 진중하여 남에게 전하지 않네.	只堪珍重未傳人

해동공자海東孔子라는 별칭으로 익숙한 고려 초의 학자 최충崔冲(984~1068)의 작품으로 널리 알려져 있으나, 최항崔沆(?~1024)이 지었다고 보기도 하는 〈절구絶句〉라는 시이다.

이 작품은 맑은 밤, 맑은 달빛 아래 소나무와 대숲이 바람에 우는 소리를 배경으로 하고 있다. 뜰에 가득한 달빛은 연기가 나지 않는 촛불이고, 자리에 드는 산 빛은 부르지 않아도 찾아준 손님이다. 게다가 소나무 사이로 바람이 불어 인간 세상에서 볼 수 없는 음악을 연주한다고 하였다. 이러한 자연의 모습은 수준에 오른 사람이 아니면 알 수 없는 것이다. 그래서 남에게 함부로 전할 수 없다 하였다. 그러나 "남에게 전하지 않네"라는 구절이 학자의 풍모에 어울리지 않는다는 비평을 받기도 하였다.

조선 초의 문인 권우權遇(1363~1419)는 〈가을날(秋日)〉에서 가을의 경물들이 시인과 교감하는 모습을 보여주었다.

대는 푸른빛을 나누어 책상에 스미게 하고	竹分翠影侵書榻
국화는 맑은 향기 보내어 나그네 옷을 채우네.	菊送淸香滿客衣
낙엽 또한 기운을 일으킬 줄 알아	落葉亦能生氣勢
온 뜰에 비바람 소리 내며 절로 날아다니네.	一庭風雨自飛飛

권우는 권근權近의 아우이며 정몽주鄭夢周의 제자로 성리학에 정통한 학자이다. 가을날의 풍경을 읊고 있는데, 대나무가 푸른빛을 '나누어(分)' 책상에 '스미게(侵)' 하고, 국화가 맑은 향기를 '보내어(送)' 나그네의 옷을 '채운다(滿)'고 하였다. 무생물을 의인화하여 그 동태를 포착함으로써 가을의 활력을 표현하였기에 매우 생동감을 준다.

여기에서 나아가 낙엽조차 기세를 일으킬 줄 알아 비바람 소리를 내며 절로 날아다닌다고 하였다. 사방이 고요하기에 낙엽 구르는 소리가 비바람 소리처럼 들린다고 표현한 솜씨가 매우 뛰어나다.

권우의 시를 선발해《청구풍아靑丘風雅》에 실은 김종직金宗直(1431~1492)은 권우의 시에 대해 "뜻은 고요하나 말이 시끄럽다"고 평하였는데, 이와 비슷한 의경意境을 자신의 시에 담아낸 바 있다.

김종직의 〈선산에 부임하는 길에 배로 여주를 지나다가 청심루 시에 차운하다(將赴善山, 舟過驪州, 次淸心樓韻)〉라는 시에도 자신을 반갑게 맞아주는 자연물의 태도가 잘 그려져 있다.

초가집 가시 울타리 끝에 배를 매니	維舟茆舍棘籬端
물고기와 새가 예전처럼 내 얼굴을 알아보네.	魚鳥依然識我顔
앓고 난 뒤인데도 행장을 갖출 수 있고	病後猶能撰杖屨
쫓겨와서야 겨우 강산을 구경하게 되었네.	謫來纔得賞江山
10년 세상일을 외로이 읊조리니	十年世事孤吟裏

8월 가을 경치는 어지러운 나무 사이에 깊었네.　八月秋容亂樹間

잠깐 난간에 기대어서 북쪽을 바라보는데　　一霎倚欄仍北望

뱃사공이 타기를 재촉하여 여유를 주지 않네.　篙師催載不敎閑

청심루는 경기도 여주 객관 북쪽에 있는 누각이다. 김종직은 46세
되던 해인 1476년에 고향인 선산의 부사에 임명되었는데, 몸이 불편
하여 배편으로 내려가다가 여주에 이르러 이 시를 쓰게 되었다.

여주를 흐르는 남한강을 여강驪江이라 부르는데, 청심루는 여강이
가장 잘 보이는 곳에 자리하고 있다. 경관이 매우 빼어나다 보니 숱한
문인이 청심루에 올라 수많은 제영시題詠詩를 남겼는데, 김종직의 시
는 고려 때의 시인인 이곡李穀의 시에 차운한 것이다.

이곡의 시에는 위정자다운 정취가 개진되고 있는 데 비해, 김종직의
시에는 오랜 관직 생활을 벗어난 나그네의 홀가분한 정취가 펼쳐진다.
특히 자청해서 내려가는 처지라 더욱 유람의 분위기가 짙다. 강가의
촌락에 배를 대니 물고기와 새도 자신을 알아보는 듯하다고 하여 즐거
운 마음을 경물 속에 표출하였다.

여주의 아름다운 경관으로는 청심루와 더불어 신륵사를 빼놓을 수
없다. 조선 중기의 문인 신광한申光漢(1484~1555)은 〈비에 막혀 신륵
사에서 묵으며(阻雨宿神勒寺)〉라는 시에서, 비 때문에 길을 떠나지 못
하는 상황을 다음과 같이 노래하였다.

봄비가 사람을 붙잡는지 일부러 개지 않아　　好雨留人故不晴

창 너머로 온종일 강물 소리 들리네.　　　　隔窓終日聽江聲

산비둘기 다시 봄소식 전하려　　　　　　　斑鳩又報春消息

산살구 꽃 주변에서 다정히 울고 있네.　　　山杏花邊款款鳴

　　　　　　　　　　　　　　　　　　　　내가 좋아하는 한시

과거에 막 급제한 23세 전후에 지은 시로 추정된다. 경내에 벽돌로 지은 탑이 있어서 신륵사는 벽사甓寺라는 별칭으로 불리기도 하였다. 예종睿宗 때 세종世宗의 능인 영릉英陵의 원찰願刹이 되어 한때 보은사報恩寺로 이름이 바뀌었다가 다시 신륵사라는 이름으로 현재까지 불리고 있다.

"호우好雨"는 때를 맞추어 내리는 봄비를 말한다. 일이 있어 떠난 길이지만, 봄비가 내리기에 굳이 길을 재촉하지 않고 있다. 오히려 이제 본격적으로 오게 될 봄을 기다리며 흐르는 강물 소리를 듣고 있다.

그러면서 비가 나를 머물게 하기 위해 일부러 개지 않고 계속 내리고 있다고 말한다. 어디선가 봄소식을 전하는 산비둘기 소리가 들리니, '이 비가 그치면 봄이 무르익겠구나'라 상상하였다. 이 시를《국조시산國朝詩刪》에 뽑은 허균許筠은 맑은 풍격이 절로 독자의 마음을 끌기에 "사람을 심취하게 한다(令人心醉)"고 평하였다.

에둘러 길을 내다

옛사람들은 자연과 동화된 삶을 사는 한편, 자신의 생활 속으로 자연을 적극적으로 끌어들이려는 태도를 보이기도 하였다. 여말 선초麗末鮮初에 살았던 박의중朴宜中(1337~1403)이 지은 〈약재 김구용의 시에 차운하다(次金若齋九容韻)〉에서 이를 확인할 수 있다.

문 닫아 종내 용렬한 무리들 접하지 않고	杜門終不接庸流
오직 청산만 내 누대에 들어오게 하네.	只許靑山入我樓
즐거우면 시 읊고 싫증나면 조나니	樂便吟哦慵便睡
다시 쓸데없는 세상사가 마음에 이르지 않네.	更無閑事到心頭

김구용은 박의중의 친구이다. 박의중은 이첨李詹과 함께 조선 초기의 가장 뛰어난 시인으로 알려져 있다. 한가하게 지내는 시인의 심사心思가 눈에 잡힐 듯하여, 허균은 이 시에 대해 "느긋한 생각이 손에 잡힐 듯하여 백거이白居易의 유풍遺風이 있다(閑思可掬, 香山遺韻)"고 하였다.

문을 닫아걸어 세속의 용렬한 무리를 멀리하고 오직 청산만 벗하며 지낸다고 하였다. 자연 속에서 지내면 세속의 명리名利에 휘둘리지 않고 본성대로 살 수 있다. 내키면 시를 짓고 내키지 않으면 낮잠을 즐기면 그만이다. 결구結句에서는 그러한 삶 자체가 너무나 한가하여 한가롭다는 생각조차 들지 않는다고 하였다.

유유자적하게 은거를 즐길 때에야 여유로운 마음으로 자연을 가까이하는 일이 어렵지 않으나, 죄를 얻어 유배당한 처지라면 사정이 다를 수 있다. 그러나 마음가짐에 따라서는 삼천리 유배를 당한 처지라 해도 자연과 거스르지 않는 삶을 유지할 수 있다. 정도전鄭道傳(1342~1398)의 〈초가집(草舍)〉이 좋은 예이다.

이엉을 다듬지 않아 어지럽게 얽혀 있고	茅茨不剪亂交加
흙으로 섬돌 쌓아 땅 모양 따라 기울었네.	築土爲階面勢斜
깃든 새는 잘 만한 곳임을 잘 아는데	棲鳥聖知來宿處
촌사람은 누구의 집이냐고 놀라서 묻네.	野人驚問是誰家
그윽한 맑은 시내는 문을 따라 흘러가고	淸溪窈窕緣門過
곱디고운 푸른 나무는 문을 가리고 서 있네.	碧樹玲瓏向戶遮
나가서 강산을 보면 외떨어진 곳 같은데	出見江山如絶域
문 닫으면 도리어 옛 생활 같구나.	閉門還似舊生涯

조선의 개국을 이념적으로 주도한 정도전은 고려 말 이인임李仁任 등 권신權臣들의 친원親元 정책에 정면으로 반대하여 많은 고난을 겪었다. 1375년(우왕 1)에 북원北元 사신을 영접하는 문제로 인하여 나주목羅州牧 회진현會津縣 거평부곡居平部曲으로 유배당한 것이 첫 번째 시련이었다. 위의 시는 1377년까지 이어진 회진 유배기의 생활을 그린 작품이다.

손질하지 않아 생긴 그대로 이리저리 얽혀 있는 지붕, 지세에 따라 흙으로 대충 쌓아올린 섬돌 등 초라한 집의 전경全景을 그려내었다. 시골 사람마저 누구 집이냐고 놀라서 물을 정도로 볼품없지만, 쉴 곳을 구하는 새들이 자신을 찾아준다고 하였다. 시냇물은 문을 따라 흘러가고 푸른 나무는 문짝에 그늘을 드리운다.

이 시를 짓고 몇 년이 지난 1380년, 정도전은 경상도 지역에 창궐하던 왜구의 난을 피해 영주榮州로부터 충청도 단양丹陽의 삼봉三峯 아래 옛집으로 돌아와 자신의 대표작으로 명성을 얻은 〈산속에서(山中)〉를 지었다.

삼봉 아래 쓰러져가는 집이 있는데	弊業三峯下
돌아오니 소나무와 계수나무에 가을 들었네.	歸來松桂秋
집안은 가난하여 요양하기 힘들지만	家貧妨養疾
마음은 고요하여 시름 잊을 만하구나.	心靜足忘憂
대숲을 보호하느라 돌려서 길을 내었고	護竹開迂徑
산을 아껴서 다락을 조그맣게 세웠네.	憐山起小樓
이웃 절의 스님이 찾아와 글자를 물으니	隣僧來問字
온종일 그 때문에 잡아둔다네.	盡日爲相留

산속의 집에서 세상 근심을 잊은 채 자연을 벗하며 조용히 살아가는 은자의 삶을 형용하였다. 맑은 가을날, 작자는 고결한 선비의 상징인 소나무와 계수나무로 둘러싸여 있는 삼봉의 옛집으로 돌아왔다. 제대로 요양할 수 없는 가난한 형편이지만, 마음이 평안하니 모든 시름을 다 잊을 수 있다고 하였다.

"대숲을 보호하느라 돌려서 길을 내었고, 산을 아껴서 다락을 조그맣게 세웠네"라 한 데서 정도전의 자연 친화적 삶의 태도가 잘 드러난다. 자연의 본래 모습을 훼손하지 않기 위하여 인위적인 욕심을 참아내려 한 모습이 참으로 아름답다. 자연을 가까이하고 싶다며 산에 있는 멀쩡한 나무를 뽑아다가 집과 건물을 꾸며놓는 현대인들에게 경종이 될 만하다.

강석중姜晳中
인제대학교 한국학부 교수. 한국 한시의 중국 시 수용 양상과 부賦 문학에 관심을 두고 공부해왔다. 논문으로 〈어부가의 집구 소원 연구〉, 〈한국 율부의 전개 양상 연구〉, 〈십초시 소재 중국 일시 연구〉, 〈과부科賦의 형식과 문체적 특징〉 등이 있다.

내가 좋아하는 한시

돌아오지 않을 길을 떠나다

혜초慧超(惠超, 704~787)의 《왕오천축국전往五天竺國傳》은 권자卷子 한 권이 프랑스 파리 국립도서관에 소장되어 있다. 불교의 성지를 여행하면서 견문한 것을 한문 산문으로 기록하면서 개인의 심경을 노래한 한시 다섯 수를 중간 중간에 남겼다. 실로, 한국 한문학사에서 작가의 이름이 밝혀진 최초의 서정 한시이자, 정형의 규칙을 거의 완전히 지킨 작품이기도 하다. '거의'라고 한 것은 율시풍이면서도 평측법이나 압운법에서 규칙을 벗어난 부분이 적지 않기 때문이다. 완전한 율시가 우리 한문학사에서 등장하는 것은 1세기 이후 최치원崔致遠(857~?)에 이르러서다.

'천축'이란 중국에서 인도를 가리키던 이름으로, 산스크리트어인 '신도Shindo', 즉 '인더스'에서 유래했다고 한다. 한자로는 '身毒'이라 적는데, 우리 발음으로는 '연독'이라 읽는 것이 관례다.

동천축이라고 표기한 콜카타 지방, 중천축이라 한 룸비니 일대, 남천축이라 한 테카탄 고원, 서천축이라 한 뭄바이 일대, 북천축이라 한 차란타라의 다섯 지방을 오천축이라 했다. 혜초는 인도의 이 다섯 지방을 실제로 다 돌아보지는 않았으며, 특히 남천축에는 전혀 들어가지 못했다.

나는 혜초의 시들을 대학생 때 읽고 깊은 감명을 받았다. 한국 문학사의 시작에서 이토록 개인의 짙은 정서, 이토록 숭고한 구도求道 정신을 드러낸 시, 이렇게 공간적으로 광대하고 이국적인 풍광을 노래한 시가 출현하다니! 파리 국립도서관에 너무도 가보고 싶었다. 하지만 망육의 나이를 지나도 파리에 가보지 못했다.

이대로 환력의 나이가 된다면 너무나 슬픈 일이라고 여기던 참에, 2010년 우리의 국립중앙박물관에서 '실크로드와 둔황—혜초와 함께하는 서역 기행' 특별전이 기획되어, 혜초의 이 위대한 구도 여행의 기록을 직접 볼 수가 있었다. 그리고 이것은 정말로 무어라 말할 수 없는 행운이었는데, 전시관에서 관람객을 위해 펼쳐 보여준 부분은 바로, 혜초의 다섯 수 한시 가운데서도 이견이 가장 많아 내가 꼭 확인하고 싶어 했던 부분이었다. 나는 이 위대한 기록의 그 시를 보고 털썩 주저앉았다. 왜 이 시의 해석에 이견이 많았는지 순간 깨달았고, 내 나름대로 새롭게 번역할 수 있었다. 그해 4월, 뇌종양이 발견되어 열한 시간의 수술을 받고 세상의 빛을 다시 보게 된 이후 첫 번째 느낀 환희였다. 나는 용약하여 《여행과 동아시아 고전문학》[1]의 첫 장을 완성함으로써 전체 책의 간행 준비를 마감할 수 있었다.

이역에서 발견된 신라인의 자취

혜초의 여행기는 프랑스의 동양학자 펠리오Paul Pelliot가 1905년에 중국 감숙성甘肅省 돈황敦煌에서 권자 형태로 발견했는데, 겉장과

---

1 고려대학교 출판부, 2011.

앞부분이 훼손되어 있었다. 펠리오는 당나라 승려 혜림慧琳이 작성한 《일체경음의一切經音義》1백 권(초고는 817년에 완성되었다)의 뒤에 《왕오천축국전》세 권의 음의의해音義義解 84조가 부기된 것이 있음을 알았으므로, 1908년에 그것이 승려 혜초의 《왕오천축국전》이라고 판정한 논문을 발표했다.

1915년에 이르러 일본의 다카구스 준지로高楠順次郎는 당대 밀교 최성기의 문헌인 원조圓照의 《대종조증사공대판정광지삼장화상표제집代宗朝贈司空大辦正廣智三藏和尚表制集》속의 사료를 이용하여 이 여행기의 저자 혜초가 신라 출신이며, 유년기에 당나라로 들어가, 남천축 출신으로 밀교의 시조인 금강지金剛智의 제자로 있으면서 밀교 진흥에 노력했다는 사실을 밝혀내었다.

지금 남아 있는 여행기는 원래 세 권짜리였던 원본을 간추린 절략본일 가능성이 높다. 발견될 때는 아홉 장의 황마지黃麻紙를 이어붙인 길이 358센티미터, 너비 28.5센티미터의 앞뒤가 잘려나간 두루마리 잔간으로서, 마모되어 확인할 수 없는 것까지 합치면 글자 수는 약 6,300자(227행×28자)가 된다. 잔간과 기타 관련 자료들을 참고해보면 원래의 분량은 1만 1,300여 자(405행×28자)로 추산된다. 그렇다면 지금의 잔간은 절략본의 절반을 약간 넘는 분량인 셈이다.

하지만 나의 스승이기도 한 일본의 다카다 도키오高田時雄 교수는 현전본의 한문을 검토한 결과, 그 어법이 여러 면에서 한국 한문의 특성을 그대로 지니고 있음을 밝혀내고, 현전본이 곧 8세기에 혜초가 필사한 원본이라고 주장했다. 펠리오의 9세기 전사본설을 부정한 것이다. 이 현전본에는 결락자가 160여 개나 있고, 107개 글자는 여러 이설이 있어 정밀한 주석이 필요하다.

혜초는 신라 성덕왕 때인 704년에 태어났다고 하는데, 어느 지방 출신인지, 어떻게 불교에 귀의했는지 알 수 없다. 그는 723년, 20세 때 당나라 광주廣州에 도착하여 남천축 출신 승려 금강지의 제자가 되었다.

금강지는 그의 제자 불공不空과 함께 실론(현재의 스리랑카)과 수마트라를 거쳐 719년에 중국 광주에 도착해 있었다. 혜초는 금강지의 권유로 723년에 배를 타고 광주를 떠나 인도로 갔다. 일단 수마트라 섬과 그 서북부의 파로Breuch을 거쳐 동천축(현재의 콜카타 지방)에 상륙했다. 그 뒤 약 4년 동안 인도와 서역의 여러 지방을 여행하고, 727년 11월 상순에 당시 안서도호부가 있던 구자龜玆(위구르 자치구인 신강성의 쿠차)에 이르렀다.

현존본 《왕오천축국전》은 폐사리국吠舍釐國(바이샬리Vaiśālī)의 풍습에 대한 기록으로 시작한다. 혜초는 인도 동북 해안에 상륙한 뒤 폐사리국 부근을 거쳐, 한 달 만에 중천국의 석가 열반처 구시나국拘尸那國(쿠시나가라Kuśinagara)에 이르렀다.

그는 구시나국에서 다비장荼毘場과 열반사涅槃寺 등을 보았고, 다시 남쪽으로 향하여 석가모니가 깨달음을 얻어 삼칠일三七日에 다섯 비구를 제도했다는 녹야원鹿野苑에 이르렀다.

거기서 동쪽 왕사성王舍城(라자그리하Rājagriha)으로 가서 불교 역사상 최초의 사원인 죽림정사竹林精舍를 참배하고 《법화경》의 설법지인 영취산靈鷲山을 돌아본 다음, 석가모니가 깨달음을 얻은 불타가야佛陀伽耶(부다가야Buddha-gayā)에 이르렀다.

이어 중천축국의 사대령탑四大靈塔과 룸비니를 방문하고 서천축국과 북천축국을 거쳐 지금의 파키스탄 남부와 간다라 문화의 중심지인 카슈미르 지방을 답사했다.

그 뒤 혜초는 이른바 실크로드를 따라가다가 동서양 교통의 중심지인 토화라吐火羅(토카라Tokhara)에 이르렀다. 그는 토화라의 서쪽에 파

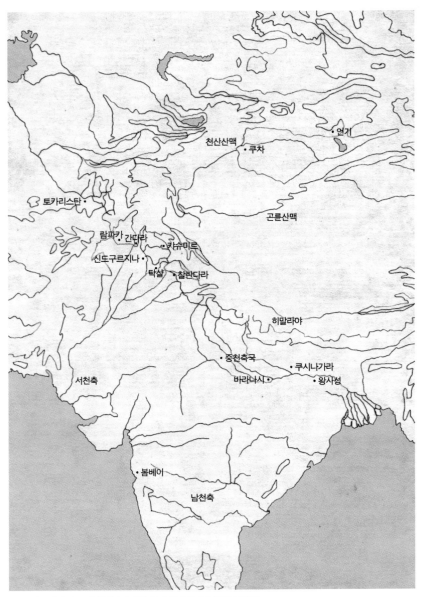

혜초 관련 인도·중앙아시아 개략도. ⓒ 구와야마 쇼신(桑山正進)

사국波斯國(페르시아Persia)과 대식국大食國(사라센Saracen)이 있다는 사실을 기록했다.

최근 연구에 따르면, 혜초는 실제로 대식국까지 갔다고 한다. 그 후 파미르 고원을 넘어 727년 11월 상순에 구자에 이르렀다. 《왕오천축국전》에서는 호탄(우전국于闐國)을 언급했으나, 거리로 볼 때 그곳으로 되돌아갔을 리는 없다. 그다음, 구자에서 동쪽으로 언기국焉耆國(카라샤르Kharashar)에 이르러 기록은 끝난다.

당시 혜초 외에도 인도로 구법 여행을 떠난 승려가 적지 않았다. 6세기 무렵 백제의 겸익謙益은 배를 타고 인도에 가서 율종律宗을 배웠다. 7세기 초 신라의 승려인 아리야발마阿離耶跋馬, 혜업慧業, 현조玄照, 현각玄恪 등은 당나라를 거쳐 인도로 가서 거기에서 세상을 떴다.

또한 1215년에 고려 승려 각훈覺訓이 기록한 《해동고승전海東高僧傳》에는 인도에 간 승려들의 이야기가 많다. 그들도 여행기를 적었는지는 확실하지 않으나, 현재 혜초의 여행기 외에는 전하지 않는다.

끝없는 구도求道의 길

《왕오천축국전》에서 혜초는 천축국의 풍경과 풍물, 삶의 여러 가지 양식, 답파할 수 없는 곳의 전설과 풍문, 천축국과 당나라 접경 지역에서 만난 사람들에 관한 이야기를 산문으로 적고, 구도의 사색과 고독한 심리를 시로 표현했다.

서사에 관한 짧은 글들은 마치 인도 발리우드 영화에서 뮤지컬 같은 노래와 춤 사이사이에 삽입되어 있는 배우들의 대화나 연기와도 같다. 여행 도중에 지은 한시들은 주인공의 높은 노래요, 슬픈 독백이요, 불안한 곡조이다.

신두고라국新頭故羅國의 행로를 서술한 부분에 다음과 같은 기록과 시가 있다.

산속에 절이 또 하나 있는데, 이름은 나게라타나那揭羅馱娜(나가 라다나Nagaradhana)라고 한다. 여기에 중국 스님 한 분이 있었는데, 이 절에서 입적했다. 그 절의 대덕(큰스님)이 말하기를, 그 스님은 중천축에서 왔으며 삼장三藏의 성스러운 가르침을 환히 습득하고 고향으로 돌아가려고 하다가 갑자기 병이 나서 그만 천화遷化(입적) 하고 말았다고 한다. 그 말을 듣고 너무 상심하여, 사운四韻의 시를 적어 그의 죽음을 애도한다. 오언시다.

고향의 등불은 주인을 잃고	故里燈無主
객지의 보배나무는 꺾이고 말았구나.	他方寶樹摧
신령스러운 그대 영혼은 어디로 갔는가?	神靈去何處
옥 같은 용모가 재가 되다니.	玉皃已成灰
생각하면 슬픈 마음 간절하거니	憶想哀情切
그대 소원 못 이룸이 못내 섧구나.	悲君願不隨
누가 고향 가는 길을 알리오?	孰知鄕國路
돌아가는 흰 구름만 부질없이 바라보네.	空見白雲歸

《왕오천축국전》은 40여 개 지역의 견문見聞과 전문傳聞을 개괄했으 므로, 내용이 소략할 수밖에 없다. 지명·국명 등이 없는 부분도 있고, 언어·풍습·정치·산물에 대해서도 간단한 기술밖에 없기도 하다.
《왕오천축국전》은 노정을 한문 산문으로 적었다. 직접 경유한 곳은 "又從此闍蘭達羅國(우종차도란달라국), 西行(서행), 經一月(경일월),

至一社吒國(지일사탁국)"과 같이 '종종(지명)', '(방향)행행', '경경(일日/월月)', '지지至(지명)'의 형식으로 적었다. 그다음에는 그곳의 자연 지리 및 인문 지리와 풍습, 불교의 성황 정도를 기록했다. 서술문은 4언체를 중심으로 정돈하려 했고, 어구의 중복을 꺼리지 않았다.

요컨대 충분히 정련된 문체가 아니다. 하지만 《왕오천축국전》에 실린 다섯 수의 한시는 다르다. 형식이 비교적 완정할 뿐 아니라, 그 가운데 세 수는 매우 서정적이기도 하다. 그중에서 혜초가 인도에 도착한 뒤 얼마 되지 않아 파라나사국波羅痲斯國에 이르렀을 때, 구도 여행의 소망이 충족된 것을 기뻐하여 지은 시를 살펴보자. 혜초의 이동 경로는 녹야원→왕사성→영취산→불타가야(菩提伽倻)와 같은 순서이다.

불타가야 멀다고 걱정 않거늘	不慮菩提遠
녹야원을 멀다 하랴?	焉將鹿苑遙
험준한 길을 시름할 뿐이요	只愁懸路險
사나운 업풍이야 염려하지 않는다.	非意業風飄
여덟 탑을 보기는 진실로 어렵구나	八塔誠難見
오랜 세월 겪으며 어지러이 타버렸으니.	參差經劫燒
어쩌다 그 사람은 원만했던가?	何其人願滿
직접 눈으로 오늘에 보겠네.	目睹在今朝

"업풍業風"은 범어梵語로 카르마바유karma-vāyu이다. 업력業力을 바람에 비유한 말로, 중생이 선악善惡의 업력으로 생사의 바다에 표류하는 것이 마치 바람이 마른 잎에 불거나 선박에 부는 것과 같다고 한 것이다. 또한 업풍은 지옥의 맹렬한 폭풍을 말하기도 한다. 혜초가 이 시에서 말한 업풍은 어느 것을 의미하는 것일까? 아마도 실제 여행길

에서 마주치는 거센 바람을 뜻하기도 하고, 자신의 내면에서 변전變轉하는 선악의 심리를 말하는 것이기도 하리라.

"여덟 탑"이란 여래탑, 보살탑, 연각탑, 아라한탑, 아나함탑, 사다함탑, 수다원탑, 전륜성왕탑을 말한다. 여덟 성인이 입멸한 뒤에 각각 탑을 세웠으므로 이러한 이름을 붙인 것이다. 당시 여덟 탑은 오랜 세월 동안 타버리고 없었던 듯하다. 하지만 여덟 탑이 없더라도 녹야원은 곧 가볼 수 있으리라는 희망에 들떠 있었다.

"원만願滿"은 득도의 바람을 채웠다는 말인데, 신만성불信滿成佛의 원만이란 말을 의식한 표현인 듯하다. 혜초는 성불한 분들의 사적을 이제라도 목도하게 되었다는 기쁨을 토로했던 것이다.

그 뒤 남천축국에 이르렀을 때 객수客愁를 느낀 혜초는 다음과 같은 시를 지었다.

달 밝은 밤에 고향 길 바라보니	月夜瞻鄕路
뜬구름은 너울너울 바람 타고 돌아가네.	浮雲颯颯歸
편지 봉해 그편에 부치지만	緘書忝去便
바람 급해서 화답이 돌아오지 않네.	風急不聽廻
우리나라는 하늘가 북쪽에 있고	我國天岸北
이곳 남의 나라는 땅 끝 서쪽.	他邦地角西
해 아래 남방에는 기러기 없으니	日南無有鴈
누가 날 위해 계림으로 전해주랴?	誰爲向林飛

앞서 본 신두고라국에서 지은 시는 구도의 불안감을 담아내어, 전체 시 가운데 가장 심각한 주제를 담고 있다. 고향으로 돌아가지 못한다는 것은 자기의 본질(본래성)을 회복하지 못한다는 뜻이기도 하다. 당

시唐詩의 '고향 상실' 주제와 매우 닮아 있다. 구도의 길을 다 나아갈 수 없을지도 모른다는 불안감도 함께 담아 고도로 철학적이다.

신라의 불교 한시는 원효元曉(617~686)의 《대승기신론소大乘起信論疏》, 의상義湘(625~702)의 《화엄일승법계도華嚴一乘法界圖》, 경덕왕 재위기인 742~765년경에 활동한 태현太賢의 《성유식논학기成唯識論學記·보살계본종요菩薩戒本宗要》 등의 저술 끝에 붙인 게송偈頌, 사복蛇福의 게송, 혜초의 《왕오천축국전》 삽입시로 이어진다.

그 가운데서도 혜초의 시들은 구도求道에 따르는 불안감과 향수의 절절함을 담아내어 서정성이 매우 높은 것으로서 다섯 수가 모두 오언율시의 형식에 가깝다. 평측이나 염법廉法은 맞지 않는다. 하지만 아마도 혜초는 생각과 서정을 곡진하게 펼쳐 보이기 위해서 오언율시풍의 양식을 선택한 듯하다. 오언율시는 칠언율시와 달리 질박한 풍격을 지니면서도 내면의 생각을 곡절 있게 드러내는 데 유효하다. 하지만 혜초의 당시에는 신라에 아직 완전한 오언율시가 개화하지는 않았을 것이다. 그렇기에 평측과 염법, 심지어 압운에서도 완전한 율시 형식을 구현할 수는 없었던 듯하다.

그럼에도 불구하고 혜초의 시는 공간적 배경이 광대하여, 그 후의 한국 한시에서는 더 이상 찾아보기 어려울 정도의 풍격을 지녔다. 토화라국에서 동쪽으로 호밀胡蜜(와칸Wakhan) 왕의 거성에 이르렀을 때 이역으로 들어가는 중국 사신을 만나, 혜초는 다음과 같은 시를 지었다.

그대는 서쪽 이역이 멀다고 한탄하고	君恨西蕃遠
나는 동쪽 길이 멀다고 탄식하네.	余嗟東路長
길은 험하고 눈 덮인 산은 굉장한데	道荒宏雪嶺
험한 계곡에는 도적이 앞길을 막네.	險澗賊途倡

내가 좋아하는 한시

《왕오천축국전》(프랑스 파리 국립박물관 소장)의 제195행 '양樑'과 '평平' 사이 오른편에 작은 글자로 '난難'이라 쓰여 있다.

새도 날다가 아스라한 산에 놀라고	鳥飛驚峭巖
사람은 기우뚱한 다리를 난감해하네.	人去難偏樑
평생 눈물을 훔친 적 없건만	平生不揾淚
오늘은 하염없이 눈물을 뿌린다오.	今日灑千行

2010년 국립중앙박물관의 '실크로드와 둔황' 특별전에서 열람한 부분은 바로 이 시가 적혀 있는 부분이다. 원문의 "인거편량人去偏樑"의 오른쪽에 '난難' 자가 적혀 있어서, 종래 여러 해석자가 이 부분을 제대로 해석하지 못했다. '難' 자는 사실은 '人去'와 '偏樑'의 사이에 들어가야 할 글자인데, 잘못하여 그 아래 '樑'과 '평平'의 사이에 적었으므로, 소수의 학자를 제외하고는 대부분의 학자가 이 시구의 의미를 제대로 해석할 수 없었던 것이다. 나는 원본의 표기 상태를 전시장에서 확인함으로써 그 구의 의미를 위와 같이 확정할 수 있었다.

한편 토화라에 눈이 온 날, 혜초는 파미르 고원을 바라보면서 구도행로의 험난함을 되새겼다.

차디찬 눈은 얼음에 들러붙고	冷雪牽氷合
찬바람은 땅을 가르네.	寒風擘地裂
큰 바다는 얼어서 흙손질한 듯 펼쳐져 있고	巨海凍墁壇
강물은 벼랑에 덮쳐 갉아먹는다.	江河凌崖囓
용문에는 폭포가 끊기고	龍門絶瀑布
우물 테두리는 뱀이 똬리 튼 듯하구나.	井口盤虵結
횃불을 벗 삼아 계단을 오르며 노래한다마는	伴火上陔歌
어찌 저 파미르 고원을 넘을 수 있으랴?	焉能度播密

고향으로 돌아오지 못한 나그네

혜초는 밀교密敎 승려였다. 이 사실은 신라 불교사에서 중요한 의미를 지닌다. 밀교는 범어로 바즈라야나Vajrayāna라 하는데, 현교顯敎에 대응되는 명칭으로서 비밀불교 또는 진언불교라고도 한다. 인도 대승

불교의 말기인 7세기 후반에 융성한 유파이다. 대승불교의《반야경般若經》과《화엄경華嚴經》, 중관파中觀派와 유가행파瑜伽行派 등의 사상을 기반으로 하고 힌두교의 영향을 받아 이루어졌다. 뿌리는 멀리 베다 시대에 만트라mantra(진언眞言)를 외고 양재초복攘災招福을 했던 데에 있다.

인도 밀교는 힌두교의 성력파性力派 등의 설을 도입한 좌도밀교左道密敎, 즉 탄트라 불교가 되어 13세기 초까지 전하다가 이슬람교도의 침입으로 괴멸했다. 또한 8세기 말에는 파드마삼바바Padmasambhava에 의해 티베트에 전해져, 민족 종교인 브라만교와 합하여 라마교가 되었다. 라마교는 1042년 아티샤의 개혁 이후 몽골과 중국 동북부로 확대되었다.

한편 중국에서는 다라니와 주술적 요소를 내포한 밀교 경전이 동진東晋 시대에 일부 번역되어 남북조南北朝와 수나라를 거쳐 당나라 초기까지 단속적으로 전해졌다. 그러다가 8세기 초엽부터 중엽에 걸쳐 선무외善無畏와 금강지金剛智가 차례로 당나라에 찾아가, 선무외가《대일경大日經》을, 금강지가《금강정경金剛頂經》을 번역하면서부터 본격적으로 전해졌다. 그러다가 당나라 말엽에 이르러 밀교는 쇠미해졌다.

일본의 경우에는 헤이안平安 시대에 밀교가 전래되었다. 특히 공해空海는 진언종을 개창했으며, 이후 일본에서는 밀교가 상당히 큰 세력을 형성했다.

천축국의 구도 여행을 마치고 혜초는 중국의 장안長安으로 돌아왔다. 그 뒤 혜초는 신라에는 돌아오지 않은 듯하며 오로지 중국에서 밀교 연구에 일생을 바쳤다. 774년 5월 7일에 불공이 입적하자 황제의 부조가 내렸는데, 혜초는 동료들과 함께 황제에게 표문을 올려 부조에 감사하고 스승이 세운 사원을 존속시켜줄 것을 청했다.

혜초가 쓴 표문에 따르면, 그는 불공의 여섯 제자 중 둘째의 지위를 차지하고 있었다. 혜초는 대흥선사 등 밀교 사원에서 혜랑慧郎과 함께 관정도량을 개최했고, 대종代宗 때는 〈하옥녀담기우표賀玉女潭祈雨表〉를 지어 올렸다.

780년 4월 15일 산서성山西省 오대산五臺山 건원보리사乾元菩提寺에 들어가 5월 5일까지 20일간 《대교왕경大敎王經》의 구 한역본을 얻어 다시 필수筆受(경전 번역의 역어를 전수하여 필기하는 일)했다. 그리고 그해 그곳에서 열반했다.

온 삶이 담긴 여행기

동아시아 종교사에서 볼 때 혜초의 밀교 연구는 새로운 각도에서 조명할 필요가 있다. 또한 한반도에 밀교가 전파되고 독자적으로 이해된 과정도 연구할 필요가 있다. 종래 신라 불교에 대해서는 말기에 발흥한 선종禪宗의 역사적 의의를 논하는 연구가 활발했으나, 밀교의 영향에 대해서는 깊은 연구가 없었다.

그런데 《삼국유사三國遺事》와 《삼국사기三國史記》에 모두 실려 있는 왕거인王巨人의 분원憤怨 설화에 따르면, 888년(진성 여왕 2)에 누군가 다라니陀羅尼의 은어인 "나무망국 찰니나제, 판니판니소판니, 우우삼아간, 부이사바하(南無亡國, 刹尼那帝, 判尼判尼蘇判尼, 于于三阿干, 鳧伊娑婆詞)"라는 구절을 길 위에 걸어두었다고 했다.

중앙 귀족의 부패와 진성 여왕의 실정失政을 풍자했다는 이 다라니 은어의 작가로 대야주大耶州의 왕거인이 의심을 받아서 옥에 갇히게 되었다. 왕거인의 시를 살펴보면, 그는 천인상관설을 믿은 유학자인 듯한데, 어째서 그가 다라니 은어의 작자로 지목되었는지 알 수 없다.

다만 그 다라니 은어는 민중의 참요와 밀교의 주술적 언어가 결합된 양식이었을 것이라 추측해볼 수 있다.

혜초와 그 여행기 《왕오천축국전》의 존재는 우리나라 불교사에서 밀교가 지닌 민중 종교적 위상을 재고하게 만든다. 《왕오천축국전》은 우리 고전이다. 하지만 우리는 그 소유권을 명확하게 인정받지 못하고 있다. 또한 그 속의 한시는 작자가 분명한 서정시이기에 각별히 관심을 가질 필요가 있다.

한국 문학사에서 《왕오천축국전》은 완결된 단행본으로 전하는 최초의 문학 작품이다. 이 단행본이 존재하기에 한국 문학의 역사는 문헌상 8세기 이전으로 소급된다. 그 속에 삽입된 서정적인 한시들은 한국의 지식인들이 매우 이른 시기에 한자와 한문을 받아들여 자신의 감정과 사상을 동아시아 보편문학의 형태로 표출할 수 있었음을 분명하게 증명해준다. 이 위대한 여행기는 신라 시대의 문인 최치원이 당나라에서 활동한 시기보다 무려 100년 이전에 작성되었다.

그런데 혜초는 천축 여행 뒤 당나라로 가서 밀교 연구에 일생을 바쳤다. 《왕오천축국전》은 1905년에 돈황 석실에서 잔권의 형태로 발견되기까지 우리 문학사에 아무런 영향도 끼치지 못했다. 그렇다면 혜초의 문학 활동은 국내 문학사와 실질적으로 관련이 없다고 할 수 있다. 그럼에도 불구하고 혜초의 《왕오천축국전》을 우리 문학사의 처음 부분을 장식하는 작품으로 높이 평가하여야만 할 것이다.

《왕오천축국전》은 노정기와 한시를 함께 직조하는 방법을 사용했다. 고려 중엽까지의 기행문학은 단행의 형태로 전하는 것이 없으므로 잘 알 수 없으나, 고려 말엽부터는 기행문학이 단행되었다가 문집 속에 수록된 것들이 나오기 시작한다. 조선 시대에 들어오면 기행문학 가운데서도 산수유기山水遊記가 발달하게 된다.

고려 말엽과 조선 시대의 기행문학 혹은 산수유기 가운데는 뒷날 문집에 수록될 때 시와 산문이 분리되어 별도의 부류 속에 놓인 예가 상당히 많다. 하지만 대체로 보아 종래의 기행문학 및 산수유기는 시와 산문을 직조하는 것이 본래 모습이다. 그렇다면 혜초의 《왕오천축국전》은 바로 그러한 직조 방식의 조기早期 형태로 부각시킬 필요가 있다.

심경호沈慶昊

고려대학교 한문학과 교수. 한문 고전의 현재적 가치를 발견하고 한국 한문학의 역사를 개관하며 한국 고전 인문학의 본질을 탐색하는 일에 관심을 두고 있다. 지은 책으로 《강화학파의 문학과 사상》(전 4권, 공저), 《국문학 연구와 문헌학》, 《한국한시의 이해》, 《한학입문》, 《한시의 세계》, 《한시의 서정과 시인의 마음》, 《한시기행》, 《산문기행》, 《내면기행》, 《나는 어떤 사람인가–선인들의 자서전》, 《김시습평전》, 《안평대군평전》, 《여행과 동아시아 고전문학》, 《국왕의 선물》(전 2권), 《간찰》, 《참요》, 《한국한문기초학사》(전 3권), 《심경호 교수의 동양고전입문–논어》(전 3권) 등이 있으며, 옮긴 책으로 《선생, 세상의 그물을 조심하시오》, 《주역철학사》, 《한자학》, 《원중랑집》(전 10권, 공역), 《증보역주지천선생집》(전 3권, 공역), 《삼봉집》, 《기계문헌》(전 10권), 《금오신화》, 《서포만필》 등이 있다.

내가 좋아하는 한시

산중선미 山中禪味

선사禪師라는 말을 들으면, 속세俗世에서 벗어나 산중에서 수도하는 선승禪僧의 모습이 먼저 떠오른다. 그만큼 선승은 산과 친하다고 할 수 있다. 이러한 산중 수도修道의 분위기는 선승들이 지은 한시에도 잘 드러난다.

선시禪詩라고 하면, 우선 〈오도송悟道頌〉이나 〈임종게臨終偈〉를 떠올리기가 쉽지만, 선승들의 주된 생활 공간이던 산사山寺를 배경으로 하는 시도 적지 않다. 이러한 선시에는 선사들의 한적한 여유가 배어 있다.

특히 수선사修禪社[1] 6세를 지낸 고려 중기의 원감 국사圓鑑國師 충지冲止(1226~1293)의 산거시山居詩가 그러하다. 산중과 속세를 넘나든 자유인이었던 충지는 산중의 한가함을 읊은 선시와 더불어 애민시愛民詩를 잘 지은 것으로도 유명하다.

---

1 고려 때 보조 국사普照國師 지눌知訥이 만든 불교 신앙 결사 단체. 열여섯 명의 국사를 배출할 정도로 영향력이 지대하였다.

피눈물로 지은 시

충지는 1226년에 전남 장흥군에서 태어나 19세에 과거에 장원 급제 하고, 일본에 사신으로 갔다가 시문詩文으로 이름을 날렸다고 한다. 그러다 29세에 선원사禪源寺의 원오 국사圓悟國師에게 나아가 출가하여 비구가 되었다. 이후 여러 스승을 찾아 전국을 떠돌며 수행에 매진하였다.

당시는 원元 간섭기로, 원나라 세조가 일본을 침략하기 위해 한반도를 군수 기지로 삼으려 하던 때였다. 이에 따라 사원에 주어진 토지가 몰수되어 사원 경제가 매우 어려워지고 말았다.

쾌윤快玧 외, 〈원감 국사 진영〉, 1780년, 비단에 채색, 134.8×77.4cm, 송광사.

이러한 상황을 안타까워한 충지는 〈청전표請田表〉로 잘 알려진 〈상대원황제표上大元皇帝表〉를 올려 원나라에 빼앗긴 전답을 돌려받았다. 충지의 글을 보고 그를 사모하게 된 원나라 세조世祖가 충지를 초청하여 금란가사를 내렸다고 한다. 이렇듯 출가한 후에도 충지는 여전히 속세를 연민하는 마음을 지니고 있었는데, 이는 다음 시에도 잘 나타난다.

농사는 모름지기 때를 맞춰야 하는데	農事須及時
때를 놓치면 다시 어찌할 수 없네.	失時無復爲
일본 정복하는 일이 매우 급하니	征東事甚急
누가 농사일을 다시 생각할 수 있나?	農事誰復思

내가 좋아하는 한시

밤낮으로 산의 나무를 베어	日夜伐山木
배 만들기도 이미 지쳤다네.	造艦力已疲
한 척의 땅도 개간하지 못하니	尺地不墾闢
백성은 무엇으로 목숨을 이어가리.	民命何以資
〔……〕	
아, 나는 무엇 하는 사람이기에	嗟予亦何者
부질없이 눈물만 흘리는가!	有淚空漣洏
가엾어라, 우리 땅 백성이여!	哀哉東土民
저 하늘의 상제도 능히 슬퍼하시지 않네.	上天能不悲
어찌하면 거센 바람을 불게 하여	安得長風來
피눈물로 지은 내 시를 날려 보낼 수 있을까?	吹我泣血詞
바람 한 번 불어 천상에 이르러	一吹到天上
상제가 계시는 곳 마당에 떨어졌으면.	披向白玉墀

• 흑양 4월 초하루에 농부를 가엾이 여겨 빗속에서 짓다(憫農黑羊四月旦日雨中作)

32구의 장편시인데, 중요한 구절만 간추려보았다. 일본 정벌을 위해 원나라가 고된 노역을 지우고 농사도 짓지 못하게 하여 고려의 백성이 굶어 죽게 된 상황을 안타까워한 시이다. 특히 자신의 무기력함을 한탄하면서, 피눈물로 쓴 글이 상제에게 알려지기를 간절히 원한다는 구절을 보면, 산속에서 수행하는 선승이 아닌 우국애민憂國哀民하는 선비가 쓴 시라 해도 이상할 것이 없다.

열매에 맺힌 달콤한 이슬

충지는 출가한 지 12년이 지난 41세 때에 경남 김해군에 있는 감로
사甘露寺의 주지가 되었다. 당시 충지는 선사로서 명망名望이 있어, 그
에게 시를 청하는 사람이 많았다. 이때 지어준 시 덕분에 충지의 이름
은 더욱 널리 알려지게 되었다.

> 봄날의 계수나무 동산에 꽃이 활짝 피었는데 　　　春日花開桂苑中
> 은은한 그 향기에도 소림의 가풍은 변치 않네. 　暗香不動少林風
> 오늘 아침 잘 익은 열매에 감로가 맺히니 　　　今朝果熟沾甘露
> 한없는 중생과 일미를 함께하네. 　　　　　　無限人天一味同
>
> • 막힘이 없다네(無碍)

당시 이 시를 보고 들은 사람들이 충지를 만나려고 구름같이 모여들
었을 만큼 세간에 회자된 작품이다. 기구起句에서는 자신이 누린 속세
에서의 영화榮華를 말하였다. 과거에 장원 급제한 뒤 탄탄한 출세가도
를 달리던 때를 가리킨 것이다.

승구承句에서는 속세의 달콤한 영화가 숙세宿世로부터 이어진 선禪
에 대한 관심을 어지럽히지 않았음을 밝혔다. 결국 충지는 출가하여
감로사의 주지가 되었다.

전구轉句와 결구結句에서는 속세에서의 화려한 생활과 마찬가지로
불문佛門에서도 뛰어난 능력을 보여 좋은 결실을 맺게 되었고, 이를
통해 인간과 천상계의 모든 중생에게 감로가 맺힌 열매를 맛보일 수
있게 되었다고 하였다. 속세에 있을 때에도 소림少林, 즉 선종禪宗의
가풍에서 벗어나지 않았으며, 출가한 뒤로도 혼자만의 수행에 열중하
지 않고 속세를 위해 깨달음의 결실을 널리 베푼 것이다.

위의 시는 충지 자신의 내면적 지향성을 잘 보여준다. 충지는 세속의 화려한 영화 속에서도 자신의 본래적 가치를 끊임없이 추구하였고, 그 결과 충실한 삶을 통해 맺은 깨달음의 감로를 모든 중생에게 나누어줄 수 있었다.

걷는 것도 앉는 것도 모두가 선禪

이제 충지의 내면적 지향성이 잘 드러난 시를 통해 산중 선승의 모습을 구체적으로 살펴보자.

산속의 즐거움이여,
가는 대로 저절로 가니 천전을 기르도다.
숲은 깊고 동굴은 으슥하며 돌길은 좁은데
소나무 아래 시내가 흐르고 바위 아래 샘물이 솟네.
봄이 오고 가을 가니 사람의 자취 끊겨
붉은 티끌과는 한 점의 인연도 없네.
밥 한 그릇과 채소 한 쟁반,
배고프면 먹고 피곤하면 잠자네.
물 한 병과 차 한 주전자,
목마르면 가져다가 스스로 달이네.
대지팡이 한 자루와 방석 하나,
걷는 것도 선이요 앉는 것도 선이네.
산속의 이 즐거움은 진실로 맛이 있나니
옳음과 그름, 슬픔과 즐거움을 모두 잊었네.
산속의 이 즐거움은 참으로 값을 매길 수 없어

학을 타는 것도 허리에 돈을 차는 것도 원하지 않네.
가는 대로 저절로 가니 얽매임이 없어
다만 한평생 마음대로 노닐다 천수를 마쳤으면.

山中樂	適自適兮養天全
林深洞密石逕細	松下溪兮岩下泉
春來秋去人跡絶	紅塵一點無緣
飯一盂 蔬一盤	飢則食兮困則眠
水一餠 茶一銚	渴則提來手自煎
一竹杖 一蒲團	行亦禪兮坐亦禪
山中此樂眞有味	是非哀樂盡忘筌
山中此樂諒無價	不願駕鶴又腰錢
適自適無管束	但願一生放曠終天年

• 산속의 즐거움(山中樂)

막 출가하여 백련암白蓮庵에 있을 때 지은 시이다. 그러므로 선승으
로서의 이상과 포부가 담겨 있다고 보아도 좋을 듯하다. 충지가 언제
온전한 깨달음을 성취하였는지 분명하지는 않지만, 출가 전부터 선에
대한 깊은 이해가 있었음은 분명하다.

위의 시에 보이는 "배고프면 먹고 피곤하면 잠"잔다는 말은 동양의
디오게네스로 유명한 나찬懶瓚 선사의 다음 게송을 인용한 것이다.

나는 천상에 태어나기를 즐기지 않고	我不樂生天
또한 복전을 좋아하지도 않네.	亦不愛福田
배고프면 밥 먹고	饑來喫飯
피곤하면 잠자네.	困來卽眠

어리석은 사람은 나를 비웃지만	愚人笑我
지혜로운 사람은 바로 알아줄 테지.	智乃知焉
〔……〕	
가고자 하면 가고	要去卽去
멈추고자 하면 멈춘다네.	要住卽住
몸엔 다 떨어진 옷을 걸치고	身披一破衲
다리에는 구멍 난 바지를 입네.	脚著孃生袴

이유 있는 게으름과 곤궁함을 부끄러워하지 않는 모습은 장부의 일대사를 마친 깨달은 존재이기에 가능하다. 이러한 선사는 세속과 비세속의 경계를 초월하여 변치 않는 눈앞의 진실을 체득하였다. 따라서 이와 같은 충지에게는 갈구의 대상이 존재하지 않는다. 스스로 만족하여 그대로 살아가니, 어떤 일이 닥쳐도 그대로 마주하여 받아들인다. "가는 곳마다 주인이 되고, 서 있는 곳마다 진실(隨處作主, 立處皆眞)"인 경지에 이른 것이다.

소나무를 기르는 것은 원숭이가 매달려 있음을 사랑함이요
대나무를 심는 것은 새들로 하여금 지저귀게 함이다.
나는 사람을 멀리하지 않는데 사람들이 스스로 멀어지니
우두커니 홀로 앉아 아침저녁을 보내네.
養松爲愛猿猴掛　種竹從敎鳥雀喧
我不遠人人自遠　嗒然孤坐度晨昏
• 산에 살다(山居)

불교에서 원숭이와 새소리는 종잡을 수 없이 날뛰는 중생심 또는 고

통스러운 번뇌를 상징한다. 그러나 충지는 이미 중생과 부처, 번뇌와 해탈이라는 이분법적 분별심에서 자유롭다. 충지에게 원숭이는 자유롭게 노니는 청정법신의 모습이며, 새소리는 관음보살의 미묘한 법음일 뿐이다. 그러므로 "사람"으로 상징되는 번뇌가 자연히 사라지는 것이다. 애써 닦아 없애는 것이 아니라, 자연히 스스로 없어진 것이다. 마치 본래부터 없었던 것처럼. 그러니 우두커니 앉아 아침저녁, 즉 세월이 지나는 것도 모른다. 그렇다고 바보처럼 마냥 앉아 있는 것만은 아니다. "홀로 앉아 있음(孤坐)"은 "부모에게 태어나기 전의 본래면목(父母未生前, 本來面目)"으로 대표되는 선의 궁극적 상태를 의미한다. 천지와 분리되기 이전의 본래 상태, 바로 이것이 "고孤"이며, 이를 실현한 주체의 행위가 "좌坐"이다. 충지는 선의 궁극적 경지인 본래심本來心을 회복하여 천지지간에서 자신의 본래적 삶을 영위했던 것이다.

충지의 산중 생활은 선적禪的 여유로움으로 가득 차 있다. 그런데 이러한 여유로움이 반드시 산속에서만 가능한 것은 아니다. 충지의 여유로움은 고요한 산속과 시끄러운 시장을 가리지 않는다. 마음에 번뇌와 망념이 일지 않는다면, 어디에서든 고요한 선정禪定에 이를 수 있다.

어지러운 세상 바깥에 머물고	棲息紛華外
붉고 푸른 산에서 한가롭게 노니네.	優游紫翠間
소나무 밑 행랑에 봄이 더욱 고요한데	松廊春更靜
대나무 사립은 한낮에도 닫혀 있네.	竹戶晝猶關

• 고요한 거처(幽居)

도연명의 자연시를 연상케 할 정도로 일반 문인의 시와 차이가 없어 보이는 작품이다. 그러나 제3구와 같은 표현을 보면 시적 화자의 선

송광사 불일암 하사당. ⓒ 덕조, 2013

적인 정취를 흠뻑 느낄 수 있다. 본래 봄의 경치는 만화방창萬化方暢과 같이 생기가 활발하지만, 오히려 충지는 변치 않는 고요를 느끼고 있다. 즉, 동중정動中靜의 선적인 경지를 체험하고 있는 것인데, 이는 아무리 시끄러운 곳에 있어도 선의 실상을 체득한 선사는 그 어떤 것에도 마음의 여유를 방해받지 않기 때문이다.

이러한 여유는 근원적인 마음의 고요에서 오는 것이니, 외계의 조건과는 아무런 상관이 없다. 그러므로 제4구에서는 한낮의 외적 세계의 분주함에서도 사립문을 닫아걸고 마음의 고요를 지킨다고 하였다. 이는 누구도 찾아오지 않기에 여유로운 것이 아니라, 아무리 분주한 곳에 있어도 마음이 고요하여 번잡한 곳에서도 참된 여유를 즐기고 있음을 말한다.

이러한 선사의 삶은 세상과 인연을 끊고 산속에서 홀로 법열을 즐기는 것이 아니다. 반대로 "선속무애禪俗無碍의 해탈 경지"에서 마음으로 늘 근원적 고요를 놓치지 않으면서 세상과 활발히 교감한다.

그러므로 제1구의 "어지러운 세상 바깥"은 시끄러운 시장에 반대되는 고요한 산중과 같이 공간적으로 분리된 세외世外가 아니라, 번뇌와 망념에서 벗어나 머무는 깨달음의 세계이다. 그러므로 마음의 고요를 지키면 비단 산속뿐 아니라 어느 곳에 서 있든 그곳이 바로 해탈의 공간이 된다. 충지는 바로 이곳에서 자신만의 여유로움을 시를 통해 드러낸다.

일반적으로 충지의 선풍禪風에 대하여 "선속무애의 해탈 경지"라고 말한다. 이러한 면모는 '선속불이禪俗不二', 즉 '선과 속이 둘이 아닌 경지'를 체득했기에 가능한 것이다. 이는 자신이 서 있는 자리가 진실과 해탈의 시공간임을 깨달아 자신과 마주한 모든 경계가 바로 참된 존재로 인지되는 경지이다.

그러므로 선사는 아무리 힘들고 어려운 상황에 처해도 결코 굴하거나 비탄에 빠지지 않고 여유로울 수 있다. 또한 번잡한 세속에 처해 있으면서도 결코 그에 물들지 않고, 청정한 산중 도량에 있으면서도 한시도 세속을 여의지 않는다. 더군다나 충지에게는 본래 이 둘이 둘 아닌 것이기 때문에 언제나 자유롭게 노닐며 여유롭다.

게다가 충지는 마치 불립문자不立文字에서 더 나아가 불리문자不離文字에도 막힘없는 것처럼 선의 여유를 시로 잘 구현시켰다. 평이한 표현 속에서도 선적 여유로움을 잘 드러냈기 때문이다. 특히 충지의 산거시山居詩 등에 이러한 특징이 잘 표현되어 있다. 하지만 그렇다고 하여도 이는 다만 충지가 체득한 깨달음의 잔영殘影은 아닐는지?

조상현曺尙賢
울산대학교 국어국문학부 강사. 한국 선시의 정체성과 시대별 양상을 조명하는 데 관심을 두고, 지역과 시대별로 그 변화 과정을 추적하는 데 주력한다. 또한 유·불·도의 교섭에도 주목하고 있다. 논문으로는 〈한국 선시 연구〉, 〈선불교의 상징어에 대한 비판적 재해석〉, 〈선불교의 실상의 의미와 시적 구현〉, 〈선사의 여유로움과 한국 선시에서의 구현〉, 〈선사의 위풍과 그 시적 구현〉 등이 있다.

고려의 이미지즘 시인들

    고려 시대의 시인들 중 특히 이미지 구사에 뛰어난 시인으로는 안축安軸, 김극기金克己, 정추鄭樞 등을 꼽을 수 있다. 이들의 시에는 섬세한 감각을 아름다운 언어로 풀어내는 기법이 탁월하게 펼쳐져 있다. 중국이나 현대의 어떤 시인과 비교해도 결코 뒤지지 않는 수준이다.

붉은 구름, 붉은 해, 불타는 구름

    안축(1282~1348)은 절묘한 감각, 극대화된 이미지 등을 매우 능숙하게 구사했다는 점에서 김극기나 이규보 등의 선배 시인들과 구별된다. 안축은 도은陶隱 이숭인李崇仁과 더불어 고려 시대 최고의 이미지스트라고 할 수 있다.

해당화 피어 있는 백사장 둑길에	海棠花發白沙堤
어지러운 붉은 꽃에 말발굽이 빠져드네.	紅艶紛紛沒馬蹄
때때로 다시 가는 6, 7리 길에	時復行間六七里

문득 나뭇가지 위에서 자고새 소리 들리네.　　忽聞枝上鷓鴣啼

• 해당화(海棠)

어느 여름날, 해당화가 지천으로 피어 있는 동해안 해변에서 말을 타고 가다 지은 것이다. 이리저리 날리는 붉은 꽃잎을 맞으며 말이 지나간다. 땅에 떨어진 꽃잎이 말발굽에 묻히고 만다. 가다가 지치면 쉬었다 다시 가는 6, 7리의 여정.

바로 그때, 홀연히 정적을 깨치듯 자고새 울음소리가 들려온다. 가히 감각미의 극치라 할 만하다. 모르긴 해도 어느 현대시와 견주어도 뒤지지 않는 솜씨일 것이다.

　　붉은 구름, 붉은 해, 불타는 하늘　　　　形雲赤日火鎖空
　　언덕 위 둥근 초가집 시야에 들어오네.　　傍岸團茅在眼中
　　귀중하게 숲을 이룬 오래된 나무들,　　　珍重成林百年樹
　　앉자마자 나에게 한 아름 바람 나누어주네.　坐來分我一襟風
　　• 관목역의 정자에 쓰다(題灌木驛亭)

강렬한 색채를 가진 한 폭의 서양화 같은 시이다. 이 시의 압권은 제1구이다. 시의 도입부부터 매우 강렬한 색채 이미지가 구사되어 있다. "붉은 구름, 붉은 해, 불타는 하늘" 등, 약간 과장스럽게 말을 하자면, 마치 고흐나 고갱 같은 인상파 화가의 그림을 보고 있는 듯하다. 이 시를 그림의 방식으로 평하자면, 매우 강렬한 붓 터치가 느껴진다고 할 수 있다.

제2구에 이르러 시인의 시선이 하늘에서 언덕으로 이동한다. 이를테면 종에서 횡으로 이동한 것이다. 저 멀리 언덕 위, 작은 초가집이 시야에 들어온다. 그리고 카메라 렌즈가 옆으로 이동하듯이 그 옆의 숲과 나무로 시선이 옮겨간다. 우리 한시에 이처럼 강렬한 색채미와 탁월한 시각적 효과를 거두고 있는 작품은 많지 않을 것이다.

문자로 그린 풍경화

김극기(?~1209)의 한시에는 색채나 소리를 통한 감각적 의상意像의 활용이 두드러진다. 감각적 이미지즘의 구현은 김극기 시의 중요한 특징이다.

버들 들판엔 녹음이 우거지고	柳郊陰正密
뽕나무 밭의 뽕잎은 드문드문.	桑壟葉初稀
꿩은 새끼를 먹이느라 여위고	雉爲哺雛瘦
누에는 고치를 만들려고 살찌네.	蠶臨成繭肥
훈풍에 보리밭이 깜짝 놀라는 듯	熏風驚麥隴
싸늘한 소나기에 낚시터는 어둑어둑.	凍雨暗苔磯
적막하여 찾아오는 이 없으니	寂寞無軒騎
시냇가 집들 낮에도 문이 닫혀 있네.	溪頭晝掩扉

• 시골의 네 계절 중 여름(田家四時-夏)

농가의 여름을 묘사한 이 시는 한 폭의 잘 그려진 풍경화와도 같다. 녹음이 짙게 우거진 버드나무, 잎을 다 따버려 휑한 뽕나무, 푸드덕 날아오르는 꿩, 포동포동 살진 누에고치, 바람 부는 보리밭, 소나기 내리는 낚시터 등, 이 모든 소재는 사실 시골에서 흔히 접할 수 있는 것들이다.

김수철金秀哲, 〈하경산수도夏景山水圖〉, 19세기, 종이에 담채, 114×46.5cm, 삼성미술관 리움. ＞

매우 평범한 소재들을 활용했지만 농촌의 여름 풍경을 잘 찍어낸 스냅 사진과도 같은 이 시는 단박에 독자의 눈길을 사로잡는다. 색채 감각을 잘 살린 의상의 운용이 그 비결이다. 특히 소나기 퍼붓는 낚시터의 어둑함, 낮에도 굳게 닫혀 있는 사립문의 고요함 등은 마치 정지된 영화의 한 장면을 보는 듯한 느낌마저 준다. 이처럼 시각적 감각을 잘 활용한 좋은 묘사는 독자에게 풍부한 감정과 강렬한 연상을 불러일으킨다.

살살 부는 저녁 바람에 주막집 깃발 날리고	晚風獵獵酒旗翻
비낀 노을 외로운 연기에 먼 마을이 아른아른.	斜照孤煙淡遠村
물새는 홀연히 어느 곳에 투숙하려나?	水鳥忽投何處宿
모래톱에 남긴 발자국 아직도 남아 있네.	沙頭殘篆尙留痕

　• 강마을의 저녁 풍경(江村晚景)

　　강마을의 저녁 풍경을 멋지게 스케치한 그림과도 같은 시이다. 붉은 노을 가득한 어느 저녁에 시골집 지붕 위로 밥 짓는 연기가 피어오른다. 주막집 깃발이 하염없이 나부끼는데, 어디선가 날아든 물새가 백사장에 '전篆' 자의 발자취만 남긴 채 홀연히 떠나가 버렸다.

　　특히 주목할 부분은 저녁 바람에 펄럭이는 주막집 깃발이다. 중국 영화나 서부 영화의 한 장면처럼, 카메라가 멀리서부터 다가오면서 홀로 떨어져 있는 주막이나 선술집을 클로즈업한다. 여기에 세찬 바람에 나부끼는 깃발 소리까지 들릴 만큼 청각적 효과까지 극대화시키고 있다. 외롭고 쓸쓸한 강촌의 저녁 풍경을 그려내는 데 매우 유용한 시적 장치로 시각과 청각 의상을 활용하고 있는 것이다.

　　김극기 시에는 해 질 녘의 노을, 저물녘의 연기 등 유독 황혼과 관계된 의상이 자주 등장한다. 황혼과 관계된 색채 의상들은 대체로 고독하고 쓸쓸하며 비감 어린 시적 분위기를 만들어낸다.

땅을 두른 굽이굽이 골짜기요	帶地千盤壑
하늘과 맞닿은 첩첩 산이로다.	連天萬疊山
버들 다리는 물속에서 아른거리고	柳橋搖水底
솔숲 돌층계는 구름 사이로 둘러 있네.	松磴繞雲間
옛 성의 담벼락엔 겨울 까마귀들 모여들고	古堞寒鴉集
앞 수풀엔 지친 새가 돌아오는구나.	前林倦鳥還
사신의 행차도 지는 해 애석히 여겨	使軺猶惜日
어둠을 타고 터벅터벅 떠나간다.	乘暝去關關

• 보산역寶山驛

제목에 보이는 보산역은 황해도 평산에 있었던 역원이다. 제7구에서 "사신의 행차"라 한 것으로 보아, 이 시는 아마도 1203년에 이연수李延壽를 수행하여 금金나라에 사신으로 떠날 때 지은 것으로 보인다.

지금 시인은 가도 가도 끝이 없는 첩첩산중을 지나고 있다. 때는 겨울이라 해도 일찍 저문다. 우연히 만난 옛 성터에는 까마귀들이 모여 있고, 바쁜 하루에 지친 새들이 숲 속의 둥지로 돌아온다. 하지만 사신 가는 행차는 시간을 아끼느라 쉬지도 못하고 계속해서 발걸음을 재촉한다.

"어둠을 타고 터벅터벅 떠나간다"는 맨 마지막 구절은 저물녘의 노을과 땅거미가 진 뒤의 어슴푸레한 어두움이 색채 대비를 이루고 있는 구절이다. 어둠을 뚫고 묵묵히 길을 떠나는 사행단의 고독이 훌륭하게 형상화되어 있다.

응시와 거리두기

정추(1333~1382) 시의 아름다움은 한마디로 '관조의 미'라 할 수 있다. 이 '관조의 미'는 미의식의 한 측면을 지칭하는 미학적 범주 용어이지만, 넓은 의미로는 지적인 관찰 작용을 두루 가리키기도 한다. 관조는 본질적으로 자아와 대상 사이에 거리를 두는 것에서 시작되며, 자아가 대상을 수용하는 작용이라는 점에서 미적 향수享受와도 밀접하게 연관되어 있다.

미학적인 측면에서 보았을 때, 눈으로 볼 수 있는 가시적인 것뿐만 아니라 귀로 듣거나 만지고 느낄 수 있는 감각적 직관성을 지닌 모든 것이 관조의 대상이 될 수 있다. 정추 시에 나타나는 관조의 미는 응시와 거리두기를 통해 표현된다.

> 처마 끝의 두 그루 소나무와 물이 하늘에 닿아 있는데
> 봉래섬의 구름과 연기가 한눈에 들어오네.
> 북에서 오고 남으로 가는 수많은 나그네,
> 산꽃은 한없이 봄바람에 웃고 있네.
> 兩松簷畔水連空　蓬島雲煙一望中
> 多少北來南去客　山花無數笑春風
> • 명파역에 쓰다(題明波驛)

어느 봄날 명파역明波驛을 지나며 바라본 풍광을 묘사한 시이다. 시인의 시선은 먼저 명파역 역사驛舍의 처마 끝을 향한다. 처마 끝 뒤로 두 그루 소나무가 보이고 역사를 휘감아 흐르는 명파천이 하늘과 맞닿아 있다.

제3구에 이르러 시선의 전환이 이루어진다. 위를 바라보던 시선을

옆으로 돌리니 남북으로 오가는 수많은 나그네가 눈에 들어온다. 강원도 고성군에 있던 명파역은 동해를 감상할 수 있는 아름다운 곳이자, 해금강과도 접해 있는 명소였다. 금강산 관광의 초입으로 유명하여 수많은 사람이 묵었던 곳이다. 사람들로 붐비는 역사의 시끌벅적한 모습이 눈에 선하다.

그러다가 다시 시선의 전환이 이루어진다. 분주한 역사를 뒤로한 채 시인의 시선은 말없이 피어 있는 산꽃을 향한다. 시인은, 봄바람을 맞아 흔들리는 꽃의 모습을 "한없이 봄바람에 웃고 있네"라고 감각적으로 묘사하였다.

여기에서 재미있는 것은 시선의 전환에 청각적인 요소가 섞여 감각미를 극대화시키고 있다는 점이다. 즉, 제1·2구의 "처마 끝", "소나무", "구름"을 바라보는 시선에서는 고요한 정적이 느껴졌다면, 제3구의 행인들에게로 시선이 이동하면서 시끄럽고 소란스러운 분위기로 전환된다. 그리고 다시 제4구의 "산꽃"에게로 시선이 바뀌면서 분위기가 정적인 이미지로 바뀐다. 이를 정리해보면 다음과 같다.

처마 끝·소나무·시냇물·구름(靜) ⇒ 역사의 행인들(動) ⇒ 산꽃(靜)

이처럼 시인은 일정한 거리를 두고 대상을 관조하면서 시를 쓰고, 시각적 요소는 물론 청각적 요소까지 결합하여 감각적 효과를 극대화했다. 정추의 시에는 시적 대상물의 세미한 움직임까지 면밀하게 관찰되고, 또 그것이 섬세한 필치로 묘사되어 있는 특징이 나타난다.

병든 나그네라 봄을 만나도 시 짓기에 게을러 病客逢春懶作詩
작은 창으로 종일토록 성근 울타리만 바라본다. 小窓終日面疏籬

봄바람은 그래도 다정한 생각이 있어서   東風也是多情思
때때로 버들꽃 날려 벼룻물에 떨어뜨린다.   時遣楊花落硯池

• 병든 나그네(病客)

봄날에 몸이 아프다. 그래서 시인은 방 안에만 갇혀 있다. 몸이 아프니 시 짓는 일에도 게을러진다. 종일 하는 일이라곤 그저 작은 창문을 통해 바깥 풍경을 바라보는 것뿐이다.

그런데 여기에서 재미있는 것은 막연하게 바깥을 바라본다고 쓰지 않고, 관조의 대상을 특정한 사물, 즉 "성근 울타리"로 국한시키고 있다는 점이다. 이것은 시인이 창밖으로 보이는 풍광 중 특정한 대상을 주시하고 있다는 뜻이다.

다시 말해 시인의 시선은, 마치 고정된 카메라의 렌즈처럼 움직이지 않고 한곳으로 집중되어 있는 이른바 '응시'의 특징을 보인다. 이러한 응시는 작은 꽃잎 하나의 움직임도 놓치지 않고 섬세하게 포착해내는 극대화된 관찰력으로 나타난다.

그래서 시인은 제4구에서 봄바람이 "버들꽃 날려 벼룻물에 떨어뜨린다"라고 말한다. 또 한 가지 주목할 점은 바람에 날린 꽃이 벼루에 떨어지는 것은 분명 동적인 움직임이지만, 그 동작이 매우 느리고 천천히 진행된다는 것이다.

좀 더 정확히 말하자면, 꽃잎의 움직임 자체도 느리지만, 그것을 바라보는 시선의 이동이 느리게 이루어지고 있다고 하는 편이 더 낫겠다. 저 멀리 창밖의 성근 울타리에서 방 안의 꽃잎으로 시선이 이동하는데, 마치 영화에서 카메라 렌즈가 원경에서 근경으로 아주 천천히 움직이는 것 같은 효과를 나타내는 것이다.

비 그친 뜰에는 먼지도 일지 않고 　　雨餘庭院不生塵
담장 아래엔 푸릇푸릇 풀빛이 새롭다. 　　墻下靑靑草色新
달게 자고 일어나니 아무 할 일도 없고 　　酣寢起來無一事
시선은 창틈을 뚫고 행인을 세고 있다. 　　眼穿窓隙數行人

• 즉사卽事

　아침에 일어나보니 밤사이 비가 내려 공기는 상쾌하고 먼지조차 일지 않는다. 담장 아래로 시선을 돌리니 오늘따라 풀빛이 유난히 짙다. 아무 할 일도 없는 시인은 창문 쪽으로 시선을 돌린다. 창밖으로 몇 명의 행인이 지나가자 시인은 일일이 그 행인들을 세어본다. 여기에서 눈여겨볼 것은, 지나가는 사람들을 대충 훑어보는 것이 아니라 한 명한 명을 응시하고 있다는 점이다.

　이와 같은 집중적 응시는 아무 일도 없다는 '무사無事'라는 상황에서 기인한다. 이러한 상황은 달리 말하면 여유와 한가로움이다. 정추시에 나타나는 관찰과 응시의 바탕에는 '한거閒居'라는 삶의 방식이 존재하고 있는 것이다.

　또 한 가지 재미있는 것은 정추의 관찰과 응시가 창문이라는 매개체를 통하여 이루어진다는 점이다. 여기에서 시인의 관찰은 직접적인 목도가 아니라 간접적인 바라보기이다. 예컨대 육안으로 사물을 직접 바라보는 것이 아니라, 요즈음의 물건으로 말하자면 안경, 카메라, 망원경, 현미경과 같은 매개체를 이용한 관찰인 것이다. 이것은 결국 대상에 대한 시인의 관찰이 약간의 거리를 두고 이루어짐을 의미한다.

　이와 같은 거리두기는 대상에 대한 관찰자의 인식에 보다 많은 객관성을 부여한다. 이러한 효과는 결국 관조의 미가 가지는 미학적 특징과 연결된다. 그리고 이러한 관조는 때때로 관찰과 응시의 대상이 자기 자신인 경우로 나타나기도 한다. 즉, 자기 응시를 통해 자아를 성찰하는 모습을 보여주는 것이다.

하정승河政承

한림대학교 기초교육대학 교수. 한국 한시의 정취와 미학적인 특질에 관심을 가지고 글을 쓰고 있으며, 더불어 한시를 현대적 감각으로 옮겨서 오늘의 독자들이 문학적 감동을 받을 수 있도록 노력하고 있다. 지은 책으로《고려조 한시의 품격 연구》,《한국 한시의 분석과 해석》이 있고, 옮긴 책으로《국역 형재시집》등이 있다.

내가 좋아하는 한시

지
리
산
의
큰
종
소
리

주자학朱子學만을 정통으로 인정한 이황李滉(1501~1570)은 동시대 라이벌 조식曹植(1501~1572)을 가리켜 노장老莊 사상에 물든 이라고 비판하였다. 이황의 입장에서 보면, 조식의 학문은 순정純正하지 않은 것이었다.

조식은 자신에게 필요하다면 불교나 노장도 수용할 수 있다는 개방적인 입장을 취하였다. 그래서 주자학만으로 정신 무장을 하지 않고, 제가諸家의 설을 폭넓게 취했다. 다양한 사상을 받아들여 자신에게 필요한 것을 체득하고 실천하는 데 중점을 두었던 것이다. 이 때문에 조식은 성리설의 사소한 동이득실同異得失에 대해서는 그다지 관심을 두지 않았다. 조식은 분명 지엽보다는 근본을 중시하는 학자였다.

도道의 근원을 찾아서

조식의 사상은 〈원천부原泉賦〉라는 글에 잘 나타나 있다. 남명학南冥學의 요체라 일컬어지는 경敬과 의義가 일상에서 실천하는 공부라면, '근원이 있는 샘물'이라는 제목이 뜻하듯, 〈원천부〉는 근본을 강조한 글이다.

이 글에서 조식은 근본을 누차 강조하면서, 온갖 이치가 본성에 갖추어져 있으므로 본성이 곧 근본이 된다고 했다. 그리고 경공부敬工夫를 통하여 근원을 함양하는 것이 근본을 세우는 방법이라 했다. 이를 성리학으로 말하면, 인욕人欲을 제거하고 천리天理를 보존하는 것이 된다.

《중용中庸》 첫머리를 보면, 하늘과 인간의 관계에 대해 하늘이 인간에게 명한 것을 성性이라 하고, 이 성을 해치지 않고 순응해 사는 것을 도道라고 하였다. 조식은 이 도에 대한 간절한 그리움을 갖고 있었다. 도를 체득하고자 하는 강렬한 구도 정신을 견지하였던 것이다.

특히 조식이 살던 시대가 사화士禍의 시기였기 때문에 도를 세워 사회의 기강을 바로잡는 것이 그 무엇보다도 절실했다. 그래서 조식은 문자에 연연하지 않고, 그 이면의 도를 꿰뚫어보는 독서법을 활법活法으로 보았다. 춘추 시대 제齊나라 목수 윤편輪扁이 "성인이 남긴 책은 성인의 찌꺼기일 뿐입니다"라고 임금에게 올린 말을 가져와 "다섯 수레에 실린 수천 권의 서적도 그 요지는 마음에 사심邪心을 없애는 데 있다"고 설파한 것이다.

조식은 책을 쌓아놓고 이론적 탐구를 하기보다는 성인聖人의 마음을 자득하는 공부가 더 절실하다고 생각했다. 그래서 〈대나무를 그리면서(畵竹)〉라는 시에서, 그림 속의 대나무를 통해 "생향生香", 즉 "살아 있는 향기"를 맡으라고 하였다.

그림 속의 대나무를 두고 필획을 논하는 것은 죽은 향기를 담론하는 것에 불과하다. 선현이 남긴 책도 마찬가지다. 문자 속의 이치를 논하는 것으로는 살아 있는 향기를 맡을 수 없다. 그래서 조식은 문자의 이면을 깊이 들여다보라고 권한다. 깊이 들여다보기를 통해 깨달음을 자득하는 것, 그것이 바로 성현의 도라는 것이다.

이런 마음으로 조식은 인욕을 극복하는 공부에 열중했다. 극기복례克己復禮를 일상에서 실천하려고 노력한 것이다. 조식은 자신의 마음 속에 누累가 생기는 것을 살피는 데 온정신을 쏟았고, 그것이 발견되면 즉석에서 제거하여 본연의 상태로 되돌리기를 끊임없이 반복했다.

방울과 칼

마음이 어디에 얽매이는지를 살피기 위해 조식은 특별한 것을 고안했다. 바로 성성자惺惺子라는 방울이다. 방울을 허리춤에 차고 다니며 딸랑거리는 소리를 들을 때마다 조식은 자기 마음속에 인욕이 일어나지 않았는지를 성찰하여 늘 정신이 명료하게 깨어 있도록 하였다. 잠시라도 정신이 흐릿한 사이에 인욕이 끼어들 것을 걱정한 것이다.

혹시라도 인욕이 발동한 것을 발견하면 즉석에서 이를 물리치기 위해, 조식이 만들어 차고 다닌 또 하나의 특별한 물건이 있다. 그것이 바로 경의검敬義劍이다. 조식은 칼의 양면에 "안을 밝게 하는 것은 경, 밖을 결단하는 것은 의(內明者敬, 外斷者義)"라는 문구를 새겨두었다. 칼은 물건을 자르는 도구이다. 즉, 적의 목을 벨 수도 있고 물건을 자를 수도 있다. 조식이 차고 다닌 칼은 밖의 대상을 베는 용도가 아니라, 자신 안의 사욕을 제거하는 도구였다.

마음을 수양하기 위해 창안한 두 물건의 상징성을 통해 보면, 조식이 자신을 성인으로 만들려는 강한 구도적 정신을 가진 도학자였음을 확인할 수 있다. 이런 정신을 단적으로 보여주는 것이 〈신명사도神明舍圖〉이고, 이를 일상에서 정감으로 표현한 것이 아래와 같은 시이다.

온몸에 40년 동안 쌓인 티끌,	全身四十年前累
천 섬 맑은 물에 다 씻어버렸네.	千斛淸淵洗盡休
티끌이 오장육부 속에 다시 생기면	塵土倘能生五內
곧장 배를 갈라 저 물에 씻어버리리.	直今刳腹付歸流

• 냇가에서 목욕하고서(浴川)

49세 때 거창군 감악산甘岳山 아래 포연鋪淵이란 곳에서 제자들과 목욕하고 지은 시이다. 활발하게 살아 움직이는 조식의 정신이 분명하게 드러난다. 본원의 상태를 회복한 마음에 인욕이 생긴다면 배를 갈라 즉시 씻어버리겠다는 비장한 각오가 담겨 있다. 어떤 분들은 이 시를 읽으면 섬뜩한 느낌을 받을지도 모르겠다.

조식은 한 점의 티끌도 마음에 남아 있는 것을 용납하지 않았다. 그래서 백 퍼센트 순금처럼 순정한 마음을 늘 유지하려 했다. 이는《중용》의 "지극한 성은 잠시도 그치지 않는다(至誠不息)"고 한 말, 또는 "마음이 순정하며 또 잠시도 그 마음이 그치지 않는다(純亦不已)"고 한 진실무망眞實無妄의 성誠을 실천한 것이다.

이와 같은 마음이 강렬했던 조식은 61세 때 결단을 내린다. 은거하려는 결심에 따라 45세 때부터 살던 삼가三嘉를 떠나 지리산 깊은 곳으로 이사하였던 것이다. 당시 조식에게는 거처를 옮길 하등의 이유가 없었다. 삼가는 선대부터 내려온 땅과 선영이 있는 곳이었다. 게다가 뇌룡사雷龍舍나 계부당鷄伏堂 같은 정사精舍를 새로 만든 지도 얼마 되지 않았을 때이다. 안정된 삶의 터전을 버리고 굳이 깊은 산속으로 거처를 옮긴 이유는 무엇일까?

울리지 못한 종

남명기념관이 있는 산청군 시천면 덕산 입구 앞에는 조식이 들어와 터를 잡고 살았던 산천재山天齋가 여전히 남아 있다. 정면 세 칸의 아담한 기와집이다. 산천재의 정면 네 기둥에는 다음과 같은 주련柱聯이 걸려 있다.

봄 산 어느 곳엔들 향기로운 풀이 없겠는가마는
천왕봉이 상제 처소와 가까운 것을 사랑해서라네.
맨손으로 여기 들어왔으니 무엇을 먹고 살아가나?
은하수 같은 저 10리의 물, 아무리 마셔도 남으리라.
春山底處無芳草　　只愛天王近帝居
白手歸來何物食　　銀河十里喫猶餘
• 덕산에 집터를 잡고(德山卜居)

조식이 지리산 천왕봉 밑으로 이주하여 집터를 잡고 지은 시이다. 첫 구의 '저底'는 '어찌'라는 뜻이다. 봄철 산하는 어디든지 향기로운 화초가 돋아나 생의生意가 충만하다. 그런 생의를 즐기며 주자朱子처럼 은거할 산수는 어디에나 있다.

그런데 군이 이곳으로 들어온 이유를, 조식은 둘째 구에서 독백처럼 말하고 있다. 천왕봉을 아끼는 마음에 덕산으로 이사하였다는 것이다. 천왕봉은 상제가 사는 하늘과 가장 가까운 곳이다. 결국 조식은 하늘과 가까운 곳을 찾아 거처를 옮긴 것이다.

조식은 덕산에 들어가 새집을 짓고 '산천재'라 명명하였다. '산천'이라는 말은 《주역周易》의 대축괘大畜卦에서 따온 것이다. 대축괘는 산山과 천天이 합한 괘로, 괘사卦辭에 "자신을 강건하고 독실하고 빛나게 하여 날마다 덕을 새롭게 한다(剛健篤實輝光, 日新其德)"고 하였다. 하루하루를 이런 마음으로 살기를 바랐기에 천왕봉이 바라보이는 곳에 집을 지었던 것이다.

조식은 더 강건하고 독실하게 자신을 빛내고 갈고닦아 날마다 그 덕을 새롭게 하기 위하여 덕산으로 이사를 하였다. 그렇게 하기 위해서 필요한 도반道伴, 즉 함께 도를 닦는 벗으로 천왕봉을 선택하였던 것이다.

조식의 눈에 천왕봉은 단순히 높은 봉우리가 아니다. 상제가 사는 천天에 가장 가까이 다가가 있는 도의 상징이다. 천은 곧 이理이고, 천도天道는 바로 진실무망의 성誠으로, 도학자들이 추구하는 최고의 목표이다. 공자孔子 같은 분도 심성을 갈고닦아 천도에 이르렀고, 그 구도의 경지를 전한 것이 바로 《중용》이다.

하늘과 맞닿아 있는 천왕봉을 통해 하늘에 오르려 하였으니, 조식은 바로 자신을 수양해서 하늘과 하나가 되는 천인합일天人合一을 추구한 것이다. 인욕이 제거되고 천리가 보존된 경지에 도달하는 것, 이것이 곧 근본을 지향한 조식의 정신이었다.

남명학을 처음 접한 20여 년 전, 61세의 노성한 학자가 자신의 학문을 완성하기 위해 선택한 구도적 열정에 나는 놀라지 않을 수 없었다. 예나 지금이나 대부분의 학자는 회갑의 나이가 되면, 자신을 성찰하는 공부보다는 남을 가르치기를 더 좋아한다. 그런데 그 나이에 자신의 덕을 날마다 새롭게 하기 위해 모든 것을 포기하고 산속으로 들어간 노학자의 추상같은 정신에 절로 고개를 숙이지 않을 수 없었다. 5백 년이 지난 지금까지도 경상우도 사람들이 그를 그토록 추앙하고 있는 까닭을 비로소 알게 되었던 것이다.

조식의 이런 결단은 사실 오래전부터 기획된 것이었다. 그는 "죽은

내가 좋아하는 한시

조식이 살았던 산천재山天齋(경남 산청군 덕산면 소재).

소의 갈비뼈 같은 두류산을 열 번이나 주파했다(頭流十破死牛脅)"고 할
정도로, 여러 차례 지리산을 등반하였다. 〈두류산에서 지음(頭流作)〉이
라는 시에서 "천 자나 되는 높은 회포 걸 곳이 없네, 방장산 상상봉 꼭
대기에나 걸어볼까(高懷千尺掛之難, 方丈于頭上上竿)"라고 한 것을 보
면, 조식의 이상이 매우 높았음을 알 수 있다. 그 이상은 너무 커서 이
세상에 걸어둘 곳이 없었다. 그래서 떠올린 곳이 하늘과 맞닿은 천왕
봉이다. 이와 같이 높은 조식의 꿈은 하늘을 떠받치고 서 있는 천왕봉
과 자연스럽게 연결되었다.

〈엄광론嚴光論〉 등의 글을 통해 볼 때, 조식의 높은 꿈은 바로 왕도
정치를 구현해 임금을 요순으로 만들어 태평성대를 만드는 것이었다.
이런 원대한 꿈을 가진 조식은 자신의 몸에 도를 체득해 하늘을 떠받
치고 있는 천왕봉 같은 존재가 되고 싶었던 것이다.

> 청컨대 저 천 석의 큰 종을 보시게,　　　　　請看千石鐘
> 크게 치지 않으면 쳐도 소리 없다네.　　　　非大扣無聲
> 어찌하면 나도 저 두류산처럼 될 수 있을까?　爭似頭流山
> 하늘이 울어도 울지 않고 끄떡없이 서 있는.　天鳴猶不鳴
> ・덕산 시냇가 정자의 기둥에 쓰다(題德山溪亭柱)

해석에 논란이 많은 시이다. 그러나 남명의 거대한 정신세계를 노래
한 것으로 보는 데는 이견이 없다. 여러 학자가 제3구 "쟁사爭似" 앞의
주어를 "천석종千石鐘"으로 보아, '천석종이 어찌 두류산과 같으랴'라
는 의미로 본다. 그러나 조식 자신을 주어로 볼 수도 있다. 아니, 그것
이 오히려 더 잘 어울린다. 조식의 거대한 정신세계를 천석종에 비유
한 것으로 보아야 하는 것이다.

　　　　　　　　　　　　　　　　　　　　　　내가 좋아하는 한시

천 석의 큰 종은 큰 북채로 치지 않으면 소리가 나지 않는다. 거대한 울림이 있는 종이다. 그런데 작자는 그것을 자신이 늘 바라보는 천왕봉에 비유하였다. 그런 천왕봉처럼 되고 싶었던 것이다. 마지막 구에 보이는 "불명不鳴"의 주어는 천왕봉이다. 하늘에서 천둥과 번개가 쳐도 의연한 천왕봉은 미동도 않는다는 뜻이다. 그것이 곧 조식이 꿈꾼 정신세계였다.

에밀레종이 신라 전역에 울려 퍼졌다면, 이 종은 조선 팔도에 울리고도 남을 만하다. 바로 조식이 추구하는 왕도 정치의 이상이다. 어느 날엔가 조식의 눈에 그의 높은 꿈을 상징하는 천왕봉이 천석종으로 보인 것이다.

천왕봉은 언제나 그 자리에

조식이라는 천석종은 결국 크게 칠 사람이 없어 세상에 울리지 못하였다. 그러나 마음속으로 그 종소리를 듣는 이들은 어느 시대에나 존재하였다. 시절이 어려울 때마다 후학들은 그 종소리를 듣기 위해 조식이 살던 덕산으로 순례를 떠났고, 천왕봉을 우러르며 천석종이 울리기를 간절히 염원하였다.

함양 사람으로 일찍이 조식의 문하에 나아가 배운 강익姜翼(1523~1567)은 산천재에서 스승을 모시고 공부하는 즐거움을 다음과 같이 노래하였다.

흰 달은 밝아 가을날 빨래한 옷 같은데	素月明秋練
맑은 시내 고요하여 물결도 일지 않네.	澄流靜不波
봄바람이 좋아 밤새도록 앉아 있으니	春風坐一夜

이 경지의 참된 맛이 정히 어떠하리?　　　　　　眞味正如何

• 산천재에서 남명 선생을 모시고 달을 구경하다(山天齋侍南冥先生
賞月)

이 시에 보이는 '밝은 흰 달'과 '고요하고 맑은 시내'는 바로 조식의
정신세계이다. 밝음과 고요함은 평소 조식이 추구한, 한 점 티끌조차
남아 있지 않은 경지이다. 강익은 이런 세계에 흠뻑 취해 있는 즐거움
을 "진미眞味"로 표현하였다. 스승의 도에 흠뻑 취해 그 맑고 고요한
정신세계에서 노니는 참맛을 요즘 세상에서는 어떻게 느낄 수 있을까?

조식이 세상을 떠난 뒤 문인門人 정탁鄭琢(1526~1605)은 다음과 같
은 만사輓詞를 지었다.

높이 우러러 사모하는 우리 조 선생님,　　　　景仰曹夫子
은거해 계시어도 도가 절로 높으셨네.　　　　林居道自尊
〔……〕
두류산처럼 만 길이나 우뚝 서 계시니　　　　頭流萬仞立
천년토록 영원히 그 법도가 보존되리.　　　　千載典刑存

조식의 지향과 도가 잘 드러난 만장이다. "경앙景仰"은 《시경詩經·
거할車舝》의 "높은 산을 우러를 수 있고 큰 행실을 따를 수 있네(高山
仰止, 景行行止)"라는 구절에서 비롯한 것으로, 성현의 학덕을 높은 산
에 비유해 추앙한다는 말이다. 정탁은 조식의 도가 만 길의 천왕봉처
럼 높아 오래도록 그 도가 전해질 것이라고 하였다.

정탁은 36세 때인 1561년 진주 교수로 내려왔을 때 산천재로 찾아
가 조식을 뵙고 제자가 되었다. 전하는 일화에 따르면, 정탁이 돌아갈

적에 조식이 소를 한 마리 내주었다고 한다. 정탁의 말과 얼굴빛이 너무 민첩한 것을 보고서 날랜 말을 타고 가면 넘어지기 쉬우므로 더디고 둔한 소를 타고 가라고 넌지시 깨우친 것이라 한다. 정탁은 그런 가르침에 보답이라도 하듯, 조식의 도가 영원히 이 땅에 전해질 것이라 확신하는 말을 스승의 영전에 바쳤다.

이와 같은 조식의 도는 정탁의 예언처럼 후학들에게 면면이 이어져 내려왔다. 19세기의 퇴계학파 학자인 이진상李震相(1818~1886)은 덕산에 와서 다음과 같은 시를 지었다.

온 나라에 함께 퍼진 남명과 퇴계의 바른 학문,	冥陶正學並吾東
사단칠정의 바른 가르침은 은연중 같았네.	四七眞詮不約同
방장산 높은 봉우리엔 서기가 서려 있고	方丈峯高留瑞靄
탁영대의 옛 대 위에는 청풍이 불어오네.	濯纓臺古挹淸風
뿌옇게 흐릿하여 광명처를 볼 수는 없지만	氛霾不到光明處
높은 정상도 원래 평탄한 데서 말미암는 법.	峻極元從坦易中
창주에 걸었던 초상 산천재에도 걸렸으니	滄洲列像山天揭
연원이 본래 관통하고 있음을 비로소 믿는다네.	始信淵源本貫通

조식과 이황의 학문은 정학正學으로 규정되어 온 나라에 함께 널리 퍼졌다고 하였다. 이는 이익李瀷이 "남명과 퇴계에 이르러 우리나라 문명이 절정에 이르렀다"고 한 것과 같은 인식이다. 더구나 이진상은 조선 시대 성리학 논쟁의 핵심인 사단칠정四端七情에 대해서도 두 분이 은연중 같다고 하여, 두 선생의 도를 다르다고 여기지 않았다. 그러면서 그 근원이 모두 주자에게서 나온 점을 강조하였다.

"창주滄洲"는 주자가 강학하던 창주정사滄洲精舍를 말한다. 조식은 산천재 중앙 마루 위에 공자, 주돈이周敦頤, 정호程顥, 주자의 초상을 걸어놓고 매일 예를 올렸다고 한다. 주자가 연원으로 인정한 공자, 주돈이, 정호를 조식 또한 스승으로 삼았기에, 이진상은 주자와 조식의 학문적 연원이 다르지 않다는 점을 강조한 것이다.

조선 후기 경상우도 지역의 학자들에게는, 이익이나 이진상의 경우처럼 조식과 이황을 나란히 추앙하는 의식이 보편적으로 나타난다. 19세기 말, 이 지역의 대표 학자인 곽종석郭鍾錫의 〈입덕문부入德門賦〉에 그런 의식이 잘 나타나 있다.

그런데 이 시기의 기호 노론계 학자들도 조식의 도를 추앙하는 의식을 드러낸다. 위정척사파의 대표적 인물인 최익현崔益鉉(833~1906)은 〈산천재에서 원래의 시에 차운함(山天齋次元韻)〉이라는 시에서 다음과 같이 노래하고 있다.

하늘이 소미성을 시켜 해동을 비추게 했으니	天幹少微映海東
선생의 그 높은 기상 누구와 더불어 같을까?	先生氣像與誰同
덕천의 맑은 물은 천추의 달처럼 하얗고	德川水白千秋月
방장산 높은 봉은 백세의 풍도처럼 드높네.	方丈山高百世風
경의의 진결 위에서 넉넉히 노니셨고	優遊敬義眞詮上
신명사 안에서 고요히 함양하셨네.	涵養神明一舍中
만년에 들어와서 덕을 닦고 수양하시던 곳,	晚生來過藏修地
유학의 문로가 참되게 통했음을 비로소 믿네.	始信儒門路眞通

최익현의 노래처럼, 조선 말기까지 유학자들은 조식의 유적지를 찾아 그를 추앙하였다. 여기에 그런 시를 몇 수밖에 인용하지 못했지만, 조식이 만년晚年에 은거한 덕산을 찾아 감회 어린 마음으로 노래한 시

편이 1천 수도 넘는다는 사실에 대해, 우리는 어떤 평가를 내려야 할까? 그들이 느낀 정신세계를 오늘날 다시 느낄 수는 없을까? 지금 우리의 마음속에는 과연 진정으로 우러르며 따르는 선현先賢이 한 분이라도 있는가? 해묵은 화두話頭 하나를 남겨본다.

최석기崔錫起
경상대학교 한문학과 교수. 한국 경학을 전공하면서 조선 시대 사상의 근간이 된 《대학》과 《중용》의 해석에 관심을 집중하고 있다. 또한 경남에 살면서 지역학에도 관심을 두어 남명학과 지리산학을 정립하는 데 노력하고 있다. 지은 책으로 《한국경학가사전》, 《조선시대 대학장구 개정과 그에 관한 논변》, 《조선시대 대학도설》, 《조선시대 중용도설》, 《선인들의 지리산 유람록》, 《남명과 지리산》, 《나의 남명학 읽기》, 《남명정신과 문자의 향기》 등이 있다.

1
만
2
천
봉에서

나를
찾다

　삼연三淵 김창흡金昌翕(1653~1722)은 청음淸陰 김상헌金尙憲(1570~
1652)의 증손이자 영의정 김수항金壽恒(1629~1689)의 3남으로서 권
문세가 안동 김씨의 문명文名 높은 시인이다.

　현종과 숙종 대의 기해예송己亥禮訟(1659), 갑인예송甲寅禮訟(1674),
경신환국庚申煥局(1680), 기사환국己巳煥局(1689) 등으로 가문이 부침
浮沈을 거듭하는 상황에서, 맏형 김창집金昌集(1648~1722)이 영의정,
둘째 형 농암農巖 김창협金昌協(1651~1708)이 예조판서에 오른 것과
는 달리, 김창흡은 관직 진출을 단념한 채 은둔과 유람으로 생애를 보
내었다.

　특히 부친 김수항과 중부仲父 김수흥金壽興(1626~1690)이 기사환
국 때 유배되었다가 죽게 되는 참혹한 당화黨禍를 겪으면서, 설악산
백담계곡에까지 들어가 은둔 생활을 하였다.

한 번도 어려운 것을 여섯 번이나

김창흡은 19세(1671)에 김창협과 함께 첫 금강산 유람을 시작한 이후 27세(1679)에 제2차, 33세(1685)에 제3차, 58세(1710)에 제4차, 59세(1711)에 제5차, 61세(1713)에 제6차 등 모두 여섯 차례에 걸쳐 금강산을 유람하였다.

제3차까지의 금강산 유람은, 중부 김수흥이 영의정에 오르고 갑인 예송 이후 몇 년간 실각하여 유배된 부친까지 경신환국으로 영의정에 오르는 등 가문이 매우 번창하던 시기에 이루어진 것이었다. 그러나 제4차에서 제6차까지의 금강산 유람은 기사환국으로 부친과 중부까지 희생된 후 은둔 생활을 하다가 25년이 지난 만년晩年에 와서야 이루어졌다.

이러한 생애 속에서 김창흡은 5천 수에 이르는 많은 한시를 남겼다. 김창흡은 17, 18세기 한시사의 중요 시인으로 높이 평가되는데, 특히 여섯 차례에 걸쳐 금강산을 유람하면서 남긴 시들은 금강산 기행시라는 측면에서도 주목된다.

가문의 영달 속에서도 은둔을 추구한 백부伯父 곡운谷雲 김수증金壽增(1624~1701)과 중형 김창협 및 그들의 문하생들, 그리고 김창흡이 남긴 금강산 기행문과 기행시는 겸재謙齋 정선鄭敾(1676~1759)의 금강산 그림과 결부되어 한국 한시사와 미술사의 귀중한 유산으로 평가된다.

이유원李裕元(1814~1888)은 《임하필기林下筆記》의 〈봉래비서蓬萊飛書〉에서 김창흡의 금강산 시들을 금강산 각 구역을 대표하는 작품으로 수록하고 있는데, 이 덕택에 김창흡의 금강산 시는 금강산 문학을 대표하는 작품으로 널리 알려지게 되었다.

아홉 번 물을 건너

김창흡은 33세 되던 1685년에 제3차 금강산 유람을 떠났다. 갑인예송 이후 실각하여 영암과 철원에 유배된 부친이 경신환국으로 영의정이 되고 김창흡에게도 관직이 내려진 시기였다. 그러나 김창흡은 벼슬을 사양하고 금강산 유람을 떠났다.

이때 지은 〈망금강산望金剛山〉은 금강산을 찾아가는 마음을 잘 표현한 시로, 이유원의 〈봉래비서蓬萊飛書〉에 수록되어 널리 알려진 작품이다. 금강산을 찾아가는 젊은 김창흡의 흥취가 잘 표현된 총 20구의 장편 고시인데, 그 내용을 세 단락으로 나누면 다음과 같다.

(1)

자주 보면 경물도 신선하지 않고	數見物不鮮
여러 번 겪어보면 느낌도 쉽게 싫증이 나네.	屢度情易疲
그러나 어이하여 이 금강산은	夫何此楓岳
나를 세 번이나 오게 하는가?	令我三來爲
속세에서는 온갖 근심이 쌓이기에	塵區積百憂
문밖을 나서서 우연히 여기까지 오게 되었네.	出門偶及玆

(2)

단발령을 내려오면서부터	自下斷髮嶺
나의 말이 더디다고 자주 꾸짖었네.	屢叱我馬遲
신원에서 잠깐 시냇가에 쉬는데	新院暫流憩
하얀 모래밭 물가에서 점심을 먹었네.	午飯白沙湄
살구꽃 초록 들판에 환하게 비치고	杏花照綠野
아름다운 풀 잔물결이 되었네.	瑤草被漣漪

정선鄭敾, 〈금강전도金剛全圖〉, 1734년, 종이에 담채, 130.8×94cm, 삼성미술관 리움.

여기도 은둔할 만한 곳이 되지만　　　　於焉已堪棲
길을 가면 갈수록 더욱 기이해지네.　　　進路轉懷奇

(3)
높은 바람이 저녁노을을 걷어가니　　　　高颸褰晚霞
산은 반이나 구름 밖으로 치솟았네.　　　半山出雲馳
높고 높은 산은 옥기둥이 쌓인 듯　　　　峥嶸積玉標
바람을 따라 우뚝한 형세.　　　　　　　勢將逐風欹
예서부터는 아홉 번 물을 건너야 하니　　臨當九渡水
미친 듯한 기운을 억제할 수가 없네.　　　氣狂不自持

　제1단락은 서두에 해당하는 부분으로, 세 번이나 금강산을 찾은 감
회를 피력하였다. 속세의 근심을 털어내기 위하여 유람을 떠났다가 우
연히 발길이 금강산에까지 이른 것으로 서술하였다.
　영의정이던 부친이 탄핵받고 체직되었다가 다시 영의정이 되는 등,
정계가 매우 소란스러웠기에 김창흡은 환로宦路에 대한 뜻을 접고 내
려진 관직을 사양하였다. 복잡다단한 한양을 벗어나 금강산을 찾으니
단발령에서부터 상쾌한 감흥이 일어남을 제2단락에서 보여준다.
　제3단락에서는 구름 위로 하얀 바위가 솟은 금강산의 원경遠景이 이
미 탐승객探勝客의 감탄을 일으키고 발걸음을 재촉하게 한다고 서술
함으로써 작품을 마무리하였다. 멀리에서 바라보이는 금강산의 모습
은, 높은 산 위의 바람과 구름 위로 우뚝 서 있는 봉우리들로 인하여
인간이 범접할 수 없는 매우 굳센 인상으로 표현되고 있다. 세속적 현
실과 타협하지 않고 자신만의 정신세계를 추구하려 하는 고고孤高한
이미지를 형상화한 것이다.

한눈에 1만 2천 봉을 품다

정양사正陽寺는 내금강의 봉우리들을 한눈에 바라볼 수 있는 위치에 있기 때문에 금강산 유람객이 빼놓지 않고 가보는 절이다. 그중에서도 헐성루歇惺樓는 일목요연한 조망이 가능한 누대로 유명하다. 정양사라는 이름은 금강산의 정맥正脈에 터를 잡았기 때문에, 또는 정남향에 자리하고 있기 때문에 붙여진 것이라고 한다.

김창흡이 58세 되던 1710년의 제4차 금강산 유람 때 읊은 시가 정양사를 읊은 대표적인 시로 이유원의 〈봉래비서〉에 인용되어 있다.

헐성루 둥근 언덕에 휘파람 불며 앉았노라니	圓臺舒嘯坐
날 듯 뛰어오를 듯 빼곡한 1만 2천 봉우리.	飛躍萬峯稠
신선이 이슬 받는 그릇을 받친 하얀 기둥인 듯	皓露金莖擢
푸른 하늘에 옥으로 만든 죽순을 뽑아놓은 듯.	蒼雲玉筍抽
조물주가 무언가 의도가 있어 설치하려고	有心眞宰設
신선들 위해 머무를 집이라도 만들어놓은 듯하네.	爲宅列仙留
시라도 읊어 남겨두려고 해도 쉽지가 않아	未易留歌詠
한가위 달빛 아래 서성거릴 뿐.	低回桂月秋

하얀 바위로 된 내금강의 뾰족한 봉우리가 수없이 늘어선 모습을 한눈에 바라보면서, 조물주가 신선들의 집을 만들어준 듯하다고 하였다. 인간 세상이 아닌 신선 세계와 같은 광경이 주는 벅찬 감동은 시로도 표현할 수 없다고 하였다.

헐성루에서 바라본 뾰족하게 치솟은 내금강의 하얀 봉우리들에 대하여 조선 전기의 재사당再思堂 이원李黿은 〈유금강록遊金剛錄〉에서 "한漢나라 고조高祖가 의병을 일으키자 군사들이 상복을 입은 것 같다"고 하여 군사들이 창검을 들고 있는 모습으로 비유한 바 있다. 〈조의제문弔義帝文〉을 지은 김종직金宗直의 제자였기에 '의제'라는 역사와 관련한 유가적 대의명분을 가져다가 의미를 부여한 것이다.

이와 유사한 의미 부여가 남효온南孝溫의 기행문 등 여러 편의 금강산 시문에 나타나지만, 김창흡은 이러한 이념적 의미를 부여하지 않았다. 다만 속세를 떠난 맑고 깨끗한 세계로서의 내금강이 주는 아름다움과 신비함을 표현해내려고 하였을 뿐이다.

위의 시는 제3차 금강산 유람 이후 25년 만에 다시 찾은 금강산을 표현한 것이며, 여기에는 가문의 비극을 겪은 뒤, 산수 유람과 은둔 생활을 통해 세속을 벗어나려 한 김창흡의 탈속 취향이 잘 나타나 있다.

다섯 번을 왔어도 처음 온 듯

내금강의 가장 대표적인 계곡인 만폭동은, 수많은 바위와 그 사이로 흐르는 계곡물, 폭포와 담소潭沼 등이 만들어내는 장관, 귀를 울리는 거센 물소리, 바위 벼랑에 매달아 지은 보덕암의 신비로운 전망 등으로 유명하다.

이유원은 만폭동의 대표적인 시로 김창흡이 제4차 유람 때 지은 〈만폭동萬瀑洞〉을 수록하였다.

용이 잠긴 듯 뛰어오르는 듯 서로 이어지고	潛躍龍無首
높고 낮은 폭포는 모두 근원이 있네.	高低瀑有源[1]
입김을 뿜어서 구름이 자욱하게 한 듯	噓爲雲淰淰

1 폭유원瀑有源: 《좌전左傳》에 "나는 백부伯父가 계시니, 옷에 관면冠冕이 있고 나무와 물에 뿌리와 근원이 있는 것과 같다"고 하였다.

울룩불룩한 돌들로 에워쌌네.　　　　　　　衛以石蹲蹲

양봉래楊蓬萊 노인의 은고리와도 같은 글씨　蓬老銀鉤絡

큰아버님의 발길 다녀간 흔적.　　　　　　芭翁赤舃痕[2]

양지바른 비탈에서 내 머리 말리라고　　　陽阿晞我髮

그 아래에 머리 감는 동이가 있구나.　　　下有洗頭盆

　제1연은 이름에 '용龍' 자가 많이 붙은 담소로 이어진 만폭동 계곡의 모습을 묘사한 것이다. 제2연은 이름에 걸맞게 물을 내뿜으며 쏟아지는 분설담噴雪潭의 물안개를 읊은 것이고, 제3연은 분설담 옆의 너럭바위에 양사언楊士彦과 김수증이 써놓은 글씨를 언급한 것이며, 제4연은 '옥녀세두분玉女洗頭盆'에 대한 설화를 소개한 것이다.

　만폭동의 절경에 대하여 이유원은, 청룡담靑龍潭부터 백룡담白龍潭, 흑룡담黑龍潭, 비파담琵琶潭, 벽하담碧霞潭, 분설담, 진주담眞珠潭, 구담龜潭, 선담船潭, 화룡담火龍潭까지를 십담十潭, 흑룡담부터 여덟 개를 팔담八潭이라고 지칭하면서, 네 개의 이름에 '용' 자가 들어간 것은 '용의 굴택窟宅'이란 의미에서 연유한 것이라고 설명하였다. 그리고 청룡담 위쪽으로 돌이 확처럼 오목하게 파인 옥녀세두분은 보덕보살普德菩薩이 머리를 감던 곳이라는 설화가 있으며, 맑은 물결의 진주담과 분설담이 그중 뛰어난 경치를 자랑한다고 하였다.

　이유원은 또, 분설담 옆의 집채만 한 바위에는 봉래蓬萊 양사언이 새긴 "소동령령 풍패청청(疏桐泠泠, 風佩淸淸)", "봉래풍악 원화동천(蓬萊楓嶽, 元化洞天)", "만폭동萬瀑洞"과 김창흡의 큰아버지인 김수증이 새

2　파옹芭翁: '芭'는 '아버지'라는 뜻의 '爸(파)'로, 여기서는 백부인 김수증을 가리킨다.
　적석赤舃: 천자나 제후가 신는 좋은 신발. 여기서는 귀한 발자취라는 뜻으로, 백부인 김수증이 글씨를 새겨놓은 것을 가리킨다.

긴 "천하제일명산天下第一名山"이란 글씨가 있다고 설명하였다.

김창흡은 만폭동을 대표하는 이와 같은 특징을 시 한 편에 모두 압축하여 담아내었다. 이 시는 필수 유람 코스에 대한 핵심 사항을 적시摘示하여 대상의 특징을 사실적으로 전달하고 있으며, 작자의 정감을 표현하는 것은 자제하고 있다.

그러나 5차 유람 때 만폭동을 읊은 다음 시에는 사실적 묘사보다는 경물이 주는 감흥이 함축적으로 표현되어 있다.

위아래 못들에 오색룡이 서리었는데	五色龍蟠高下潭
고요한 못과 성난 폭포가 서로 번갈아 있네.	潭平瀑怒互相參
겹겹이 둘러싼 단풍나무에 가을 햇살 현란한데	重圍錦樹秋光絢
온통 중향성 골짜기 물을 받아 바위 위 적시네.	全受香城石面涵
물안개는 눈처럼 해를 가려 큰 골짜기 어둑한데	籠日雪雲冥大壑
우렛소리 나를 따라와 먼 암자까지 들리네.	趁人霆霹到遙菴
옥연, 삼협과 웅장함과 아름다움을 다툴 것이니	玉淵三峽爭雄麗
다섯 번이나 왔어도 처음 찾아온 듯하구나.	五到猶然似始探

제1연 역시 이름에 '용' 자가 붙은 담소들이 이어져 폭포처럼 흘러내리는 계곡의 모습을 묘사한 것이다. 오색룡이 서려 있는 곳으로 비유함으로써 인간 세계를 벗어난 신비경神秘境으로 미화하였다.

제2연은 계곡의 배경으로 서 있는 중향성과 단풍 든 나뭇잎이 햇살에 빛나고 있는 모습을 묘사한 것이다. 웅장한 중향성과 미세한 나뭇잎으로 대구對句를 이루어 미적 표현을 극대화하였다.

제3연에서는 자욱한 안개를 일으키며 흘러내리는 계곡물의 우렁찬 소리를 묘사하였다. 그 소리가 어찌나 큰지, 구리 기둥에 의지해 벼랑에 매달려 만폭동을 굽어보고 있는 보덕암에까지 들려온다고 하였는데, 눈에 들어오는 정경을 표현한 솜씨에서 깊은 여운을 느낄 수 있다.

제4연에서는 이러한 만폭동 계곡이 여산廬山의 옥연玉淵이나 양자강 상류의 삼협三峽 계곡에 비견할 만하다고 하였다. 중국 강서성江西省 여산에 있는 옥연은 중국 당나라 시인 이백李白의 〈망여산폭포望廬山瀑布〉라는 시로 유명해졌고, 중국 호북성 양자강 상류의 구당협瞿塘峽, 무협巫峽, 서릉협西陵峽을 아울러 가리키는 삼협 또한 이백의 〈조발백제성早發白帝城〉 시에 등장하는 아름다운 명소이다. 다섯 번이나 찾아왔어도 마치 처음 와본 것 같다고 하였으니, 만폭동이 지닌 알 수 없는 신비감을 극도로 예찬한 것이다.

김창흡은 시 전편에 걸쳐 만폭동의 형상이 지닌 특징적 사실을 전달하기보다는 만폭동의 절경이 주는 아름다움을 재현하고자 하였다. 시 자체가 함축적 언어 표현의 미학을 가질 수 있도록 한 본래의 의도를 훌륭하게 충족시킨 수작이라 할 수 있다.

하루살이도 나를 비웃으리

금강산의 가장 높은 봉우리인 비로봉毘盧峯은 험한 산세로 인하여 유람객들이 모두 다 올라갈 수 있는 곳이 아니었다. 송강松江 정철鄭澈은 1580년에 지은 〈관동별곡關東別曲〉에서 "비로봉 상상두上上頭에 올라본 이 그 뉘신고 〔……〕 오르지 못하거니 나려감이 고이할가?"라 하여 비로봉에 오르지 못하는 심경을 노래한 바 있는데, 김창흡도 다섯 번째 금강산 유람에서 비로소 처음으로 비로봉에 올랐고 그 감격을 〈등비로절정登毘盧絶頂〉 세 수와 〈추흥팔수용두운지염일자秋興八首用杜韻只拈一字〉의 제6수로 읊었다.

〈추흥팔수용두운지염일자〉의 제6수에서는 "봉래산에 다섯 번 왔는데 늦가을을 만나, 비로소 처음으로 비로봉에 올라 천하를 굽어보았네(蓬萊五到晩逢秋, 始上毘盧眺十洲)"라 하여 다섯 번째 유람에서 처음 비로봉 절정에 오른 것을 말하였다.

또한 〈등비로절정〉의 제1수에서도 다섯 번 만에 처음으로 비로봉 절정에 오른 감회를 다음과 같이 읊었다. 이 시 또한 이유원의 〈봉래비서〉에 인용되어 유명해졌다.

나의 금강산 유람은 이제야 처음으로	吾遊於是始
가을날 비로봉에 올랐네.	秋日上毘盧
넓고 트였으니 하늘에 무엇이 있겠는가?	寥廓天何有
높고도 높으니 땅에는 이미 아무것도 없네.	崢嶸地已無
저 둥근 하늘로 황곡이 날며 바라보는 듯	圓歸黃鵠眸
드넓은 대지 위로 대붕이 날갯짓하며 오르는 듯.	闊入大鵬圖
감히 조선이 작다고 하겠는가?	敢謂朝鮮小
하루살이도 이 몸 작음을 비웃을 텐데.	蜉蝣笑此軀

제1연은 다섯 번이나 금강산을 유람했지만 이제야 처음으로 비로봉 절정에 올랐음을 서술하고 있는데, 비로봉이 함부로 대할 범상한 대상이 아님을 강조하고 있다.

제2연에서는 절정에서 바라본 광경을 눈에 거리끼는 것이 하나도 없는 일망무제一望無際의 높고 넓은 경지로 서술했으며, 제3연에서는 이러한 위치에서 바라본 천지는 한 번 날면 산천의 굴곡을 다 보고, 두 번 날면 하늘이 둥글고 땅이 평평한 것을 안다는 황곡이란 새가 내려다보는 것과 같다고 하였다.

이어서 한 번 날아오르는데 삼천리의 바닷물을 치면서 구만리의 하늘에 뜬다는 대붕이란 새가 날아가는 것과 같다고 비유함으로써 비로봉의 절정을 인간 세상을 초월한 세계로 묘사하고 있다.

〈등비로절정〉의 제2수와 3수에서도 하늘 높이 올라가 세찬 바람 속에 동해를 아래에 두고 서 있는 심경을, 마치 바람을 타고 다니는 신선이라도 된 것처럼 묘사하였다. 인간 세계를 초월한 무한한 시간적·공간적 무대인 비로봉 절정에 올라선 감격을 표현한 것이다.

당화黨禍로 인한 가문의 참혹한 불행을 겪으며 환로를 포기하고 은둔 생활과 산수 유람으로 노년에 이른 김창흡의 초탈한 정신세계가 반영된 시라고 하겠다.

약초나 캐리라

금강산을 총체적으로 노래한 작품으로는 52구의 장편 고시 〈봉래가蓬萊歌〉가 있다. 금강산에 대한 총체적 인식과 그에 대한 시적 표현이 주목되는 작품이다. 이유원이 〈봉래비서〉에서 금강산을 총론적으로 설명하는 부분에 인용하여 널리 알려지게 된 거편巨篇이다.

금강산 유람에 대한 거대한 감동과 이를 시로써 표현해내려는 노력이 담긴 김창흡의 대표작으로, 역대 금강산 한시 중에서 빼놓을 수 없는 작품이라고 할 수 있다. 편의상 전편을 다섯 단락으로 구분하면 다음과 같다.

(1)
봉래산 여러 봉우리들 푸른 하늘에 늘어서니
세상 사람들은 억지로 1만 2천 봉이라 이름 하였네.

옛날 전설에는 발해 속에 있었다고 하는데
어느 때 발해의 가장자리로 옮겨왔는가?
중국의 임금이 오악을 경시하고
봉래산에 올라 신선이 되기를 원하였다네.
고래 같은 파도와 폭풍을 몇 해나 거쳤던가?
문을 나서 서쪽으로 오니 산이 우뚝 솟았네.
어찌하여 산은 높고 기운은 그렇게 맑은가?
내가 태초의 혼돈 앞에 서 있는 듯.

蓬萊群峰羅碧天　　世人强名萬二千
往昔傳在渤海中　　何時移來渤海邊
赤縣君主輕五嶽³　　願登此山爲神仙
鯨翻鼉作經幾載　　出門西來山崒然
是何山高氣太淸　　使我起疑鴻濛前

(2)
장안사 골짜기 입구에 우거진 잣나무,
향로봉 앞의 깊은 만폭동.
천지의 기운 서린 태고의 길은 신선 사는 굴처럼 나 있고
겹겹의 숲 막다르면 푸른 봉우리가 번갈아 나타나네.
여기는 적송자赤松子와 왕자교王子喬가 드나드는 문,
노을과 지초芝草를 먹으니 도道가 번거롭지 않네.

---

3 오악五嶽: 중국의 5대 명산. 동쪽의 태산泰山, 서쪽의 화산華山, 남쪽의 형산衡山, 북쪽의 항산恒山, 중앙의 숭산嵩山을 말한다. 신선이 산다는 전설 속의 삼신산三神山은 봉래蓬萊, 방장方丈, 영주瀛洲인데 우리나라에서는 금강산, 지리산, 한라산을 대응시켜 지칭하였다.

흰 구름 쓸고 물이끼 어루만지며 걸어가니
구룡연의 넓고 푸른 물은 신선 세계의 봄이로구나.
우렁차게 하늘에서 울리는 소리는 용처럼 흘러내리고
은은한 계수나무 향기 은둔자를 취하게 하네.

長安谷口列栢森　　香爐峰前萬瀑深
氤氳古道走瓊窟　　合杳穹林遞碧岑
此是松喬出入門[4]　餐霞茹芝道不煩
行掃白雲捫石髮　　九淵蕩碧三花春[5]
嘈嘈天籟矯流龍　　翳翳菌桂醉幽人

(3)
저만치 밝고 높은 천일대 있어서
거기에 가 지팡이 짚고 몇 번이나 서성이네.
서성이며 동쪽을 보니 산이 눈에 가득한데
하나하나 바라보니 참으로 봉래로구나.
봉래여, 봉래여,
깎아질러 가파르구나.
온갖 물상物像을 본받은 것이
우뚝 치솟거나 깜짝 놀라 선 듯하네.
은은하게 날리는 안개 속에
별들이 늘어선 듯한 봉우리.

4　송교松喬: 적송자赤松子와 왕자교王子喬. '적송자'는 신농씨神農氏 때 우사雨師였던
신선으로, 불 속에 들어가도 타지 않으며, 곤륜산에 있는 서왕모西王母의 석실에서 비
바람을 타고 놀았다고 한다. '왕자교'는 도사인 부구공浮丘公을 만나서 신선이 되었다
는 인물로, 피리로 봉황의 소리를 흉내 내었다 한다.
5　삼화三花: 수련하여 득도得道한 사람이나 신선을 가리키는 말.

푸른 노을 어느새 영랑재에 퍼지니
하얀 옥이 중향성에 들쭉날쭉 솟았네.
중향성 맑은 기운 자욱한 노을과 엉기는데
한 마리 학 높이 솟아 구름길로 사라지네.

別有高明天逸臺　歸來倚策重徘徊
徘徊東望山滿眼　一一乃見眞蓬萊
蓬萊復蓬萊　　　刻削以崢嶸
物類之所象　　　竦峙或若驚
隱隱煙雪　　　　的的羅星
靑霞倏忽永郞岾　白玉錯落衆香城
香城灝氣結繁霞　一鶴高厲雲路睽

(4)
옛날 봉래가 바다에 떨어졌을 때
은대와 금궐이 바로 저것인가?
부상의 붉은 해 설산에 일렁이니
모든 봉우리가 파도에 놀라 달려가는 듯.
높은 산, 넓은 바다가 조물주의 변화에 통하였으니
태일선인太一仙人 내려다보고 탄식을 더하네.

因憶蓬萊落海時　銀臺金闕坐來疑
扶桑日紅波雪山　衆峀復以驚波馳
山高海闊變化通　太一下顧增蹉咨[6]

---

6 태일太一: '태일선인'으로, 하늘에 있는 신선의 이름.

(5)

인간 세상 어느 곳에 이런 산이 있으며,

천상의 어느 신선이 이곳을 다녀가지 않았으랴?

나는 왜 봉래산에 세 번이나 와서

눈앞이 어른어른, 머리털이 희끗희끗해지는가?

오래 머물러 있을 수도 없고

흥도 또한 막을 수 없구나.

누런 먼지 속의 속세로 내려가야 하니

비로봉아, 너를 어찌할 것인가?

천태산天台山 4만 8천 길을

손작孫綽은 그 높은 것을 시로 읊었다네.

이 산에 올라와 시 지을 사람 후대에 많을 것이니

나는 중향성 남쪽 언덕에서 약초나 캐리라.

人間何地擬此山　　天上何儸不往還

我奈蓬萊三入何　　空花飄眼玄鬢斑

留亦不可久　　　　興亦不可闌

臨當下黃塵　　　　更奈毘盧何

天台四萬八千丈　　興公獨不負嵯峨[7]

登高能賦後人多　　我姑採藥於香城之陽阿

제1단락은 금강산이 곧 봉래산이라는 내용이다. 중국 전설에서 유래한 봉래산은 신선들이 모여 산다는 이상향이다. 태초에 조물주가 우

---

7 흥공興公: 손작孫綽(314~371). 중국 동진東晋 시대의 저명한 문장가. 난정蘭亭 집회에 초대받아 연회의 주인인 왕희지王羲之에 이어 또 하나의 서문序文을 쓴 바 있다. 그의 〈유천태산부遊天台山賦〉가 명문名文으로 칭송되었다.

주를 만들 때에 그 창조 정신을 담은 세계, 즉 인간 세계를 초월한 세계가 곧 봉래산이자 금강산이라는 뜻이다. 조물주의 '높고 맑은(高淸)' 경지를 경험할 수 있는 곳이라는 의미를 금강산에 부여한 것이다.

제2단락은 장안사에서 만폭동에 이르는 내금강 계곡과 구룡폭포가 있는 외금강 계곡, 두 곳을 금강산의 대표적인 골짜기로 거론하여 서술한 부분이다. 이들 계곡은 태고의 정취가 있는 신선들이 사는 곳이며, 용이 하늘에 날아오르는 세계로서 인간 세계가 아닌 곳으로 서술된다.

제3단락은 정양사 남쪽 천일대에서 바라본 내금강의 봉우리들을 묘사한 것인데, 구름 위로 솟아난 중향성 아래의 중봉衆峰이 구름을 뚫고 솟아오른 모습을, 천상의 신선들이 머무는 세계로 서술하였다. 세속의 번잡에서 벗어나 운해雲海 속에서 무수한 봉우리가 명멸明滅하는 내금강의 아름다움을 향수享受하는 작자의 심경이 잘 표현되어 있다.

제4단락은 천일대에서 비로봉을 바라본 모습을 묘사한 것이다. 중향성을 지나 비로봉으로 가는 능선을 금사다리와 은사다리라고 부르는데, 이곳을 천상의 금궐金闕과 은대銀臺에 비유하면서 조물주가 세상을 창조할 때의 모습이 담긴 곳으로 서술하였다.

제5단락에서는 비로봉에 오르지 못하고 속세로 돌아가야 하는 인간 존재로서의 한계에 대한 아쉬움을 표현하였다. 아울러 그러한 금강산의 정경情景을 시로 표현해낼 수 없는 안타까움까지 토로하였다. 그러면서 "나는 중향성 남쪽 언덕에서 약초나 캐리라"고 하여 세속을 벗어나 산수 유람을 즐기며 살아가고 싶은 심경을 피력하는 것으로 작품을 마무리하였다.

김창흡이 여섯 차례나 금강산을 찾은 것은, 탈속의 초월적 세계인 금강산이 주는 마음의 위안 때문이었다. 김창흡은 금강산의 모습과 그로 인한 위안을 방대한 분량의 한시로 표현하였다. 금강산 기행시의 대표작으로 옛사람들에게 널리 애송되어온 김창흡의 금강산 한시들은, 둘도 없는 가치를 지닌 우리 문학사의 소중한 보물임에 틀림없다.

이경수李庚秀

강원대학교 국어국문학과 교수. 조선 후기 한시 작가들의 한국 한시 창작의 새로운 전개에 대하여 관심을 두고 공부해왔다. 지은 책으로《한시사가의 청대시 수용 연구》가 있고, 옮긴 책으로《진경시로 노래하는 금강산》이 있으며, 논문으로〈16세기 금강산 기행문의 작자와 저술 배경〉,〈18세기 한시에 나타난 설악산의 심상〉,〈18세기 초 문인의 은둔자적 생애와 시적 표현〉 등이 있다.

험한 길을 오르고 오르다 보니 어느새 저물녘
작은 집이 산에 기댔는데 물 긷는 길이 가느다랗다.
골짜기의 새는 바람 피해 나무 그늘 찾아가고
시골 아이는 눈을 밟고 나무를 주워 돌아간다.
여윈 말은 마판에 엎드려 마른 풀을 씹고
지친 종은 솔불을 지펴 찬 옷을 덥힌다.
밤이 돼도 잠 안 오고 뭇소리 고요한데
서리 달이 차츰차츰 사립문에 스민다.

登登涉險政斜暉
小店依山汲路微
谷鳥避風尋樾去
邨童踏雪拾樵歸
羸驂伏櫪嚙枯草
倦僕燃松爇冷衣
夜入不眠羣籟靜
漸看霜月透柴扉

• 이이李珥, 〈조령에서 묵다(宿鳥嶺)〉

2부

김홍도, 〈추성부도〉 부분, 호암미술관.

바라보는 마음,
함께 하는 마음

내가 한시를 처음 접하게 된 것은 대학을 졸업하고도 제법 세월이 흐른 후, 우전雨田 신호열申鎬烈 선생님 댁을 찾은 그날부터인 것 같다. 1976년인가, 77년인가? 하도 오래되어 정확히 기억이 나지 않는다. 여하간 대학을 졸업하고도 예닐곱 해가 지난 셈이니, 명색이 한시 전공자로서 이리도 늦게 한시를 접한 사람은 참 드물 것이다.

11월쯤으로 기억하는데, 그날은 두보杜甫의 시 〈추흥팔수秋興八首〉를 읽는 날이었다. 시성詩聖으로 불리는 두보는 익히 알려져 있듯이 동아시아 역대 최고의 한시 작가이다. 그리고 그때만 해도 나는 네 계절 중 가을을 가장 좋아하였다. 그리하여 그날로 한시가 나의 인생을 잡아매게 되었으니, 우연이 곧 운명이라는 말이 실감 나는 일이었다.

한시가 아닌 언해諺解의 형태로 만난 것이기는 하나, 내가 두보를 좋아한 것은 그보다 훨씬 오래전이다. 고등학교 국어 교과서에 언해된 두시杜詩 몇 편이 실려 있었는데, 그 시들의 시적 정조와 고어古語의 감칠맛은 아직도 마음을 설레게 한다.

우전 선생님께서는 두보 시를 가르치시면서, "시의 생명은 정한情恨

내가 좋아하는 한시

이다. 한이 없는 사람은 시인이 될 수 없다"는 말씀을 자주 하셨다. 그런 것 같기도 하다. 두보의 시는 삶에서 묻어나는 정한이 절절하고, 이백의 시는 존재적 정한이 묻어나 더욱더 슬프니까 말이다.

젊어서는 가을이 참 좋았다. 붙임성 없이 쌀랑한 가을바람의 스산한 쓰라림이 가슴을 파고들었다. 모든 걸 잔혹하게 털어내는 것이, 싸하니 아프면서도 감미로웠다. 마흔이 넘으면서부터는 가을이 여전히 좋기는 하지만 감당하기가 조금은 버겁기도 하다. 말랑거리고 몽롱하고 휘감겨서 싫던 봄이 어느새 포근하고 다사롭게 느껴지고 움트고 퍼지는 나뭇잎들이 무작정 경이롭게 되었다.

젊어서는 가을 같은 시를 즐겼다. 정한에 사무쳐 알싸한, 높은 하늘처럼 투명하고 아득한, 가을바람처럼 가차 없이 몰아치는 그런 시를. 그런데 언젠가부터 그런 시들이 버겁다. 슬퍼하고, 탄식하고, 몸부림치고, 원망하고, 풍자하고, 애타게 그리워하고…… 그런 시들이 기력에 부쳐 피로하고 힘이 든다.

40대 후반, 마음으로 존경하던 최진원 선생님과 공동 연구를 하게 되면서 율곡栗谷 이이李珥(1536~1584)의 한시를 제대로 접하게 되었다. 그 후 이이의 시는, 삶이 종종 힘들 때 기운을 북돋워주는 시가 되었다. 이이의 시는 맑고, 평안하고, 다사롭고, 담담하고, 정성스러워 은밀하게 빛을 뿜는 마음의 기운으로 늘 나를 추슬러주었다.

나를 바라보며 벗과 함께하다

다음 시는 〈감기에 걸려 사람이 드나들지 않는 조용한 방에서 조섭을 하다가 느낌이 일어 호원에게 보내다(感寒疾, 調于密室, 有感, 寄浩原)〉이다.

'호원'은 성혼成渾의 자字이다. 성혼은 동서東西 분당分黨의 시기에 서인西人과 정치 노선을 함께했고, 이이와 함께 서인의 학문적 원류를 형성했다. 성혼의 학문은 이황과 이이의 학문을 절충한 것이라 평가되기도 하며, 이후 소론학파의 사상적 원류가 되었다는 견해도 있다.

이이는 성혼과 아주 절친한 사이였는데, 성혼의 아버지 성수침成守琛에게 가르침을 받은 적도 있다.

병중이라 인사를 생략하고	病中省人事
골방을 깨끗이 쓸고 닦았네.	灑掃淸幽室
작은 화로 마주하여 향을 피우고	小鑪對焚香
밝은 창에 하루 종일 앉아 있네.	明窓坐終日
생각나면 문득 책을 펴 보고	意到輒開卷
싫증 나면 도로 덮어버리네.	倦來還掩帙
간 걸 헤아리면 후회 더 쌓이지만	計往積尤悔
오는 걸 좇는다면 거의 잘못 없을 걸세.	追來庶無失
고요하고 또렷하게 이 생각을 지켜서	惺惺保此念
시끄럽거나 조용하거나 한결같으리.	喧寂當如一
느낌이 일어나 급기야 시가 됐소	感發遂成詩
그래서 부친다오, 같은 병 앓는 분께.	因之寄同疾

몸이 아프니 사람을 만나지 않는다. 아무도 드나들지 않는 으슥한 방을 깨끗이 쓸고 닦는다. 작은 향로를 마주하여 향을 피운 뒤 햇빛이 비쳐드는 밝은 창가에 앉는다. 책이 보고 싶어지면 책을 보고 싫증이 나면 책을 덮는다.

감기에 걸린 어느 날의 생활 모습이 아무런 꾸밈 없이 그대로 드러

내가 좋아하는 한시

나 있다. 거기에는 지나침도 없고 흐트러짐도 없다. 조금의 거스름이나 억지도 없다. 일상의 일거일동이 깔끔하고 정갈하다.

이 시에 제시된 이이의 일거일동에서는 애써 행하는 절제가 아니라 몸에 익은 중정中正이 느껴진다. 나는 과연 그럴 수 있을까? 이 시를 읽으면 숙연해진다.

후반부는 자성自省의 마음가짐을 벗과 공유하려는 감회이다. 지난 삶을 뒤돌아볼수록 후회가 쌓여간다. 그러나 '아직 살지 않은 미래는 내가 원하는 대로 따라갈 수 있다'. 조용한 어조이지만 자신의 삶을 바라보고, 허물과 후회가 없는 자기를 완성해가려는 결의가 느껴진다.

이 구절은 도연명陶淵明의 "이미 지나간 것 바로잡을 수 없는 줄 깨달았고, 다가오는 것 좇을 수 있음을 알았네(悟已往之不諫, 知來者之可追)"를 바꾸어 쓴 것이다. 그래서 은연중에 〈귀거래사歸去來辭〉의 의취, 도연명의 마음을 함축하게 된다.

"고요하고 또렷하게 이 생각을 지켜서, 시끄럽거나 조용하거나 한결같으리"라는 구절은 이 시의 핵심적인 의취요 감흥이다. 얼핏 읽으면 "이 생각"은 바로 앞 구절을 지칭하는 것으로 이해될 수 있다. 그러나 자의字意의 관습과 학적學的 배경을 감안한다면, 이는 일반적 상식으로는 해독하기 어려운 특별한 의미를 가지고 있다.

"성성보차념惺惺保此念"은 자신의 마음(생각)이 어떠한 상태에 있는지 지켜보는 것을 말한다. 그 지켜봄의 방법은 이이 자신이 스스로를 경계하기 위해 쓴 〈자경문自警文〉에 이렇게 나타나 있다.

오랫동안 멋대로 내버려두었던 마음을 하루아침에 거두자면 힘을 얻기가 어찌 용이할 수 있으랴! 마음이란 살아 있는 물건이다. 정定하는 힘이 이루어지지 않으면 요동하여 고요하기 어렵다.

만약 생각이 얽히고 어지러울 때 그것을 싫어하고 미워하는 뜻을 일으켜 끊어버리려고 하면 더욱 얽히고 어지러워진다. 홀연히 일어났다가 홀연히 사라져 흡사 나를 말미암지 않는 것 같다.

가령 끊는다 하여도 단지 이 끊으려는 생각이 가슴속에 가로걸려 있으니 이 또한 망령된 생각이다. 얽히고 어지러운 때를 당하게 되면, 정신을 수렴하여 가볍고 또 가볍게 비추고 그것과 함께 가지 말라! 공을 오래 들이면 반드시 엉기어 정해지는 때가 있다.

시끄러운 곳에서건 조용한 곳에서건 언제 어디서고 이렇게 자기 마음을 지켜 그것과 함께함으로써 시종일관 고요한 마음을 유지하는 것, 옛사람들은 이것을 '경敬'이라 했다. 제 마음이 제 마음 바라보기를 지키지 못하면 마음은 중정中正을 잃는다고 했다. 마음이 중中과 정靜을 잃으면 매사가 중정中正을 잃는다고 했다. 앞의 시에 나타난 이이의 일상, 즉 깔끔하고 정갈한 중정中正은 바로 이러한 자기 성찰이 몸에 익은 결과가 아닐까 싶다.

이 시에는 평범한 일상, 그것도 병중의 일상에서조차 단아하고 정갈하게 중정中正을 닦는 삶의 모습이 쉽고 편안하게, 그러나 생동적으로 담겨 있다. 옛사람에 대한 믿음과 공감이 있어 나를 바라보고 닦아가는 삶이 든든하고, 벗에 대한 믿음과 공감이 있어 나를 바라보며 닦아가는 삶이 미덥고 기쁘다. 나 자신에 대한 믿음이 있어 또렷하게 한결같다.

사물을 바라보며 사물과 함께하다

다음은 자연을 대하는 율곡의 마음을 살펴볼 수 있는 〈삼청동을 노닐며(遊三淸洞)〉이다.

　　　　　　　　　　　　　　　내가 좋아하는 한시

댕댕이 덩굴 길로 지팡이를 끌다가	曳杖煙蘿迤
늙은 나무뿌리에 머리를 괸다.	支頭老樹根
돌샘이 그윽한 곳에서 졸졸거린다.	石泉幽處咽
솔바람이 고요한 가운데 시끄럽다.	松籟靜中喧
새가 움직인다, 바위에 핀 꽃에 그림자가 진다.	鳥動巖花影
이끼에 시내 물보라 자국이 남아 있다.	苔留澗雨痕
저녁 구름이 깊숙한 골짝에서 일어난다.	暮雲生邃谷
그러더니 문득 산문을 잠근다.	從却鎖山門

삼청동은 한양의 절경으로도 유명하지만, 당대의 스승으로 추앙받던 성수침이 살고 있어 더욱 유명했던 곳이다. 내가 초등학교(그때는 국민학교라 했다)에 다닐 때는 삼청공원이라 했는데, 남산과 삼청동은 저학년의 소풍지이기도 했다.

우거진 숲길이 상쾌했고 약수 맛도 좋았다. 작은 폭포가 있었던 것으로 기억된다. 폭포 아래로 작은 웅덩이가 져, 아저씨들은 목물을 하고 사내아이들은 물 가운데에서 온몸을 씻기도 했는데 어찌나 부러웠는지 모른다. 이이가 살던 시절의 삼청동은 내가 본 것과는 비교도 안 되게 더 깊고 그윽하고 청량했을 것이다. 이 시는 바로 그런 삼청동을 거닐다 쉬면서 읊은 시다.

지팡이를 끌고 걷다가 늙은 나무뿌리가 보이자 문득 쉬고 싶은 생각이 든다. "늙은 나무뿌리에 머리를 괴"고는 누운 자세일까, 기댄 자세일까? 오래된 나무는 그 밑동이 줄기인지 뿌리인지 분간하기 어려운 상태이니 아마 기대앉은 자세일 것 같다. 삼청동을 기억하고 있는 나로서는 생각만 해도 상쾌하고 편안하다.

그러나 이 시에는 상쾌하다든지 편안하다든지 그런 말이 없다. 이어

지는 내용은 그렇게 기대 앉아 보고 들은 것들을 읊조린 것이다. 거기에
도 느낌은 전혀 표현되어 있지 않다. 사념思念도 없다. 다만 한 인물이
즉물卽物하여 응시하는 모습과 응시된 사물의 모습만이 제시되고 있을
뿐이다. 이 시의 매력은 바로 여기에 있다. '시는 서정抒情'이라 규정할
때의 서정이란 어휘에 대하여 많은 것을 생각하게 만들기 때문이다.

어떤 사물 혹은 어떤 정황과 직면하여 그것을 시라는 언어로 발한다
는 것은, 그 사물 혹은 정황에 대한 무언無言의 정감情感을 표현하는
것이다. 이를테면 길을 가다가 풀꽃을 보는 순간 자기도 모르게 "꽃이
피었네!"라고 말한다면, 그 자체가 경탄이요 찬미가 된다. 그 자체만으
로도 환희의 감정을 온전히 표현한 셈이 되는 것이다.

사물의 존재 혹은 사물의 모습을 처음으로 의식하는 그 순간보다 더
경탄스럽고 환희로운 순간은 없는 것 같다. 사물 자체의 존재와 모습
을 발견하는 일은 그 자체가 경이요 기쁨인 것이다. 그래서 나는 일단
이 시를 그렇게 읽는다.

이 시에 제시된 즉물적 상황들을 경험한 사람이라면, 이 시를 읽고
나서 그런 상황을 대면했을 때의 정감을 되살릴 수 있다. 그런 경험이
없는 사람들에게 이 시는 아무런 맛이 없다.

이 시의 정감은, 독자로 하여금 시인이 토해내는 감정에 공감하기를
기대하는 구속적 정감이 아니다. 즉경과 즉물만을 제시함으로써 시를
읽는 바로 그 사람의 경험과 감성에 의하여 저마다의 정감을 새롭게
흥기하도록 개방된 정감이다. 이 시의 내용은 철저하게 지금 여기 있
는 사물의 정황을 바라보는 것으로 조성되어 있다. 그리고 그 바라보
기는 경험적 통찰에서 비롯하는 앎(知)을 바탕으로 하고 있다.

물소리를 듣는다. 그 소리가 울먹이듯 막힌 음색이라는 것을 알아낸
다. 그래서 샘물 소리라는 것, 그윽한 곳에서 돌 틈 사이로 흘러나오는

이인문李寅文,〈정청송풍靜聽松風〉부분,《고송유수첩古松流水帖》제18폭, 18세기, 종이에 담채, 38.1×
59.1cm, 국립중앙박물관.

소리라는 것을 알게 된다. 이 시를 음영하기 이전에 이미 여러 물소리를 들은 경험이 있고, 그 물소리에 대한 통찰지洞察知가 있어야 비로소 이 한 구절의 발설이 가능하다.

샘물 소리, 돌 틈을 흘러나오는 소리, 그윽한 곳에서 나는 소리에 대한 경험이 없다면 이러한 발설은 할 수가 없다. 이 시구에서 우리는 부단한 사물 바라보기와 그 바라보기의 경험적 통찰로부터 얻은 통찰지를 바탕으로 한, 현재적 사물 바라보기, 즉 지금 여기서 들려오는 물소리에 오롯하게 마음을 집중하여 듣고 있는 이이를 만나는 것이다. 옛사람들은 그 전일專一한 마음 집중을 주경主敬, 혹은 격물格物이라 했고, 그렇게 통찰지를 깨달아가는 것을 격물치지格物致知라 했다.

요란한 솔바람 소리를 듣는다. 귀 기울여 듣고 있으면 고요가 있음으로 인하여 솔바람 소리가 요란하다는 것을 알게 된다. 만일 고요 아닌 다른 요란한 소리들이 있다면 솔바람 소리는 요란하여도 요란하게 들릴 수가 없다. 무언가의 소리는 아무 소리 없음을 힘입어 뚜렷하게 제 소리를 드러낸다는 것을 알게 된다. 깊이 귀를 기울여 전일한 마음으로 소리를 들으면 그 소리의 복합적 상황들 또한 저절로 알게 된다.

마음은 전일할 때 고요하다. 그때 비로소 정적을 알게 된다. 전일한 마음으로 소리를 들었기 때문에 이이는 솔바람 소리뿐만 아니라 정적 또한 포착할 수 있었다. 마음이 전일할 때 심신이 평안하고 행복하다는 것을 아는 사람은 알 것이다. 이런 사람만이 이 시를 제대로 읽을 수 있다.

바위에 핀 꽃 위로 그림자가 움직인다. 그것을 보고 위에서 새가 움직이는 것을 안다. 본 것은 바위에 핀 꽃과 움직이는 그림자뿐이지만, 그것을 전일하게 주시함으로써 현현된 실상의 보이지 않는 소이연所以然을 알아내는 것이다.

이끼에 맺힌 물방울과 이끼의 성장 상태를 보고, 시내에서 물보라가 뿜어져 나와 이끼가 그렇게 자랐음을 안다. 그것은 수많은 이끼의 자람을 보아온 눈이라야 할 수 있는 말이다. 깊은 골짜기에서 저녁 구름이 생기고 또 생기면서 산 입구를 닫아버린다.

무언가를 전일한 의식으로 바라봄으로써 바라본 모든 것을 알게 된다. 사물과 만나 전적으로 그것과 함께할 때 그것을 오롯이 알게 되고 그때 마음은 평안한 가운데 경이롭고 행복하다.

이 시의 모든 어구는 격물치지의 경험적 현장을 제시하고 있는 것이다. 격물치지는 통찰로 체득하는 앎이며, 사물과 사물이 연계되는 필연, 즉 이理를 체득하는 앎이다. 그러나 이 시에는 이理, 즉 이치理致에 대한 언급이 단 한마디도 없다. 단지 전일한 마음으로 사물을 보고 들으며 사물과 함께함을 음영할 뿐이다. 오직 한 사물에 전일하게 마음을 둘 수 있다는 것은 그 자체가 맑고 평화로운 행복이다. 그것은 언어로 바꾸어내기가 매우 어려운 심적 상황이지만, 경험해본 사람이면 누구나 제각각 환기할 수 있는 심상心狀이기도 하다. 이이가 만일 이理를 전하고자 했다면 굳이 시라는 언어 형식을 취하지 않았을 것이다.

나는, 이이가 이 시를 통하여 집중의 순간, 통찰의 순간에 경험한 경이와 기쁨과 화평과 행복을 전하고자 했던 것으로 이해한다. 그래서 나는 이 시의 즉물과 즉경을 통하여 나 나름의 경이와 기쁨, 화평과 행복을 만끽한다.

삶의 실상을 바라보며 고요와 함께하다

다음 시는 저물녘 조령의 객점을 찾아든 이이가 저녁부터 밤까지 본 경물들을 음영한 것이다.

험한 길을 오르고 오르다 보니 어느새 저물녘
작은 집이 산에 기댔는데 물 긷는 길이 가느다랗다.
골짜기의 새는 바람 피해 나무 그늘 찾아가고
시골 아이는 눈을 밟고 나무를 주워 돌아간다.
여윈 말은 마판에 엎드려 마른 풀을 씹고
지친 종은 솔불을 지펴 찬 옷을 덥힌다.
밤이 돼도 잠 안 오고 뭇소리 고요한데
서리 달이 차츰차츰 사립문에 스민다.

登登涉險政斜暉　小店依山汲路微
谷鳥避風尋樾去　邨童踏雪拾樵歸
羸驂伏櫪唆枯草　倦僕燃松熨冷衣
夜入不眠羣籟靜　漸看霜月透柴扉

　• 조령에서 묵다(宿鳥嶺)

　내가 이 시를 좋아하는 이유는 평이하고 평온하며 투명하기 때문이
다. 눈앞에 보이는 것들을 보이는 대로 말하듯 편안하게 음영한 시이
다. 별스러운 수사적 기교도 없고, 시인 자신의 느낌이나 사념도 없다.
그 평이함이 우선 마음에 든다. 이 시에 제시된 물상은 모두 다 삶의 노
고와 안주가 결합된 평안의 의상意象을 가진다. 낮 동안 여윈 말을 타
고 길을 걸은 것으로 보이는 시인은 험한 산길을 오르고 오르는 노고
끝에 석양 무렵 작고 소박한 객점에 이르렀다. 낮의 고단은 일단 끝났
고, 이제 그는 작은 객점에서 편히 쉴 수 있게 되었다. 그가 쉬게 된 곳
은 작은 가게이다. '작다'는 것은 그 가게 주인의 삶이 고단함을 암시
한다. 그러나 산을 의지하고 있고 또 물을 길을 수 있는 가느다란 길과
이어져 있기에 그 가게는 안주의 의상을 지니고 있다.

'바람을 피하는 새', '나무를 짊어지고 눈을 밟고 가는 시골 아이', '여윈 말', '느릿느릿 솔불을 지펴 옷을 덥히는 종' 등은 모두 고달프고 작은 삶의 모습이다. 그러나 이들의 삶이 매양 고달픈 것만은 아니다. 초라한 듯 소박한 안주처와 삶을 안정시킬 수 있는 것들이 그들의 삶에 보장되어 있기 때문이다. 바람이 거세게 불지만 새에게는 이를 피할 나무 위의 둥지가 있다. 차가운 눈 속에 나무 한 짐을 잔뜩 주워 짊어진 채 집으로 돌아가는 시골 아이는 춥고 힘들겠지만, 추위를 이겨낼 나무를 마련했고 돌아가 쉴 집 또한 있다. 여윈 말은 종일 걸어 녹초가 되었겠지만, 지금은 마판에 편히 엎드려 마른 풀을 먹고 있다. 지친 종에게도 차가운 옷과 언 발을 따뜻하게 녹여주는 불이 있다.

서정 자아를 포함한 이 시의 모든 물상은 매우 고달파 보인다. 그러나 한편으로 이 모든 것은 고달픔을 잊을 수 있는 질박한 안식을 얻고 있다. 소박하게 묘사된 편안한 안식으로 인하여 삶의 고달픔이 고달프게 느껴지지 않는다.

삶이 어찌 고달프기만 하거나 평안하기만 할 것인가? 고달픈 노고와 소박한 평안, 삶의 양면을 모두 바라보고 수긍하는 이이의 마음은 지극히 평정하다. 꼬집고 헐뜯고 한탄하고 울부짖고 도피하고 숨어버리는 그런 게 없다. 실상의 양면을 묵묵히 바라보고 모두 수긍한다.

미련尾聯에 이르러 '밤'이라는 시간적 변화에 따른 전환이 일어난다. 앞 구절들에서 서정 자아를 비롯한 여러 물상이 지니고 있던 삶의 질박한 안정이라는 의상과 미감이 안식과 평정의 절정에 이르는 것이다. 그 안식감과 평정감은 '물소리의 고요함'으로 극대화된다. '물소리의 고요함'은 앞에서 제시된 물상 모두를 조용한 안식 속으로 수렴하는 의상이며, 나아가 세계 전체를 고요 속으로 수렴하는 의상이다. 앞서 제시된 모든 삶이 시원적 고요와 평정과 밝음으로 수렴되어 그 속에 안주하는 것, 이것이 바로 결사結辭의 핵심이다.

이 시의 결정적 매력은 절대 고요 속에 잠들지 않고 또렷이 깨어 있는 시인의 의식에 있다. 소리가 전혀 없음을 알 만큼 귀를 기울이는 것, 서릿발처럼 하얀 달빛이 사립문에 차츰차츰 스며들고 있음을 알아챌 만큼 밀밀密密하고 또렷하게 주위를 바라보는 것, 이 주경主敬의 순간, 시인의 의식 또한 뭇소리 고요한 정靜에 있는 것이다.

요란하지 않고 소박한 작은 삶의 모습들, 고단한 삶의 한편에 보장되는 조용한 평안과 휴식, 이 시의 물상들은 극성스러운 탐욕에 휘둘리지 않아 거의 자연적 삶에 근접한 모습을 보인다. 밤이 되자 그러한 삶은 절대 고요, 즉 절대 평안 속으로 수렴된다.

이이는 어쩌면 이러한 삶의 실상을 그대로 수긍하고 소박하게 살아가는 것이 마음의 뭇소리가 정지한 평안이요, 사립문에 스며드는 하얀 달빛처럼 그렇게 맑고 빛나고 투명한 것임을 인식한 것은 아닐까? 이이의 시에는 일상과 주변의 평범한 사물들과 마음을 다하여 오롯이 마주하는 정성스러움이 있다. 이리저리 마음이 움직이지도 않고, 여러 생각과 감정이 들끓지도 않는다. 이이의 마음은 오롯이 눈앞의 대상 그 자체에 머물러 함께한다. 눈앞에 아무것도 없으면, 이이는 오롯이 자기 자신을 바라보며 자기 자신과 함께한다. 이 오롯한 바라봄과 함께함의 평온함은 언제나 내게 큰 위안이 된다.

김혜숙 金惠淑
충북대학교 국어교육과 명예교수. 문화의 국제적 소통에 관심을 가져 최치원, 김정희 등의 한시를 집중적으로 연구하였다. 시를 통하여 마음을 보는 관점을 일관된 축으로 삼아 많은 작가의 작품을 고찰하였고, 특히 이이의 시에 깊은 관심을 두었다. 한시론에 관심을 기울여 천기론과 성정론을 연계된 시론으로 보는 몇 편의 논문을 썼다. 다른 이들과 함께 《성소부부고》,《김득신의 시》,《만주집》 등을 옮겼다. 가려 뽑은 책으로 《완당시선》이 있다.

내가 좋아하는 한시

청춘도 때로는
시름겹다

청춘青春, 말 그대로 푸른 봄이라는 뜻이다. 그 파릇파릇함과 싱그러움 때문에 인생의 젊은 시절을 뜻하는 말로도 흔히 쓰인다.

"청춘은 봄이요, 봄은 꿈나라"로 시작하는 오래된 노래가 있다. 이 노래에서는 봄이라는 계절, 인생의 젊은 시절을 시종 꿈결같이 아름답다고만 하고 있다. 화사하고 따사롭고 건강하고 아름다운 시절, 청춘은 봄이라는 계절이든 인생의 젊은 시절이든 생동하는 아름다움이 있는 시기임에 틀림없다.

그런데 그 아름다운 시기에 사람들은 한편으로 졸음 때문에 힘겨워한다. 심지어 춘곤증春困症이라는 말을 써가며 그것을 병으로 취급하기까지 한다. 언 대지와 대기를 녹이는 봄기운은 실은 여름의 열기나 겨울의 한기보다 더 강한 것인지도 모른다. 우리 몸은 그 강한 기운에 적응하기 위해 얼마간의 졸음을 필요로 하는 것이니, 봄날 졸음이 쏟아지는 것은 지극히 자연스러운 일이다.

어째서 자연스러운 생체 현상까지 병으로 몰아 치료 혹은 예방을 해야 하는지 알 수 없는 노릇이다. 그러한 봄의 졸음, 혹은 나른함이 우리의 바쁜 일상에 지장을 초래한다고 믿기 때문이리라. 우리는 따사로운 봄날, 꿈결 같은 졸음을 맛보며 영혼을 쉬게 하는 것도 여의치 않은 세상에 살고 있다.

억을 준다 해도 깨우지 마라

대학 시절, 나는 볕이 따사로운 날이면 점심 먹는 것도 수업 듣는 것도 잊고 캠퍼스 구석 벤치에 앉아 졸곤 했다. 휴대 전화도 없던 시절이니 누구에게 방해받을 일도 없었다. 그렇게 봄을 맞아 조는 것은 내 오래된 '의식儀式'이다.

어렸을 적부터, 쏟아지는 봄볕을 받으며 마루에 앉아 가만히 눈을 감고 꿈결에 취해 있곤 했다. 그것은 정말 견딜 수 없어 꾸벅꾸벅 조는 것과는 다른 종류의 졸음이었다. 뭐랄까, 이겨내야만 하는 고통스러운 졸음이 아니라 내가 스스로 선택하여 누리는 행복한 졸음이었던 것 같다.

따사로운 봄날, 꿈결인 듯 조는 것보다 더 내 영혼을 풍요롭게 할 수 있는 것이 또 어디 있단 말인가. 그러한 봄날, 오수午睡의 가치를 읊은 시가 바로 임춘林椿의 〈다점에서 낮잠을 자며(茶店晝睡)〉이다.

빈 다락에서 잠을 깨니 해가 중천에 있는데   虛樓夢罷正高舂
침침한 두 눈으로 먼 봉우리 바라보네.   兩眼空濛看遠峯
은자의 한가로운 멋을 그 누가 알까?   誰識幽人閑氣味
한 난간의 봄잠은 천종의 가치가 있다네.   一軒春睡敵千鍾

임춘은 고려 중기의 문인으로 자가 기지耆之, 호가 서하西河이다. 그는 여러 차례 과거에 낙방하였으며 실의한 채로 30대에 일찍 생을 마

정선鄭敾, 〈초당춘수初堂春睡〉, 1750년, 비단에 채색, 28.8×21.5cm, 독일 성오틸리엔 수도원.

감한 것으로 전해진다.

"천종千鍾"은 매우 많은 녹봉을 가리키는 것이니, 봄날의 낮잠 한바탕이 참으로 값지다는 말이겠다. 벼슬하지 않고 숨어 지내는 처지이기에, 바쁜 벼슬살이의 대가로 받는 얼마간의 녹봉과는 비교할 수 없는, 참으로 소중한 봄날의 낮잠을 한가롭게 누릴 수 있는 것이다.

시인이 읊은 봄날의 낮잠은, 세상모르고 자는 깊은 잠이 아니라 현실과 꿈결을 오가며 몽롱하게 취해 있는 잠이었으리라. 어디 꼭 봄날의 낮잠뿐이겠는가. 바쁜 일상으로 얻을 수 있는 것보다 마음의 여유로 얻을 수 있는 것이 훨씬 값질지 모른다.

눈을 떠도 꿈이다

꼭 낮잠을 자거나 졸지 않더라도 봄날은 그 자체로 꿈결과 같다. 눈을 감아야 보이는 꿈결의 아름다운 풍광이 눈앞에 펼쳐지는 계절, 정이오鄭以吾(1347~1434)의 〈이웃 고을 수령 정백형에게 차운해주다(次贈隣倅鄭百亨)〉는 그야말로 '봄날의 꿈결 같음'을 고스란히 담아, 봄이 오면 애쓰지 않아도 절로 떠오르는 작품이다.

2월도 다 가고 3월이 다가오니	二月將闌三月來
한 해의 봄빛이 꿈속에 돌아드네.	一年春色夢中回
천금으로도 오히려 좋은 시절을 살 수 없는데	千金尙未買佳節
뉘 집에 술이 익기에 꽃이 저리도 피었는가?	酒熟誰家花正開

정이오는 고려 말 조선 초의 문신으로 자는 수가粹可, 호는 교은郊隱이다. 1394년에 지선주사知善州使가 되어 선주善州, 즉 지금의 구미 선

산선山으로 내려간 일이 있는데, 이 시는 그즈음에 지은 것으로 추정된다.

이 시에서의 2월과 3월은 물론 음력에 해당하거니와, 2월이 다 가고 3월이 다가온다 한 것은 봄이 한창임을 드러낸 것이다. 한 해의 봄빛이 꿈속에 돌아든다고 한 것은, 정말 꿈을 꾸어 봄 경치를 보거나 봄 분위기를 느꼈다는 것이 아니라 그만큼 봄날이 꿈결같이 아름답다는 말이겠다.

이 꿈결 같은 계절은 천금으로도 살 수 없을 만큼 값진 것이라 하고, 어떤 집에서 술이 익어가기에 꽃이 저리도 피었느냐고 물으며 시를 맺었다. 사실 꽃이 피는 것과 술이 익는 것은 직접적인 관련이 없다. 그런데도 시인은 술이 익어가기 때문에 꽃이 피는 것처럼 그 둘을 연관 짓고 있다. 이는 논리적으로 따지지 않고 감정에 맡긴 대로 시상詩想을 읊어내는 당시唐詩의 특징을 잘 보여주는 것이기도 하다.

같은 당시풍의 시로서 봄마다 빼놓지 않고 다시 읽는 시가 있다. 신종호申從濩(1456~1497)의 〈시름겨운 봄(傷春)〉이다.

차 마시기 끝나자 졸음이 막 가벼워지는데	茶甌飮罷睡初輕
담장 너머로 피리 소리 들리네.	隔屋聞吹紫玉笙
제비도 오지 않고 꾀꼬리도 떠났는데	燕子不來鶯又去
뜰 가득 붉은 비가 소리 없이 떨어지네.	滿庭紅雨落無聲

신종호는 조선 전기의 문신으로 본관은 고령高靈, 자는 차소次韶, 호는 삼괴당三魁堂이다. 신숙주申叔舟의 손자이기도 한 그는 문재文才가 뛰어나 성균진사시, 식년시, 문과중시에서 장원을 하여 과거 제도가 생긴 이래로 세 번이나 장원을 차지한 최초의 인물로도 이름이 높다.

봄날 오후, 쏟아지는 졸음을 깨우려 차를 마신다. 그제야 겨우 졸음이 가시는가 싶었는데 문득 담장 너머에서 피리 소리가 들려온다. 차를 마셔 졸음이 가벼워지기는 했지만, 어디선가 들려오는 피리 소리에 또 다른 봄의 몽환 속으로 빠져든다.

이 시의 절정은 바로 "뜰 가득 붉은 비가 소리 없이 떨어지네"라 한 마지막 구절이다. 여기저기 붉게 떨어지는 꽃잎을, 마치 비가 내리는 것 같다고 표현한 것이다. 봄이라는 계절은, 이처럼 잠깐의 한가로운 낮잠이 천종의 가치를 갖는 계절이기도 하고 눈앞의 광경이 꿈결인 듯 아름다운 계절이기도 하다.

얼굴은 웃어도 마음은 무거워

봄날 낮잠의 한가로움, 꿈결 같은 봄의 아름다움을 읊은 시들을 읽고 나면 그저 봄날의 한가로움과 흥겨움만 느껴질까? 적어도 나는 그렇지 않다.

아름다운 봄날의 분위기를 드러낸 시에서 나는 어떤 애잔함을 느낀다. 매년 봄이 되면 나는 슬픔에 젖곤 하는데, 그것은 '이 아름다운 계절을 앞으로 몇 번이나 더 만날 수 있을까' 하는 것이다. 욕심 같아서는 한없이 누리고 싶지만 기껏해야 몇십 번이다. 유한하기에 더욱 아름답고, 처절한 슬픔까지 뒤따르는 계절, 그것이 곧 봄이다.

그런데 봄날을 맞아 내가 느끼는 그러한 슬픔을, 1천2백여 년 전 시성詩聖 두보杜甫도 똑같이 읊었다. 두보는 〈절구만흥絶句漫興〉이라는 시에서 "2월이 이미 끝나고 3월이 오는데, 점점 늙어가니 봄을 만나는 것이 앞으로 몇 번일까(二月已破三月來, 漸老逢春能幾回)"라 읊은 적이 있다. 앞서 본 정이오 시에서, "2월이 다 가고 3월이 다가오니(二月將闌

三月來)"라 한 첫 번째 구절은 바로 두보 시의 위 구절을 염두에 두고 쓴 표현이다.

서두에서 청춘은 꿈나라 같다는 노래를 잠깐 언급했지만, 긍정적이 기만 한 이러한 봄의 이미지가 나는 늘 불만이었다. 정작 내가 겪은 봄 은 그렇게 설렘만 가득한 계절이 아니었고 내 인생의 청춘 또한 그렇 게 꿈나라 같지만은 않았던 탓이다.

어째서인지 나는 몇 차례의 큰 시련을 모두 봄에 겪은 것 같다. 엘리 엇Eliot은 〈황무지〉에서 "4월은 잔인한 달, 죽은 땅에서 라일락 꽃을 피우고, 추억에 욕망을 뒤섞으며, 봄비로 잠든 뿌리를 깨우네"라 하여 봄날의 처절함을 노래하였고, 〈April Come She Will〉이라는 노래를 통 해 사이먼과 가펑클도 봄에 찾아온 사랑에서 이별의 쓸쓸함을 예감하 지 않았던가.

또 시인 서정주는 〈봄〉이라는 시에서 "복사꽃 피고 / 복사꽃 지 고 / 뱀이 눈뜨고, 초록제비 묻혀오는 하늬바람 위에 혼령 있는 하늘이 여 / 〔……〕 / 아무 병病도 없으면 가시내야 / 슬픈 일 좀 / 슬픈 일 좀 있 어야겠다"라 하지 않았던가.

이처럼 봄날의 시름과 슬픔은 설렘이나 흥취만큼이나, 혹은 그것보 다 더 봄의 본질에 가까운 것인지도 모르겠다. 그래서 나는 봄의 시름 과 흥취를 저울질한 서거정徐居正(1420~1488)의 〈봄날(春日)〉이라는 시가, 봄의 느꺼움을 가장 적실하게 읊은 것이라고 생각한다.

금빛은 수양버들에 들고 옥빛은 매화를 떠나는데　金入垂楊玉謝梅
작은 연못의 봄물은 이끼보다 푸르네.　　　　　　小池新水碧於苔
봄 시름과 봄 흥취, 어느 것이 깊고 얕은가?　　　春愁春興誰深淺
제비가 오지 않아 꽃도 피지 않았네.　　　　　　燕子不來花未開

서거정은 조선조 성종成宗 때의 문신으로 본관은 달성達成, 자는 강중剛中, 호는 사가정四佳亭이다. 그는 23년 동안이나 문형文衡의 자리에 있으면서 《동문선東文選》의 편찬을 주도하기도 하였는데, 시로는 그리 높은 평가를 받지 못했다. 한 글자 한 구절 시어를 가다듬기보다 다작多作에 힘쓴 시인으로 평가되기 때문이다.

그런데 감흥이 일면 즉흥적으로 시를 짓던 평소 스타일과는 다르게, 서거정은 이 시에서 매우 정련된 시어를 구사하고 있다. '금빛이 수양버들에 들었다'는 것은 봄이 되어 물오른 수양버들의 눈이 햇빛을 받아 금빛으로 반짝이는 것을, '옥빛이 매화나무를 떠난다'는 것은 옥매玉梅 꽃이 떨어지는 것을 형용한 것이다. 매화가 지고 버들 눈에 물이 오른 것, 언 땅이 녹고 봄비가 모여 이루어진 봄물이 이끼보다 푸르다고 한 것에서 봄이 한창임을 감지할 수 있다.

봄이 한창 무르익어가는 즈음이니 흥겹기만 할 것 같은데, 시인은 갑자기 "봄 시름과 봄 흥취, 어느 것이 깊고 얕은가"라고 하여 봄을 맞은 흥겨움만큼이나 시름 또한 깊다고 읊고 있다. 시인은 어째서 봄을 맞은 설렘이나 흥겨움에만 주목하지 않고 그것을 봄 시름과 저울질하고 있을까?

봄에는 온갖 꽃이 다투어 피며 화려함을 자랑한다. 그 화려함에 우리는 한껏 흥에 겹기만 하던가? 앞의 신종호의 시에서도 봄날의 몽환적이고 아름다운 풍광을 묘사해놓고 정작 제목은 '시름겨운 봄(傷春)'이라 하지 않았던가?

또 임춘의 시에서는 숨어 사는 이의 한가로움을 자랑하듯 말하였지만 승구承句의 "침침한 두 눈으로 먼 봉우리 바라보네"라 한 것도 그냥 지나칠 것이 아니다. 봄날 한가로운 낮잠을 즐기면서도 자신은 어느새 나이가 들어 두 눈이 침침해졌다는 것에서 마냥 한가로움만 느낄 수는 없다. 게다가 연달아 과거에 낙방하여 어쩔 수 없이 숨어 지낼 수밖에 없는 처지에서 노래한 것이라는 점을 감안하면 시인이 읊은 한가로움에서 어떤 서글픔까지 읽어내게 된다.

봄은 가장 화려한 계절임과 동시에 사람으로 하여금 가장 초라하게 느끼게 하는 계절이기도 하다. 그것은 마치 짝 없는 남녀가 커플들 사이에서 '문득' 느낄 법한 상대적 외로움, 혹은 남들은 모두 행복하고 풍요로워 보이는 상황에서 '문득' 느낄 법한 상대적 불행이나 빈곤과 같은 것이다.

화려하기 그지없는 봄날, 온갖 꽃을 바라보며 초라하게 늙어가는 자신을 한탄하는 노래들이 적지 않은 것도 같은 이유이다. 봄날을 맞아 아름다운 경치를 즐기기보다는 그 풍광을 두고 자신이 늙어가는 것을 아쉬워하는 것이 많았던 것이다. 왕백王伯(1277~1350)의 〈산막의 봄날(山居春日)〉이라는 시도 그러하다.

간밤 시골집에 부슬부슬 비 내리더니　　　　　村家昨夜雨濛濛
대나무 울 밖의 복사꽃이 갑자기 붉었네.　　　竹外桃花忽放紅
술에 취해 귀밑머리 센 줄도 모르고　　　　　醉裏不知雙鬢雪
활짝 핀 꽃송이 꺾어 꽂고 봄바람 앞에 섰네.　折簪繁蕚立東風

이 시를 지은 왕백은 고려 때의 문인으로, 왕씨王氏는 사성賜姓이며 본성本姓은 김金, 초명初名은 여주汝舟이다. 고려 말의 정치적 혼란기에 여러 차례 유배와 파직의 파란을 겪은 인물이다.

간밤 내린 비에 봄이 불쑥 깊어지자 술에 취해 자신의 머리가 센 줄도 모르고 꽃송이를 꽂고 봄바람 앞에 섰다고 한 데서 봄날에 맞닥뜨린 깊은 서글픔이 묻어난다. 이처럼 봄을 맞아 느끼는 슬픔은 아름다운 계절을 몇 번이나 더 볼 수 있을까 하는, 인생의 유한함을 절감하는 데서 밀려오는 슬픔이다. 이는 봄의 화려한 풍광과 대비되는 자신의 초라함, 노쇠함으로 인한 슬픔이기도 하다. 진정 봄은 아름답고 화려하기 때문에 더 슬프고 초라해지는 계절이다.

청춘은 또 어떤가. 겉보기에는 한창 아름답게 피어나는 그 시절, 미래는 불확실하고 자신의 길은 어슴푸레하여 시름겨울 수밖에 없다. 더군다나 그러한 시름은 낯익은 것이 아니어서 그 무게는 더 무거울 수밖에.

한창 꿈에 부풀어 아름답기만 해야 할 것 같은 청춘, 제 몸의 건강함, 아름다움과 대비되게 도처에 도사리고 있는 낯선 시련이 청춘의 시름을 깊게 하는 것이리라. 그러니 "청춘은 봄이요, 봄은 꿈나라"라는 노래 가사는 참으로 청춘의 일면만을 보이면서 청춘의 본질을 호도하는 것이 아닐 수 없다. 설렘과 시름이 무게 균형을 잡지 못한 채 끊임없이 흔들리는 저울과도 같은 것, 그것이 바로 청춘이 아닐까.

안순태安淳台
서울대학교 기초교육원 강의교수. 조선 후기 문인 남공철을 집중적으로 조명해왔으며, 시문을 통해 문인들의 삶을 현장감 있게 재구하는 데 관심을 두고 있다. 옮긴 책으로《작은 것의 아름다움》이 있다.

내가 좋아하는 한시

아
이
가
만
드
는
정
경

열 살 이전의 어릴 적엔 새해가 되면 어찌 그리 좋았던가! 때때옷 입고 비단 띠 두르고 예쁜 가죽신을 신고서, 밤에는 윷놀이도 하고 낮에는 종이 연을 날렸지. 세배를 가면 친지 어르신들께서 내 이마를 쓰다듬어 주시곤 했지. 그러면 우쭐한 기분이 들어 바람처럼 달렸고 머리카락은 흩날리는 듯했지. 천하에 좋은 시절이란 이날보다 좋은 때가 없으리.

조선 후기의 문인인 이덕무李德懋가 《이목구심서耳目口心書》에 써놓은 대목을 손질해 옮겨본 것이다. 2백여 년이 흘렀건만, 이런 글을 읽을 때마다 감회가 뭉클한 것은 우리 어린 시절도 이와 비슷했을 것이기 때문이다.

들판을 달리면서 연을 날리던 친구들도 이제는 모두 축 늘어진 스웨터처럼 낡아버리고 말았다. 그런 친구들과 만날 때마다, 아니면 거울을 들여다볼 때마다, 우리는 툭하면 철없던 그 시절로 훌쩍 날아가곤 한다.

세월이 그리 훌훌 떠나갈 줄, 우리 모두 그때는 알지 못했다. 돌아보면 어제 같은데, 지나온 10년이 하루 같다. 그래서인지 이덕무도 후반부를 이렇게 이었다.

오늘 아이들이 팔짝팔짝 뛰노는 모습을 보고 있자니 나도 몰래 마음이 설렌다. 그렇지만 내 몸을 돌아보니 몸집은 다 컸고 수염만 덥수룩하구나. 샘이 나서 아이들에게 심술을 부리고 말았다. "너희들도 머지않아 수염이 날 테고 그때는 그 고운 옷도 자랑치 못할 게다!" 지금 당장이야 믿기지 않겠지만.

여덟 해 가운데 일곱 해를

조금 전까지의 걸음을 떠나 다시 한 걸음도 뗄 수 없는 것이 우리 삶이듯 유년을 건너뛰어 성년으로 직행한 사람은 아무도 없다.

마흔다섯 무렵의 성호星湖 이익李瀷이 〈세밑의 감회(歲晏行)〉에서 말한 감정의 결도 이덕무와 비슷하다. 죽마 타고 연 날리며 신나는 아들에게 "30년 뒤에는 네가 바로 나일 터, 30년 전에는 내가 바로 너였단다(三十年後爾是我, 三十年前我是爾)"라고 했던 것이다.

"말 타고 달려가는" 세월을 아쉬워한 이익은 이 시의 끝에서 고인古人이 갔던 학문의 길을 따르는 인생을 갈망했지만, 어린 아들 이맹휴李孟休에게 기대한 것은 총명한 아이가 되어달라는 것이었다. 그 몇 해 전, 아홉 살밖에 되지 않은 아들이 천문天文의 운행을 수치로 계산해 냈을 때에도 이익은 기쁨을 참지 못해 시를 지어 기념했었다.

아이가 혹 신동神童이라면 부모의 기쁨은 그야말로 한량없을 것이다. 열 살이 되기 전에 한시漢詩를 쓴 아이들이 부모에게 준 기쁨은 심지어 문학사의 명장면처럼 돌출해 나오기도 한다.

오세암五歲菴 전설의 주인공인 김시습金時習은 다섯 살에 이미 세상을 놀라게 하였고, 율곡栗谷 이이李珥, 백사白沙 이항복李恒福, 도암陶庵 이재李縡, 다산茶山 정약용丁若鏞 같은 위인들도 어린 날에 시를 써서 잊힐 수 없는 이력을 만들어내었다. 하지만 이 세상의 부모들에게는 평범한 아이의 그 평범함도 부러운 순간이 많았다.

여자 대학에 재직하는 나는 수업 시간에 다음의 두 수를 좀체 빼놓지 않는다. 하나는 허난설헌許蘭雪軒의 〈아들의 죽음을 곡하며(哭子)〉요, 또 하나는 남씨南氏 부인이 지은 〈손녀를 애도하며(悼孫女)〉이다.

아들의 죽음을 곡하며 쓴 난설헌의 시는 기구할 만큼 사연이 애절하다. "지난해에는 사랑하는 딸을 여의고, 올해에는 사랑하는 아들까지 잃었네. 슬프고도 슬픈 저 광릉 땅에, 두 무덤이 나란히 마주 보고 서 있구나(去年喪愛女, 今年喪愛子. 哀哀廣陵土, 雙墳相對起)"를 지나 "너희 남매의 가여운 혼은, 밤마다 서로 따르며 놀고 있을 테지(應知弟兄魂, 夜夜相追遊)"까지 읽어나가면 교실의 분위기는 어느덧 조용해진다. 고요히 시의 정경으로 빨려드는 숨결을 느낄 수 있다.

난설헌이 마무리한 대로 "하염없이 슬픈 노래를 부르며, 피눈물 슬픈 울음을 속으로 삼키"지 않는다 하더라도 애절한 교감은 금방 시차를 넘어서는 것이다. 더욱이 남씨 부인이 손녀를 애도하면서 쓴 한시는 차마 몇 마디조차 꺼낼 수 없었던 어느 엄마의 마음까지 다독였을 듯싶다.

여덟 해 동안에 일곱 해를 앓았으니　　　　　　八年七歲病
돌아가 눕는 것이 네겐 응당 편할 테지.　　　　歸臥爾應安
가련타! 오늘같이 눈 펄펄 내리는 밤에　　　　只憐今夜雪

어미를 떠나서도 추운 줄 모르다니.　　　　　離母不知寒

• 손녀를 애도하며(悼孫女)

이 시를 읽을 때면 백혈병을 지독히 앓은 어느 아이의 이야기를 들려주곤 한다. 골수 이식을 마친 아이의 손을 잡고 엄마는 흐느낌을 참아내며 아이 몰래 울먹인다. 맑고 투명한 아이의 두 눈을 보기가 차마 쉽지 않았으리라. 반면에 극한의 고통에 놓여 있는 아이는 오히려 평온하게 엄마의 손을 잡고 이렇게 말한다.

"엄마 힘들지? 미안해, 울지 마. 근데 나는 이제 그만 떠나도 되지 않을까?"

잠시 왔다 떠난 천사가 무수히 많음을 우리는 안다. 하지만 보내야 했던 어른들의 마음은 천사의 수와 비례해서 헐고 닳았을 것이다.

그래서 아들놈이 다섯이나 되는데도 하나같이 글공부를 싫어한다고 투덜댄 도연명의 〈아들을 꾸중하며(責子)〉가 차라리 행복한 푸념처럼 보이기도 한다. 초보적인 산수도 못하고 그저 배와 밤이 맛있는 줄만 아는 아이들을 두고 너희는 참 행복하겠다며 대견스러워할 부모가 어디 있으랴만.

노인과 꼬마의 추격전

조선 후기의 화가 김홍도金弘道의 〈서당書堂〉을 좋아하는 사람이 많다. 학동들의 표정이 재미있기도 하고 구부정한 훈장 선생님과 낑낑대는 학생들의 대비가 시공을 초월하는 웃음을 주기도 해서이다.

서당 풍경을 다룬 한시 중에 유득공柳得恭(1749~1807)의 작품이 김홍도의 그림에 짝이 될 만하다.

김홍도金弘道, 〈서당書堂〉, 《풍속화첩風俗畵帖》, 1745년, 종이에 담채, 27×22.7cm, 국립중앙박물관.

연 날리기 마치고선 씩씩 숨을 몰아쉬더니　　趁鳶纔罷氣騰騰
처마 끝 고드름 하나를 와삭와삭 베어 먹네.　　吃却簷端一股氷
돌아와 책상맡에서 기침만 콜록콜록,　　　　歸對書床無盡嗽
책 읽는 소리가 꼭 파리 소리 같구나.　　　　讀聲出口只如蠅

• 연 날리는 꼬마(飛鳶童子)

　겨울방학이면 할아버지에게 붙들려 한문 공부를 해야만 했던 일이 기억난다. 눈 쌓인 날에는 특히 억울함이 심했다. 친구들은 토끼를 잡는다며 앞산과 뒷산을 헤집었건만, 내가 그랬다간 꼼짝없이 회초릿감이 되었기 때문이다.

　그래도 이따금 연 날리는 것만은 한두 시간쯤 허락해주셨다. 그렇게 신나게 놀다가 땀을 뻘뻘 흘리고 돌아와 다시 그 따분한 공부를 하다 보면, 조는 일이 다반사요 기침으로 저항한 일 또한 한두 번이 아니었다.

　당시에 나는 할아버지의 눈으로 나를 돌아볼 만큼 속이 깊지 않았다. 중년이 되어서야 만난 유득공의 시는 이제야 내게 할아버지의 눈과 마음을 전해주는 듯하다. 할아버지의 입장에서 보자니, 연을 날릴 때는 날쌘 장수처럼 거침없던 녀석이 책상맡에만 앉았다 하면 꼬리 내린 강아지 같다. 쯧쯧, 장차 뭐가 되려는 건지.

　하지만 나는 이 놀리는 듯한 훈장 선생님의 시선이 왠지 따뜻하게 느껴진다. 가련하지만 미워할 수 없는 철부지 시절이란 누구에게나 있었을 테니 말이다. 훈장 선생님의 어릴 적도 이 아이와 크게 달랐을까?

　반면에 16세기의 시인 이달李達은 참 맹랑한 녀석을 시적 장면으로 포착했다. 대추가 익는 가을철에 시골길을 가다가 만났을 듯한 해학적 풍경을 이달은 이렇게 표현했다.

이웃집 꼬마란 놈, 대추 훑으러 왔는데 　　　隣家小兒來撲棗

늙은이 문을 나서 이 녀석을 쫓아간다. 　　　老翁出門驅少兒

꼬마란 놈 되레 노인 돌아보고 놀리는 말, 　　小兒還向老翁道

"내년 대추 익을 때까지 살아 있지 못할걸요." 　不及明年棗熟時

• 대추 훑는 노래(撲棗謠)

잘 익은 생대추를 어른들께 올리면 싫어하는 분을 보지 못했다. 제
사상에 대추를 빼놓을 수 없는 이유도 이와 같을 것이다.

한시에는 대추를 소재로 한 작품이 많다. 병석에서 열을 앓다 보면
저절로 먹고 싶어지는 과일로 대추가 흔히 등장한다. 와삭 깨어 물면
씹는 맛이 그만이요, 달콤한 맛으로 절로 손을 당기는 것이 대추였기
때문이다.

이 귀한 대추를 옆집 꼬마란 놈이 꽹이 새끼마냥 슬쩍하러 온 것이
다. 상상을 덧붙이자면, 작대기로 대추를 훑으러 왔으니 한두 개만 슉
아낼 심산은 아니었을 것이다. 또한 귀한 대추나무를 잽싸게 후려치면
잔가지가 얼마나 상할 것인가? 병아리를 채가는 족제비에 비할 바가
아닌 놈이 출현한 것이다.

그렇더라도 달음박질에 도가 튼 저 꼬마 도둑을 오늘내일하는 꼬부
랑 할아버지가 뒤쫓아 붙잡기는 불가능하다. 이 꼬마 도둑도 그것을
너무나 잘 알고 있다. 해서 맹랑함의 절정에서 터뜨리는 말이 "내년 대
추는 보지도 못하실걸요"다.

대추와 남은 세월, 꼬마와 할아버지를 교차시켜 해학적인 장면을 묘
사한 솜씨가 이 시의 압권이다. 그기에 이 시를 읽으면서 "저런 나쁜
놈은 그저 혼쭐을 내야 해", "거 참, 애가 따가면 얼마나 따간다고, 쯧
쯧" 이러쿵저러쿵 시비를 걸 독자는 별로 없을 듯하다.

아이 때에 철없다는 것, 그것은 그야말로 인생의 특권이다. 그럴 때는 이렇게 말해주면 되는 것이다. "그래, 네 녀석도 언젠가는 되로 주고 말로 받을 날이 오리라, 이 고얀 녀석아."

딸아이가 보내온 수박씨

아이들의 세계도 사람이 사는 세계이다. 고약하고, 맹랑하고, 안타깝고, 귀엽고, 티 없고, 총명하고, 때로는 어른을 울리는 아이도 있다.

나는 개인적으로 신라 시대의 스님인 김지장金地藏이 하산하는 동자를 보내면서 달랜 마지막 한마디를 좋아하고, 고려 시대의 명인 이제현李齊賢이 눈 내리는 산사山寺에서 묘사한 사미 스님의 눈치 없음을 사랑스럽게 여긴다.

하지만 이광사李匡師(1705~1777)가 함경북도 부령의 유배지에서 서울의 어린 딸에게 보낸 시를 보면 가슴이 문풍지처럼 떨리곤 한다.

전주 이씨인 이광사는 왕족 명문가의 후예였다. 사람들이 부러워할 만한 명문가에서 태어난 데다 글씨는 한 시대를 대표할 만큼 출중했다. 종로 거리를 지나다가 부탁 받고 글씨를 쓰노라면 수백 명이 모여들어 구경할 정도였다.

그러나 이광사는 역적과 편지를 왕래했다는 구실에 얽혀 졸지에 역도로 몰렸고 줄달아 급전직하의 추락을 맛보았다. 아내가 자살하고 형님들이 유배되었으며 그 자신도 국경의 끝자락에 위리안치圍籬安置되었다. 자기 때문에 온 집안이 망한 것이다.

이광사가 절망의 끝에서 이긍익李肯翊, 이영익李令翊 두 아들과 일고여덟 먹은 어린 딸에게 쓴 시들은 비애가 절절하지만, 특히 딸과의 추억은 칠흑 속에 빛나는 별빛처럼 영롱하다.

〈딸아이가 수박씨를 보내온 것이 고마워(答女兒西苽子)〉를 보면 이광사는 평소 수박씨 까먹기를 좋아했던 듯하다. 이광사가 국경에 유배되었을 때 마침 그곳은 수박 농사가 풍년이었지만 입맛을 따지기에는 눈앞에 닥친 일들이 절망적이었다.

그러던 차에 아들이 그 먼 곳까지 찾아와 동생이 보내준 것이라며 말린 수박씨를 바쳤던 것이다. 시의 일부를 줄여서 보이면 이렇다.

서울에서 아들이 한 봉지를 가져와선	兒來自京携一封
여동생이 부지런히 준비해 바친 것이라 하네.	謂言小妹勤遠供
〔……〕	
풀로 봉지 붙여 보냈을 때를 생각해보니	仍憶糊裹寄託時
나를 그리며 네 눈물이 줄줄 흘렀겠구나.	知汝戀我淚如絲
소반마다 거두느라 손발이 고생했겠고	案案收聚勞手脚
아침마다 볕에 쬐랴 마음을 졸였으리.	朝朝出曝費心思
〔……〕	
작년엔 무릎 안고 같이 씹어 먹었는데	前年抱膝同嗷食
오늘 이리 헤어져 있을 줄 어이 알았으랴!	豈道今日此相別

늦둥이로 낳아 보석처럼 아낀 딸이 훗날만큼은 제발 행복하길 빈다며 이 시를 썼다. 사별이나 마찬가지인 생이별이 둘을 가로막았지만, 일곱 살배기 딸이 아빠가 좋아하는 수박씨를 보내왔다. 그런 딸이 잊히지 않아 장문의 시를 지은 아빠의 마음은 어떠했을까. '딸 바보'라는 말이 유행하는 요즘이지만, 딸이 보낸 수박씨는 생의 마지막까지 가져가고 싶은 선물이었으리라.

한데 이듬해인 1756년 음력 2월, 찬바람이 뼈에 스미는 무렵에 이광사는 감기를 앓게 되었다. 자신의 표현대로라면 "을씨년스러운 흙집 속에서 온몸을 한 덩어리인 양 웅크린 채"로 〈2월 그믐날 감기에 걸려 베개에 엎어져 있노라니 어린 딸이 갑절이나 그리워 정을 어찌할 수가 없다. 무릎을 맴돌며 옷자락을 당기던 어여쁜 모습이 눈앞에 어린다. 병을 무릅쓰고 누워서 지어 인편을 구하여 저 멀리 보내려 한다. 모두 5백 자이다(二月晦日, 感疾伏枕, 倍念幼女, 情不自聊. 繞膝牽裾, 嬌憐在目. 强病臥草, 須便遠寄. 凡五百字)〉라는 시를 짓는다.

　정을 주체할 수가 없기에 이 시는 제목도 길고 분량도 넘친다. 하지만 무엇보다도 여덟 살 딸에게 이렇게 절절히 시를 보내온 아빠를 적어도 조선에서는 결코 찾기가 쉽지 않다. 일부를 잘라내어 보인다.

그러기에 집에 있는 날에는	所以在家日
날이면 날마다 집 안에만 있어	日日恒居內
피치 못할 일 아니고서는	不有不得已
나들이도 거의 하질 않았지.	往還幾成廢
손님이 와 종일 가지 않으면	有客來竟日
마음이 답답하여 견디질 못해	吾心鬱不耐
손님이 섬돌에서 사라지기도 전에	客去未沒階
벌떡 일어나 "아가!" 하고 부를 때마다	遽起呼喚每
"네, 네" 하고 달려들어 안기면	連唯走前抱
오랜만에 만난 듯 기쁘기 한량없었네.	喜如久別會
〔……〕	
밤낮으로 내 곁을 떠나지 않아	日夜不遠我
갖은 재롱 구경하기 싫지 않았네.	雜戲見無害
풀잎에 손톱으로 무늬를 놓곤	草葉爪成纈

비단이라 이름 지어 장사 시늉도 하고	號錦事買賣
고운 모래로는 구슬을 삼고	明沙爲珠玉
색종이는 오려서 옷을 만들고	綵紙爲衣帶
나무 조각으로 집을 얽고	木片架棟宇
사발 굽에는 옹솥 가마솥 앉히는데	盌底撑鼎鼐
반드시 어린 부부를 두어	必有小夫婦
씩씩하게 세운 채로 내외를 정했었지.	長立奠內外

전쟁터의 병사가 눈을 감는 마지막 순간에는 어머니나 연인을 보게 된다고 한다. 매일 아침 밥 먹어라 성가시게 하고 창가에서 옷을 다려 주던 연인이라도 매일매일 일상이 되면 무채색의 무심한 풍경으로 바뀌곤 한다.

하지만 이런 삶이 따분해서 전율스러운 전장에 나아간 병사라도 모든 것이 끝났다 싶을 때 비로소 깨닫게 되는 것이다. 그것이 말로 표현할 수 없는 축복이었음을.

딸을 향한 이광사의 회상이 문학적 감동을 불러일으키는 이유는 삶의 극명한 대조가 바탕이 되어 있기 때문이다. 조개껍데기로 그릇을 삼아 밥을 올리는 어린 딸의 소꿉놀이를 미워할 아비가 어디 있으랴만, "자갈밭에서 까마귀 떼가 어지러이 날아다니는" 그 황량한 상황은 어린아이의 소꿉장난을 간절한 어여쁨으로 바꿔주기도 하는 것이다. 아버지의 죄를 용서해달라고 비는 소녀의 노래인 〈아베마리아〉의 음성이 숭고함을 주는 이유가 그런 것처럼.

그러니 이광사가 저 어린 딸을 통해 느꼈을 은유는 부녀의 정만으로 잴 수 없는 구원의 이미지가 포개어져 있는 것이다.

너는 그냥 바보가 되어라

조선은 영아 사망률이 극심한 나라였다. 기아, 전염병, 혹은 알지도 못하는 이유들 때문에 절반 이상의 영아들이 속수무책으로 꺾이곤 했다. 살아 있더라도 그런 불행한 사태가 언제 닥칠지 알 수 없는 일이었기에 생존은 안정적인 것이 아니었다.

하지만 영아의 입장에서 보면 요원한 죽음보다는 당장의 배고픔이나 엄마가 없다는 사실이 더 절실한 결핍 요소였을 것이다. 그 때문에 한시 속에는 배고픔으로 칭얼대는 아이와 그런 아이를 달래야 하는 정경이 이따금 등장하기도 한다.

대표적인 작품이 이양연李亮淵(1771~1856)이 쓴 〈아이야 울지 마라(兒莫啼)〉이다.

자장자장, 우리 아가 울지 마라 　　　　　　　抱兒兒莫啼
울타리 바로 옆에 살구꽃이 피었단다. 　　　　杏花開籬側
꽃 지고 살구가 곱게 익거들랑 　　　　　　　花落應結子
너랑 나랑 둘이서 같이 따먹자. 　　　　　　　吾與爾共食

자장가의 모티프를 차용하여 말하듯 쉽게 쓴 시이다. 아이가 왜 우는지는 구체적으로 드러나 있지 않으나 달래는 방법은 간단하다. "곶감 줄게, 울지 마라"와 같은 대응이다.

자장가에 흔히 나오는 사설, "(밤)껍질일랑 아비 주고, 보늬(속껍질)일랑 어미 주고, 알맹이는 너랑 나랑 함께 먹자"고 달래는 것과 유사하다. 곶감이나 밤 대신 살구로 바꾼 것뿐이다.

맛난 것으로 우는 아이를 달랠 수만 있다면야 다행이지만, 줄줄이 아이를 잃은 부모에게는 그마저도 사정이 달라질 수밖에 없다. 심익운

沈翊雲(1734~1783)이 마주한 삶이 그러하다.

심익운은 청송 심씨 명문가의 자손으로, 20대에 이조좌랑에 추천될 만큼 당대의 중망을 얻은 사람이다. 하지만 가족사의 비운에 걸려 자신의 시대로부터 처참하게 외면당한 결과, 가슴 저리는 슬픔으로 빠져들 수밖에 없었던 시인이다.

심익운은 네 명의 아이를 연이어 잃었다. 다섯 살 아이가 그나마 오래 머무른 자식이었다. 작약 꿈을 꾸고 낳은 셋째 딸 작덕勺德이 죽었을 때에도 그는 한강변을 거닐며 "자식 낳아 기르기를 바라지 않으니, 남은 인생에 다시는 애 끊는 일이 없기를" 바란다고 시를 남겼다.

그렇게 처절한 지경에서 낳은 아이가 아들 낙우樂愚였기에 그 마음이 오죽했을까? 그는 〈낙우가 태어나다(樂愚生)〉에 이렇게 썼다.

서른에 아들 낳으니 늦은 것은 아니요　　　　　三十生男不是遲
총명하게 생겼으나 뛰어나달 수는 없네.　　　　男生聰慧未云奇
못난 자식 데려다 용모와 관상을 살피려　　　　且將愚魯看皮相
한밤중에 등불 가져다 얼굴을 비춰 보네.　　　　夜半還須取火知

1763년 7월 27일 야삼경에 한 행동이라고 밝혔으니 심익운은 지금 아무도 몰래 아들의 얼굴을 보러 온 셈이다. 서울에서 쫓겨나 파주의 지산芝山에서 쓴 이 시의 문면에는 비애가 표면화되어 있지 않다.

하지만 숱하게 자식을 먼저 보냈을 뿐만 아니라 그 자신이 바닥으로 떨어진 처지였음을 알게 되면 왜 한밤중에 가만히 아이의 얼굴을 비춰 보았는지 짐작할 수 있다. 이면에 감추어진 한량없는 아비의 염원을 읽을 수 있는 것이다.

이에 비해 아이를 씻겨주면서 쓴 시에는 아들에게 바라는 소망이 직접적으로 드러나 있다. 〈장난삼아 전겸익이 쓴 '소식의 세아시洗兒詩에 반박하다'의 운을 사용하여(戲用牧齋反東坡洗兒詩韻)〉가 그 예이다.

정치적 파란을 절절히 겪은 탓에 소식蘇軾은 자식이 자신과 같은 삶을 살기를 원하지 않았다. 그래서 〈아이를 씻기며 장난삼아 짓다(洗兒戲作)〉라는 시에서 "세상의 부모들은 자식 총명하기 바라지만, 나는 총명해서 인생을 그르친 사람이네. 원컨대 내 아이는 바보스럽고 어리숙하여, 모진 고초 겪지 않고 공경公卿이 되기를"이라 했던 것이다.

그런데 명말明末 청초淸初의 문인 전겸익錢謙益은 〈소식의 세아시에 반박한다(反東坡洗兒詩)〉라는 시에서 "소식은 아이가 총명할까 겁냈지만, 나는 바보스럽고 어리숙해 인생을 그르쳤네. 바라건대 내 아이는 똑똑하고 재기 있어, 천지를 치달리는 높은 공경이 되었으면"이라고 했던 것이다.

소식이나 전겸익이 그랬던 것처럼 자식의 출세를 바라는 부모의 마음은 아마 불멸의 염원에 해당할 것이다. 하지만 이 불멸의 염원도 화살을 맞아 날개가 꺾이면 '날아간다'는 행위조차 겁을 먹게 된다. 상처입은 심익운의 영혼은 이렇게 말한다.

소식은 본래 총명하기를 싫어했던 것이 아니요 坡翁未是惡聰明
전겸익도 특별히 바보스러웠던 것이 아니라네. 牧老殊非痴絶生
허물도 없고 칭찬도 없는 그 정도면 될 터이니 無咎無譽斯可矣
낳은 아이가 모두 꼭 공경이 되어야만 하는가? 生男何必盡公卿

총명은 자칫 삶을 위태롭게 만들지만 그렇다고 자식이 바보가 되는 것은 견딜 수가 없다. 아비처럼 잘 나가다가 하루아침에 나락을 겪는 삶이든, 반대로 바보스럽기 짝이 없어 인간의 기품을 상실하는 일이

든, 어느 하나 아버지에게는 반길 만한 일이 되지 못한다. 시대의 촉망을 받아 승승가도를 달렸더라면 물론 이 아버지의 희망은 바뀌었을 것이다.

하지만 해가 지고 밤이 오는 현상보다 두려운 것은, 깜깜한 밤길 어느 곳에 절벽이 도사리고 있는지를 떠올릴 수밖에 없을 때의 공포이다. 훗날 이 아버지는 제주도로 유배를 갔고 그의 삶이 언제 어떻게 끝났는지는 아무도 모른다.

그러니 "어리석음을 즐거워할 줄" 알기를 바란 낙우의 삶도 그 끝을 알 수가 없다. 다만 몇 줄 시로 남은 아비의 꿈이, 아마득하게 깜깜한 세월과 대비되어 지금까지 아프게 빛날 뿐이다.

김동준 金東俊
이화여자대학교 국어국문학과 부교수. 한국 한시의 저력과 매력을 탐구하는 데 주력해왔으며, 고전의 가치를 대중과 공유하는 일에 관심이 깊다. 〈18세기 한국 한시의 실험적 성격에 대한 연구〉, 〈한국 기물명器物銘의 역사와 성격에 관한 소고〉, 〈소론계 학자들의 자국어문 연구 활동과 양상〉 등의 글을 썼다. 중세의 어문학을 통해 다원의 공존 가능성을 증명하려 힘을 모으고 있다.

그녀, 사랑을 하다

적지 않은 나이에 사랑에 대해 생각하고, 그 생각을 말하고 싶어졌
다. 그러나 사랑을 정의하기는 사랑을 하기보다 더 어려운 것 같다. 우
선 에리히 프롬Erich Fromm의 《소유냐 존재냐》를 통해 사랑의 정의
를 얻어보려고 한다.

사랑은 소유할 수 있는 물건이 아니라 하나의 '과정'이며, 사람이 그
주체가 되는 '내적 능동성'이다. 또한 사랑은 추상 개념일 뿐 실제로는
'사랑한다는 행위'만이 존재한다고 프롬은 말한다. 마치 우리가 바람
을 볼 수는 없지만 그 움직임을 인식할 수 있듯이, 사랑도 그 나타나는
행위에 의해서만 인식된다는 말이다.

사랑의 실체와, 기쁨·설렘·아픔 등의 지극히 내적인 감정도 능동적
인 행위로 나타날 때라야 감지된다. 그리고 그 행위도 '만남'과 '오고
감'과 '헤어짐'의 순차적 과정 속에서 구현되는 게 일반적이다. 이러한
행위는 일반 여성들보다 사회적 활동이 훨씬 자유롭거나, 사랑에 대해
능동성이 남달리 강한 소실小室이나 기녀妓女들의 한시에서 많이 접
할 수 있다.

내가 좋아하는 한시

최춘자 시인이 〈사랑은 아프다〉에서 "아프지만 그래도 / 사랑은 행복이었다"고 말하고 있듯이, 사랑은 확실히 역설逆說인 것 같다. 이런 역설을 통해 사랑은 성숙해지나 보다. 이제 그 성숙의 노정을 하나씩 밟아가도록 한다.

손을 씻지 않을래요

사랑을 만나려면 눈이라도 마주치는 계기가 있어야 한다. 그리고 그 만남에는 '던지'거나 '잡는' 등의 능동적 행위가 수반됨을 우리는 본다.

호수에 가을 드니 새파란 물빛	秋淨長湖碧玉流
연꽃닢 욱진 곳에 매생이 매고	荷花深處繫蘭舟
물 건너 님과 서로 연밥 던지다	逢郎隔水投蓮子
남이 보아 반나절 무안했노라.	或被人知半日羞

연꽃닢 욱진 곳에 매생이 얽어매고
님에게 연밥 치다 남에게 들켰고야.
반나절 무안한 맘야 일러 무삼.
• 호수에 배 띄우고

난설헌蘭雪軒 허초희許楚姬(1563~1589)의 〈채련곡採蓮曲〉을 안서岸曙 김억金億(1896~?)은 위와 같이 두 가지 양식, 곧 자신이 제창한 4행의 7·5조를 기본형으로 하는 '격조시格調詩'형과 '시조時調'형으로 번역을 시도했다. 전자는 원시를 그대로 옮기려 했고, 후자는 가장 자유로운 태도를 취하자는 뜻에서 시도한다고 하였다.

우선, 이 시에서는 임과 만나는 곳이 연꽃잎이 무성하여 남의 눈을 피하기 좋은 '깊은 곳'으로 설정되어 있다. 서로 은밀히 만나기로 한 것이니 얼마나 능동적이고 적극적이 될 것인가.

만남의 기쁨이 연밥을 '따서' 서로 '던지는' 행위로 표출됨은 당연한 과정! 상징은 사물 또는 행위로써 이루어진다고 했으니, 이는 말할 것도 없이 자신의 모든 것을 송두리째 던져줌의 상징이다.

예사 시재詩才가 아니다. 사랑은 상대에게 생명을 줌으로 스스로의 생명력을 증대시킨다는 실례를 멋지게 비유했다. 다음의 〈제위보濟危寶〉 시에서는 '잡는' 행위가 주목된다.

버들가지 느러진 시내까에서   浣紗溪上傍垂楊
내 손 잡고 우리 님 속삭였고야.   執手論心白馬郎
오는 비야 석 달을 내리퍼븐들   縱有連簷三月雨
참아 이 손 씷으랴 향내 질 것을.   指頭何忍洗餘香

시내까 버들 숲서 손잡고 노던 님아,
아직도 님의 향내 이 손에 남앗나니
장마가 석 달이란들 참아 손야 씷으리?
• 향香내는 언제나

《고려사高麗史·악지樂志》에 실려 있는 고려가요의 한역가漢譯歌이다. 백마 탄 사나이가 고려 시대의 빈민 구제 기관인 '제위보'에서 노역하던 한 여인의 '손을 잡고' 사랑을 속삭인다.

손목을 '잡는' 행위는 고려가요인 〈쌍화점〉에도 나오듯이 물론 상징이다. 사랑은 본질적으로 진취적이며 상대를 소유하려 한다. 무엇인가

〈   심사정沈師正, 〈연지유압蓮池遊鴨〉, 18세기, 비단에 담채, 142.3×72.5cm, 호암미술관.

잡지 않으면 허전해하는 성향이 있다. 눈길을 사로잡거나 하다못해 손이라도 잡아야 한다.

뿐이랴! 사랑의 설렘으로 잡힌 손끝에 남아 있을 상대의 체취를 오래도록 간직하려 든다. '석 달 장마'도 있을 수 없거니와 손에 어찌 향내가 남아 있을 수 있겠는가. 어쨌든 불가능한 가정을 전제로 삼아 영원성을 희원하는 〈정석가鄭石歌〉식 표현법을 닮았다.

곧 한국인의 시간 의식을 반영하는 보편적인 표현법인 만큼, 이런 시들은 애송될 단초를 스스로 마련한다. 사랑은 이토록 영속적이기를 희구한다.

다음 노화蘆花의 〈증노어사贈盧御史〉 시에서는 그 '잡는' 행위가 더욱 심화됨을 볼 수 있다.

이 팔 우에 뉘 이름 색인 줄 아오?	蘆花臂上刻誰名
흰 살에 먹이 숨어 글자 분명소.	墨入雪膚字字明
차라리 대동강이 마를지언정	寧見大同江水盡
굳은 언약 꿈엔들 낮을 줄 아오.	此心終不負初盟

팔 우에 색인 이름 글자가 분명하오.
대동강 마를 날이 있다손 하더라도
꿈엔들 굳은 이 언약 저바릴 길 없외다.

• 수영(刺字)

제목인 '자자刺字'는 원래 얼굴이나 팔뚝의 살에 홈을 내어 먹물로 죄명을 찍어 넣던 벌이다. 지금으로 치면 문신文身쯤 될 터인데, 옛말로는 '수영'이라고도 했다.

내가 좋아하는 한시

홍중인洪重寅의 《시화휘성詩話彙成》에는 이 시에 얽힌 일화가 들어 있다. 노화는 조선 성종조 장성현의 기생으로 용모와 재예가 당시에 으뜸이었다. 사내들이 많이 반하기 때문에 고을에 폐를 끼치는지라, 그녀를 죽이도록 조정에서 어사를 보낸다. 노화는 꾀를 내어 미리 주모로 변장하여 어사를 유혹하고는 자신의 팔뚝에 후일의 신서信誓로 삼기 위해 어사의 이름을 문신해 넣는다. 판결 받기 직전 "공술장이나 드리고 죽고 싶소이다" 하고 어사에게 써 보인 것이 바로 이 시라고 한다. 결국 임금이 이 사실을 알고 노화를 어사에게 주어, 결국 그녀로 인한 폐단이 없어졌다고 한다.

사랑을 획득하기 위한 지략치고는 대담할 정도로 적극적이다. 물론 죽음을 모면하기 위해 팔뚝에 사내의 이름까지 새겼으나, 죽을 때까지 지울 수 없는 문신인 만큼, 이 '새기는' 행위 또한 영원토록 사랑하겠다는 다짐의 상징이다.

대동강이 마를 날이 있을 수 없듯 나의 사랑도 고갈될 일이 없을 것이라고, 그 영원을 지향하는 시간이 앞의 석 달보다 얼마나 더욱 긴가! 이러한 시간 의식을 드러내는 〈정석가〉식 표현법은 우리 문학 전반에 걸쳐 보편화되어 있는데, 그 연원은 다음 예에서 보듯 민요 쪽으로 가닥이 잡혀 있다. 장흥 지방에서 불린 〈죽은 엄마 노래〉이다.

아가 아가 우지 마라
느그 어메 오마드라
팽풍에도 기린 장닭
꾀꾀 하면 오마드라
절로 죽은 고목나무
새잎 나면 오마드라

3년 묵은 쇠뼛다구
새살 나면 오마드라
냇가에 퐂자갈이
왕바우가 되면 오마드라

돌밭이 모래 되도록

사랑이 시작되어 불타오르면 앞서 보았듯이 '석 달', '대동강이 마를
날' 등의 시간을 상정하며 그 사랑이 영원하기를 절규한다. 하지만 유
한한 인생인지라, 그 절규도 부질없음을 잘 안다. 만나고 싶어도 현실
적으로 불가능할 때, 결국 불가능을 가능케 해주는 유일한 방편인 '꿈'
에 기댈 수밖에 없다. 꿈속에선 마음대로 오고 갈 수 있으며, 시간도
공간도 마음대로 주무를 수 있기 때문이다.

이옥봉李玉峰(1550~1600)의 시 〈몽혼夢魂〉에서 화자는 꿈속의 넋
이 되어 자신을 떠나보낸 남편의 문전을 오간다.

이 근래 우리 님은 어이 지내나?　　　　近來安否問如何
사창에 달 밝으니 생각 간절타.　　　　月到紗窓妾恨多
오고 가는 꿈길이 자취 있다면　　　　若使夢魂行有跡
님의 문전 돌밭이 모래련마는.　　　　門前石路半成沙

사창에 달 밝으니 님 생각 더욱 간절,
오가는 이 꿈길이 자취곳 있어드란
님의 집 문전석로가 모래 된가 하노라.
• 꿈

이옥봉은 승지 조원趙瑗의 첩이다. 여러 시화집에서 그 시재詩才에 대하여 칭송이 자자하다. 허균許筠은 《성수시화惺叟詩話》에서 "나의 누님 난설헌과 같은 시기에 이옥봉이라는 여인이 있었는데, 바로 백옥 伯玉 조원의 첩이다. 그녀의 시 역시 청장淸壯하여 유약하고 비속한 티가 없다"고 평하고 있다. 또한 윤국형尹國馨도 그의 《문소만록聞韶漫錄》에서 "이옥봉은 시를 읊고 생각하는 동안에 손으로 백첩선을 부치면서 때로는 입을 가리기도 하는데, 그 목소리가 맑고 처절해서 이 세상 사람 같지 않았다"고 시인이 풍기는 분위기를 알려주고 있다.

이런 시재의 소유자여서인지, 꿈의 형식에 기탁한 이옥봉의 사랑 표출은 정말 기발하고도 참신하다. 문 앞의 돌길이 모래가 되려면 얼마나 오랜 시간 동안 오가야 할까? 그 사랑이 얼마나 절절하기에 이런 시를 품을 수 있었을까?

가정법에다 '광물적 상상력'을 바탕으로 한 과장법을 보태어, 자신을 버린 남편의 사랑을 되돌리려는 처절한 몸부림을 애절하게 들려준다. 그것을 우리는 오늘날에도 서도소리의 대표인 〈수심가愁心歌〉의 첫 대목에서 듣고 있지 않는가. 참으로 끈질긴 사랑의 생명력이다.

약사몽혼으로 행유적이면 문전석로가 반성사로구나.
생각을 허니 임의 화용이 그리워 나 어이할까요?

일찍이 한시가 번역되지 않고 생짜로 민요화된 예라 할 수 있으니, 앞으로 한시의 가곡화 내지 가요화에 하나의 지침이 된다 하겠다.

조선 중종조 기생인 황진이黃眞伊의 〈상사몽相思夢〉은 그 시적 발상과 구성에서 더욱 현란하다. 오가다 만나는 시간과 장소까지 마음대로 설정한다.

꿈길밖에 길 없는 우리의 신세,　　　　　相思相見只憑夢
님 찾으니 그 님은 날 찾았고야.　　　　儂訪歡時歡訪儂
이 뒤엘랑 밤마다 어긋나는 꿈,　　　　願使遙遙他夜夢
같이 떠나 노중서 만나를지고.　　　　　一時同作路中逢

님 찾아 꿈길 가니 그 님은 나를 찾아
밤마다 오가는 길 언제나 어긋나네.
이후란 같이 떠나서 노중봉을 하과저.

• 꿈

　사랑하여 보고 싶어도 꿈길밖에는 별도리가 없다. 상대도 그러할 것
이라고, 제2연에서는 앞뒤로 읽어도 뜻이 같은 회문체回文體 형식을
사용했다. 헤겔이 말한바, "사랑은 자기 자신이 타자他者 속에 존재하
는 것"으로 파악하고 있어 흥미롭다. 그렇다면 서로 오가다 만나는 시
간을 같은 시간대로 맞출 수밖에.

　일찍이 황진이는 시조 작품에서 시간의 시각화와 공간화를 통하여
"한 허리를 버혀내"듯이 절단하고 "서리서리 너헛다"가 "구뷔구뷔 펴
리"라고 하여 피동적으로 부여받은 시간을 능동적으로 개조하려 했
다. 임이 없는 고독감을 극복하기 위해 이처럼 시간을 끊었다 이었다
하는 것은 기실 조물주의 영역에 속한다. 조물주가 시인에게 그의 능
력을 잠시 빌려준 모양이다.

　이 시는 김성태金聖泰에 의하여 '꿈'이라는 제목의 가곡으로 작곡되
어 지금까지 애창되고 있다. 사랑시가 지니는 강한 생명력을 다시 한
번 보여주는 예이다. 이 노래의 가사는 안서의 번역시를 바탕으로 하
였다.

꿈길밖에 길이 없어 꿈길로 가니
그 임은 나를 찾아 길 떠나셨네.
이 뒤엘랑 밤마다 어긋나는 꿈,
같이 떠나 노중에서 만나를지고.

꿈길 따라 그 임을 만나러 가니
길 떠났네, 그 임은 나를 찾으려.
밤마다 어긋나는 꿈일 양이면
같이 떠나 노중에서 만나를지고.

부채와 머리빗

사랑의 헤어짐에도 '버린다'는 행위가 수반된다. 사랑이 식으면 헌
신짝처럼 버려지는 것이다. 한漢나라 성제의 후궁이며 유명한 여성 시
인인 반첩여班婕妤(기원전 48~2)는 젊고 아름다운 조비연趙飛燕과 그
여동생이 후비로 입궁하면서 점점 실총失寵하게 되자, 다음의 〈원가행
怨歌行〉을 지었다.

제나라 흰 비단을 새로 자르니	新製齊紈素
희고 깨끗하기 서리와 눈 같구나.	皎潔如霜雪
재단하여 합환선을 만드니	裁爲合歡扇
둥근 모양이 밝은 달 같네.	團圓似明月
임의 품속과 소매에 들락거리며	出入君懷袖
흔들어 부치니 작은 바람 인다오.	動搖微風發
항상 두려운 것은, 가을철 이르러	常恐秋節至

서늘한 바람이 더위를 몰아가면   凉飈奪炎熱

대나무 상자 속에 버려져   棄捐篋笥中

은혜로운 정 중도에서 끊어질까 봐.   恩情中道絶

가을 찬바람이 불면 그 효용을 잃는 부채야말로, 버림받아 찬밥 신세로 전락한 자신의 신세를 상징한다. 또한 버려질까 전전긍긍하는 그 마음도 사랑의 한 과정이다. 그래서 "사랑은 때론 새털보다 가벼운 포근함을 느끼게 하고, 때론 우주의 무게보다 무겁다"고 했나 보다.

이와 같은 이별의 무거운 아픔을 비약과 은유, 상징 등의 수법으로 잘 묘사해낸 시가 바로 황진이의 〈영반월詠半月〉이다.

곤륜이라 귀한 옥 그 뉘가 캐여   誰斷崑崙玉

직녀의 얼레빗을 만들으신고?   裁成織女梳

오마든 님 견우는 안 오길래로   牽牛一去後

심사心思 설어 허공에 던진 거라오.   愁擲碧空虛

옥으로 직녀 얼레 그 뉘가 만드신고?

가고는 아니 오는 견우님 야속코야.

속 설어 허공 던지니 얼레 혼자 떳더라.

• 반달

이 시에서 '반달'은 임이 떠난 후 단장할 필요가 없어져 허공에 던져진 직녀의 얼레빗이다. 여인의 분신이나 다름없는 얼레빗을 던지는 행위는 사랑의 상실을 의미한다. 그 상실은 곧 죽음보다 더 큰 아픔이다. 그럼에도 시인은 냉정하리만치 헤어짐의 아픔을 절제하며, 아름답게 승화시켜 한 차원 더 끌어올리고 있다.

기록들에 의하면 황진이의 성품은 남자같이 대범했던 것 같다. "나는 생전에 성격이 화려한 것을 좋아했으니, 사후에는 산에다 묻지 말고 대로변에 묻어달라"거나, "곡은 하지 말고 상여가 나갈 때에는 북이나 음악으로 인도해달라"는 말을 남긴 것을 보면 말이다.

이처럼 일화에 나타난 황진이의 죽음은 세상과의 영원한 이별이 아니라 세상 속으로 들어가 사람들과 어울리는, 살아 있는 삶의 모습을 보였으니, 사랑의 헤어짐에 있어서도 그것을 상실로 보지 않고 도리어 또 다른 사랑의 도약대로 삼았음 직하다.

사랑이 몸을 풀다

이운룡 시인은 〈사랑이 시를 품다〉란 시에서 이렇게 노래했다.

> 사랑은 빛을 타고난 신의 전율이다
> 〔……〕
> 오랫동안 사랑을 만지고 품 안에 넣어 굴리다 보니
> 나의 시가 되고 사랑이 시를 품었다.
> 사랑은 신의 누전이며,
> 당신과 나로부터 영원의 끝으로 감전된다.

그래서 사랑하는 사람은 모두 시인이 되는가 보다. 적어도 앞의 여성 시인들도 오랫동안 숨죽이며 사랑을 매만지고 품 안에 넣어 굴리다 보니, 그들의 사랑 역시 시가 되고 끝내 그 사랑이 시를 품었던 것이리라.

이제 그 시들 속의 사랑이 몸을 풀어 우리를 '영원의 끝으로' 감전시킬 때가 왔다. 이때의 사랑은 '소유'가 아닌, 살아 움직이며 생명을 주는 '존재'로서의 사랑이어야 한다. 식은 죽 먹듯 만나다가 어느새 헤어지는, 곧잘 권태를 느끼는 오늘날의 사랑 행태에 경종을 울릴 필요가 있다. 여성 시인들의 사랑시가 계속 애송되어야 할 까닭이 바로 여기에 있지 않을까.

이규호李圭虎
대구대학교 국어국문학과 외래교수. 문학의 지속과 변화에 초점을 맞추어 한문문학과 국문문학, 구비문학과의 상호 교섭 및 현대문학에로의 계승 양상을 파악하는 데 힘을 쏟고 있다. 지은 책으로《개화기변체한시연구》,《한국한문학의 이해》,《한국고전시학론》,《한국고전시가연구》 등이 있다.

날개 꺾인 시인

정지상鄭知常(?~1135)은 고려 중기의 뛰어난 문인이었다. 정지상의 시문집으로 《정사간집鄭司諫集》이 있었다고 하나 지금은 전하지 않는다. 다만 20여 편의 작품만이 시선집을 비롯한 여러 비평서에 남겨져 있을 뿐이다. 정지상은 묘청妙淸의 난에 연루되어 하루아침에 처형당해, 자신의 문학적 삶을 온전하게 펼치지 못하고 세상을 뜬 비운의 시인이 되고 말았다.

실실이 푸르고 점점이 붉다

정지상의 최후와 관련하여 《백운소설白雲小說》에는 다음과 같은 재미있는 일화가 소개되어 있다.

시중侍中 김부식金富軾과 학사學士 정지상은 문장으로 한때에 이름을 나란히 했는데, 두 사람은 서로 다투어 상대의 뛰어남을 인정하지 않았다. 세상에 다음과 같은 이야기가 전한다.

정지상에게 "임궁에 범어 소리 그치더니만, 하늘빛이 유리처럼 맑아졌다네(琳宮梵語罷, 天色淨琉璃)"라는 시구가 있었는데, 김부식이 좋아하여 이를 가져다 자기의 시로 만들고 싶어 했으나 정지상이 끝내 허락하지 않았다.

훗날 정지상은 김부식에게 죽임당해 음귀陰鬼가 되었다. 김부식이 하루는 "버들 빛은 천 개의 실로 푸르고, 복숭아꽃은 만 개의 점으로 붉었네(柳色千絲綠, 桃花萬點紅)"라 하여 봄을 읊은 시를 지었다.

홀연히 공중에서 정지상 귀신이 나타나 김부식의 뺨을 후려치며 "천 개의 실인지, 만 개의 점인지 누가 그것을 헤아려보았느냐? 어찌 '버들 빛은 실실이 푸르러지고, 복숭아꽃은 점점이 붉어지네(柳色絲絲綠, 桃花點點紅)'라고 하지 않았느냐?"라 말하니, 김부식이 마음속으로 이를 싫어하였다.

이후에 김부식이 한 절간에 갔다가 우연히 화장실에 갔는데, 정지상 귀신이 뒤를 쫓아와 김부식의 불알을 움켜쥐고는 "술도 마시지 않았는데 얼굴이 어찌 그리도 붉으냐?"라고 묻자, 김부식이 천천히 "건너편 언덕 단풍 빛이 얼굴에 비쳐 붉다"라고 대답하였다.

이에 정지상 귀신이 불알을 더욱 세게 잡으면서 "이게 무슨 가죽 주머니냐?"라고 묻자, 김부식이 "너의 아비 불알은 쇠로 되었더냐?"라 말하면서 얼굴빛도 변하지 않았다. 정지상 귀신이 더욱 힘껏 불알을 움켜잡으니 마침내 김부식이 화장실에서 죽고 말았다.

김부식이 절간의 화장실에서 불알이 터져 죽었다는 대목에서 폭소를 터뜨리게 하지만, 이는 지어낸 이야기에 불과하다. 사실 김부식은 고려 인종仁宗 때 지금의 국무총리에 해당하는 문하시중門下侍中 벼슬을 지냈고, 77세까지 천수天壽를 누리다가 자신의 집에서 편안히 세상

내가 좋아하는 한시

을 떠났기 때문이다.

그럼에도 불구하고 항간에 이런 이야기가 전해진 것은, 김부식이 정지상의 문학적 재능을 시기하여 묘청의 난이 일어나자 이를 빌미로 정지상을 죽여버렸다는 곱지 않은 혐의가 있기 때문이다.

위의 이야기는 단순한 우스개에 그치지 않고, 문학사적으로 여러 중요한 정보를 제공해준다. 고려 인종조 문단에서 문장은 김부식이, 시는 정지상이 최고의 인물로 꼽혔다. 김부식이 문장에 뛰어난 역량을 보였다고 해서 좋은 시를 쓰지 못했다는 말은 아니다. 김부식 또한 작시作詩 능력이 출중한 대가 중의 한 사람이었음은 분명한 사실이다.

그런데 김부식과 정지상은 시를 통해 추구하는 경향이 서로 달랐다. 김부식은 유가적 이념을 기반으로 한 대문장가답게 설리적說理的이고 서술적인 기법을 위주로 시를 지었다. 반면에 정지상은 흥취를 가지고 함축과 여운을 듬뿍 살려 개인적 정감을 드러내는 시를 좋아하였다.

이를 문학사에서는 송시풍宋詩風과 당시풍唐詩風의 대비되는 특성으로 설명하는데, 대체로 정지상이 추구한 당시풍이 더 높은 문학성을 가진다고 평가되었다. 고려 시대 문단에서 무신란 전후 시기까지는 당시풍을 따르고자 하였고, 그 후로 송나라의 대문호 동파東坡 소식蘇軾의 영향을 받아 문단이 전체적으로 송시풍을 본받고자 했다는 것이 일반적인 설명이다. 이러한 문학사적 전환기에 김부식과 정지상이 함께 존재했던 것이다.

실제 문학성의 측면에서 볼 때, 머리로 쓰는 송시풍보다 가슴으로 쓰는 당시풍이 멋과 흥취가 더 뛰어나다는 점이 충분히 인정된다. 위의 이야기에서도 김부식과 정지상의 그런 작시 면모가 잘 대비되어 있다.

정지상의 시구 "임궁에 범어 소리 그치더니만, 하늘빛이 유리처럼 맑아졌다네"는 당풍의 모습을 보여준 좋은 예이다. 사찰을 "임궁琳宮"

이라 아름답게 말하고 스님의 독경 소리를 "범어梵語"라고 표현해 마치 주문을 외는 것 같은 신비로움을 더해준다. 청아하게 울리던 스님의 염불 배례가 끝나자, 이에 감화를 받은 듯 하늘빛이 더욱 맑아져 유리처럼 더할 수 없이 깨끗해 보인다고 읊은 것이다.

사찰의 모습, 덕이 높은 고승高僧의 불공, 이들과 어울린 신비로운 자연 풍경 등 일일이 말로 설명할 수 없는 흥취를 매우 짧은 구절에 함축한 솜씨가 돋보인다. 이 시구를 정말 정지상이 썼는지는 알 수 없다. 이런 이야기를 만든 사람이 자신의 당풍적 문학 역량을 보이기 위해 그 전제로 끌어온 것일 수도 있기 때문이다.

한편, 위 이야기에서 김부식이 이런 정지상의 시구를 멋지다고 여겨 자신의 작품에 써먹으려 했으나 정지상이 끝내 허락해주지 않았다고 했다. 실제로는 김부식이 정지상의 작품을 탐했다거나, 그의 시구를 인용했다거나 하는 일들은 일절 없었다. 김부식은 자신의 문학적 신념에 따라 자신만의 작품을 썼을 뿐이다.

그러나 정지상의 시적 재능은 당대의 문단이 인정했기에, 자신을 최고의 문호라 자부한 김부식에게 정지상이 경계의 대상이었을 가능성은 있다. 아니면 김부식의 눈에 정지상은 그야말로 경박한 신출내기 시인 정도로 비쳤을 수도 있다.

정지상이 장원으로 과거에 급제한 시기에 김부식은 이미 40대의 중진이었다. 문단과 조정에서 큰 비중을 차지하고 있었던 것이다. 김부식은 경주 김씨 문벌 출신으로 막강한 집안 배경을 가진 거물이었으나, 정지상은 출신 성분조차 잘 알려지지 않았을 만큼 한미한 신분이었다. 다시 말해 김부식에 비해 정지상은 단박에 문단과 조정의 관심을 받게 된 햇병아리 시인에 불과했던 것이다.

그런데 인종이 즉위한 후, 정지상은 인종의 총애를 받게 된다. 임금

심사정沈師正, 〈연사만종煙寺晚鐘〉,《소상팔경첩》, 18세기, 종이에 담채, 27×20.4cm, 간송미술관.

의 주변을 떠나지 않는 최측근이 된 것이다. 14세의 어린 나이로 왕위에 오른 인종은 외조부이자 장인인 이자겸李資謙의 횡포에 시달릴 수밖에 없었다. 이후 이자겸과 함께 발호한 척준경拓俊京이 이자겸을 제거하였으나, 이자겸보다 더한 위세를 부려 인종은 큰 위해를 느꼈다. 이때 정지상이 척준경을 신랄히 탄핵하여 그를 귀양 보내는 데 성공하게 된다. 그 뒤 정지상은 인종의 두터운 신임을 받으며 자주 진언進言을 올렸다. 김부식이 정지상을 깊이 경계한 데에는 이런 정치적 상황도 크게 작용했으리라 짐작된다.

다시 위의 이야기로 돌아가서 김부식과 정지상이 지었다는 시구를 살펴보자. 김부식은 "유색천사록柳色千絲綠, 도화만점홍桃花萬點紅"이라 했는데, 정지상 귀신은 김부식의 뺨을 후려치면서 "유색사사록柳色絲絲綠, 도화점점홍桃花點點紅"이라 고쳐주었다고 한다.

김부식이 버들가지와 복숭아꽃을 "천 개의 실", "만 개의 점"이라 묘사한 것은 사물을 세밀히 살펴서 사실적으로 표현하고자 한 송시풍이 반영된 것이다. 이를 두고 정지상 귀신은 버들가지가 천 개인지 복숭아꽃이 만 개인지 누가 일일이 헤아려본 것도 아닌데 어찌 아느냐고 화내면서, 버들가지는 실실이 푸르게 휘늘어지고 복숭아꽃은 점점이 붉은빛으로 흐드러졌다는 표현으로 바꾸었다. 의태어로 첩어를 구사하여 경물이 어우러진 모습을 효과적으로 담아내었을 뿐만 아니라 음악적 리듬의 경쾌함까지 살려낸 것이다.

이것은 음률과 함축을 중시하는 당시풍을 반영한 결과이다. 김부식과 정지상이 실제로 이런 시구를 썼다고는 볼 수 없다. 후대인들이 두 사람의 시적 경향을 적절히 반영하여 이런 이야기를 꾸며낸 것이라 할 수 있는데, 시를 잘 모르는 사람이 보아도 정지상 귀신이 고쳐준 시구가 한층 더 문학적임을 쉽사리 알아챌 수 있다.

　　　　　　　　　　　　내가 좋아하는 한시

이 이야기를 만든 사람들이 김부식과 정지상의 정치적 알력을 고려하고 정지상이 김부식보다 얼마나 뛰어난 시인이었는가를 보여주기 위해 그에 적절한 시구를 대비시킨 것이다. 기실 이런 시구는 전통 시대에 서당에서 어린아이들이 작시 연습을 하느라 만드는 초보적인 대구에 불과하다. 다만 이야기를 좀 더 실감 나고 재미있게 꾸미기 위해 끌어다 쓴 것일 뿐이다.

강물 이름이 별명이 되다

정지상은 과거에 급제도 하기 전에 〈송인送人〉이란 작품을 써서 일약 문단의 총아로 떠올랐다. 때로는 이 작품의 제목을 '대동강大同江'이라 소개하는 경우도 있다.

비 그친 긴 둑에 풀빛이 어렸는데	雨歇長堤草色多
남포로 임 보내니 슬픈 노래 일어나네.	送君南浦動悲歌
대동강 물이야 어느 때나 다할 건가?	大同江水何時盡
이별 눈물 해마다 푸른 물에 보태는데.	別淚年年添綠波

이 작품은 고등학교 문학 교과서에도 수록되어 있어 우리나라 한시 작품들 중에서 비교적 널리 알려진 것이다.

정지상보다 조금 후대 사람인 이인로李仁老가 지은 비평서인 《파한집破閑集》에는, 정지상이 아직 머리를 땋고 있던 시기에 지은 작품이라 하였다. 즉, 과거에 급제하기 전, 수학 중이던 젊은 시절에 지었다는 것이다. 이인로는 이 작품의 작자에 대하여 성이 정씨이고 이름은 잊었다고 하였는데, 반란에 연루되어 죽임당한 정지상의 이름을 곧이곧

대로 밝힐 수 없었던 저간의 사정이 엿보인다.

여기서 정지상은 인간의 보편적 정서인 이별을 소재로 하여, 넘쳐나는 슬픔을 한껏 참아내고 있는 시적 화자의 모습을 절실하게 그려놓았다. 비록 중국의 대시인 이백李白, 두보杜甫, 왕유王維 등의 시구를 원용援用하고 있지만, 전편이 한데 어우러져 새로운 시적 경지를 이루어낸 수작이다.

후대의 많은 시인이 이 작품에 차운한 작품을 썼으나, 정지상의 원작만큼 뛰어난 작품을 짓기는 어려웠다. 조선조에 들어 중국에서 사신이 오면 관서일로關西一路의 승경勝景에 걸린 제영題詠 현판들을 임시로 부랴부랴 모두 철거했는데, 고려 말의 대시인 이색李穡의 〈부벽루浮碧樓〉와 이 작품만은 남겨두었다 한다. 한시의 본고장인 중국 사람에게 내보여도 부끄럽지 않은, 수준 높은 작품이란 인정을 받은 것이다.

이로 인해 조선조의 어숙권魚叔權은 그의 저서 《패관잡기稗官雜記》에서 정지상을 '정대동鄭大同'이라 일컬을 만하다 했고, 남용익南龍翼 또한 그의 비평서 《호곡시화壺谷詩話》에서 〈송인〉을 고려조의 칠언절구 중에서 가장 압권이라 한 정론定論에 동의했다.

〈송인〉은 경물을 서술하면서 시적 화자의 심정을 경중정景中情의 기법으로 융화하여, 여운의 맛이 한결 깊게 느껴지도록 한 작품이다. 새봄 들어 비가 그치자 긴 강둑에 파릇한 풀이 우쩍 자라 그 모습이 아주 선명하고도 새롭다. 어느 봄날 갑자기 닥쳐온 임과의 이별이 아름다운 경물과 극명하게 대비되니 절로 슬픈 노래가 북받친다.

시상詩想이 전환되는 전구轉句와 결구結句의 역설과 과장이 너무나 기발하여 후대의 차운시次韻詩들이 감히 모방할 수 없는 경지를 이루었다. 즉, 겨우내 얼어붙은 강이 풀리는 봄철이 되면 사람들이 강둑에서 이별의 눈물을 뿌리게 되어 이 때문에 대동강 물이 결코 마를 리가 없을 것이라고 황당한 과장을 해둔 것이다. 전체적으로 한 편의 그림인 듯한 청초한 분위기에다 이별의 슬픔을 역설적으로 표현하여 문학성을 높여놓았다.

마지막 구절인 결구에서는 한시의 기본적 음률을 깨뜨린 요구拗句를 사용하여 더욱 높은 수준의 문학성을 보여주었다. 그 정황은 고려 후기 이제현李齊賢이 쓴 《역옹패설櫟翁稗說》에 자세히 기술되어 있다.

정지상의 원작에서는 마지막 구절의 끝 부분이 파격의 율조를 쓴 "보태져 파도를 만든다(添作波)"였는데, 연남燕南 사람인 양재梁載가 기본 율조에 맞게 "푸른 파도를 불어나게 한다(漲綠波)"로 고쳤다고 한다. 이것을 본 이제현이 본래의 율조와 시적 정감을 한층 더 살려 "푸른 파도에 보태진다(添綠波)"로 바꾸었다고 했다.

의도적으로 파격이 구사된 곳을 기본적 율조에 맞도록 고치게 되면 이 작품의 음률적 문학성을 격하시킨 결과가 되고 만다. 이에 이제현은 본래의 파격을 다시 살려내고 여기에 색채 이미지를 더하여 '작作'을 '녹綠'으로 고친 것이다. 이 글자가 시편 전체와 적절하게 어울렸기 때문에 이후 이 작품을 말하는 사람들은 모두 마지막 구절을 "첨록파添綠波"라 기록하였다.

정지상은 마지막 구절에서 율격의 파격을 구사해 이별을 맞이한 화자의 심정을 '첨添' 자로 응축시키고 싶었던 것이다. 해마다 찾아오는 이별 때문에 떠나보내는 사람의 눈물이 끊임없이 강물에 '더 보태어진다'는 사실을 부각시키고자 한 것이다. 결구에 파격적 율조를 사용함으로써 이별의 정한을 더욱 절실하게 표현할 수 있었다고 하겠다. 이런 기법을 요체拗體라고 하는데, 정지상은 이 기법에 매우 뛰어나다는 평가를 받았다.

인종조에 들어 정지상은 뛰어난 글재주 덕에 줄곧 지제고知制誥 일을 맡았다. 지제고는 왕에게 조서나 교서 등을 지어 바치는 직책이다. 대체로 문학적 역량이 뛰어나고 왕의 신임을 받는 신하가 겸직했다.

정지상의 벼슬은 정6품인 좌사간左司諫, 종5품인 기거주起居注 등에 그쳤으나, 지제고의 일을 맡고 있어서 한림학사翰林學士의 줄임말인 학사學士라는 별칭을 얻었다. 이 글의 맨 앞에 인용한 김부식과의 일화에서 정지상을 학사라 지칭한 것도 이 때문이다. 직책이 그렇다 보니 정지상은 임금을 측근에서 호종하는 일이 많았다.

우뚝 솟은 쌍대궐이 강가를 베고 누웠는데	巀嶪雙闕枕江濱
맑은 밤에 한 점의 티끌조차 전혀 없네.	淸夜都無一點塵
바람 불어 나그네 배, 구름처럼 조각조각	風送客帆雲片片
이슬 엉긴 궁궐 기와, 옥 비늘처럼 반짝반짝.	露凝宮瓦玉鱗鱗
푸른 버들 문을 가린 여덟아홉 집 있고	綠楊閉戶八九屋
밝은 달에 주렴 걷은 서너 명의 사람일세.	明月捲簾三四人
아득한 봉래산은 어디쯤에 있을까?	縹緲蓬萊在何許
꿈 깨니 꾀꼬리가 푸른 봄을 지저귀네.	夢闌黃鳥囀靑春

'장원정長源亭'이라는 제목의 칠언율시이다. 장원정은 개경 가까운 서강西江가에 있는 정자이다. 문종 때에 처음 지었는데, 후대의 왕들이 자주 이곳에 행차했다고 한다. 인종을 호종하여 이곳에 들렀다가 정지상 자신이 느낀 감회를 멋진 시편으로 담아내었다.

정지상은 여기에서 같은 제목의 칠언절구도 한 수 지었는데, 그 작품보다 위의 작품이 더 유명하다. 이것은 우리나라의 역대 주요 시선집에 두루 선발되었고, 여러 비평서에서도 품평 대상으로 자주 거론되고 있어 정지상의 대표작이라 할 만하다.

　　　　　　　　　　　　　　　　내가 좋아하는 한시

장원정의 밤경치를 청초하고도 깔끔하게 그려내면서 신선이 산다는 봉래산에 와 있는 듯하다고 노래하였다. 왕의 신임을 듬뿍 받던 득의한 시절에 지은 것이니만큼, 마음 가득한 즐거움을 매 구절마다 넘치도록 담아내었다.

허균은 그의 비평서인 《성수시화惺叟詩話》에서, 둘째 연의 분위기가 "조금 가벼운(稍佻)" 듯하지만, 셋째 연은 이와 대조적으로 "기가 막히게 빼어나다(神逸)"고 평가했다. 셋째 연에서는 정지상이 빼어난 솜씨를 보인 율조의 파격을 구사했는데, 서거정의 《동인시화東人詩話》에 따르면, 이것이 당시 사람들을 경탄케 하여 널리 회자되었다고 한다.

고려 말에 최해가 편찬한 시선집인 《삼한시귀감三韓詩龜鑑》에는 이 작품 전부에 잘된 시구라는 뜻의 비점批點이 더해져 있다. 특히 셋째 연에는 감탄할 만큼 멋진 구절이라는 의미에서 관주貫珠를 해두고 있다. 비점은 점을 찍는 것이고, 관주는 동그라미를 치는 것이다. 모두 잘된 시구나 문장에 표시하는 것이니, 정지상 시의 아름다움을 극도로 칭찬한 것이라 하겠다.

꺾여버린 날개

정지상은 왕의 총애를 업고 묘청 등 서경西京 출신 인사들과 함께 서경 천도遷都 계획에 참여했다. 김부식을 중심으로 한 문벌 귀족들이 버티고 있는 개경에서는 정지상 일파의 입지를 넓히기에 한계가 있었던 것이다.

인종도 이자겸의 난에 궁궐이 불타버려 묘청 등의 풍수설에 차츰 귀를 기울였고, 그 결과 천도론에 큰 관심을 가져 서경으로 자주 행차하였다. 정지상은 개경의 기업基業이 이미 쇠약해졌으며, 오히려 서경에

왕기王氣가 서려 있다고 글을 올렸다. 동시에 인종의 근신인 김안金安 등과 모의하여 서경 천도를 실행에 옮기고자 노력하였다.

마침내 인종의 마음이 움직였다. 인종 6년 11월에 서경 천도의 주장을 좇아 서경의 임원역林原驛 일대에 새 궁궐을 짓기 시작한 것이다. 인종 7년 2월, 궁궐이 준공되자 '대화궁大花宮'이라 명명하였다.

그해 3월에는 인종이 새 궁궐의 건룡전乾龍殿에 나와 신하들의 하례를 받았다. 이때 정지상 등은 공중에서 풍악 소리가 들리는 듯하니 이는 신궁의 상서로운 조짐이라는 표문表文을 지어 올렸다.

정지상을 포함한 서경 천도파의 행동은 개경을 기반으로 한 김부식 등의 문벌 귀족들에게 큰 위협이 아닐 수 없었다. 이와 같은 정치적 상황은 김부식으로 하여금 정지상을 극도로 경계하게 만들었다.

이 무렵 정지상은 인종의 서경 행차를 호종했다가 또 하나의 대표작인 〈서도西都〉를 지었다.

번화한 거리 봄바람에 보슬비가 지나가니　　　紫陌春風細雨過

가벼운 티끌도 일지 않고 실버들이 비껴 있네.　輕塵不動柳絲斜

푸른 창 붉은 문들 생가笙歌 소리에 목이 메니　綠窓朱戶笙歌咽

이 모두가 이원의 제자들 집이라네.　　　　　盡是梨園弟子家

이 작품의 제목을 간혹 '서교西郊'라 표기한 곳도 있는데, 서경 거리의 번화하고 화려한 모습을 읊은 것이므로 '서도西都'라 해야 옳을 것이다. 우리나라의 주요 시선집에 정지상의 대표작으로 두루 선발되었고, 대부분의 비평서에도 정지상의 수작으로 평가되어 있다.

기구와 승구에서는 보슬비 갠 번화한 서경 거리에 버들가지가 비에 씻겨 실실이 휘늘어지고 한 점 티끌조차 일지 않는 봄날의 산뜻한 분위기를 묘사해냈다. 이어 전구에서는 길거리에 화려하게 늘어선 집들에서 생황 소리와 노랫소리가 목이 메도록 높게 울려 나온다고 했다.

"녹창綠窓"과 "주호朱戶"의 강렬한 색채 이미지를 대비시키고, 거기에다 생황 소리와 흥에 가득 찬 노랫소리를 더해 화려함의 극치를 이루었다. 이 구절의 '열咽' 자는 생황 반주에 노랫소리가 높이 올라가 목이 꺽꺽 메는 만취한 흥겨움의 분위기를 드러낸 것이라 풀이된다.

결구에 이르러 이들을 당나라의 풍류 황제 현종玄宗이 데리고 있었던 이원제자梨園弟子에 비유함으로써 시를 마무리하였다. 정지상이 비유로 끌어온 이원제자는 단지 서경과 인종의 화려한 풍류를 상징적으로 표현하기 위해 용사用事로 차용한 수사이다.

서거정은《동인시화》에서 서경의 번화한 기상을 이 네 구절이 다 말해버려 후대 시인들이 그 경지를 뛰어넘을 수 없었다고 극찬했다. 여기에 이 작품에 구사된 사어詞語가 청신淸新하면서도 미려美麗하다는 평을 덧붙였다. '청신'은 작품 전반부의 분위기를, '미려'는 후반부의 분위기를 요약하여 지적한 말로 보인다. 인종과 함께 서경을 방문하였을 때, 정지상 자신의 서경 천도 주장을 뒷받침하기 위해 흥성하는 서경의 기상을 찬미하는 작품을 지었던 것이다.

그러나 묘청과 정지상 등이 주장한 서경 천도는 쉽게 이루어지지 않았다. 급기야 묘청이 서경에서 반기를 들고 말았다. 국호를 '대위大爲', 연호를 '천개天開'라 하고는 개경을 공격하려 한 것이다.

이에 개경에서는 김부식을 평서원수平西元帥로 임명하여 토벌 책임을 맡겼다. 김부식은 출정에 앞서 개경에 머물던 정지상 등 서경파 인물부터 제거하였다. 정지상은 왕의 두터운 신임을 받고 있었으나, 억울함을 호소할 국문鞫問의 기회조차 얻지 못하였다. 김부식은 왕의 재가裁可를 기다리지도 않고 곧바로 정지상 등을 처형해버렸다.

세간에는 김부식이 정지상의 문학적 재능을 시기하여 확실하지도 않은 죄를 뒤집어씌워 죽였다는 소문이 떠돌았다. 이에 억울하게 죽은 정지상 귀신이 김부식의 불알을 쥐어 잡아 그를 죽게 했다는 일화가 만들어진 것이다.

묘청은 난을 일으킨 후 부하인 조광의 배신으로 그에게 죽임을 당하였다. 조광은 처음에 투항할 생각이었으나 반란의 죄를 면할 수 없음을 알게 되자 1년 동안이나 관군에 저항하였다. 그러나 결국 관군에게 포위되었고, 사로잡히기 전에 자살하고 말았다. 이로써 정지상 등이 꿈꾼 서경 천도는 완전히 실패했다.

정지상은 어쩌면 그의 문학과 삶이 김부식에 의해 꺾인 것이라고 볼 수도 있다. 정지상이 묘청 등과 어울리지 않고 서경 천도 등의 일과 관련 없이 자신의 삶을 온전하게 살았더라면 그의 문학은 한층 더 높은 경지에 올랐을 것이다.

역사에 가정이란 없지만, 만약 정지상에게 더 많은 문학적 삶이 주어졌더라면 어떠했을까? 고려 중기를 대표하는 시인이 되었을 뿐만 아니라 우리 한시사를 수놓은 가장 높은 별이 되어 지금까지 찬란히 빛나지 않았을까?

박수천朴守川
동아대학교 국어국문학과 교수. 한국 한시와 시화 비평에 관한 글들을 쓰고 있다. 지은 책으로는 《지봉유설' 문장부의 비평 양상 연구》,《한국 한시 비평의 연구》,《조선 중·후기 한시와 비평문학의 탐색》 등이 있다.

세
친
구
이
야
기

고려 말을 대표하는 인물을 꼽으라면 누구나 제일 먼저 삼은三隱을 떠올릴 것이다. 이들은 정치적으로나 학문적으로 당대를 대표하였으며, 조선 건국에 동조하지 않고 고려의 신하로 남아 있기를 고집하다 죽음에까지 이른 절의파로서도 존경과 흠모의 대상이 되었다. 삼은에 대한 추숭이 조선 건국 이후에 고조되어 조선이 망할 때까지 지속되었다는 것은 참으로 재미있는 현상이다.

일반적으로 목은牧隱 이색李穡, 포은圃隱 정몽주鄭夢周, 도은陶隱 이숭인李崇仁을 아울러 삼은이라 한다. 조선 시대에 들어 이숭인 대신 야은冶隱 길재吉再를 포함시키기도 했으나, 고려 말의 문헌에 이미 목은, 포은, 도은을 삼은으로 지칭하고 있다. 성균관에서 함께 공부하고 강론한 이들 세 사람은 성리학의 정착에 큰 공을 세웠으며, 고려 왕조의 부흥을 위해 온 힘을 기울였다는 공통점을 지니고 있다. 그러므로 목은, 포은, 도은을 삼은이라 부르는 것에 큰 무리는 없을 듯하다.

삼은은 성리학을 학습하여 중앙 정계에 두각을 나타낸 고려 후기의 신흥 사대부였다. 1367년(공민왕 16), 성균관 대사성이 된 목은이 포은과 도은을 학관學官으로 임명하면서부터 이들은 서로 친밀한 교분을 쌓기 시작하였다. 이들은 성리학을 가르치는 일을 마치고 나면, 목은을 중심으로 함께 모여 시간을 잊을 정도로 수많은 대화를 나누었다. 목은이라는 큰 인물이 구심점이 되었기 때문에 더욱 깊고 수준 높은 관계가 이루어질 수 있었다. 이들에게는 나이 차를 잊게 만드는 깊은 존경과 무한한 신뢰가 있었다.

담담한 벗

목은 이색(1320~1396)은 고려 후기를 대표하는 인물이다. 여말 선초에 살았던 대부분의 문인文人이 그와 학문적 영향 관계를 가지고 있기 때문이다. 본인은 의도하지 않았겠지만, 아이러니하게도 목은 덕택에 성리학을 기반으로 한 조선 시대가 활짝 열릴 수 있었던 것이다.

목은은 1354년(공민왕 3)에 원나라 제과의 회시에 1등, 전시에 2등으로 합격하여 아버지 가정稼亭 이곡李穀과 함께 고려의 문명文名을 중국에까지 떨쳤다. 또한 익재益齋 이제현李齊賢의 문인門人으로 고려 후기 사회에 성리학을 정착시킨 인물이기도 하다.

목은은 성균관 대사성이 되었을 때 성균관을 새로 짓고 학칙을 제정하였으며, 척약재惕若齋 김구용金九容, 정몽주, 이숭인 등을 학관으로 채용하여 신유학의 보급과 발전에 온 힘을 기울였다. 성균관 대사성 자리에 13년이나 머물렀으니, 지병으로 몸과 마음이 가장 고통스러웠던 40대 전부를 성리학의 보급과 정착에 바친 것이다.

이러한 애착으로 인하여 유생들의 훈도를 맡은 학관들과의 관계가 더욱 돈독해질 수밖에 없었다. 척약재, 포은, 도은 등의 학관들과 주고받은 시에는 서로에 대한 그리움과 믿음이 담담하게 그려져 있다.

　　　　　　　　　　　　　　　　　　　내가 좋아하는 한시

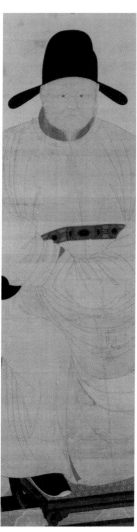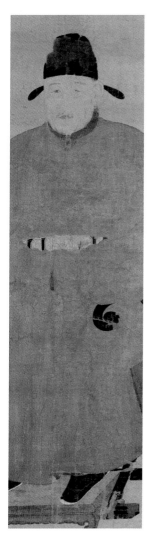

좌 | 작자 미상, 〈이색 초상〉 부분, 1844년, 비단에 채색, 146.5×79cm, 국립부여박물관.
중 | 작자 미상, 〈정몽주 초상〉 부분, 16세기, 종이에 채색, 172.7×104cm, 경기도 박물관.
우 | 작자 미상, 〈이숭인 초상〉 부분, 조선 후기 이모, 비단에 채색, 140×80cm, 성산사 구장.

담박한 우정 나눌 분 이제 또 몇이나 있는가?
쓸쓸한 골목에 낮에도 사립문 닫고 있다네.
다만 몇 분 때문에 신발 자주 거꾸로 신으니
좋은 계절 맞을 때마다 함께 술동이 기울이네.
문장의 바른 근원을 누가 서로 주고받는가?
도덕의 남은 광채는 세상 사람들이 높이는 바라네.
병든 노인 다행히 아직도 벗으로 여겨주시니
등 따스한 담장 아래서 귀한 분 수레 맞이하네.

淡交今復幾人存　里巷蕭條晝掩門
只爲數公頻倒屣　每於佳節共傾樽
文章正印誰相授　道德餘光世所尊
自幸病翁蒙齒錄　負暄墻下對高軒

• 정포은 추상과 이도은 및 이둔촌이 방문해준 것에 감사하며(謝鄭
圃隱樞相與李陶隱, 李遁村見訪)

　목은의 나이 54세이던 해 겨울에 지은 시이다. 당시 목은은 지병으
로 외출이 자유롭지 못하였다. 이에 포은과 도은, 그리고 둔촌遯村 이
집李集이 목은을 방문하였고, 목은이 이에 감사의 뜻을 표하기 위해
이 시를 지은 것이다. 1381년(우왕 7)의 일이니, 더 이상 지속할 여력이
없을 정도로 고려의 국운이 쇠퇴해 있던 때이다. 나라를 위해 충심으
로 일할 인재들을 찾아볼 수 없는 안타까운 현실을 직시하고 있다. 고
려를 등진 사람들이 자신을 찾아올 이유가 없으니 자연히 목은의 사립
문은 닫혀 있을 수밖에 없었다.
　목은의 작품이라고 전해지는 다음과 같은 시조 또한 목은이 처한 위
와 같은 상황에서 연유하였을 것이다.

백설이 잦아진 골에 구름이 머흐레라.
반가운 매화는 어느 곳에 피었는고?
석양에 홀로 서서 갈 곳 몰라 하노라!

원로 정치가로서의 막중한 책임감과 안타까움이 절절하게 묻어나는 작품이다. 더 이상 어떠한 기대도 할 수 없는 상황에서 홀로 고민하는 목은의 심정이 위의 시 수련首聯에 보이는 내용과 크게 다르지 않다.

그나마 목은과 마음을 나눌 수 있는 사람들이 바로 포은, 도은, 둔촌 등이었다. 옛 친구들을 급하게 맞이하느라 신발을 거꾸로 신고 달려 나온 것을 보면, 친구들을 만난 반가움이 얼마나 컸는지 쉽사리 알 수 있다. 사실 목은과 다른 삼은과는 나이 차가 많다. 포은과는 9년, 도은 과는 무려 19년이나 차이가 난다. 그러나 목은은 세간의 관습에 얽매 이지 않았다. 포은과 도은을, 함께 사문斯文을 숭상하는 일을 담당하는 벗으로 인식하였던 것이다. 목은의 이러한 태도는 삼은의 교유를 유례 없이 돈독하게 만든 밑바탕이 되었다.

목은이 보여준 우정은 조용하고 담담하다. 그러나 그 속에는 무한한 믿음과 애정이 숨어 있었으며, 성리학에 대한 뜨거운 열정이 자리 한 편을 차지하고 있었다.

올해 진사 가운데 내 손자가 있는데
방榜을 바라보면서 아무 말도 못 했네.
이 몸 이미 병이 많아 근심하고 있지만
세상이 사문을 높일 줄 아니 그래도 다행이네.
대단히 기쁘게 연구도 지으면서 술독도 기울이니
뛰어난 재주 보이느라 양부가 떠들썩하네.

다만 걱정은 무더운 날에 오천이 길 떠나는 일이니

제왕에 조회 마치고 얼른 수레 돌려 돌아오시기 바라오.

今年進士有吾孫　看榜凝眸默不言

多病已諳身是患　斯文尙幸世知尊

稍欣聯句千鍾倒　絶勝呈才兩部喧

只念烏川行犯暑　朝王禮畢早還轅

• 이도은이 마련한 술자리에 초청 받아 경사로 떠나는 정포은을 전
송하고 밤에 돌아오다(李陶隱招飮, 送鄭圃隱赴京, 夜歸)

　목은의 나이 55세이던 1382년(우왕 8) 4월 초에 지은 시이다. 삼은
이 모두 모여 흥겹게 시를 짓고 술도 마시며 즐긴 일을 기억하기 위해
지은 것이다. 이해 4월 초하루에 성균관시가 있었는데, 마침 도은이 시
험관이었다. 이때 목은의 맏손자인 맹유孟畩가 진사시에 급제하였다.
자신의 손자가 시험에 합격하였기 때문에 이번 급제자들이 훌륭하다
고 말할 수는 없지만, 인재들을 뽑은 도은의 안목이 뛰어나다는 것을
은연중 칭송하였다. 덧붙여 진공사進貢使가 되어 남경으로 떠나게 된
포은('오천烏川'은 포은의 관향貫鄕인 영일의 옛 이름)에게 무사히 다녀
오라는 당부의 말을 건네었다.

　이처럼 목은은 상대방에 대하여 칭찬하거나 근심할 때에도 언제나
담담한 어조를 잊지 않았다. 이것이 바로 목은의 성품인 것이다. 목은
의 문인門人인 양촌陽村 권근權近은 "선생께서는 천품이 총명하시고
학문이 정밀하고 해박하였으며, 일을 처리하는 데는 자상하고 분명하
셨고, 마음가짐은 관대하셨다"고 하였는데, 변함없이 그 자리에 우뚝
솟아 있는 큰 산과 같은 존재라 할 수 있겠다. 목은의 담담한 일상 언
어 속에는 사랑과 그리움과 안타까움이 모두 함께 자리한 것이다.

섬세한 벗

포은은 경상도 영천의 치소 동쪽에 있는 우항리에서 태어났다. 그런 데 유년과 청소년기를 어디서 어떻게 보냈는지는 알 수 없다. 다만 21 세 되던 1357년(공민왕 6) 국자감시에서 3등의 성적으로 급제하였으며, 이후 2, 3년간 삼각산에서 《대학》과 《중용》을 수학하였음을 알 수 있을 뿐이다. 그 뒤 포은은 24세의 나이로 예부시禮部試에서 삼장三場을 내리 장원하여 을과 제1인으로 합격하였다. 26세가 되던 1362년 3월, 포은은 예문검열을 시작으로 본격적인 벼슬길에 올랐다.

포은의 관직 생활은 대부분 종군從軍과 사행使行으로 이루어졌다. 그렇기 때문에 포은의 시에는 고향, 가족, 친구를 그리워하는 내용이 많다. 관직에 나아간 후 포은이 사귀게 된 벗들은 대개 신유학을 수학하여 벼슬길에 오른 이들이었는데, 그들은 나이 또한 서로 비슷하였다.

여러분들 아름답기 옥과 같은데	夫人美如玉
사는 집 모두 송경에 있네.	第宅在松京
녹을 위해 일찍이 함께 벼슬하였고	爲祿曾同仕
시 지으면 매양 함께 논평하였지.	題詩每共評
꿈을 깨니 등불은 빛을 토하고	夢回燈吐艶
밤이 다해 북은 소리를 더하네.	更盡鼓添聲
금성역에서 베개에 의지해 있으니	欹枕金城驛
누가 이 밤의 심정을 알아줄 것인가?	誰知此夜情

• 금성역에서 송경의 벗들을 생각하며(金城驛懷松京諸友)

포은은 1373년(공민왕 21) 36세의 나이로 하평촉사賀平蜀使의 서장관書狀官이 되어 남경으로 사행을 다녀온 이래 여러 차례 명나라를 방문하였다. 그 여정에서 많은 시를 지었는데, 특히 고국에 있는 동료 문사들을 그리워하는 내용이 많다. 위의 시 또한 여기에 속한다.

경상도에서 태어난 포은이 언제부터 송경에서 살았는지는 알 수 없다. 그러나 10대 후반에 국자감을 다닌 것으로 보아 이때부터 송경 생활을 하였던 것으로 보인다. 송경에 근거를 둔 문사들과의 교유 또한 이때부터 시작되었다고 짐작할 수 있다.

위 시에서 포은은 먼저 송경에 근거를 둔 문사들의 뛰어난 재주와 아름다운 성품을 칭송하였다. 그리고 나서 오랫동안 함께 벼슬살이도 하고, 시도 짓고, 품평도 하였음을 말하였다.

그러나 현재의 포은은 힘든 사행 도중에 있으며, 쓸쓸한 시골 역에서 잠을 이루지 못하고 있다. 오랜 사행으로 몸도 힘들고 타국이라 아는 사람도 없는 상황이니만큼, 마음껏 웃으며 흉금을 터놓을 수 있는 가족이나 친구들이 그리울 수밖에 없다. 이 시는 이러한 그리움을 아주 잘 나타내고 있다.

해 길어 동산 숲에 짙푸름 가득하니	日長濃綠滿園林
아마도 도옹은 홀로 앉아 시를 읊겠지.	想見陶翁坐獨吟
매번 정생 만나면 이끌려 강학하고	每遇鄭生留講學
때로는 이로 맞아 함께 토론도 하겠지.	時邀李老共論心
처마 끝에 달이 뜨니 친구 얼굴 생각나고	月臨屋角思顔色
주렴 고리에 바람 불면 친구 발소리인가 싶네.	風動簾鉤訝足音
어느 때나 만나서 이 밤의 일을 얘기할까?	後會何時說今夜
내일 아침이면 말을 몰아 회음으로 가야 한다네.	明朝驅馬向淮陰

• 이도은·정삼봉·이둔촌 세 군자를 생각하며(有懷李陶隱鄭三峰李遁村三君子)

원행遠行을 할 때마다 포은이 마음속으로 그리워하며 함께하기를 바란 벗들은 이숭인, 이집, 삼봉三峯 정도전鄭道傳 등이었다. 둔촌은 포은보다 열 살 위였고, 삼봉과 도은은 각각 다섯 살, 열 살 아래였다. 여기에 목은 이색까지 포함하여 서로 친분이 매우 두터웠다. 이들은 목은이 성균관 대사성이었을 때 성리학을 연구하고 강설하는 교관으로 함께 일했기 때문에 남다른 친분이 있었다.

위 시를 보면 포은이 둔촌, 도은, 삼봉에 대하여 매우 잘 알고 있음을 알 수 있다. 해도 길어지고 녹음도 짙어지는 늦봄이 되면 이들이 무엇을 할 것인지 훤히 예상할 수 있었던 것이다. 도은은 신록이 우거져 보기가 좋으니 홀로 앉아서 시를 짓느라 열중하고 있을 것이며, 삼봉은 성리학을 가르치느라 열심일 테고, 물러나 은거한 둔촌은 방문객들을 맞이하며 시에 대해 토론할 것이라고 하였다.

포은이 이러한 일들을 열거했다는 사실은 상대방의 성격과 지향이 어떠했는지를 아주 잘 알고 있었음을 말해준다. 시에 보이는 행동과 모습들은 사실 포은이 오랫동안 이들과 함께했던 것들이기도 하다. 함께 시를 짓고, 강학하고, 토론하는 이들의 관계는 삶의 대부분을 함께하며 같은 길을 걸어가는 동반자의 모습 그 자체이다.

포은은 자신이 타국의 역참에서 홀로 묵고 있다는 것을 번연히 알면서도 처마에 달만 떠올라도 친구를 그리워하고, 창문에 바람만 불어도 혹시 친구들이 찾아왔나 궁금해하고 있다. 사랑하는 임을 잃고 오매불망 상사相思로 그리워하는 여인의 심정과 다를 바가 없다.

포은의 시에 대하여 삼봉은 "친구를 사랑하는 정이 두텁고 진실하다"고 하였는데, 포은의 마음이 삼봉에게만은 온전히 전해졌다 볼 수 있다. 이처럼 꼼꼼하고 섬세한 성품에서 여성 화자를 등장시킨 포은의 대표작 〈정부원征婦怨〉과 〈강남곡江南曲〉 등이 나올 수 있었던 것이다.

포은은 나이라든가 집안 배경 등을 따지지 않고 진심으로 사람을 대하였다. 마음을 주고받은 사이라면, 시를 지어 상대방에 대한 그리움과 둘 사이의 돈독함을 직접적으로 표현하였다. 종군과 사행 등 원행을 많이 다닌 포은은 마음으로 맺은 벗들을 그리워하는 시를 특히 많이 지었다. 이 시들에는 포은의 국량과 더불어 사람들에 대한 포은의 애정이 잘 나타나 있다.

활달한 벗

1347년(충목왕 3)에 경산부 용산리에서 태어난 도은은 타고난 자질이 매우 영민하였다. 14세 되던 해인 1360년(공민왕 9)에 국자감시에 합격하였고, 1362년(공민왕 11)에는 문과에도 급제하였다. 이후 원나라의 제과에 응시하려 하였으나 나이가 너무 어리다는 이유로 허락을 받지 못하였다. 그처럼 어려서부터 뛰어난 재주를 발휘하였던 것이다.

도은의 문장에 대하여 목은은 "이 사람의 문장은 중국은 물론 세상에서도 쉽게 찾을 수 없으며, 우리 동방에 글하는 선비가 있은 뒤로 그와 비교할 사람이 거의 없다"고 극찬하였다. 포은도 "홀로 문장을 도맡아 목옹의 뒤를 이었으니, 빛나는 별이 가슴속에 벌여 있네(獨擅文章繼牧翁, 粲然星斗列胸中)"라 할 정도로 도은의 글재주를 칭송하였다. 나아가 포은 자신의 시를 평가하고 바로잡아줄 사람은 오로지 도은밖에 없다고 생각하였다.

1371년(공민왕 20) 도은이 합격한 과거의 장시관이 목은이었기 때문에 사실상 도은은 목은의 문생門生인 셈이었다. 그러나 목은은 도은을 제자뻘로 여기지 않았다. 좌주座主와 문생의 관계를 넘어 시를 주고받으며 마음을 나누는 벗으로 대해주었던 것이다.

사절을 받들고 가는 산동 길	使節山東路
말을 달려 가기 어찌 슬퍼하리?	驅馳敢自憐
땅이 평평하니 산은 일산 비낀 듯	地平山倚盖
마을이 머니 나무는 연기와 같네.	村遠樹如煙
경치는 말채찍 밖에 보이고	景物吟鞭外
세월은 나그네 귀밑으로 흘러가네.	光陰客鬢邊
지금까지 얻은 많은 시구	向來頻得句
친구를 위해 전하려 하네.	端爲故人傳

• 동관에서 밀수까지 가는 도중에 포은과 삼봉을 생각하다(東關至
密水途中, 奉懷圃隱三峯)

도은의 나이 마흔이 되던 1386년(우왕 12) 9월, 새해를 축하하기 위
해 명나라에 사행 갈 때 포은과 삼봉을 생각하고 지은 시이다. 사행 기
간 동안 도은은 새로운 문물을 많이 접할 수 있었으며 이때 지어진 작
품 중에 뛰어난 것이 많다. 삼봉의 시와 비교되어 도은을 죽음에까지 이
르게 만든 〈오호도嗚呼島〉 시도 고려로 돌아오는 도중에 지은 것이다.

위 시에는 표면적으로 사행의 어려움에 대한 언급이 보이지 않는다.
오히려 긍정적이고 적극적으로 사행을 받아들이는 마음이 나타난다.
남경으로 가기 위해 산동을 돌아가야 하는 여정이 너무나 길고 험하지
만, 나라를 위한 것이니 어찌 감히 힘들다고 말할 수 있겠느냐고 마음
을 다독이고 있다.

그러나 평지가 끝없이 이어지는 산동의 지세를 보고 둥근 하늘이 일
산日傘처럼 느껴졌다는 표현이나, 멀리 있는 마을의 나무가 연기와 같
이 가물가물하다는 표현은 고통을 직접 이겨내며 체감한 경물들이다.
특히 "세월은 나그네 귀밑으로 흘러가네"라는 말에는 그동안 겪은

어려움이 모두 담겨 있다. 산동 지역의 경물을 묘사한 원대한 구도가 일목요연한 도은의 솜씨와 어우러져 시원하면서도 호탕한 느낌을 준다.

이러한 고통 속에서 얻어진 시편들이 얼마나 주옥같겠는가? 도은의 말 속에도 이러한 자부심이 묻어난다. 그동안 지은 시편을 친구들에게 보여줌으로써 자신의 여정과 심정을 전해주고 싶어 하였다. 그리고 포은과 삼봉 등의 친구들이 자신의 마음을 이해해주기를 바랐다.

날씨는 늦가을이라 좋은데	天氣三秋好
사람살이 모든 것이 괴롭구나.	人生百事勞
재미있는 이야기 흥미진진하고	笑談須款款
흥취는 저절로 도도해지네.	情興自陶陶
손에는 온통 황금 같은 국화요	滿把黃金菊
술통에는 가득 백옥 같은 술이네.	盈尊白玉醪
중양 명절이 내일로 다가왔으니	重陽明日是
높은 곳 어디를 함께 올라볼까?	何處共登高

• 9월 초여드렛날 달가장에게 올리다(九月初八日, 呈達可丈)

어느 해에 지었는지 알 수 없으나 중양절을 하루 앞둔 9월 8일, 중양절을 함께 보내자며 포은을 초청한 시이다. 늦가을 좋은 날씨에 명절까지 다가왔으니 서로 만나 흥미진진하게 이야기를 나누고 술을 마시자고 제안하였다. 사람살이 모두가 괴롭다고 하면서, 담소를 나누며 취흥에 빠져보자고 하였다.

삶의 괴로움에 빠지지 않고 이를 적극적으로 이겨내려는 도은의 노력이 더욱 마음을 아프게 한다. 그렇다고 해서 억지스러움이나 과장됨을 느낄 수 없다. 이것은 바로 활달하고 거침없는 도은의 성품에서 비롯한 것이다.

이처럼 고려 말 삼은은 행적에 공통점이 많았으며, 학문이나 문학 모두에서 특별한 성취를 거두었다. 그러나 삼은의 한시는 그 표현에서 각각 독특한 느낌을 가지고 있다. 그 사람의 시를 보면 그 사람의 마음을 알 수 있다고 하는데, 바로 삼은의 경우를 두고 하는 말일 것이다. 각각의 표현은 다르지만 그 속에 담겨 있는 진실한 우정이 우리에게 큰 울림을 전해준다.

어강석魚江石
충북대학교 국어국문학과 조교수. 고려 후기의 한시를 주로 연구하고 있다. 특히 목은 이색의 문학을 중심으로 연구의 다양성을 추구하기 위해 노력하고 있다. 〈익재 이제현의 동국 관련 시 창작과 의도〉, 〈목은 칠언절구의 장법과 시적 효과〉, 〈목은 한시의 구어체 시어에 대하여〉, 〈구조적 상관성으로 본 '쌍화점'〉 등의 글을 썼다.

누
가
부
족
타
하
랴

　구봉龜峰 송익필宋翼弼(1534~1599)은 위대한 학자이고 훌륭한 시인
이다. 그러나 그의 이름은 선선히 호명되지 않는다. 율곡栗谷 이이李珥
의 외우畏友, 사계沙溪 김장생金長生의 스승이라고 해야 좀 끄덕거려
질까.

　문학 연구자들에게도 그리 가까운 인물이 아니다. 내가 송익필을 제
대로 만난 것도 2004년 여름, 송준호宋寯鎬 선생님을 모시고《비선구
봉선생시집批選龜峰先生詩集》[1]을 읽으면서부터이다. 부실함과 게으름
탓에 강독은 2011년 1월에야 긴 여정을 마쳤다.

　일곱 해 동안 더듬어왔음에도 구봉은 여전히 나의 감당을 넘어서 있
다. 평범한 생으로는 가늠키 어려울 정도로 그 삶의 내력이 험산하고,
얕은 공부로는 범접하기 힘들게 그 학문과 시가 웅숭깊은 때문이다.
더욱이 이 짧은 글로 무엇을 말할 수 있으랴. 다만 송익필의 생애 몇
장면을 추려 그의 시를 대강이나마 더위잡아 보는 것으로 만족할밖에.

1　1622년(광해군 14)에 제자 심종직沈宗直이 송익필의 시 260여 수를 선발하고 비평하
여 간행한 시집이다.

누가 뭐래도 나의 부모님

대학교 4학년 현대시 시간에 애송시 암송 과제가 있었다. 그때 내가 고른 시는 미당未堂 서정주徐廷柱의 〈자화상自畵像〉이었다. "애비는 종이었다"라는 돌연한 고백으로 시작되는. 그리고 이 시는 다음의 절정에 이른다.

스물세 해 동안 나를 키운 건 팔 할이 바람이다.
세상은 가도 가도 부끄럽기만 하더라.
어떤 이는 내 눈에서 죄인罪人을 읽고 가고
어떤 이는 내 입에서 천치天痴를 읽고 가나
나는 아무것도 뉘우치지 않을란다.

그때 내가 왜 이 시를 애송시로 골랐는지는 기억이 잘 나지 않는다. 지금 돌아보면, 천것의 비극적인 숙명, 굴욕과 멸시, 그것을 온몸으로 부닥쳐내었던 처절한 몸부림, 그 오만하고 숭고하기까지 한 껴안음과 넘어섬이, 이 시를 쓴 청년 서정주와 비슷한 나이에, 적당한 치기와 의분으로 뒤숭숭한 시절을 건너고 있던 나를 부추겼던 것 같다.

송익필의 시를 읽으면서 나는 줄곧 매우 익숙한, 그러나 정확히 짚을 수 없는 통증을 전해 받았다. 어이없게도 그 정체를 깨달은 것은 근래의 일이다. 대학 시절의 책과 노트를 정리하다가, 시대를 건너뛰어 대면한 서정주의 〈자화상〉과 송익필. 그랬구나, 그것은 송익필의 선연한 자화상이었구나.

송익필의 집안은 별 볼 일 없었다. 조부는 서자庶子로 잡과雜科를 거쳐 직장直長이 된 송린宋璘이다. 송린은 안돈후安敦厚의 비첩婢妾인 중금重今이 낳은 딸 감정甘丁과 혼인하여 송익필의 부친인 송사련宋祀連

을 낳았다. 집안 내력이 이러하여 송익필도 비첩의 자손으로 살아야
했다. 뛰어난 수재였으나 과거 응시도 정지당했다. 능력과 포부가 있
어도 실현이 불가능했다. 쉰이 넘어서는 노비로까지 떨어졌다.

여기엔 안씨 집안과의 악연이 작용했다. 1521년(중종 16)에 일어난
신사무옥辛巳誣獄[2]으로 안씨 집안은 멸문지화滅門之禍를 당했고, 반면
송사련은 집안을 일으킬 수 있었다. 뒤에 명예와 세를 회복한 안씨 집
안은 동인東人과 손잡고 송씨 집안을 공격했다.

그들은 송사련의 어머니인 감정의 출신을 문제 삼았다. 중금이 안돈
후의 비첩이 되기 전에 노비인 남편과의 사이에서 감정을 낳았다고 주
장한 것이다. 당시 법으로는 부부 중 한쪽이 노비면 자손들도 노비가
될 수밖에 없었다. 송씨 집안은 쑥대밭이 되었다. 신분은 노비로 떨어
지고 서로 뿔뿔이 흩어져 도망자 신세가 되었다.

아들이면 얼러 기른 은혜 비록 같다지만	有子雖同撫育恩
부모님이 저에게는 가장 애를 쓰셨는데	吾親於我最辛勤
품 떠나던 그때부터 병치레를 먼저 했고	免懷當日先憂疾
예 물으신 중년에도 혼사를 다 못 마쳐서	問禮中年未畢婚
〈육아〉 편[3]을 그만둬도 슬픈 정은	詩廢蓼莪天罔極
서리 이슬 사모 깊어 피눈물이 흔적 된 채	慕深霜露血成痕[4]

2 안처겸安處謙 등 몇몇이 기묘사화로 득세한 남곤南袞과 심정沈貞을 제거하기로 모
의했는데, 그 자리에 함께 있던 송사련이 이를 고발하였다. 이에 안처겸과 그 아버지
안당安瑭 등 10여 명이 처형되었고, 송사련은 그 공으로 이후 30여 년간 득세했다.
3 《시경詩經·소아小雅·육아蓼莪》. 부모가 돌아가신 후 효도를 다하지 못했음을 슬퍼
한 시이다. 진晉 왕부王裒가 "슬프다! 우리 부모님, 나를 낳아 기르시기에 얼마나 고생
하셨나(哀哀父母, 生我劬勞)"라는 대목을 읽을 때마다 눈물을 흘리므로, 제자들이 〈육아〉
편을 건너뛰고 읽지 않았다고 한다.

내가 좋아하는 한시

평생 동안 못 한 효도, 마음 아파하는 것은	平生風樹傷心處[5]
백발이 셀 때 처음 제 말 하길 배운 것입니다.	鶴髮明時始學言

〈늦둥이로 태어나서 병까지 많았던 걸 되짚어 적어서 큰형님과 둘째 형님에게 부치다(追記晚生多病, 以寄伯仲二兄)〉라는 시이다.

송익필은 4형제 중 셋째였다. 첫째 인필仁弼은 그보다 열다섯 살 위이고, 둘째 부필富弼은 일곱 살 위였다. 다섯 해 뒤 막내 한필翰弼이 태어나기 전, 송익필은 두 형과 많은 터울로 태어나 극진한 사랑을 받으며 자랐다. 그는 어려서부터 병치레가 잦았다. 게다가 아버지가 중년에 이르도록 혼인하지 못해 부모 속을 무던히도 썩인 모양이다. 그 일을 떠올리면서 송익필은 부모에 대한 그리움과 더불어 자식으로서의 효를 다하지 못한 한을 토로했다.

그 가운데 제일 안타까운 것은 머리가 허옇게 세어서야 제 말 하는 법을 배운 것이다. 일찌감치 번듯한 사람이 되었어야 하는데 늦어서도 사람 구실을 제대로 하지 못한 것에 대한 회한이 절절하다.

굴욕과 유랑. 그것은 송익필이 평생 짊어져야 했던 업고業苦이다. 비첩의 자손, 서출庶出, 노비의 핏줄, 더욱이 '송사련의 아들'이란 이유로 증오와 멸시의 손가락질을 받아야 했다. 요즘 젊은이들 말로 "비뚤어질 테다!" 해도 충분히 정상참작이 될 만했다. 그러나 송익필은 '아비'

---

4 상로霜露: 《예기禮記·제의祭義》의 "서리와 이슬이 내리면 군자는 이것을 밟고 반드시 서글픈 마음을 가진다(霜露旣降, 君子履之, 必有悽愴之心)"라는 말에서 나왔다. 봄에 이슬이 내려 싹이 날 때와 가을에 서리가 내려 초목이 마를 때, 돌아가신 부모님을 생각하는 마음이 더욱 간절해진다는 뜻이다.

5 풍수風樹: 부모에게 효도를 다하지 못한 슬픔을 가리킨다. 《한시외전韓詩外傳》의 "나무가 고요하고자 하나 바람이 그치지 않고, 자식이 봉양하고자 하나 어버이께서 기다리시지 않는다(樹欲靜而風不止, 子欲養而親不待)"라는 말에서 유래했다.

를 부정하지도 원망하지도 않았다. 오히려 사람 구실을 제대로 하지 못한 자신을 죄스러워했다. 운명을 운명으로서 떠안음, 아버지를 아버지로서 껴안음, 그렇게 할 뿐이었다.

효에 관한 시들은 세상에 허다하다. 그러나 전기적 사실과 대놓고 볼 때, 송익필의 이 시처럼, 효를 다시 돌아보게 하면서 가슴 밑바닥에 울림을 주는 작품을 나는 잘 찾지 못하겠다.

하늘대로 사노라

송익필은 흔히 '통투通透'하다는 평을 받는다. 사람도 그렇고, 학문과 시도 그러하다. 가문의 악조건에 얽매이지 않고 신분적 제약을 활딱 극복한 사람, 그것을 학문과 시로써 유감없이 펼쳐 보인 사람. 송익필은 그런 사람이다.

송익필의 시 가운데 특히 개인적으로 끌리는 두 편이 있다. 하나는 그의 대표작으로 일컬어지는 작품이고, 하나는 그만큼 잘 알려지진 않았으나 썩 와 닿는 작품이다. 후자부터 본다.

귀향 배 노 소리 높고 강물 빨리 흘러가니	歸棹聲高江水急
누 오르자 아득 고향 그리워진 마음인데	登樓迢遞故園心
한봄 온통 만물들을 앞뒤 없이 살려내서	一春開物無先後
온갖 풀들 향기 풍겨 얕고 짙고 한 데다가	百草生香有淺深
푸른 산은 모두 나와 아침 맞아 개어 있고	靑山盡出逢朝霽
밝은 해는 홀로 솟아 묵은 어둠 헤쳐내니	白日孤昇解宿陰
웅장한 뜻 저 바다 끝까지 펴고 싶은데	壯志欲窮滄海遠
남아로서 어찌 길게 시만 꼭 읊을 건가?	男兒何必費長吟

내가 좋아하는 한시

〈한양 소식을 듣고 봄날 새벽에 홀로 앉아(聞京報, 春曉獨坐)〉라는 시이다. 객지에서 유랑 중에 한양 소식을 듣고 지은 것이다.

첫째 연에서는 고향을 그리워하는 마음을 보였고, 둘째 연에서는 한 봄을 맞이해 만물이 자득자락自得自樂하는 풍경을 그렸다. 셋째 연에서는 맑게 갠 아침, 푸른 산에 어둠을 헤치고 솟아오르는 해를 노래했다.

여기에는 "쾌활快活"이라는 비批가 달려 있다. 송준호 선생님의 말씀처럼, 주저 없이 박두진의 시 〈해〉가 연상된다. 어둠을 살라먹고 말갛게 씻은 고운 얼굴로 솟아오르는 해. 그 햇발이 미치는 저 바다 끝까지, 송익필은 남아로서의 웅장한 뜻을 펴 보이고자 했다.

봄날 새벽에 바라본 풍경을 묘사한 시이지만, 시인의 내면은 여기에 그치지 않는다. 하늘은 만물을 살려내는 것을 마음으로 삼는다. 그것이 곧 인仁이다. 계절로 치면 봄에 해당한다.

사람은 모름지기 그 하늘을 닮아야 한다. 그리하여 하늘 닮은 성품을 잘 길러서 만물을 살려내고 광명정대光明正大한 세상을 구현하는 것. 그것이 장부丈夫의 꿈이요, 군자君子의 임무이다. 세상에 대한 강한 책임 의식을 보여주는 시이다.

〈만족함과 만족하지 못함(足不足)〉은 송익필의 대표작으로 일컬어지는 시이다. 모두 40구 280자로 된 장편 칠언고시인데, '족足' 자 하나를 운으로 삼은 보기 드문 형식이다. 다음은 그 마지막 부분이다.

내 나이 일흔에 깊은 산골 누워 사니
사람들은 부족타 하나 나는 만족하네.
아침 온 봉우리에 흰 구름 피어나는 것 바라보노라면
흰 구름은 절로 오고 가서 높은 운치 만족하고
저녁 되어 밝은 달 솟는 것을 바라보면

끝없는 황금물결에 시야가 풍족하네.
봄에는 매화 있고 가을에는 국화 있어
끝없이 피고 지니 그윽한 흥취 풍족하네.
책상의 경전 읽으니 도의 맛이 깊어지고
만고 역사 벗 삼으니 스승과 벗이 풍족하네.
선현들께 비겨서 덕은 비록 부족하나
허연 머리 가득하니 나이 많아 만족하네.
나와 함께 즐길 것은 진실로 제때 있기로
몸에 거둬 갈무리하여 즐김 벌써 풍족하고
천지를 부앙하며 능히 자유자재로우니
하늘이 나를 대우하는 것도 또한 만족스럽다 하리.

吾年七十臥窮谷	人謂不足吾則足
朝看萬峯生白雲	自去自來高致足
暮看滄海吐明月	浩浩金波眼界足
春有梅花秋有菊	代謝無窮幽興足
一床經書道味深	尙友萬古師友足
德比先賢雖不足	白髮滿頭年紀足
同吾所樂信有時	卷藏于身樂已足
俯仰天地能自在	天之待我亦云足

　송익필은 일흔을 앞둔 노인으로, 자신도 털고 가문도 털고 세상도 다 털어내었다. 어떤 미련이나 안타까움도 없이, 그저 자연과 도를 벗삼으며 자족자락自足自樂하고 있다. 특히 마지막 두 구는 활딱 극복하고 천명에 순응하여 하늘대로 사는 경지를 천연스럽게 보여준다. 어떤 해설이나 감상도 군더더기이다. 이 시는 그대로 족하니.

벗들을 먼저 보내고

송익필은 학문과 인품 모두가 뛰어난 사람이었다. 그것은 타고난 재능에다 끊임없는 학문 수련과 인격 수양이 보태진 결과였다. 그러나 그를 격려하고 연마해준 벗이 곁에 없었던들 자신을 그토록 잘 지키고 끌어올릴 수 있었을까?

나는 우계牛溪 성혼成渾, 율곡 이이와 가장 친하게 지냈다. 지금 둘 다 세상을 떠나고 나만 살아 있으니 몇 날이나 더 살다가 죽을 것인가?

1599년 봄, 송익필은 《현승편玄繩編》에 붙일 짧은 서문을 지었다. 《현승편》은 율곡 이이와 우계 성혼, 이 두 벗과 교유하며 주고받은 편지를 모은 것이다. '현승'은 송익필의 다른 호이다. 이 책은 '삼현수간三賢手簡'이란 이름으로 더 알려져 있다.

세 사람은 나이도 비슷할 뿐만 아니라 살던 곳도 경기도 파주坡州와 고양高陽으로 서로 이웃해 있었다.[6] 그런 인연으로 세 사람은 함께 시를 짓고 시국을 논하고 철학적 논쟁을 벌였다. 뒤에 여러 사정으로 잘 만나지 못하는 상황에서는 편지로 교유를 지속했다. 이이와 성혼은 송익필의 신분을 개의치 않았다. 20대 초반에 시작된 교유가 평생을 두고 이어졌다.

그 벗들이 세상을 떠났다. 이이는 송익필이 51세 되던 해에, 성혼은 송익필 세상을 뜨기 한 해 전에 각각 세상을 떠났다.

---

6 '율곡'은 파주에 있는 마을 이름이다. 이이의 조상이 대대로 파주에 살았고, 이이 또한 이곳에서 태어나고 묻혔다. 성혼이 호로 삼은 '우계'는 그가 살던 파주의 개울 이름이다. '구봉'은 파주에서 멀지 않은 고양의 산 이름으로, 송익필이 태어나고 공부한 곳이다.

《삼현수간三賢手簡》에 실린 송익필의 서문, 16세기, 종이에 수묵, 37×26.5cm, 삼성미술관 리움.

처음엔 밝은 달이 가벼운 안개에 가린 듯하더니
말과 웃음 시작하자 차츰 마음 느껴오며
깊고 맑은 그 정신은 구름 밖의 학과 같고
조용도 한 그 풍채는 물속에 핀 연꽃이라.
바람 서린 세모 겪으면서 대나무 숲 덤벼들고
지금 훼방은 인간의 일이라 신선 세곈 못 닿겠지.
도道 걱정한 10년에 머리만 허옇게 센 채
탄식하며 마음 약속이나 가지고 편안한 잠에 붙이게.

初如明月隔輕煙　言笑開來漸沛然
沖淡精神雲外鶴　從容光彩水中蓮
風霜歲暮偏侵竹　成毀人間不到仙
憂道十年頭共白　歎將深契付閑眠

〈죽은 벗을 꿈에 보고서(夢見亡友)〉라는 시이다. 과거 응시도 정지당하고 벼슬 한 번 오르지 못한 처지. 송익필은 자신의 웅장한 뜻을 이이가 대신 실현해주리라 기대했다. 그런 벗이 죽었으니 그 낙심이 어떠했겠는가. 더욱이 이이가 세상을 뜬 뒤 동인東人들의 공격이 심해졌다. 송익필의 곤경이 본격적으로 시작된 것도 이때이다. 이 시를 지을 즈음 송익필은 이이의 부재를 뼈저리게 느끼고 있었을 터였다.

그 벗이 그리워 꿈에서까지 보았다. 처음에는 어렴풋하더니, 말하고 웃는 소리가 영락없는 이이였다. 학 같고 연꽃 같은 내 벗이여, 이제 편히 주무시게. 그리움과 안타까움이 사무친다.

한 봉투의 편지 와서 눈물 줄줄 흘리는 건　一封書到淚漣漣
병중 보낸 정겨운 말 궂긴 뒤에 봐서인데　病裏情言死後傳

호탕하던 그 기상은 평생 해와 겨루더니	浩氣平生爭白日
유가 선비 오늘 저녁 황천 가서 닫힌 채	斯文此夕閉黃泉
연잎 기운 옥 이슬만 삼경 달빛 속에 지고	荷傾玉露三更月
문 닫힌 채 가을 강엔 먼 하늘만 잠겼겠지.	門掩秋江萬里天
풍물들도 문득 사람 일을 따라 변하지만	風物却隨人事變
정신 교류는 저승서도 다만 옛날 그대로이리.	神交溟漠只依然

〈우계를 그리워하며(憶牛溪)〉라는 시이다. 이 시에는 또 기막힌 사연이 있다. 병으로 누워 있던 성혼이 보낸 편지를 성혼이 죽은 뒤에야 송익필이 받아 보았던 것이다. 성리학을 함께 공부하기로 다짐하고 자신이 곤경에 처할 때마다 백방으로 힘을 써준 성혼이었다. 그런 벗이 남긴 편지에서 낯익은 글씨와 정겨운 말을 보자 마치 생시와 같아 눈물이 줄줄 흐른다. 다만 저승에서도 신교神交하기를 기약할 뿐이다.

두 벗과 나눈 편지들을 모아 《현승편》을 엮은 송익필은 그 여섯 달 뒤 세상을 떠났다. 두 벗의 저승길을 배웅하고 뒷일을 마무리한 다음 뒤따라갔으니, 시종 아름다운 우정이다. 이승에서 못다 한 정다운 만남을 저승에서 길이 누렸으리.

스스로 채워 넣은 삶

송익필은 충청도 면천沔川의 은거지에서 생을 마감했다. 미천한 신분, 허물 많은 아버지, 당쟁의 소용돌이, 끝없는 유랑과 낯선 땅에서의 죽음. 만족타 할 수 없는 인생이었다. 그러나 그는 그것을 다 껴안았고, 그래서 넘어섰다. 핏줄의 복은 없었으나 이이와 성혼 같은 도의道義의 벗을 가졌고, 스승 없이 스스로 일가를 이루어 김장생과 김집金集 부자를 제자로 길러내었다.

신독재愼獨齋 김집은 송익필의 시 중에서 1백여 수를 골라 송익필의 시 제목을 그대로 써서 차운했다. 《신독재전서愼獨齋全書》 권1 전체가 그 시들이다. 스승에 대한 오마주가 이보다 더 지극할 수 있을까. 또한 김집의 제자 우암尤庵 송시열宋時烈은 구봉의 묘갈명墓碣銘을 지어 올렸다.

그런 학문과 시가 있었고, 그런 벗들을 가졌으며, 그런 제자들을 남겼으니, 송익필의 삶을 어느 누가 부족타 하겠는가.

김보경金保京

인제대학교 기초대학 교수. 이미 드러난 것을 매만지기보다 가려진 이름, 감추어진 진실을 들추어내어 그 빛과 힘을 고루 펴주는 일을 더 의미 있게 여긴다. 〈순암 안정복의 여성 인식〉, 〈'유금강록'에 나타난 재사당 이원의 산수 인식과 그 정신사적 의미〉, 〈구봉 송익필의 시 세계와 '독獨'의 경계〉, 《고려도경》과 고려의 문화적 형상〉 등의 글을 썼다. 옮긴 책으로는 《근역서화징》, 《붓끝으로 부사산 바람을 가르다》 등이 있다.

꿈에서라도 만나세

대학에 들어와 한시를 제대로 접한 때부터 한문학 연구를 업으로 삼고 있는 지금에 이르기까지, 나는 여러 문인文人의 한시 작품을 제법 읽었다고 생각한다. 그 많은 시 가운데 유독 내 가슴에 또렷이 남아 지금까지 잊히지 않는 작품이 있다.

이승과 저승 아득해 만날 길 없는데　　　　幽明相接杳無因
한바탕 꿈 은근해도 진짜는 아니겠지.　　　一夢殷勤未是眞
눈물 닦으며 산을 나서 갈 길을 찾으니　　　掩淚出山尋去路
새벽에 우는 꾀꼬리가 홀로 가는 사람을 보내네.　曉鶯啼送獨歸人

시를 지은 이는 석주石洲 권필權韠(1569~1612)이다. 제목은 '양주의 산속에서 구김화의 상구에 곡하고, 날이 저물었기에 유숙하고 날이 밝자 산을 나왔다. 이날 밤 꿈에서 구김화를 만났는데 평소와 같았다(哭其金化喪柩于楊州之山中, 因日暮留宿, 天明出山. 是夜夢金化, 如平生)'이다. 제목을 따라 읽으면 작시作詩의 정황이 눈에 선해지면서 작품에의 몰입이 자연스레 이루어져 절로 느꺼운 감정이 솟구친다. 그러니 군이 《국조시산國朝詩刪》, 《기아箕雅》, 《대동시선大東詩選》 같은 대표적 시선집에 실려 있다는 사실로 이 시가 명편임을 설명할 필요는 없으리라.

'구김화具金化'는 김화의 현감을 지낸 권필의 벗 구용具容을 가리킨다. 한순간에 이승과 저승으로 나뉘어 이제는 다시 볼 수 없게 된 벗을 땅에 묻은 날 밤, 꿈에 나타난 벗이 어찌나 생생한지 친구가 죽었다는 사실이 믿기지 않는다.

일찌감치 잠에서 깨어 새벽에 산을 나서니, 어디선가 고운 꾀꼬리 울음소리가 들려온다. 그 소리는 분명, 홀로 눈물을 훔치며 돌아가는 작자를 전송하기 위해 벗의 넋이 보내온 것이리라.

임금을 울리다

사실 나는 이 시를 대학원 첫 학기 한시 수업에서 연구 대상으로 발표했다. 그때 제대로 이해했는지 모르지만, 칠언절구의 짧은 형식에 온축된 시정詩情을 설명해보려 나름대로 애쓴 기억이 난다. 특히 허균許筠이 《국조시산》에서 마지막 구절에 달아놓은 "정이 바로 이곳에 모여 있다(情鍾正在此)"라는 비批를 어떻게 설명할까 고민했다. 원래 이 말은 아들의 죽음을 슬퍼한다는 뜻이지만 여기서는 절친한 벗의 죽음을 슬퍼한다는 뜻으로 썼다. 허균은 어째서 이런 비를 달았을까? 꾀꼬리 울음소리를 들으며 새벽에 홀로 눈물 훔치며 돌아가는 정경情景이 너무 생생해 그 누구라도 눈물짓지 않을 수 없기 때문일 것이다.

게다가 이 시구는 《시경詩經》의 한 구절을 떠올리게 한다. "나무 베는 소리 쩡쩡 울리고, 새 우는 소리 꾀꼴꾀꼴 들린다.〔……〕 꾀꼴꾀꼴 꾀꼬리 울음은, 벗을 찾는 소리. 저 새를 보건대 오히려 벗을 찾아 우

는데, 하물며 사람이 벗을 찾지 않으랴(伐木丁丁, 鳥鳴嚶嚶. 〔……〕嚶其
鳴矣, 求其友聲. 相彼鳥矣, 猶求友聲. 矧伊人矣, 不求友生)."[1] 자, 그러니 꾀
꼬리 울음소리가 벗의 넋이 부르는 소리로 들리지 않겠는가? 산속에
벗을 덩그러니 남겨두고 울며 떠나는 작자를, 벗의 넋인들 어찌 "울며
보내지" 않을 수 있으랴? 참으로 기막힌 구절이다.

그런데 이 시는 월사月沙 이정구李廷龜가 권필을 제술관製述官[2]으로
천거했을 때 선조宣祖에게 읊어드려 선조의 감탄을 받은 시로도 유명
하다. 이 시를 들은 선조는 "권필과 구용의 사귐이 얼마나 깊으면 시어
가 이처럼 구슬픈가?"라고 물었다 한다. 임금조차 눈물짓게 한 권필과
구용의 우정은 또 다른 명편을 낳았다. 제목은 '죽은 이를 애도하며,
이자민에게 부쳐 보이다(悼亡, 寄示李子敏)'이다.

벗들은 영락해 살아남은 이가 없으니	親知零落已無存
인간 만사에 그저 애가 끊길 뿐.	萬事人間秪斷魂
묻노니 오늘같이 비바람이 치는 밤	爲問如今風雨夕
그대는 구능원을 또 꿈에서 보았는지?	也能重夢具綾原

이자민李子敏은 동악東岳 이안눌李安訥(1571~1637)을 가리킨다. 권
필은 이 시 아래에 "이안눌이 일찍이 '밤비 내리고 등잔은 가물거리는
데 구용을 꿈에 보았네(夜雨燈殘夢具容)'라는 시구를 읊었기 때문에 이
렇게 말한 것이다"라 하였다. 권필만큼이나 구용을 그리워한 또 한 명

---

1 《시경詩經·소아小雅·벌목伐木》은 나무하며 부르던 노래로, 다정하게 노니는 꾀꼬
리처럼 사람도 친한 벗이 있어야 좋다는 내용이다.
2 외국 사신을 접대하는 접반사接伴使의 수행원. 외국 사절과 주고받는 시문詩文을 짓
는 일을 맡았다.

내가 좋아하는 한시

최북崔北, 〈공산무인도空山無人圖〉, 18세기, 종이에 담채, 31×36.1cm, 개인.

의 벗이 있었으니, 그가 바로 이안눌이다.

"임진년(1592) 가을에 관북關北 땅에서 왜란을 피하고 있었는데 대수大受(구용의 자)의 꿈을 꾸었다. 때마침 밤비가 부슬부슬 내리고 등불은 가물가물하여 마음에 느꺼운 감정이 일어 시구를 지어 기록하였기에 여장汝章(권필의 자)이 이 일을 추념하여 시를 지어 보였다. 인하여 내가 그 시에 화답하였다"라는 이안눌의 기록에 의하면, "밤비 내리고 등잔은 가물거리는데 구용을 꿈에 보았네"라는 구절이, 임진왜란으로 헤어진 구용을 그리워하여 지은 것임을 알 수 있다.

그때 이안눌과 구용의 나이는 20대 초중반, 그로부터 8년여 세월이 흘러 구용이 먼저 저세상으로 가고 말았다. 이안눌이 꿈에서 구용을 본 예전의 그날처럼, 오늘밤에도 부슬부슬 밤비가 내린다. 그러니 그대 이안눌도, 나 권필도 친구를 그리워하다 잠들면 꿈속에서 또 구용을 만날 수 있을 것이라 한 것이다.

권필의 시를 받아 본 이안눌은 다음과 같이 화답하였다.

하늘 끝이라 남은 벗들 보이지 않는데
가을비 내리는 등불 앞에서 꿈속의 넋만 괴롭구나.
오늘 옛 시구를 찾아내어 그대를 곡하니
슬프다! 그대 묻힌 언덕에는 봄풀이 무성하겠지.
天涯不見故人存　秋雨燈前惱夢魂
今日哭君尋舊句　可憐春草滿丘原

젊은 날의 이안눌이 생전의 구용을 그리워하며 쓴 시구를 차례로 떠올리면서 권필과 이안눌은 슬픔에 젖어든다. 이제는 정녕 꿈에서나 볼 수밖에 없게 되었으니, 벗에 대한 그리움과 슬픔이 더욱 애절하다. 그나마 구용에 대한 그리움을 공유할 수 있는 벗이 있어 다행이랄밖에.
죽은 자를 두고 산 자끼리 나누는 우정이기에, 그에서 비롯하는 슬픈
시정詩情이 더욱더 아름답다.

죽어서도 충고를

권필의 《석주집石洲集》과 이안눌의 《동악집東岳集》, 구용의 《죽창유
고竹窓遺稿》에는 서로 그리워하며 주고받은 시편이 많다. 구용이 이안
눌을 그리워하며 쓴 시는 이러하다.

밤낮으로 그리워하느라 귀밑머리 반백 되고	相思日夕鬢成斑
시와 술로 그대 찾아간 일 꿈만 같구나.	詩酒過從似夢間
〔……〕	
오늘밤 성 남쪽에도 응당 달빛 비치리니	今夜城南應有月
그대 홀로 난간에 기대어 있겠지.	知君獨自倚欄干

또, 임진왜란 중에 권필을 그리워하며 지은 구용의 시에는 다음과
같은 구절이 있다.

전쟁 중이라 오래 떠돎은 견딜 만하지만	兵戈可奈久流落
인간 세상 어찌하여 이런 이별이 있는가?	人世如何有別離

이 시의 마지막에서 구용은 "하늘 끝에서 하루도 그리워하지 않은
날이 없네(天涯無日不相思)"라 하였으니, 권필에 대한 우정이 얼마나
절절했는지 쉽사리 알 수 있다.

김화로 부임할 즈음, 구용은 권필에게 편지를 보내 시를 지어달라고 하였다. 그러자 권필은 답장으로 이렇게 시를 써주었다.

죽수는 천하의 뛰어난 선비,	竹樹天下士[3]
온 세상이 그의 재주 우러른다네.	擧世仰符彩
평소에 차고 다닌 낡은 금낭은	平生古錦囊[4]
세상을 모두 담아 넣을 수 있지.	可以括四海
열 번이나 글 올려도 잘되지 않아	十書命未通[5]
한양 떠나 산골의 수령이 되었네.	去作山澗宰
그 고을은 명산 가까이 있어	邑居倚名山
푸른빛 1만 봉우리 우뚝하지.	萬峯碧嶒崴
멀리서도 알겠네, 업무 팽개치고	遙知謝簿領
산에 오르면 한껏 가슴 후련할 걸세.	峻陟窮爽塏

온 세상을 담을 만큼 넓고 큰 재능을 지녔지만, 벼슬길이 신통치 않아 겨우 지방 현감이 되어 떠나는 벗이다. 그러나 부임지인 김화는 바로 천하의 명산 금강산과 가까운 곳, 그래서 권필은 가슴이 확 트이는 금강산 유람에 나설 것을 구용에게 권하였다.

한편 섣달 그믐날에 이안눌은 김화현감으로 있는 구용으로부터 편지를 받았다. 이안눌은 답장으로 〈섣달 그믐날, 김화현감 구대수의 편지에 답하다(除日, 答金化縣宰具大受書)〉라는 시를 지었다.

3 죽수竹樹: 구용의 호.
4 금낭錦囊: 시를 적어서 넣는 비단 주머니. 당唐 이하李賀가 외출할 때 종에게 비단 주머니를 가지고 따라다니게 하면서 시를 지으면 그 속에 넣었다고 한다.
5 십서十書: 자신을 등용해달라는 내용의 편지를 열 번이나 올림. 당 한유韓愈는 벼슬을 구하기 위해 자신을 추천하는 편지를 세 번이나 올린 적이 있다.

내가 좋아하는 한시

박한 벼슬살이에 병마저 많아	薄宦兼多病
겨울 다가도록 쓰러진 집에 누웠네.	經冬臥弊廬
누가 알았으랴, 섣달그믐에	誰知除歲日
친구의 편지를 받아 볼 줄이야.	得見故人書
쓸쓸히 바뀌는 절기에 놀라며	寂寞驚時序
은근히 어떻게 지내는지 묻네.	殷勤問起居
내 인생 쇠함이 이미 심하니	此生衰已甚
감히 어떻다고 알리지 못하겠네.	不敢報何如

이안눌은 1599년 10월에 함경북도 병마평사兵馬評事가 되어 경성鏡城에 이르렀다가 다음 해 3월에 병을 이유로 체직을 허락받아 5월에 한양으로 돌아왔다. 박한 벼슬살이와 병마에 시달린 채 쓰러져가는 집에 누워 쓸쓸히 세모를 보낸 날이 바로 1599년 섣달그믐이었다.

구용에게서 따뜻한 안부 편지를 받으니 참으로 반가우나, 한편으로 자신의 처지가 더욱 처량해져 은근히 벗에게 푸념하고 말았다. 요즘 부쩍 노쇠해져 어떻게 지내는지 자세히 말해주지도 못할 지경이라고.

구용이 죽은 이듬해인 1602년 12월, 이안눌은 단천端川 군수가 되어서 나가는 길에 김화를 들르게 되었다. 이때 이안눌은 또 구용을 그리워하며 다음과 같은 시를 지었다.

치솟은 푸른 산과 콸콸 흐르는 물소리	靑山矗矗水淙淙
여기서 함께 소나무에 기대어 시를 읊었지.	此地哦詩共倚松
오늘 나 홀로 옛 다락을 찾아오니	今日獨來尋古院
뜰 가득한 가을풀에는 찬 귀뚜라미 울음소리만.	滿庭秋草語寒蛩

• 김화현에서 자며 구대수를 그리워하다(宿金化縣, 憶具大受)

이안눌은 이 시 아래 "경자년(1600) 여름 내가 북평사에서 체직되어 서울로 돌아올 때 구용이 이 고을 현감이어서 하루를 유숙하며 만나고서 떠났었다"라 하였다.

우뚝 치솟은 금강산이 보이고 콸콸 흐르는 물소리가 들리는 김화는 예전과 다름없건만, 함께 소나무에 기대어 시를 짓던 벗은 찾을 길이 없다. 벗과 함께 올랐던 누각에 홀로 올라본다. 뜰에는 온통 시든 풀만이 무성한데, 어디에선가 서늘한 귀뚜라미 울음소리가 들려온다. 이 모든 것이 스산한 그의 심정을, 벗을 향한 그리움을 더욱 돋운다.

그리운 벗 구용은 이따금 권필과 이안눌의 꿈에 나타나 새로운 시상詩想을 불러일으키기도 하였다. 권필은 어느 날 밤 꿈에서 구용을 만났다. 생전 모습 그대로의 벗은 생전에 그랬던 것처럼 권필에게 충고를 하였다.

처세를 조심하게나. 처세는 참으로 어려운 것, 진실로 제 뜻대로 자적自適한다면, 삶과 죽음이 같은 것이라네.

이렇게 말하고서 구용은 금세 사라져버렸다. 이에 권필은 일어나 앉아 눈물을 줄줄 흘리며 "어이하여 나는 지기知己를 잃고, 백발의 몸으로 세상에 남았는가?" 탄식하였다.

그 옛날 임진년에 권필과 구용은, 화의和議를 주장하여 나라를 그르친 죄로 유성룡柳成龍과 이산해李山海의 목을 벨 것을 청하는 상소를 올린 바 있었다. 구용은 간신의 발호와 전란으로 피폐해진 국토와, 탐관의 핍박으로 생업을 잃고 떠도는 백성의 아픔을 비통해하며 이를 시로 읊은 시인이었다. 그런 구용이었기에 누구보다도 강개한 성품을 지닌 권필을 잘 알아주었던 것이다.

권필은 몇 차례 벼슬에 제수되었으나 모두 나아가지 않고 주로 한양 현석촌玄石村과 강화江華를 오가며 살았다. 나중에는 모든 교유를 끊고 오직 이안눌, 이춘영李春英, 조위한趙緯韓 등 몇몇 친구만 만났다.

1611년(광해군 3) 임숙영任叔英이 과거 대책對策에 광해군의 잘못을 비판하는 글귀를 써서 삭과削科되는 일이 벌어졌다. 이듬해 권필은 이 일을 풍자하는 〈궁류시宮柳詩〉를 지었다가 친국親鞫을 당하고 감사減死되어 경원慶源에 유배되었다. 그리고 그해 4월 7일, 권필은 동대문 밖 길가의 민가에서 졸하였다.

아! 꿈에서 만난 구용은 이러한 권필의 최후를 미리 알았던 것일까? 꿈에 나타나 처세를 잘하라고 당부한 구용의 말은 결국 참언讖言이 되고 말았다.

그대 진 자리에 꽃은 피고

권필의 시를 몹시 좋아하여 많은 수의 시편을 《국조시산》에 선발해놓은 허균은, 특히 구용과 관련된 권필의 시 세 수를 잇달아 수록해놓았다. 첫 번째 시가 〈양주楊州의 산속……〉이고, 두 번째 시가 〈죽은 이를 애도하며, 이자민李子敏에게 부쳐 보이다〉이다. 그리고 세 번째 시가 다음에 보이는 시이다.

성산 남쪽이 바로 그대의 집   城山南畔是君家
가물가물 작은 마을에 경사진 외길.   小巷依依一逕斜
덧없는 세상 10년에 인간사는 변하니   浮世十年人事變
봄이 와서 온 산에는 꽃만 피었구나.   春來空發滿山花
• 성산에 있는 구용의 옛집을 지나며(過城山具容故宅)

권필, 이안눌, 구용은 서로 어울려 마포, 성산, 한강, 저자도 등에서 시주詩酒로 소일할 때가 많았다. 이 시는 구용이 살던 성산의 옛집을 지나면서 쓴 것이다.

권필이 찾았을 때 성산의 옛 동산에는 구용이 심은 복숭아와 자두나무 꽃이 한창 피었을 것이다. "덧없는 세상 10년에 인간사는 변하니"라 한 말에서 구용이 세상을 뜬 지 어느덧 10년이 흘렀음을 알 수 있다.

그렇다면 이 시는 1611년 봄 즈음에 쓴 것으로 보인다. 권필은 다음 봄에 죽었다. 봄이 오면 꽃은 다시 피어나지만 인간은 다시 돌아올 수 없다는 비감이 가슴에 와 닿는다.

허균은 권필의 시 세 편을 잇달아 싣고서 "권필에게 있어 구용은 마음이 맞는 벗이었기에 세 편이 모두 득의得意하였다"라 하였다. 그래, 그렇구나! 진정眞情이 울려낸 시는 읽는 이의 심금 또한 울리는 법. 권필과 구용의 아름다운 우정이 있어, 이런 명편이 나올 수 있었음을 새삼 깨닫는다.

강혜선姜慧仙
성신여자대학교 국어국문학과 교수. 조선 후기 한문 산문의 양상을 조명하는 데 주력해왔으며, 옛 문인들의 뜻과 정이 담긴 글을 찾아 소개하기를 좋아한다. 지은 책으로 《박지원 산문의 고문 변용 양상》, 《정조의 시문집 편찬》, 《나 홀로 즐기는 삶》이 있으며, 옮긴 책으로 《유배객, 세상을 알다》, 《조선 선비의 일본견문록》, 《여성 한시 선집》 등이 있다.

내가 좋아하는 한시

아버지처럼 살다

'어린이는 어른의 거울'이라는 말이 있다. 양육자의 나쁜 생활 습관이나 기질 등이 어린이에게서 발견될 때 흔히 쓰는 말이다. 좋든 나쁘든 어린이란 어른을 그대로 따라 하게 마련이므로, 어른들이 그 사실을 항상 염두에 두어야 한다는 의미이다. 또한 어린이를 통해 어른 자신의 모습을 반추해볼 수 있다는 뜻이기도 하다. 외형적인 모습을 그대로 반사하는 동시에 자신의 존재 사실을 확인시켜주는 것이 바로 거울이기 때문이다.

그런 점에서 아이는 부모의 거울이다. 아이에게서 나와 유사한 유전적·사회적 모습과 행태를 확인할 때마다 나의 어린 시절을 떠올리고 나의 존재 사실과 의미를 생각하는 것이다.

어떤 의미에서 부모는 아이를 통해서 두 번째 인생을 사는 듯하다. 그리고 불현듯 자신의 모습이 나의 부모와 똑같은 점을 확인하기까지 한다.

앉을 자리는 두 개면 족하다

'가업家業'이라는 형식으로 부친과 같은 분야에 종사하여 그에 못지
않은 업적을 남긴 아들의 이야기는 오늘날에도 자주 접할 수 있다. 그
럴 때 '콩 심은 데 콩 난다'라는 속담이 떠오르기도 하고, 유전자의 힘
을 느끼기도 한다.

역사적으로 부자의 행적이 놀랍도록 닮은 경우가 종종 있다. 신흠
申欽(1566~1628)과 신익성申翊聖(1589~1644) 부자 또한 그러한 예에
해당한다.

신흠은 문장가로 이름이 높았을 뿐만 아니라 요직을 두루 거칠 정도
로 선조宣祖에게 두터운 신임을 받았다. 그러나 신흠의 평탄한 벼슬길
은 광해군光海君 즉위 후에 점차 흔들리게 되었고, 계축옥사癸丑獄事[1]
때에는 전리田里로 방축되기에 이른다. 선조가 세상을 떠나며 어린 영
창 대군永昌大君을 보살피도록 유명遺命을 내린 유교칠신遺敎七臣 중
의 한 사람이 신흠이었기 때문이다.

신흠이 방축되어 돌아간 곳은 김포金浦의 상두산象頭山이었다. 상두
산은 가현산歌絃山이라고도 하는데, 그 아래 신흠 집안의 선영이 있었
다. 이곳으로 돌아오기에 앞서 신흠은 여러 달 동안 노량鷺梁에 머물
면서 어명을 기다려야 했는데, 다행히 목숨을 보전하고 전리로 돌아가
게 된 것이다.

전리로 돌아간 신흠은 서른한 수로 이루어진 연작 시조 〈방옹시여放
翁詩餘〉를 지었다.

---

1 1613년(광해군 5)에 정인홍鄭仁弘, 이이첨李爾瞻 등의 대북파大北派가 영창 대군 및
반대파를 제거하기 위하여 일으킨 옥사. 소북小北의 영수 유영경柳永慶과 영창 대군의
외조부 김제남金悌男 등이 사사賜死되었고, 영창 대군은 서인庶人이 되어 강화도에 위
리안치圍籬安置되었다가 이듬해 살해되었다.

산촌山村에 눈이 오니 돌길이 묻혔어라.

시비柴扉를 열지 마라, 날 찾을 이 뉘 있으리?

밤중만 일편명월一片明月이 그 벗인가 하노라.

그중 첫째 수이다. 아무도 찾는 이 없는 산촌에서 세상일을 잊고 자연과 벗하고자 하는 마음을 노래하였다. 비슷한 시기에 지은 것으로 보이는 다음 한시에는 당시 신흠의 생활이 보다 자세하게 그려져 있다.

오늘은 1년 만의 동짓날인데	一年冬至日
구사일생으로 조정을 떠난 몸이라네.	萬死去朝身
쌓인 눈에 뭇 봉우리 아스라하고	積雪迷千嶂
외로운 마을이라 온 이웃이 끊어졌다네.	孤村絶四鄰
섶나무 주워 콩죽 끓이고	拾薪烹豆粥
나물 다듬어 반찬 만드네.	挑菜備盤辛
문득 〈이소〉를 손에 들고 읊조리면서[2]	却把離騷詠
초나라 영균靈均[3]의 높은 풍격 생각해보네.	高標憶楚均

• 계축년 동짓날 큰 눈이 내리다(癸丑冬至大雪)

동짓날 저물어가는 한 해를 돌이켜보며, 신흠은 아마도 목숨이 어떻게 될지 모른 채 몇 달이나 기다려야 했던 옛일을 떠올렸을 것이다. 그리고 큰 눈이 내려 앞도 분간하지 못하고 이웃의 발길도 끊어진 주변을 둘러보았으리라.

2 〈이소離騷〉는 '근심을 만나다'라는 뜻으로, 초楚나라 굴원屈原이 지은 부賦이다. 반대파의 참소讒訴 때문에 조정에서 쫓겨난 시름을 읊었다.
3 굴원의 자.

살림이 가난하니 땔나무를 주워 콩죽을 끓이고 푸성귀로 반찬을 만들어 먹는 것이 전부이다. 그때 신흠이 떠올린 것은, 임금으로부터 버림받은 울울한 심정을 노래한 초나라의 굴원屈原이다. 그래서 굴원이 지은 〈이소離騷〉를 읊조리며 굴원의 높은 정신을 따르고자 한 것이다. 이렇듯 신흠은 방축된 그해 겨울을 추위와 가난, 그리고 외로움과 울분을 감내하며 보냈다.

그러나 신흠은 자신의 처지를 비관하지만은 않았다. 이듬해 봄이 되자 상황이 조금씩 나아지기 시작했다. 우선 아들 익성이 아버지께 기와집을 지어 바쳤는데, 신흠은 여기에 '감지와坎止窩'라는 이름을 붙였다. '감지'는 《주역周易》의 '습감괘習坎卦'에서 취한 것이다. '물, 숨음, 번민, 도둑, 굳은 마음, 북방' 등을 상징하는 감괘(☵)가 중복된 감하감상坎下坎上의 습감괘(䷜)는 거듭 험난에 빠지는 것을 의미한다.

습감괘는 또한 험난한 처지로부터의 탈출을 의미하기도 한다. 현재의 고난은 영원한 것이 아니며, 언젠가는 극복될 것이라는 희망이 담겨 있기도 한 것이다. 자신의 거처에 '감지'의 의미를 부여한 것은, 당장 해결하기 힘든 현실적 곤란에 신념과 덕으로 맞서는 것이야말로 현명한 대처라는 판단과 의지를 내보인 것이다.

실제로 신흠은 방축된 처지에 연연하지 않고 자신이 할 수 있는 일을 찾아 실천하였다. 책 읽으며 소일하는 틈틈이 황폐한 주변 환경을 하나씩 정비하여 자신만의 주거 공간을 완성하였다. 감지와 남쪽의 습지를 개간하여 두 개의 연못을 파고 버드나무를 심는가 하면 누대를 세우기도 하였던 것이다.

새로 지은 누대는 환암渙庵이라 명명하였는데, 이 역시 《주역》의 환괘渙卦에서 취한 것이다. 환괘(䷺)는 바람을 나타내는 손괘巽卦(☴)와 물을 나타내는 감괘坎卦(☵)가 위아래로 이어진 것으로, 신익성이 지

　　　　　　　　　　　　　　　　　　내가 좋아하는 한시

은 〈환암기〉에 의하면 흩어진 땅을 수습하였다는 의미를 지닌다.

다음 글은 산문이 아니라 신흠이 지은 시의 제목인데, 김포로 돌아온 신흠이 집 주변을 어떻게 가꾸었는지 소상하게 알려준다.

감지와 남쪽에 졸졸졸 흐르는 물이 있는데, 그 원천이 가현산에서 나온 것으로 큰 가뭄에도 마르지 않았다. 그러나 잡초와 잡목이 우거지고 바위가 서로 엇갈려 길이 없었다.

내가 여기 와서 잡초와 잡목을 모두 제거하고 원천의 맥을 튼 다음 섬돌을 쌓고는 한 간 초가를 얽어두고 냇물 하류를 가두어 연못 두 개를 만들었다. 그리고 연못 가운데에 둑을 쌓고 그 곁에다 버드나무 여남은 그루를 심었다.

또 위쪽 연못의 북쪽 모서리에다가도 조그마한 누대 하나를 세웠다. 그리하여 전에는 그렇게 누추하던 곳이 꽤 볼만하게 꾸며졌다. 이에 공사가 끝난 후 절구로서 기록한다.

거처인 감지와 남쪽에서 개울을 발견한 신흠은 그 주변을 정돈하여 작은 초가를 얽었다. 여기에 연못과 누대를 더하여 자연과 벗하는 쉼터를 조성하였다. 혼자 한적함을 즐기려고 만든 공간이니 규모가 클 리 없었다. 신흠에게 크고 작은 것은 전혀 문제되지 않았다. 이 시의 본문에 그러한 정황이 잘 나타나 있다.

작은 둑은 겨우 의자 둘을 놓을 만한데	小堤纔受兩床橫
정자 아래 두 연못은 거울처럼 맑다네.	亭下悉池鏡樣明
모래언덕 버들 둑에 봄이 다 가려 하니	沙岸柳堤春欲晚
지는 꽃잎과 어여쁜 풀 모두가 시정이라네.	落花芳草總詩情

연못의 둑은 겨우 의자 두 개를 놓을 정도에 불과하다. 그러나 찾아올 이가 없으니 그 정도면 충분하다. 새로 지은 환암 아래로 거울처럼 맑게 비치는 연못이 둘이나 있다. 버드나무를 심은 둑에 늦봄의 햇살이 빛난다. 그 아름다운 광경을 바라보고 있노라니 만개한 꽃이든 떨어지는 꽃이든 절로 시흥詩興을 불러일으킨다. 역易의 논리로 자신의 운명을 받아들이고, 현실에서 누릴 수 있는 소소한 기쁨들을 시정詩情으로 풀어낸 것이다.

신흠은 새로 조성한 집과 정원을 무척 사랑한 듯하다. 특히 연못에서 읊은 시가 많은데, 다음 시에서 그의 맑은 정신세계를 엿볼 수 있다.

길 하나 풀숲을 뚫고 나 있는데	一逕穿蒙密
높은 벼랑에 작은 띳집 있다네.	懸崖有少茨
난초를 가꾸려 땅을 일구었고	藝蘭仍作畝
달을 담으려 연못을 만들었지.	貯月欲成池
대밭에서 거문고 소리 듣고	竹塢還聽瑟
등불 아래에서 바둑판 마주하네.	香燈却對棊
산속의 집에는 맑은 일 많아서	山家淸事足
차도 끓이고 시도 짓노라.	煮茗又題詩

• 연못가에서(池上)

신흠은 자신이 사는 곳이 "빽빽한 숲 속, 깎아지른 벼랑"에 있다고 하여, 속세에서 멀리 떨어져 있음을 말하였다. 그런데 그곳에는 결코 자의로 간 것이 아니었다. 생계를 위해 농사를 지어야 했던 것도 아니다. 그래서 땅을 일구는 것은 난을 심기 위한 것이고 연못을 파는 것은 달을 담기 위한 것이라 하였다.

내가 좋아하는 한시

또한 신흠은 거문고 소리를 듣고 바둑으로 소일한다고도 하였다. 혼자 사는 처지이니, 자신이 연주하고 자신이 듣는 셈이다. 아니면, 대밭에 부는 바람 소리가 마치 거문고 소리처럼 들린다는 뜻도 된다. 바둑판 앞에 혼자 앉아 검은 돌과 흰 돌을 번갈아 놓으면서 시간을 보내기도 한다.

친구도 이웃도 없는 산가山家 생활이지만, 그 덕택에 난초와 달빛과 대나무와 바둑을 벗 삼을 수 있는 것이다. 여기에 차를 달이고 시를 짓는 청사淸事가 덤으로 뒤따른다. 낙척한 처지를 감내하면서 선비로서의 맑은 정신을 읊은 것이다.

신흠은 집과 정원을 가꾸면서 전리 생활에 적응하고 정신적인 여유 또한 되찾은 것으로 보인다. 이 시기에 신흠은 독서와 저술의 여가를 가질 수 있었는데, 중국에서 막 간행된 청언집《소창청기小窓淸紀》[4]를 열람하고, 그중 회심會心의 내용을 모으고 개작하여《야언野言》을 엮었다.《야언》의 내용을 살펴보면 신흠이 지향한 바가 무엇인지 잘 알 수 있다.

차가 끓어 향이 맑을 때	茶熟香淸
객이 문에 이르면 기쁘고	有客到門可喜
새가 울고 꽃이 질 때	鳥啼花落
아무도 없어도 절로 느긋하다.	無人亦自悠然
진정한 샘은 맛이 없고	眞源無味
진정한 물은 향이 없는 법.	眞水無香

---

4 1613년에 명明나라 오종선吳從先이 쓴 청언집淸言集으로, 한적하고 아취 있는 생활과 관련된 내용을 담고 있다. 허균許筠의《한정록閑情錄》에서 가장 많이 인용한 책이기도 하다.

시골에서의 맑은 생활을 가족이나 친구들과 공유할 수 있다면 매우 기쁠 것이다. 그러나 굳이 그렇지 않아도 상관없다. 무색무취의 물과 샘처럼, 결국 인생의 가치는 외물이 아닌 내면에서 찾아야 하기 때문이다.

이후 신흠은 1617년에 죄가 더해져서 춘천春川으로 유배 가게 되었고, 그곳에서 5년을 보낸 뒤 1621년 12월에 막대한 은을 헌납하고 나서야 김포로 돌아올 수 있었다. 1623년 인조반정仁祖反正 뒤에는 다시 관직에 나아가 이조판서, 대제학, 우의정, 좌의정, 영의정을 역임하였다.

때로는 산속에서 혼자 바둑을 두기도 하고, 때로는 수많은 이를 이끌기도 한 신흠의 삶은 1628년에 끝을 맺었다.

아버지는 서쪽, 아들은 동쪽

신흠은 자신이 조성하고 사랑한 김포 선영이 아닌 광주廣州 사부촌沙阜村에 묻혔다. 아들 익성이 이곳에 새로 선영을 조성하였기 때문이다. 선조宣祖의 3녀 정숙 옹주貞淑翁主와 혼인하여 동양위東陽尉에 봉해진 신익성은 1627년에 정숙 옹주가 죽자 사부촌에 옹주의 묘를 마련하였다. 그리고 이듬해 부친이 세상을 뜨자 부친 또한 사부촌에 모셨다.

1617년, 부친인 신흠이 춘천으로 유배당하자 신익성은 부친을 뵈러 수시로 춘천을 다녀와야 했다. 신익성이 사부촌과 인연을 맺게 된 것이 바로 이 시기의 일이다. 춘천으로 가려면 뱃길을 이용해야 했는데, 양화진楊花津에서 송파松坡 사이의 경강京江을 벗어나 광진廣津을 건너 두미진斗迷津을 넘으면 북한강과 남한강이 만나는 이수二水에 이르게 된다.

이수는 '양수兩水'라고도 하는데, 현재의 경기도 남양주시 와부읍 송

작자 미상, 〈신익성 초상〉, 17세기, 종이에 채색,
60.5×30.9cm, 일암관.

촌리이다. 이곳에는 소내가 호수처럼 자리 잡고 있어 경관이 빼어났
다. '소내'는 한자로 '소천小川' 또는 '우천牛川'이라고 쓴다. 부친의 배
소配所를 오가던 신익성이 소내의 아름다운 경치에 마음을 빼앗겨 이
곳을 훗날의 퇴거지로 염두에 두었던 것이다.

그런데 사부촌은 수석水石이 아름다워 정자를 지을 만하기는 하였
으나, 땅이 좁은 데다 두 강이 막혀 있어 오래 생활하기에는 그리 적당
하지 않은 곳이었다. 오래된 기와로 간이 부뚜막을 만들어 쓸 정도였
으니 생활 터전으로 삼기에 어려움이 많은 곳이었다.

신익성은 여묘廬墓를 살면서 그 주변을 적극적으로 정비하였다. 우

선 망모정望慕亭이라는 재려齋廬를 짓고, 빼어난 경관을 한눈에 바라볼 수 있는 언덕 위에 창연정蒼然亭을 지었다. 그리고 이수의 강물을 '회수淮水'라 고쳐 부르고 그 주변을 '동회東淮'라 명명하여 자호自號로 삼았다. 당唐나라 원결元結이 치사致仕한 후 집 앞의 시내를 '오수浯水'라 이름 짓고 그것을 자호로 삼아 여생을 보낸 것을 본받은 것이다.

또한 신익성은 부친이 그러하였듯 선영이 있는 전리로 돌아가 그곳을 은거의 터전으로 삼았다. 그 계기가 된 것은 1636년의 병자호란이었다. 끝까지 척화를 주장하던 신익성은, 12월에 남한산성에서 인조仁祖가 청나라에 항복하자 이듬해 동회로 귀전歸田하기로 마음먹었던 것이다. 동회로 은거한 신익성은 부친처럼 생활 공간을 새로 마련하고 주변을 아름답게 조성하기 시작하였다.

먼저 신익성은 왕손곡王孫谷에 새로 집을 지었다. 그런데 그 집과 정원의 모습은 공교롭게도 부친이 가꾼 것과 흡사하다. 그것은 김포의 집을 정비하는 과정에 신익성도 참여하고 조력하였기 때문이다. 다음은 신익성이 쓴 〈쌍지기雙池記〉와 〈은병기隱屛記〉의 일부이다.

(1)

감지정坎止亭의 남쪽에 예부터 버려진 땅이 가시덤불로 뒤덮여 있었다. 계축년(1613)에 아이들을 데리고 풀을 베어 쌓아두고, 그 땅의 마땅함을 따라 물길을 끌고 막힌 것을 이끌어 무너진 것을 쌓아 올렸다. 더럽고 습한 것은 연못이 되고 높고 낮은 것은 각기 다른 위치를 차지하여 시내와 골짜기가 나누어지고, 잔잔한 개울이 섬돌을 타고 내려와 졸졸 흐르는 소리가 들을 만하였다.

물의 성질은 자못 아래로 치달리는 것이라 소나기에 제방이 터지는 일이 자주 있기에, 종놈인 창두를 시켜 돌을 쌓고 흙을 메워 그

입구를 막았다. 물을 그 아래에 모아서 작은 연못 하나를 파고 남은 물결을 이어 담으니 그 형세가 마치 위아래에서 거울 두 개가 비추는 것과 같았다.

이에 물고기를 풀고 연꽃을 심어 만물을 모으고, 버드나무 몇 그루를 심어 바람 기운을 담으니, 형이상의 것은 그 우뚝한 모습을 드러내고 형이하의 것은 맑아져 가히 보기 좋았다. 경관이 탁 트여 그 모습이 몰라보게 달라졌다.

(2)

두와斗窩 북쪽의 척박하고 더러운 땅에 서쪽의 계곡물을 끌어와 위아래로 연못을 만들었다. 연못 옆에는 바위가 있어서 그 크기가 사람 몸을 의지할 만하였고, 좌우와 상하 또한 모두 비옥한 흙이었으나 숲에 가려져 있었다.

덤불숲 가운에 바위틈이 드러난 것이 있어서 종놈을 시켜 그 가려져 있던 것을 없애고 바위틈을 따라 파도록 하니 과연 흙 가운데는 암벽이었다. 여러 날 힘을 다하니 가파른 절벽이 드러났는데 마치 병풍처럼 가려진 모습이었다. 이에 그 꼭대기에 '은병隱屛'이라 새겼다.

〈쌍지기〉는 김포에서 연못을 파는 과정을, 〈은병기〉는 동회의 정원을 가꾸는 과정을 기록한 것이다. 신익성은 은병 아래에 골짜기 물을 대어 위아래로 두 개의 연못을 만들었는데, 신흠이 조성한 김포의 쌍지와 매우 닮아 있음을 알 수 있다.

새로 지은 집에 이사한 것을 매우 좋아한 신익성은 여러 편의 시를 지어 그 즐거움을 표현하였는데, "늙어서야 진실로 사슴과 짝하게 되니, 한가하여 시정市井과 조정朝廷에 있고픈 마음이 사라지네(老去眞成麋鹿伴, 閑來消盡市朝心)"라 하거나 "전란 뒤에 이사하여 작은 마을을 열었는데, 시냇가에 새로 집을 얽으니 수풀을 등지고 있네(亂後移家闢小村, 臨溪新搆背林園)"라 읊기도 하였다.

새로운 거처에서 운둔하는 것을 즐긴 신익성은 한편으로 손님이 찾아오는 것 또한 기쁘게 여겨 반갑게 맞아들이곤 하였다.

월계 아래 두미의 물가	月溪之下斗湄傍
몇 간의 띳집이 연못에 임해 있네.	數間茅屋臨方塘
노인은 책을 들고 흰 바위 위에 앉고	老人携書坐白石
동자는 배 저으며 〈창랑가〉를 노래하네.	童子鼓枻歌滄浪
흐르는 구름은 강 건너 골짜기에 가득하고	流雲度水滿平壑
산속의 새는 수풀 넘어 석양 속에 울고 있네.	幽鳥隔林啼夕陽
붉은 꽃 드물고 녹음 짙어 봄이 간 걸 알겠는데	紅稀綠暗覺春盡
때마침 승려가 찾아와 글을 지어달라네.	時有山僧來乞章

• 무인년(1638) 늦봄에 새로 띳집을 지었는데, 계화 스님이 방문하였기에 우연히 읊조리다(戊寅季春, 新搆草堂, 僧戒華來訪偶吟)

가까운 수종사水鐘寺의 계화戒華 스님이 새로 지은 왕손곡의 초당을 방문하여 글을 구한 것에 붙인 시이다. 월계月溪와 두미斗尾 옆에 위치한 신익성의 띳집은 네모난 연못을 마주하고 있었다.

주인은 병풍처럼 에워싼 연못가의 바위 위에 앉아 있고, 동자는 배 위에서 〈창랑가〉를 부른다. 노인은 강물 위로 흐르는 구름이 골짜기에 가득한 것을 바라보고 수풀 너머 새들이 석양에 우짖는 소리를 듣고 있다.

그렇게 세월을 보내다 보니, 꽃들도 다 지고 녹음이 짙어져 계절이 바뀌는 줄도 몰랐다고 하였다. 그러던 차에 산승山僧이 시권詩卷을 구하러 찾아온 것이다. 한가하기도 하고 무료하기도 한 일상을 보내던 중에 스님이 찾아와 자신의 아취雅趣를 돋우어주니 참으로 기쁘다는 내용이다. 이 시는 '두와斗窩'라는 제목으로 널리 회자되어 여러 사람이 차운하기도 하였다.

항상 꿈은 낚시터 곁을 에워쌌는데   尋常夢繞釣臺傍
꽃은 앞산에 가득하고 물은 연못에 넘치네.   花滿前山水滿塘
천 권의 도서로 늘그막을 보내니   千卷圖書供白首
백 년의 먼지를 푸른 물결에 씻어내네.   百年塵垢洗滄浪
수종사의 새벽 경쇠는 스러지는 그믐달 울리고 水鍾曉磬敲殘月
두미협의 봄 배는 석양녘을 건너가네.   斗尾春帆度夕陽
읊조리는 풍류가 일대에 빼어나니   賦詠風流傾一代
원래 우리나라는 문장이 성대하였다네.   國朝元自盛文章

최명길이 지은 〈차운하여 동회에게 부치다(次寄東淮)〉라는 시이다. 최명길은 "회옹淮翁이 평구平丘에 집을 짓고 근체시 한 편을 지었는데, 사람들 입에 회자되어 여러 공이 그 시에 화답하였으니 정말로 한 시대에 자랑할 만하다. 나는 병이 나서 가지 못한 것이 섭섭하여, 추후에 그 시에 차운함으로써 사모하는 마음을 부친다"라고 주를 붙이고 있어, 신익성의 시가 당시에 얼마나 높이 평가되었는지 알 수 있게 해준다.

위 시에서 최명길은, 수종사의 경쇠 소리와 두미협의 물결을 벗하며 천 권의 서적을 쌓아놓고 유유자적하는 신익성의 삶을 부러워한다. 시 본문과 주석의 내용을 보면, 신익성의 새집에 스님뿐만 아니라 여러 선비 또한 앞다투어 찾아왔음을 알 수 있다. 즉, 신익성의 집에 수많은 장

신익성, 〈백운루도白雲樓圖〉, 1639년경, 종이에 수묵, 26.4×35.3cm, 개인.

서藏書가 있어서, 이를 얻어보려고 수많은 선비가 모여들었던 것이다. 신익성의 집은 탈속脫俗의 공간일 뿐만 아니라 아회雅會와 풍류風流의 공간이기도 했던 것이다.

그래서인지 신익성은 왕손곡의 초당과 원림을 더욱 가꾸고 확장하여 새 건물을 올리게 된다. 새 건물은 백운루白雲樓라고 명명하였는데, 백운산白雲山을 마주보고 있다는 의미이기도 하고, 당시 조선 문단에 큰 영향을 끼친 명明나라 전후칠자前後七子 가운데 한 사람인 이반룡李攀龍의 백설루白雪樓를 의식한 것이기도 하다. 이렇게 완성된 신익성의 집은 그림으로 남아 있어 그 모습을 확인할 수 있다.

이 그림은 여러 문인의 시가 덧붙여진 서화첩 형태로 전해진다. 그림 오른쪽 윗부분의 초가집이 왕손곡에 새로 지은 집인데, 위아래로 방지方池, 즉 네모난 연못을 마주하고 있다. 바위 위에는 늙은 선비가 앉아 있는데, 옆으로 산승과 마주하고 있는 모습이다. 그림 아래쪽에는 작은 배가 띄워져 있다. 그림의 왼쪽 아래에 보이는 기와 건물이 바로 왕손곡의 집을 확장하여 세운 백운루이다. 신익성의 백운루는 당시

내가 좋아하는 한시

문인들이 풍류를 즐기던 장소였다.

신익성의 절친한 벗이자 사돈이던 이민구李敏求는 〈백운루기白雲樓記〉에서 백운루와 백설루 이름의 유사성을 들어 신익성의 학문과 풍류를 이반룡에 견주었다. 이반룡이 백설루에 은거하며 방문객을 사절하여 대범하고 오만하다는 평을 들었던 것과 달리, 신익성은 벗과 손님을 극진히 대접하며 풍류를 즐겼다고 하였다. 신익성은 옹주 사후에 박옥朴玉이라는 시첩侍妾을 들였는데, "손님이 찾아오면 술과 음식을 받들었고 선친의 〈가현산곡歌絃山曲〉과 도연명의 〈귀거래사〉를 읊조려 흥을 돋우었다"고 한다.

여기서 말한 〈가현산곡〉은 신흠이 김포 선영에 방축되었던 시절에 지은 연작 시조 〈방옹시여〉일 것이다. 또한 신흠이 김포로 방축되었을 때와 춘천에 유배되었을 때 도연명의 시에 화운한 화도시和陶詩를 다수 지은 것을 상기하건대, 〈방옹시여〉와 〈귀거래사〉는 신흠의 내면을 잘 보여주는 작품이라 할 수 있다.

즉, 백운루에서 많은 손님을 맞아들여 풍류를 즐긴 신익성이 정작 그곳에서 읊조린 시구는 부친이 가장 실의하였을 때 지은 작품들이었던 것이다. 이는 신익성이 시골에 집을 짓고 은거한 진정한 이유가 부친을 따르고자 하는 마음에 있었음을 보여주는 좋은 증거일 것이다.

김은정金垠延
홍익대학교 세종캠퍼스 교양외국어학부 조교수. 신흠, 신익성 등 평산 신씨 가문의 문학과 학문을 중심으로 하여 17세기 조선의 문학과 학문의 실상을 밝히는 데 연구를 집중하고 있다. 아울러 한국 한시의 초기 모습과 한국 한시의 정착 과정을 규명하는 연구 등, 동아시아 학문과 문학의 흐름을 찾고자 노력하고 있다. 주요 논문으로 《소창청기》 이본과 17세기 조선에서의 수용 양상〉, 〈신흠의 청언 선록집 《야언》 연구〉, 〈17세기 초반 소통으로서의 척독 연구〉, 《협주명현십초시》 협주 연구〉, 《십초시》를 통해 본 나말여초 한시 수용 양상〉 등이 있다.

진심을 숨기는 법

널리 알려져 있지는 않지만, 용강龍江 김영광金永光이 지은 〈조어시釣魚詩〉라는 작품이 있다. 제목 그대로 낚시에 관한 시이다.

용강 깊은 곳에	龍江水深處
낚을 만한 고기 있네.	有魚可釣得
한번 배 터지게 먹어보려고	我思一飽喫
바늘 만들어 낚싯대에 매었지.	敲針繫于竹
아내에게 말해두길	顧謂室中妻
"밥을 너무 빨리하지 마오.	炊飯無太速
큰 물고기라면 회를 치고	大魚當作膾
작은 물고기라면 끓여 먹어야지.	小魚當烹熟
파와 간장을 찾아놓게나,	葱醬須覓置
저녁에는 돌아올 테니."	我還應在夕
낚싯대 들고 아이와 함께 나와	持竿共兒去
바위에 앉아 낚싯줄 드리웠네.	垂綸坐磯石

오래도록 앉거니 서거니	坐久或起立
해는 훌쩍 저물어가네.	直至日曛色
한 마리가 비로소 미끼를 물었는데	一魚始含餌
줄을 당기자 곧바로 떨어지네.	引絲隨卽落
꼬리를 흔들며 물속으로 사라지더니	搖尾蹤波去
종적을 찾을 길 없네.	不可尋蹤跡
쯧쯧, 아이를 보며 탄식하나니	耳耳顧兒嘆
집으로 돌아갈 면목이 없구나.	還家無面目
낚싯줄 어찌 튼튼하지 않고	我絲豈不固
낚싯바늘 어찌 굽지 않았으리?	我鉤豈不曲
낚시 도구 좋지 않은 것도 아니건만	釣具無不好
낚시 기술은 어찌 배우지 않았던가?	釣法奈未學
그만두자, 그저 헛수고일 뿐이니	已矣徒勞耳
남들에게 웃음거리나 되지 말자.	無令人捧腹

　내용은 단순하다. 가족을 배불리 먹이려고 호기롭게 낚싯대를 둘러메었지만, 오랫동안 기다린 끝에 잡을 뻔한 물고기를 놓치고 낙담하는 모습이 그려져 있다. 생선회를 뜨고 매운탕을 끓여 먹으리라는 부푼 꿈과 달리 현실은 지루한 기다림의 연속이다. 해 저물 즈음, 비로소 입질이 왔으나 얄미운 물고기는 미끼만 낚아채고는 유유히 사라져버린다. 가족을 굶기게 생겼으니 시를 읽는 독자의 마음까지 안타깝다.

　'조어'라는 제목에서 예상되는 바와 달리, 낚시에 실패한 착잡한 심경을 그린 이 시는 씁쓸하기도 하고 보기에 따라서 유머러스하기도 하다. 누구나 겪었을 법한 일상적인 소재를 짤막한 에피소드처럼 엮어냈기에 시인의 마음에 쉽사리 공감할 수 있게 만드는 시이다.

누군가는 알아주리라

김영광이라는 사람에 대해서는 알려진 바가 거의 없다. 조선 후기의 문인 황윤석黃胤錫(1729~1791)은 〈용강 김 공의 '조어시' 발문(龍江金公釣魚詩跋)〉이라는 글에서, 처음 이 시를 보았을 때 리듬이 잘 맞고 분위기가 명랑하다는 느낌을 받았다고 하였다. 아마 대부분의 독자도 이와 비슷한 느낌을 받았을 것이다.

그러나 김영광의 손자인 김천정金天定이 황윤석을 찾아와 이 시가 지어졌을 때의 상황을 알려주자 황윤석의 생각은 크게 달라졌다. 김천정에 따르면, 조부 김영광이 1698년 향시鄕試를 치를 때 장원 급제를 기대하는 소리가 자자했다고 한다. 그런데 서리배들이 농간을 부려 답안지를 바꾸는 바람에 결국 낙방하고 말았고, 이에 김영광은 〈조어시〉를 쓰고 그 뒤로는 두 번 다시 과거에 응시하지 않았다는 것이다.

시 속에 숨겨진 속뜻을 알려달라는 요청을 받은 황윤석은 다시 찬찬히 이 시를 읽으며 김영광이 말하고자 했던 본뜻을 이렇게 해석하였다.

내가 일어나서 말했다. "깊고 훌륭하군요, 공의 시는." 나는 지금에야 주자朱子가 전편이 비유로 되어 있다고 말한 것의 의미를 알 것 같다.

여기에서 "낚싯줄을 드리웠다"라고 말한 것은 과거를 보러 간 일을 가리키는 것이리라.

"미끼를 물었다"고 한 것은 장원 급제를 말한 것이리라. "줄을 잡아당겼는데 곧 떨어졌다"고 한 것은 처음에는 합격했다가 나중에 곧바로 떨어지게 된 것을 말한 것이리라. "낚싯줄, 낚싯바늘, 낚시도구, 낚시 기술" 구절에서는 하나가 선창하고 셋이 화답하니 여운이 있는 것이 아니고 무엇이겠는가?

이한철李漢喆, 〈소상조어도瀟湘釣魚圖〉, 19세기,
종이에 담채, 118×33.3cm, 서울대학교 박물관.

공의 시는 진실로 뛰어나서 베틀과 북에서 나온 것처럼 자연스러우니, 비록 과거 공부라는 것이 경중을 논하기에는 부족하지만 또한 그 남은 힘을 상상할 수는 있다. 그러하니 저들이 단번에 장원의 모습을 알아차리는 것이 불가능할 리가 있겠는가?

낚싯줄이 튼튼하고 낚싯바늘도 구부러져 있고 낚시 도구도 좋았다는 것은 공이 진실로 사양하고자 해도 하기 어려웠다는 것이니, 옛사람을 숭상할 정도로 훌륭한 선비들이 스스로의 도를 버린다면 무엇으로 교훈을 삼겠는가?

곧은 낚싯바늘을 드리운 채 시간을 낚았다는 강태공姜太公을 기억하는가? 어쩌면 당唐 태종太宗이 대궐의 붉은 대문을 열고 당당한 걸음으로 들어서는 젊은 과거 급제자를 굽어보며 "천하의 대어大魚들이 내 손아귀에 걸려들었다"고 회심의 미소를 지은 장면이 떠오를지도 모르겠다.

인재 선발을 낚시에 견주던 비유법이 전통적으로 있어왔다는 사실을 생각해보면, 과거에서 떨어진 일을, 물고기를 낚지 못한 일로 견주는 것이 자연스럽게 느껴지기도 한다. 황윤석의 설명은 김영광의 됨됨이에 대한 평가로 이어진다.

불행히도 신하들이 삼가 법을 따르지 않고 때때로 사사롭게 그릇된 길을 열어놓아 선비들 역시 권세 있는 자들에게 분주하게 달려들어 염량세태炎涼世態하여 자중하는 자가 드물고, 심지어는 간사한 서리배들이 담합하여 답안지를 바꾸는 짓이 극심해졌으니 이 또한 공이 말한 낚시 기술이 아니겠는가?

그 기술이 비록 공교롭다고 해도 공은 명예를 더럽히는 것이라고 여겨서 나아가지도 않고 성의를 다하려고 하지도 않았으니 차마 하지 않은 것이다. 세속 사람들로 논한다면 공이 당했던 상황이 닥쳤을 때 어느 누가 슬퍼하고 노여워하며 미쳐서 제정신을 잃은 듯 굴지 않겠는가?

공은 청고하고 식견 또한 원대하여 "아직 배우지 않았다"고 여기는 것으로 그치셨다. 온유돈후한 마음으로 은연중에 《시경詩經》 3백 편의 유풍을 따르셨기에 성내거나 거친 소리가 없었던 것이다.

문제는 이런 것이었다. 김영광은 답안을 제대로 쓰지 못했기 때문에 떨어진 것이 아니다. 과거 부정은 공공연히 만연해 있었다. 작게는 답안지를 바꿔치기한 서리들의 비리지만, 공정한 선발의 장이어야 할 과거 시험이 엉망인 데다 앞으로 개선될 여지도 없어 보인다. 이렇게 보면 김영광이 〈조어시〉에서 말하고자 한 바는 "낚시 기술은 어찌 배우지 않았던가?" 이 한 구절로 모아질 수 있을 것이다.

그렇다면 〈조어시〉에 대해 한마디로 정리할 수 있을 듯하다. 김영광은 장원 급제할 것이라는 기대를 한 몸에 받았으나 과거 부정으로 시험에서 낙방했고, 그래서 이 시를 지은 뒤 과거 급제의 꿈을 포기했다.

그런데 어차피 두 번 다시 과거 급제를 꿈꾸지 않는다면 이 사실을 직설적으로 언급해도 되지 않을까? 시가 지어진 상황을 듣고 이에 따라 시의 본의를 해석해야 하는 방식을 선택한 것은 어찌 보면 불가피했다고 말할 수 있다. 과거 응시자가 과거 부정을 그대로 언급하는 것이 가능할 리 없기 때문이다.

어떤 진실을 터놓고 말할 수 없는 약자의 입장일 때, 이야기하고 싶은 것들은 유비 관계를 거쳐 비유를 통해 간접화된다. 문학 작품이 오랫동안 사랑받는 것은 정련된 시어를 공들여 배치했기 때문이거나, 섬세한 정감을 표현했기 때문이거나, 아니면 기발하고 참신한 상상력을 발휘했기 때문일 것이다. 예전에 읽은 시나 소설이 힘든 현실을 견디게 하는 뜻밖의 위로가 되는 까닭은 문학이 지니고 있는 이러한 힘 때문일지도 모른다.

그리고 여기에 진실이 있다. 어떤 발언을 용인하지 않는 세상을 향해 함축이나 비유를 통해 우회적으로나마 자신의 목소리를 드러낸다는 것. 그래서 대부분의 경우 김영광처럼 낚시에 허탕치고 돌아서는 평범한 일상을 그려내듯, 자신의 진의를 행간에 숨겨두고 언젠가 이를 알아줄 누군가를 기다릴 것이다.

김영광이 시에서 표현하고 싶은 것은 과거 비리에 대한 비판이나 고발이 아니라 이후 틀어져버린 삶의 방향에 대한 나름의 고백이었을 것이다. 그리고 오랜 시간이 지난 뒤 황윤석을 만나 시에 숨겨진 진의를 깨닫게 된 손자는 그제야 할아버지의 마음을 이해할 수 있게 되었다.

일흔 살 과부더러 개가를?

이렇게 자신의 상황을 비유하는 경우, 대체로 김영광처럼 후대의 누군가가 자신의 진의를 헤아려주기를 기다린다. 만약 김영광이 솔직하게 자신의 느낌을 기록했다면 어떻게 되었을까? 어떠한 파장이 일어났을 것인지 확단하기 어려울 것이다.

그러나 이런 부류의 시에는 적든 많든 현실에 대한 비판이 내재되어 있다. 따라서 직설적인 표현에는 심적인 부담이나 직간접적인 피해가 뒤따르기 마련이다. 소위 문자옥文字獄이라고 불리는 사건들처럼 글 한번 잘못 썼다가 목숨을 내놓아야 하는 경우도 적지 않았기 때문이다.

김종직의 〈조의제문弔義帝文〉과 권필의 〈궁류시宮柳詩〉처럼 정치적으로 민감한 내용을 담고 있는 텍스트는 의도치 않게 '발견되어' 과도한 대가를 치렀는데, 이는 이들의 발언이 문학적 수사로 읽히지 않았기 때문이다. 이들은 시문을 창작하는 문인이었지만, 김종직은 고위 관료였고 권필은 여론을 주도하는 선비였으므로 현실과 관련된 이들의 언급은 정치적인 발언으로 이해되었다.

그런데 정치적 현실과 시에 표현된 내용이 유비 관계를 이루더라도 특별한 정황이 포착되지 않는다면 아무런 문제가 없다. 이들의 시문은 그만큼 자기 완결적인 내용으로 이루어져 있는 것이다.

표현된 내용 그대로 이해할 것인가, 아니면 현실에 대한 우의로 해석할 것인가? 이는 명쾌하게 풀기 어려운 문제일 수밖에 없다. 따라서 독자 입장에서는 (김영광의 경우에서 볼 수 있듯이) 창작 상황에 대한 정보가 매우 중요한 비중을 차지하게 될 것이다.

그런 의미에서 유몽인柳夢寅(1559~1623)의 경우는 일반적이지 않다. 광해군 때 높은 관직을 역임한 유몽인은 금강산에 은거하다가 인조반정 이후 산에서 내려오면서 철원의 보개사에 들렀다. 그 절의 중들이 "공께서는 왜 새 임금께 벼슬을 구하시지 않느냐"고 묻자 시 한 수를 지어 절의 벽에 붙여놓았다. 이것이 바로 그 유명한 〈보개사의 절벽에 쓰다(題寶蓋山寺壁)〉라는 시이다.

그 후 유몽인은 광해군 복위 운동에 가담했다는 무고로 문초를 받는 신세가 되었는데, 그때 자신의 입장을 밝히면서 이 시를 외웠고, 이것 때문에 죄를 준다면 죽어도 여한이 없겠다고 하였다. 결국 그는 죽임을 당했고 그의 아들도 고문 끝에 죽었다.

일흔 살 늙은 과부가   七十老孀婦
홀로 빈방 지키며 살고 있다오.   單居守空壼

여사의 시도 익히 읽었고	慣讀女史詩
임사의 가르침도 알고 있지요.	頗知妊姒訓
이웃 사람들 나더러 시집가라 권하는데	傍人勸之嫁
사나이 얼굴이 꽃과 같다네.	善男顏如槿
흰머리 이 나이에 맵시를 부린다면	白首作春容
어찌 연지분이 부끄럽지 않겠는가?	寧不愧脂粉

개가改嫁를 거부하는 과부의 목소리를 담아내었기에 이른바 '상부사孀婦詞'라는 제목으로 더 알려진 시이다. 임금에 대한 충성과 남편에 대한 절개가 비슷한 맥락이라는 점을 감안하면 남편을 잃은 과부와 폐위된 전왕을 모시던 신하를 쉽게 대응시킬 수 있다.

앞으로의 거취를 묻는 중에게 이 시로 대답할 당시에 유몽인은 아마도 자신이 선택할 삶의 방향을 어느 정도 결정한 상태였을 것이다. 그런데 이 시는 임금에 대한 일편단심으로만 이해하기에는 특이한 부분이 있다. 자신의 상황을 그대로 투사한 것이라면, 이 시에서 과부의 상황은 말 그대로 시인 자신의 상황을 표현한 것이었을 것이다. 이 시에서 과부는 일흔의 늙은 노파이며 이웃 사람들이 권하는 개가 상대는 꽤 괜찮은 사람이다. 그러나 과부는 여사女史의 시와, 문왕文王과 무왕武王의 어머니인 임妊과 사姒의 가르침을 알고 있는 상황에서 개가를 할 수는 없다고 말한다. 위의 문맥에서 늙은 과부가 개가하지 않겠다고 말하는 것은 개가 상대에 대한 거부감이나 남편에 대한 일편단심의 발로가 아니라 일부종사一夫從事를 당위로 여기는 윤리관에 입각한 것일 뿐이다.

이를 그대로 현실에 대응시키면, 유몽인은 광해군과 인조 중에서 누구를 선택하느냐의 문제에 봉착한 것이 아니라, 자신이 광해군의 신하였던 이상 인조의 신하가 되는 것이 어렵다는 입장 표명으로 들린다. 그런 점에서 유몽인의 시적 언술은 한 임금에 대한 충성심을 뚜렷하게 보여준 정몽주鄭夢周나 성삼문成三問의 의지와 비교되며, 이 때문에 유몽인의 고민은 한층 더 인간적으로 다가온다.

남편을 영원히 사랑하기 때문에 개가하지 않는 것이 아니며, 개가할 누군가가 마음에 들지 않기 때문에 개가하라는 권유를 뿌리치는 것도 아니다. 과부는 차마 그동안 배운 가르침에 벗어나는 선택을 할 수 없을 뿐이고, 유몽인의 선택도 이와 비슷한 것이었다.

그동안 경전에서 배운 선비로서의, 또 누군가의 신하였기 때문에 당연히 해야만 하는 도리를 실천하려는 유몽인의 시도는, 좋게 보면 절조 있는 신하의 면모이지만 어찌 보면 연민의 감정이 드는 측면이 있다. 광해군은 인목 대비와 영창 대군에 대한 처분으로 윤리적 명분을 잃었고, 그렇기 때문에 유몽인은 세조에게 항거한 사육신 같은 충신은 될 수 없었을 것이다.

이 시에서 과부는 "홀로 빈방을 지키"는 삶을 선택했다. 이 시를 유몽인의 상황에 대입한다면 유몽인의 선택은 홀로 남는 것이 된다. 과부는 개가하지 않았지만 그렇다고 죽은 남편을 살릴 수도 없었다. 이 시에는 굳이 벼슬길에 나아가지는 않겠다는 결심도 있지만, 동시에 이미 사라진 이전의 군주를 회복시키려는 노력도 보이지 않는다.

과부가 예전의 행복한 삶을 떠올렸기 때문에 개가를 포기한 것이 아닌 것처럼, 유몽인의 결단은 새로운 정국에서 출사하기 위해 과거의 자신을 부정하는 자기모멸감으로부터 벗어나려는 노력의 일환이었을 것이다. 자신의 시에 숨겨진 속뜻을 누군가 읽어주기를 기다렸던 김영광과 달리, 유몽인은 자신의 입장에 대해 밝힐 수밖에 없는 상황에 처했고, 그래서 이 시의 비유는 구체적인 맥락 속에서 읽힐 수 있었다.

유몽인은 이 시를 통해 자신의 의중을 좀 더 정확히 전하고 싶어 했겠지만 현실의 문제는 그리 간단하지 않았다. 그런 점에서 본다면 이 시가 제대로 '읽혔다'고 볼 수는 없을 듯하다. 이 점이 우의적인 시가 가지는 양날의 검일지도 모르겠다. 비유가 문면을 덮는 시에서 속뜻은 종종 제대로 읽히지 않기도 한다. 독자가 작자를 진정으로 이해할 때에만 우의적인 시의 의미가 명확해질 것이기 때문이다.

이은주 李恩珠
서울대학교 기초교육원 강의교수. 한시 작품 및 창작 활동을 사회·문화적으로 해석해보고자 노력하고 있으며, 지방의 문학과 문인의 성격에 대해 관심을 갖고 있다. 논문으로 〈신광수의 '관서악부'의 대중성과 계승 양상〉, 〈박문규의 집구시집 《천유집고》 연구〉, 〈일제 강점기 개성상인 공성학의 간행사업 연구〉가 있다.

사람답게 사는 세상

우리 집 냉장고 위에는 아내의 작품 하나가 놓여 있다. 흰 깃털로 된 머리카락을 가진 하얀 석고 두상頭像. 눈도 코도 입도 희미한 그 순백의 소녀는 가녀린 팔을 들어 귀를 틀어막고 있다. 아이 장난감이 범람의 지경에 이른 작은 집이라 변변히 놓일 자리를 얻지 못한 채 냉장고 위로 내몰린 소녀상이지만, 기실 그 소녀가 견디기 힘든 건 냉장고 소음만이 아니리라.

나와 너 사이

도시는 쉼 없이 움직이며 끊임없이 소리를 만들어낸다. 거대한 톱니 축들이 교직해내는 기계음부터, 살기 위해 질러야 하는 각자의 외침에 이르기까지, 도시는 쉬지 않고 소리 지르며 끝도 없이 아우성을 배설해낸다.

삶의 조건이 더욱 날카로워지고 팍팍해질수록 사람들은 더 높은 소리로 존재를 부지扶持한다. 그 소리 속에 존재의 관계망은 나를 중심으로 뒤틀린 채 파편화되어간다. 나 아닌 것들에 대한 대화와 배려 같은 것은 이미 우활迂闊한 소위所爲가 된 지 오래다. 인도人道과 차도車道의 경계에 핀 노란 민들레만이 사람들의 분주한 발걸음과 질주하는 바퀴 사이에서 홀로 위태롭게 흔들릴 뿐이다.

우리는 늘 바쁘다. 분, 초 단위로 짜인 일상의 순차는 나의 숨을 짧고도 짧게 분절해간다. 거대한 시스템 속의 나는 전체가 굴러가는 데 방해되지 않기 위해 나를 더욱 몰아가야 한다. 여유는 일을 다 마친 뒤 특별한 마음을 먹어야 가능한 호사이다.

저 벚꽃이 그렇게 흐드러졌다 꽃비로 사라져가는 동안, '아, 예뻐라!' 짧은 감탄만이 머릿속을 스쳐갈 뿐, 꽃잎들 끝에 아련히 펼쳐져 있는 지난날을 회억해보기란……. 이내 걸음은 빨라지고 얼굴은 이완된 근육을 엄숙히 가다듬는다. 꽃과 더불어 사색의 호사를 부리기에는 턱없이 짧은 호흡이다. 사심 없는 벚꽃이 저럴진대 부대끼는 사람들 속에 서임에랴!

오늘을 살아가는 사람들이 잃어버린 가장 소중한 것 가운데 하나는 관계에 대한 사유와 그럴 수 있는 관조의 여유이다. '나'와 '너'와 '꽃'과 '돌'이 본원적으로 하나라 생각한 과거의 사유는 우주적 관계망 속에서 인간인 '나'가 해야 할 몫이 무엇인지 궁구하게 했으며, 그러한 궁구는 자연히 '나' 아닌 것들에 대한 관심과 배려, 그리고 애정으로 이어졌다.

존재하는 것들을 그저 스쳐가는 하나의 물상物像으로 사고하지 않았기에 심상한 꽃과 돌과 바람, 그리고 사람들이 총체적인 존재의 관계망 속에서 각자의 의미를 발發할 수 있었다. 시인은 그런 관계의 총체를 차분히 관조하면서 존재가 지닌 특별한 의미와 조우遭遇하는 사람이요, 그렇게 만난 의미를 미적인 언어로 거두는 사람이었다.

여기 존재 간의 따뜻한 대화를 미적으로 승화시킨 사천槎川 이병연
李秉淵(1671~1751)의 시 몇 편을 소개한다. 이병연은 여든을 사는 동
안 3만여 수의 시를 지었다. 겸재謙齋 정선鄭敾과의 시화詩畵 교유가
도드라져 당대에 좌사천左槎川, 우겸재右謙齋라 불렸고, 이덕무李德懋
에게 영조英祖 시절 제일의 시인이라 칭송받은 인물이기도 하다.

닭아 개야, 미안해

먼저 이별 장면을 참으로 정겹게 그려낸 시를 보기로 하자. '새벽같
이 길을 나서다가(早發)'라는 제목의 시 두 수를 차례로 들어본다.

(1)

첫닭 울자 둘째 닭 울고	一鷄二鷄鳴
작은 별, 큰 별 떨어지는데	小星大星落
문을 들락날락거리며	出門復入門
행인은 조금씩 채비를 하네.	稍稍行人作

(2)

나그네는 새벽 틈타 떠나려 했는데	客子乘曉行
주인장이 그냥은 보낼 수 없다 하네.	主人不能遣
채찍 쥐고 주인에게 감사 인사를 하니	持鞭謝主人
닭과 개만 공연히 번거롭게 했구나.	多愧煩鷄犬

사정이야 알 수 없지만 객지에서 하루를 묵은 화자는 새벽녘 몰래
떠날 준비를 하고 있다. 왜 몰래 떠나려 하는가? 하룻밤 유숙의 호의를

베푼 주인에게 폐를 끼치지 않기 위해서다. 언표言表되어 있지는 않지만 간밤의 후의厚意에 화자는 깊이 감사하고 있는 것이다.

그런데 부스럭부스럭 길 떠날 채비를 차리는 소리에 닭 한 마리가 깨어나 목을 뽑아 울어댄다. 이윽고 이웃의 닭들이 덩달아 울어대면서 새벽의 정적이 부서져나간다. 급기야 컹컹 짖는 개 소리에 주인이 깨고 만다. 단잠을 물린 주인은 몰래 떠나려던 나그네를 간곡히 만류한다.

"이렇게 가시면 안 되지요. 별것 없지만 아침이라도 자시고⋯⋯."

"아이고, 이렇게 일어나시다니. 아침은 무슨요. 하루 잘 묵고 가는 것만으로도 과분합니다."

"아니지요, 그래도 그냥 가실 수는 없지요. 여보, 어서 일어나요. 나리 떠나신다네."

주인은 서둘러 안주인을 깨워 조촐한 상을 내었을 것이다. 하다못해 길 가다 먹을 간식이라도 건네었을 것이다. 별 지는 새벽, 컹컹 울리는 개 울음 사이로 인정 많은 주인 내외의 아름다운 모습이 선명하게 그려진다.

주인의 따뜻한 호의를 다시 입게 된 화자는 고마운 마음을, 개와 닭에게 미안함을 전하는 것으로 에둘러 표현한다.

"미안하구나. 이리 될 줄 알았으면 너희라도 푹 자게 둘 것을. 괜스레 야단만 떨었구나."

이 시를 읽노라면 흐뭇해진 마음에 절로 환한 미소가 번진다. 이는 시적 언어 너머로 펼쳐지는 다사로운 인간상들 때문이다. 낯선 객을 마다 않고 하룻밤을 묵게 해준 주인 내외, 그리고 그 따뜻함을 고마워할 줄 아는 나그네.

주인에 대한 감사 어린 배려가 뜻하지 않은 작은 소동騷動으로 이어졌지만, 그 뜻하지 않게 된 상황을 통해 더욱 빛을 발하는 마음 따뜻한 인간들의 모습. 시적 언어로 형상화된 세계는 이처럼 다사롭고 조화롭다. 여기에 더해, "닭아 개야, 미안해"라며 주인에 대한 고맙고도 미안한 마음을 에둘러 표현해내는 시인의 솜씨. 그 덕에 시는 한층 생기롭고 넉넉해졌다.

사람은 사람을 의지해 살 수밖에 없는 존재이다. 그런데 어느 순간, 서로 위안이 되기보다는 각자 이득을 위해 꺼리거나 다투어야 하는 관계가 되어버렸다. 물론 지금만 그렇지는 않았을 것이다.

그러나 유치원 입학부터 시작하여 평생을 경쟁하며 살아야 하는 요즘, 실제로는 다른 사람과의 관계에 의지해 있으면서도 그 관계에 눈감는 일이 많다. 그 전형적인 것이, 현재 자신이 누리는 지위나 상황이 온전히 자신의 노력 덕분이라는 생각이다. 부富도 내가 잘해서요, 명예도 내가 잘나서이다.

그러나 어디 그런가? 여기에서 글을 쓰고 있는 '나'도, 무수한 관계의 총체 속에서 '나' 대신 다른 일을 하고 있는, 그 사람들을 대신하는 '우연적인 나'일 따름 아닌가? '나'가 대기업의 경영자가 되었을 수도, 산골짜기의 나무꾼이 되었을 수도, 외딴섬의 어부가 되었을 수도 있는 것을.

'나'가 그 어느 하나의 '나'가 되었을 때, 역시 그것은 '필연'의 가면을 쓴 '우연'일 수밖에 없는 것 아닌가? 그 '우연'을 '필연'이라고 우기는 순간, 부와 명예와 권력은 나만의 것이 되고, 관계 속 자아들은 나의 것을 침탈하거나 침탈할 존재가 되고 만다. 그러니 의미 없는 관계들에 눈을 감으며 관계 지우기에 나선다. 주인에게 미안해하며 감사할 일 자체가 발생하지 않는, 그런 새벽, 배고픈 행인은 24시간 편의점의 문을 열면 될 뿐이다.

나는 완전 바보, 그대는 반절 바보

이병연이 시 속에 그려놓은 인물은 대체로 따뜻한 마음을 지닌 자족적인 사람들이다. 이들은 특별한 지위를 지닌 사람들이 아니요, 삶의 터전에서 질박한 삶을 살면서 인간 본연의 순수한 마음을 잃지 않은, 이른바 하늘을 닮은 사람, 천인天人들이다.

이들은 많이 배워 처세의 묘를 체득한 것이 아니라 생래대로의 순수함을 지키며 사는 사람들이다. 이들의 순수함은 질박하면서도 따뜻한 온정으로 현현顯現된다. 지극히 현실적인 눈으로 보자면, 이들은 세상의 영리營利에 재빠르지 못한, 좀 바보 같은 사람들이다. 그래서 앞뒤도 잴 줄 모르고 마음이 시키는 대로 온정을 베풀며 살아간다. 순수하기에 자신을 드러내는 데도 격식을 갖추지 않는다.

이병연의 시편들 가운데는 이처럼 하늘을 닮은 사람들을 형상화한 것이 적지 않다. 이런 사람들 중에는 상식의 잣대를 벗어난, 아니 상식의 잣대 따위는 애당초 없는 지극히 순수한 마음을 지닌 이들도 있다.

바보처럼 순수한 이런 사람들 가운데는 특히 예술가가 많았다. 곤히 자던 밤에 느닷없이 찾아와 시키지도 않은 시구를 읊조린 이수초李遂初라는 인물이 그렇고, 아래의 이태명李台明이라는 인물도 그렇다. 이들은 예술에 혼을 빼앗긴, 예술만 아는 반편이들이었다.

나는야 완전 바보, 그대는 반절 바보	我是全癡君半癡
새벽인데 날 부른 건 시구詩句 다 이뤘을 적.	五更呼喚句成時
기다려도 오지 않아 꿈에까지 찾았건만	待君不至重尋夢
그대 와서 읊조릴 적 나는 알지 못했노라.	君到吟詩我不知

• 차운하여 반치옹에게 사례하다(次謝半癡翁)

이태명은 이병연의 부친인 이속李涑에게 수학하면서 이병연의 벗이 되었다. 시도 잘하고 노래도 잘 부른 인물로, 매인 것 없이 시원시원하면서도 강개한 면이 있는 사람으로 평가받았다. 이 시는 '반치半癡', 즉 '반절 바보'라는 이태명의 독특한 호를 활용하여 지은 시이다.

시의 정황은 이러하다. 저녁 무렵, 이병연은 함께 시를 짓자며 이태명을 찾았다. 그런데 무슨 일인지 이태명은 오지 않았다. 왜 안 오나 기다리다 결국 잠이 든 이병연. 이튿날 아침, 머리맡엔 이태명의 시가 놓여 있었다.

사람은 간 데 없고 시만 덜렁 남은 상황. 이병연은 이 상황을 재구再構하여 위와 같이 형상화하였다. 시인은 첫 구에서 "나는 반절 바보보다 더한 완전 바보"라 한 뒤, 나머지 부분에서 그 이유를 보였다. 같이 시를 짓자며 친구를 기다리다가 정작 친구가 찾아왔을 때는 그런 줄도 모르고 쿨쿨 자고 있었기 때문이다. 자면서 이태명의 꿈까지 꾸었는데 말이다. 벗을 기다리다 꾸벅꾸벅 졸고 있는 노시인과, 다들 자는 새벽에 불쑥 찾아와 잠자는 이 앞에서 시를 읊고 가는 이태명의 모습이 겹치면서 유쾌한 웃음을 불러일으킨다.

그런데 그 웃음 뒤에는 깊은 여운이 남는다. 상식적 시간 따위는 고려도 하지 않고 이병연을 찾은 이태명은 어떤 사람이며, 그런 이태명의 행위를 쾌사快事로 그리고 있는 이병연은 또 어떤 사람인가?

벗이 불렀을 때 이태명이 선뜻 응할 수 없었던 것은 분명 시 짓기에 몰입해 있었기 때문이다. 조금만 더, 조금만 더…… 정수精髓를 얻기 위한 각고刻苦가 결실을 맺은 순간은 새벽녘이었고, 그 성취의 결실을 지음知音과 함께하고픈 열망은 상식적인 시간관념을 내던져버리게 하였다.

이태명에게 시는 사교를 위한 교양이 아니었다. 사교를 위한 것이었다면 상식에 맞는 세련된 행위가 더 온당했을 것이다. 오랄 때는 안 오고 곤히 잘 때 불쑥 찾는 그 기이한 행위는 무언가에 미쳐 있지 않고서는 불가능한 모습이기 때문이다. 이병연은 그렇게 시에 혼백을 바치는 참시인의 모습으로 이태명을 그려내었고, 시를 통해 명편 탄생의 희열을 함께하지 못한 미안함과 그런 명편을 자신에게 남겨준 것에 대한 감사를 동시에 전하였다.

이태명은 기인奇人이다. 몰상식한 사람이다. 지극히 현세적인 눈으로 보자면 말이다. 정해진 일과가 착착 돌아오는 현실 속에서 이태명 같은 일탈, 혹은 그러한 일탈을 공유하려는 벗은 다소 부담스럽기 마련이다.

벗들과의 술자리가 뜸해진 지도 오래다. 늘 잘 살겠거니 생각하면서도 시간 내어 회포를 풀기가 영 녹록지 않다. 어렵사리 만나도 다음 날 생각에 적당한 선에서 자리를 정리하기 마련이다. 유별나게 풀어낼 회포가 있는 것은 아니지만 변해가는 벗들의 모습을 확인하는 것이 큰 즐거움임을 알면서도 그렇다.

열병처럼 온몸이 끓었던 시절, 친구 녀석 자취방을 찾던 골목에서 초라한 달을 향해 지른 외마디가 새삼 그리워지는 것은 무엇일까? 치기일망정 무언가를 꿈꾸던 순수한 열정과, 삶에 치여 그런 열정을 망각해가는 모습이 안타깝게 교차하는 탓이리라.

위 시에 보이는 두 늙은 시인의 모습에는 그 무엇도 끼어들 수 없는 맑고 단단한 열정과, 그 무엇도 방해할 수 없는 둘만의 믿음이 간직되어 있다. 더구나 자기 자신을 우스꽝스럽게 그려내는 그 넉넉함이 유쾌한 웃음으로 반짝거릴 때, 우리는 만나서 좋은 사람들의 얼굴을 떠올리게 된다.

내가 좋아하는 한시

소보다도 느린 말

앞서 닭과 개가 등장하는 시를 보았으니, 이번에는 말과 소가 나오는 시를 한 편 보기로 하자. '나는 말을 탔는데(我騎馬)'라는 제목의 시이다.

나는 말을 타고 그대는 소를 탔건만	我騎馬 君騎牛
소는 어찌 빨리 가며 말은 어찌 더디 가나?	牛何駛 馬何遲
그대는 채찍이 있고 나는 채찍이 없으니	君有鞭 我無鞭
때때로 말도 흰 구름 낀 물가에 멈추어 서네.	時時馬立白雲湄
말이 서니 어찌 시 한 수 읊지 않겠는가?	馬立奈何吟一詩
소도 코로 듣고서는 연신 머뭇거리네.	牛聽以鼻亦蹰跙

소는 우람한 덩치에 맑고 큰 눈을 껌벅거려 참 순박해 보이는 동물이다. 유년 시절을 돌이켜보면, 예닐곱 나의 조그마한 손에도 순순히 몸을 맡겨주었던 참 다사로운 짐승이다. 그 특유의 온순함과 느릿함이 주는 포근한 이미지는 예와 지금이 다르지 않은 듯하다. 조선의 많은 문사 또한 '기우騎牛', 즉 소를 타는 것을 소재로 한 시편을 통해 넉넉한 풍류를 한껏 드러낸 것을 보면 말이다.

위 시에도 소를 탄 인물이 등장하는데, 이 시는 소를 탄 것을 제재로 한 다른 시들과는 그 모습이 많이 다르다. 오히려 소를 매개로 여유와 풍류를 드러내던 당대의 관습을 뒤집고 있다. 말과 소의 빠르기에 관한 상식을 뒤집는 시상 전개를 통해 진정한 여유와 풍류에 대해 사색하게 만든다.

말은 말할 것도 없이 소보다 빠른 동물이다. 그런데 이 시 속에서 말은 소보다도 느리다. 그 이유는 단순하다. 소를 탄 사람은 채찍질하며 소를 모는 반면, 말을 탄 사람은 말 가는 대로 몸을 맡겼기 때문이다.

소는 사람의 의도에 이끌려 사람의 길을 가고 있는데, 말은 사람의 의도에 매이지 않은 채 제 길을 가고 있다. 그랬더니 빠르다던 말이 소보다도 느릿느릿 자연을 완상한다. 가고 싶으면 가고 멈추고 싶으면 멈추게 내버려둔다.

그랬더니 소보다 느린 말 녀석이 하얀 구름 피어나는 물가에 알아서 걸음을 멈춘다. 주인은 말이 안내한 풍경에 감흥이 일어 시를 읊조린다. 사람과 짐승이 멋진 경치를 두고 흥을 함께하는 것이다. 이 모습이 얼마나 근사했던지 내몰리던 소도 푸우 푸우 콧소리를 내며 걸음을 더디 한다.

진정한 여유와 풍류란 소 타기로 상징되는 외형적인 행위에 의해 확보되는 것이 아니라, 행위 주체의 마음가짐에 달린 것이다. 그 마음가짐이란 인간적인 의도, 즉 기심機心을 버리고 자연의 본성을 따르는 것이다. 인간적인 욕심을 버릴 때, 인간은 자기중심적 편견을 거둘 수 있고, 그럴 때 비로소 인간은 자연과 하나가 되는, 물아무간物我無間의 흥취를 얻을 수 있는 것이다.

그러나 이 시가 물아일체物我一體의 흥취를 체득하는 방법만을 말하려 한 것이겠는가? 자꾸만 바쁘게 자신을 몰아가는 인간의 조급함에 대한 일침이기도 하다. 삶에 대한 경구警句가 될 법한 이 시는 현재를 살아가는 우리의 삶을 되돌아보게 한다.

'최연소', '초고속'이라는 수식어에 보내는 우리 사회의 찬사가 그러하듯, 우리에게는 빨리 무언가를 이루려 하는 조급증이 있다. 노력을 더하여 남보다 이른 성취를 거둔 것을 폄하하고자 함이 아니다. 이들의 노력과 성취는 마땅히 존중되고 찬사받아야 할 것이다.

하지만 이러한 찬사 뒤에 깔린, 그렇지 못한 사람들에 대한 시선에

강희언姜熙彦, 〈질우·견려도吡牛牽驢圖〉, 18세기, 종이에 담채, 28.4×26.7cm, 간송미술관.

대해서는 다소 경계할 점들이 없지 않다. 남다르게 빠른 성취는 모두에게 기대할 수 있는 것이 아니요, 그런 성취에서 밀려난 이들 또한 결코 뒤처진 사람들이 아니기 때문이다.

내일이 오지 않을 듯 뛰어놀아야 할 아이들이 아침이면 어린이집으로, 유치원으로 흩어져서 벌써부터 일과日課를 경험한다. 한글도 배우고 영어 노래도 배우며 분주히 움직인다. 초등학교 때는 중학교 것을, 중학교 때는 고등학교 것을 배우고 익힌다. 남들보다 선행先行해야 인생 성공에 유리한 자리를 점하리란 부모의 기대가 낳은 기이한 모습들이다.

소수의 수재秀才에게나 가능한 일을 모두에게 강요하고 있으니, 대다수의 아이가 좌절하고 소외된다. 총명해지라고 하는 교육이 오히려 눈을 닫게 하고 귀를 막는다. 경쟁에서의 성패가 삶의 모든 것을 좌우할 것이라는 긴박한 상황 판단 아래에서, 어느 겨를에 다른 이들의 소리를 듣고 자신의 내면을 들여다볼 수 있을 것인가?

이병연이 시를 통해 말과 소의 상식적 관념을 깨뜨린 것은 삶에 대한 '왜'라는 질문을 던지기 위한 것이다. 왜 저다지도 급히 몰아가며 정작 보고 느껴야 할 소중한 순간순간을 잃고 사는지. 잠시 쉬어간들 무에 그리 대단한 것을 잃는다고. 자신과 자신을 둘러싼 관계들을 조화롭게 유지시키며 그 가운데 소소한 즐거움과 의미를 찾아가는 것, 어찌 보면 이것이 더 아름다운 삶이 될 수도 있는 것을.

시인은 이렇게 삶에 대한 근본적인 질문을 이끌어내면서 삶에 대한 자기 인식을 보여주고 있다. 채찍질에 둔중한 발걸음을 종종거리느라 코와 입에서 하얀 거품을 힘겹게 토했을 소의 모습에 오늘을 살고 있는 우리의 모습을 포개는 것은 성취가 더딘 인간의 지나친 과대망상일 뿐인가?

텅 빈 곳에 모든 것이 들어 있다

여기에 소개한 이병연의 시는 모두 자신을 둘러싼 관계들과의 대화이다. 그리고 그 대화 속에는 어김없이 그 관계를 조망하는 시인 이병연의 도탑고 넉넉한 시선이 담겨 있다.

이병연은 사람 냄새 푸근한 세상을 꿈꾸었다. 별것 없는 사람들이지만 그들이 빚어내는 밝고 건강한 인간미를 신뢰했다. 각박하고 살벌할수도 있는 삶의 모습 가운데 이렇듯 넉넉하고 도타운 장면들이 멋들어지게 형상화된 것은 이병연이 지향한 삶의 모습이 그러해서이고, 그런지향에 도달한 시인의 원숙한 경지가 발양되어서이다. 더구나 특유의유쾌한 터치로 삶의 다단한 의미를 다루는 모습은 진정 달관한 노시인의 고원高遠한 경지라 할 것이다.

이와 같은 이병연의 시에 대해 곱지 않은 시선을 보내는 이들도 있었다. 이병연이 지향한 바가 무엇인지 이해하지 못하였기 때문이다. 이병연 시의 정수를 제대로 헤아렸다고 할 만한 심노숭沈魯崇은 다음과 같은 말을 남겼다.

일부 논자는 공의 시가 백거이白居易와 육유陸游의 사이에서 나와 속된 말 쓰기를 좋아하여 간혹 장난에 가깝고, 법도가 없어 끝내 평이平易한 데로 떨어졌다고 한다. 그러나 이것은 제대로 알고 하는 말이 아니다. 크고 고우면서도 제 마음대로 구가하고, 깊은 맛이 있으면서 스스로 오묘함에 맞으니 공空 안의 상相, 상 밖의 울림이 있다.

엄숙한 표정을 짓게 하는 것은 쉽지만 유쾌한 웃음을 주기란 참으로어렵다. 더구나 그 웃음이 세상과 남에 대한 조롱이 아니라 삶에 대한깊은 성찰을 담고 있는 것이라면 말이다.

연암 박지원의 산문처럼 이병연의 시가 오늘날 빛을 발해야 할 까닭이 여기에 있다. 각박하게 굴러가는 삶의 어느 한 자락에 이병연의 시 몇 편이 잠시나마 따뜻한 미소로 머물다 가기를 바란다.

김형술金炯述
서울시립대학교 교양교육부 강사. 백악시단을 중심으로 조선 후기 시론의 실상과 한시의 문예미를 밝히는 데 주력하고 있다. 논문으로 〈사천 이병연의 시문학 연구〉, 〈사천시에 나타난 웃음의 미학〉, 《〈해악전신첩〉에 나타난 시화 교섭의 새 양상〉 등이 있다.

그
대
는

가
고

나
는

남
아

번암樊巖 채제공蔡濟恭(1720~1799)은 18세기에 활동한 남인南人 재상으로 잘 알려져 있다. 그는 소수 정파인 남인 출신 중에서 근 1백 년 만에 정승의 지위에 오른 인물로, 정치나 문학에 있어서 동당同黨의 모범이자 든든한 보호자 역할을 하였다. 하지만 "성품이 음험하고, 교활한 습속이 점점 더해가는 것을 끝내 바로잡기 어려운" 인물이라는 악담을 들을 만큼 상대 당파에게는 저주스러운 인물이었다. 이는 채제공이 그만큼 정치적으로 영향력 있는 존재였다는 뜻으로 해석할 수 있다. 그런 채제공에게 젊은 날 애절한 사랑이 있었음을 아는 사람은 많지 않다. 이 글에서는 젊은 시절 채제공의 일화와 그에 관련된 시를 소개하려고 한다.

얼굴 까만 신랑

채제공은 일찍부터 문예에 성취가 있었다. 이를 알아본 스승 오광운吳光運은 채제공을 자신의 조카와 결혼시키려 하였다. 그런데 문제가 생겼다. 채제공의 얼굴빛이 아주 까매서 혼례 당일 사위의 모습을 본 장모가 딸을 시집보내지 못하겠다며 이불을 뒤집어쓰고 누워버린 것이다. 이때 오광운이 들어가 장모 될 분을 진정시키고 신부를 데리고 나와 결혼을 성사시켰다고 한다.

우여곡절 끝에 결혼한 채제공은 부인을 매우 사랑하였다. 채제공이 바라는 사랑은 특별한 것이 아니었다. 큰 부귀를 탐하지 않고 그저 자식 낳고 오순도순 사는 것이었다. 그래서 매년 대보름이 되면 부부가 다정히 하늘의 달을 보면서 자식 낳기를 빌곤 하였다. 그러던 어느 날 삼신할머니가 부부의 간절한 소원을 들어주셨는지 드디어 아이가 들어섰다. 하지만 채제공은 부인을 두고 경상도 병산(현재의 경남 진해시 웅천동 일대)으로 부임하는 부친을 따라가야 했다. 1750년 서른한 살의 가을날 일이었다. 이미 배가 많이 부른 부인은 함께하지 못했다.

이듬해 1월 폭설이 내린 어느 날 채제공은 아내가 죽었다는 의외의 소식을 듣는다. 아내가 낳은 아이도 얼마 살지 못하고, 아내 또한 산후 후유증으로 젊은 나이에 세상을 등진 것이다. 채제공은 소식을 듣자마자 행장을 꾸려 길을 나섰다. 길에는 무릎까지 빠지는 눈이 쌓여 있었다. 그래도 채제공은 여정을 서둘렀다. 집에 간다 해서 그를 맞이할 사람이 아무도 없었지만, 새벽부터 눈을 헤치며 서둘러 길을 떠났다.

새벽에 출발하여 삼뢰三瀨를 건너는데, 쌓인 눈에 말이 빠지고 길에 다니는 사람이 없기에 느낀 바를 읊다(曉發, 渡三瀨, 丈雪沒馬, 路無人行, 感吟)

새벽에 일어나니 산과 강에 눈이 세 길이나 쌓여
나는 새 끊어지고 갈림길도 없어졌네.

내가 좋아하는 한시

이명기李命基, 〈채제공 초상〉, 1784년경, 비단에 채색, 145×78.5cm, 개인.

가련타, 닭 울음소리 들으며 말 한 필로 떠나는 나그네여

고생하며 집에 돌아가서 누굴 보려 하는가?

曉起關河三丈雪　　飛禽斷絶路無歧

可憐匹馬聞鷄客　　辛苦還家欲見誰

이렇게 바삐 올라왔건만 결국 눈이 너무 많이 쌓여 조령鳥嶺에서 길
이 막히고 말았다. 비록 차가운 관에 누워 있는 아내이지만, 영혼이나
마 자신을 기다리고 있을 것 같아 채제공의 마음은 너무나도 안타까웠
을 것이다. 시간이 지체될수록 안타까운 마음을 어찌할 수 없었던 채
제공은 다음과 같은 장편시를 지어 스스로를 위안하였다.

낮에 조령 아래에 닿았는데	午到鳥嶺底
먹구름 여전하여 걷히지 않네.	長陰宿未洩
쌓인 눈이 한 길 남짓이나 되어	雪積丈有餘
우뚝한 회나무만 겨우 파묻히지 않았네.	聳檜纔不沒
에는 듯한 바람이 언덕의 눈발을 날리고	戕風攪屯素
회오리바람이 마치 안개를 뿌리는 것 같네.	飄似烟靄潑
큰 바위가 얼음 기둥에 덮여 있는데	巨巖被冰溜
버쩍 힘을 써서 하얀 쇠를 세운 듯하네.	贔屭立晶鐵
성곽은 담박하게 빛깔을 바꾸고	城郭澹改色
도깨비는 텅 빈 나무 그늘에서 우네.	魑魅嘯空樾
고갯길이 열흘이나 막혀	棧途阻一旬
상인들의 검은 머리가 희게 변했네.	商旅變鬒髮
내 나귀 병이 들어	我驢玄以黃
가마 타고 높은 산을 올라야 한다네.	籃輿乘□嵲

산은 춥고 새와 짐승도 끊겼는데	山寒鳥獸絶
수풀과 골짝은 아득히 쓸쓸하구나.	林壑迥蕭瑟
솔숲과 골짜기의 바람 소리에	松聲和空籟
조금씩 어둠이 깔리네.	稍稍暝意發
굽어보니 마을은 아득한데	俯視村墟杳
하인들은 굶주리고 목말라하네.	徒御載飢渴
나그네는 진실로 느낌이 많은 법인데	客子固多感
하물며 경치 또한 시름겨움에랴.	物色況愁絶
내달리는 물은 모두 동쪽으로 흐르는데	奔川盡東逝
동쪽으로 가면 언제나 돌아올까?	東逝反何日
조령 꼭대기는 하늘에 가까워	絶頂高近天
서울을 바라볼 수 있겠네.	可以望京洛
서울엔 우리 집 있는데	京洛有吾家
아내는 죽고 집 안이 고요하겠지.	人亡簾戶闃
배 속의 아기가 참으로 안쓰러우니	絶憐腹中兒
세상에 나서 잠시도 키워보지 못했구나.	落地俄不育
슬픔이 마침내 빌미가 되어	哀傷遂作祟
원통한 눈물은 죽어서도 눈에 가득하겠지.	冤淚死盈睫
남편이 근친 가서 돌아오지 않으니	夫子覲未還
시부모님은 남쪽 고을에 계신다네.	舅姑在南邑
널 하나 덩그러니 놓인 그곳에	一棺廓獨處
지키는 이는 하인 몇몇뿐이겠지.	守者數婢僕
아, 천명을 어찌하리오!	嗚呼奈何天
마을 사람들이 오히려 슬퍼하네.	里閭猶悲惻
내 행차가 참으로 더디니	我行其虛徐

아내의 영혼이 나를 간절히 바라겠지.　　精靈望我切
구슬피 조령에서 노래를 읊조리는데　　悲吟鳥嶺歌
미점薇店엔 이미 초승달이 떠 있네.　　薇店已新月

• 조령鳥嶺

눈 덮인 높은 조령은 생명 활동이 느껴지지 않는 삭막함을 풍긴다. 조령에서 동남쪽을 바라보니 강물이 흘러간다. 되돌릴 수 없는 강물은 돌아올 수 없는 길을 떠난 아내를 생각나게 한다.

서북쪽을 바라보니 아득히 한양 집이 보일 듯도 한데, 남편도 없이 혼자 아기를 낳다가 외롭게 죽었을 아내를 생각하니 그 마음이 오죽했으랴? 상주도 없이 하인들이 관을 지키고 있으니 그 슬픔을 어찌 다 말로 이를 것인가? 죽은 뒤에 혼백이 이 세상에 잠시 머문다고 하는데, 그것이 만약 사실이라면 아내의 혼백은 얼마나 간절하게 남편의 도착을 기다리겠는가?

그날 밤 조령 객점에 묵으면서 채제공은 아내 꿈을 꾸었다. 남편이 찾아가지 못하자 아내의 외로운 넋이 마지막으로 남편을 만나고자 꿈에 나타났던 것이다.

해진 수건과 부서진 화장대

악천후를 헤치고 천신만고 끝에 한양에 도착한 채제공을, 아내는 차디찬 관 속에 누워 맞이하였다. 채제공은 텅 빈 뜨락과 먼지 쌓인 방, 아내의 손때가 묻어 있는 것들을 바라보고 나서야 아내의 부재를 실감할 수 있었다.

해진 수건, 부서진 화장합에 저녁 햇살 지는데　　敗帨殘奩日欲曛

관 하나 쓸쓸하니 울부짖은들 그 누가 들을까?　　一棺冥寂叫何聞

텅 빈 뜰 쌓인 눈엔 사람 발자국 없는데　　虛庭積雪無人跡

천 리에서 낭군이 비로소 도착하였소.　　千里阿郞始到門

• 옛집에 도착하다(到舊第)

《번암집》을 보면, 아내가 죽고 난 뒤 6개월이 지나도록 채제공이 아내를 그리워하는 시만 지었음을 알 수 있다. 그리고 이후 6개월 동안 채제공은 단 한 편의 시문詩文도 짓지 않았다. 사랑하는 사람을 잃은 슬픔이 너무 컸던 때문이리라.

엎친 데 덮친 격이랄까, 이후 아내의 묘를 쓰는 문제 때문에 권세가의 후원을 받는 액정掖庭과 다툼이 생겨 채제공은 삼척으로 유배를 가야 했다. 임종을 지켜주지 못한 못난 남편으로서, 양지바른 곳에 편히 누워 쉴 수 있는 작은 땅뙈기라도 마련해주려 했건만, 이마저도 해주지 못한 남편의 심정은 과연 어떠했을까?

사랑하는 사람을 잃은 슬픔은 본인만이 알 수 있는 것이다. 남들, 심지어 가족이라 해도 관계의 친소親疎에 따라 느끼는 슬픔이 다르기 마련이다. 내가 느끼는 것과 똑같은 슬픔을 타인에게 기대하다가는 오히려 마음의 상처를 입기 십상이다.

슬픔에 젖어 있는 채제공을 지켜보던 어떤 이가, 부인이 옛날에 쓰던 상자들을 팔아버리라고 권유하지만, 채제공은 아내의 흔적이 남아 있는 물건들을 차마 버리지 못하였다. 슬픔이 지극하면 다른 사람의 무심한 행동에도 깊은 상처를 입을 수 있다. 그렇지만 그것은 남몰래 아파할 수밖에 없는 상처이다. 그래서 채제공은 혼자 시를 지으며 아픈 마음을 달랠 수밖에 없었다.

봄여름 내내 텅 빈 집에 붙어사니
주인이라고 하지만 도리어 손님이로다.
어둑어둑한 황량한 정원엔 마치 기다리는 이 있는 것 같은데
아스라한 새벽꿈은 매번 진짜가 아니로다.
무너진 담장 오래된 나무는 연화에 젖어 있고
텅 빈 골짜기 그윽한 샘물은 어둠 속의 소리가 새롭네.
계절이 점점 흘러가 묵은 자취 애매해지니
쓸쓸한 등불 아래 남몰래 마음 아파하네.

空齋寄食夏兼春　　也道主人還是賓

黯黯荒庭如有待　　茫茫曉夢每非眞

頹垣老樹烟華濕　　空谷幽泉暝籟新

時序漸移陳跡曖　　寂寥燈下暗傷神

• 홀로 있는 밤 감회를 적다(獨夜書懷)

　두 사람이 살던 집에서 한 사람이 떠나니 똑같은 방인데도 텅 비어
보이고, 내 집인데도 남의 집처럼 낯설다. 아내가 없기 때문이다. 아내
는 병중에도 시부모 걱정을 하는 착한 사람이었다. 죽기 전에 남편에
게 보낸 편지에는 자기가 어떻다는 이야기 한마디 없이 시부모님의 안
부를 묻는 내용뿐이었다. 마당 한쪽 어둑한 곳에서 그녀가 나를 부르
는 것도 같은데, 깨어보면 매번 꿈일 뿐 현실이 아니었다.

　경련頸聯에서는, 나무나 샘물 같은 자연물이 계절에 맞게 변해가는
모습조차 놀랍고 슬프다고 하였다. 아내 생각이 났기 때문이다. '습濕'
과 '신新'이라는 글자에는 이러한 슬픔과 놀라움의 감정이 담겨 있다.
세월이 흘러가고 아내의 자취도 묵어가면서 사람들은 점차 그녀를 잊
을 것이다. 그리고 너무 상심하지 말고 힘내라고 자신을 위로할 터이

니, 채제공으로서는 쓸쓸한 등불 아래에서 남몰래 마음 아파할 수밖에 없었을 것이다.

있지도 않은 책에 서문을 쓰다

아내를 잃은 상심은 한때의 슬픔이 아니었다. 크기와 정도는 작아졌을지 몰라도 슬픔은 점점 더 채제공의 마음 깊숙한 곳을 파고들었다. 〈여사서서女四書序〉라는 글을 보면 채제공이 죽은 아내를 수십 년이 지나도록 잊지 못했음을 알 수 있다.

아!《여사서女四書》[1] 1책은 정경부인에 추증된 동복 오씨의 친필이다. 부인은 열다섯에 나에게 시집와서 스물아홉에 한양 도동桃洞 집에서 죽었다. 당시 나는 비안으로 아버님을 뵈러 갔는데, 돌아오기 전에 부인이 병사했다는 소식을 듣고 눈물을 훔치며 길을 나섰다. 옛집에 돌아오니 뜰에는 눈이 수북하고 방 안에는 먼지가 뿌연데, 오직 몇몇 계집종만이 관을 지키고 있을 뿐이었다.
자식이 없으니 무엇으로 부인의 모습과 목소리를 찾으란 말인가? 꺼이꺼이 울면서 주저하고 머뭇거리다가 순간 언문으로 된 책 한 권이 궤안 옆에 뒹구는 것이 보였다. 부인이 손수 쓴《여사서》인데 아직 완성되지 않은 것이었다. 글씨가 곱고 예쁜 것이 마치 그이를 보는 듯하였다. 이에 부인이 쓰던 조그만 검은 함에 담아 내가 잠자는 곳 곁에 옮겨두었으니 이는 잃어버릴까 염려해서였다. 〔……〕

1 청淸 왕진승王晉升이《여계女誡》,《여논어女論語》,《인효문황후내훈仁孝文皇后內訓》, 《여범첩록女範捷錄》을 모아 주를 단 책. 부녀자가 지켜야 할 도리와 삼가야 할 사항을 기록한 것으로, 조선 후기에 언해諺解되어 널리 읽혔다.

수십 년 뒤에 내가 개성 유수로 있을 때 도둑이 한양 집에 침입하여 나의 일상 도구들을 가지고 달아났는데 조그만 검은 함도 그 안에 들어 있었다. 아! 필적을 보며 그래도 부인을 상상할 수 있었는데 이제는 다시 볼 수 없게 되었구나. 매번 그것을 생각할 때마다 슬픔을 이기지 못하여 그 일을 기록하니 그리울 때마다 보겠노라.

서문이란 원래 어떤 일을 기록하는 글이다. 책의 서문은 주로 그 책이 간행되기까지의 사실을 기록하고 지은이의 의론議論을 붙이는 글이다. 사실을 기록한 부분과 의론을 펼친 부분의 순서가 바뀔 수도 있다.

그런데 이 서문은 현재 존재하지 않는 책에 대한 서문이다. 아내가 죽은 뒤 아내가 베끼다 만 《여사서》를 머리맡에 잘 간직해두었는데, 개성 유수로 나가서 한양 집을 비운 사이 도둑이 들어 아내의 유품을 훔쳐가고 말았다.

비록 책은 없어졌지만, 아내가 그리울 때면 책 대신 꺼내어 보기 위하여 〈여사서서〉를 쓰게 되었던 것이다. 〈여사서서〉는 죽은 아내에 대한 은근하고 애절한 마음을 느끼게 해주는 글로, 서문의 형식을 빌린 아내의 묘지명이라고도 할 수 있다.

아내의 부음을 듣고 먼 길을 달려 집에 도착한 채제공의 눈에 맨 처음 들어온 것은 뜰에 수북한 눈과 방 안의 뽀얀 먼지뿐이었다. 그다음이 바로 아내가 누워 있는 차디찬 관, 그리고 그 옆을 지키고 있던 몇몇 계집종이었다.

아내를 마지막으로 본 것이 정확히 언제였는지, 그때 아내가 무엇을 입고 있었으며 그 표정이 어떠했는지 기억하지 못한다면, 그 미안함과 안타까움이 어떠했으랴? 그러니 아내의 관이 놓인 집에 들어설 때의 장면과 인상을 채제공이 어찌 평생 잊을 수 있었겠는가?

슬픈 마음으로 망연자실하던 채제공에게 책 한 권이 번쩍 눈에 띄었다. 바로 아내가 손수 베끼다 만《여사서》였다. 쓸쓸하고 적막한 집 안 풍경과 당황하는 채제공, 그리고 책을 발견한 그 순간의 복잡하고도 미묘한 감정이 잘 드러나는 글이다.

채제공은 아내가 집안일에 바쁜 가운데서도 틈틈이 종이를 모으고 붓을 구하여《여사서》를 베꼈다고 하였다.《여사서》를 베끼는 정성, 집안일에 힘쓰는 모습 하나하나가 외견상으로는 아내의 현숙함을 드러내는 것들이지만, 한편으로는 젊은 날의 채제공 부부가 사랑하던 소중한 일상이었던 것이다.

서문의 끝 부분에서 채제공은, 개성 유수로 나가 있던 동안《여사서》를 도둑맞은 사실을 기록하였다. 박지원朴趾源은 〈연암에서 돌아가신 형을 그리다(燕巖, 憶先兄)〉에서 아버지가 그리우면 형의 얼굴을 보았는데 형이 죽고 나니 형이 그리울 땐 자신의 얼굴을 강물에 비춰 본다고 하였다.

채제공과 아내 사이에는 장성한 자식이 없었으니, 아내가 그리울 때 그 자취를 찾아볼 방법이 없었다. 아내가 그리울 때마다 아내의 필적을 꺼내어 보았는데, 이제는 그것마저도 불가능해지고 말았다. 없어진 책에 서문을 써서 아내가 그리울 때마다 읽어보겠다고 한 마지막 문장은, 그 호흡은 짧으나 함축된 감정이 깊어 읽는 이로 하여금 긴 여운을 느끼게 한다.

백승호白丞鎬
서울대학교 국어국문학과 강사. 정조 시대 문학과 정치에 관심을 두고 공부해왔다. 논문으로 〈단호月湖 그룹 문인들의 애사哀辭에 대한 고찰〉, 〈번암 채제공의 시사 활동과 그 정치적 활용〉, 〈심환지의 생애와 문학 활동〉 등이 있으며, 공역서로《정조어찰첩》,《소문사설, 조선의 실용지식 연구 노트》가 있다.

한날 한마을에서 태어난 사랑

삼의당三宜堂 김씨(1769~1823)는 전라도 남원南原 서봉방棲鳳坊에서 출생하여 18세가 되던 1786년 봄에 진양晉陽 하씨河氏 하봉촌河鳳村의 여섯 아들 중 셋째인 담락당湛樂堂 하욱河澳과 결혼하였다. 하욱과 김씨는 같은 마을에서 같은 해, 같은 날에 태어났다는 기연奇緣으로 맺어진 사이였다.

첫날밤의 맹세

혼인한 뒤로 과거 준비에 바쁜 남편을 뒷바라지하던 김씨는 과거를 보러 한양으로 떠난 남편을 대신하여 9년 동안 홀로 시부모를 봉양하였다. 남편이 과거를 포기하고 귀향한 1801년에 농사지을 땅을 찾아 진안鎭安 내동산萊東山 아래의 방화訪花 마을로 이사하였으나 평생토록 빈곤한 생활을 벗어나지 못하였다.

그러나 정이 도타운 부부는 매사를 함께 의논하고 서로를 존중하였다. 두 사람이 혼인 초야初夜에 나눈 대화가 기록으로 남아 있다.

같은 마을에 하씨가 있어 집안은 비록 가난하지만 대대로 문장과 학문으로 세상을 울렸다. 여섯 아들 가운데 셋째가 '욱'인데, 풍채가 준수하고 아름다우며 재예가 통하여 민첩하였다. 부모님께서 늘 가서 보시고 기이하게 여기셔서 중매를 보내 혼인을 맺고 마침내 합근례合쫄禮를 행하였다. 혼례를 치른 날 밤에 낭군께서 절구 두 수를 이어서 읊기에 나도 이어서 화답하였다.

서로 만나니 모두 광한전廣寒殿의 신선인데　　相逢俱是廣寒仙
오늘밤에 분명히 옛 인연을 잇는구나.　　　今夜分明續舊緣
배필은 원래 하늘이 정한 바이거늘　　　　配合元來天所定
세간에는 중매쟁이가 온통 어지럽네.　　　世間媒妁摠紛然

부부의 도는 인륜의 시작이니　　　　　　夫婦之道人倫始
그래서 만복이 여기에서 비롯한다네.　　　所以萬福原於此
〈도요〉[1] 시 한 편을 살피건대　　　　　試看桃夭詩一篇
집안을 바르게 함은 아내에게 달려 있네.　宜室宜家在之子
(이상 두 수, 남편의 시)

열여덟 살 선랑과 열여덟 살 선녀가　　　十八仙郞十八仙
동방의 화촉에 좋은 인연이네.　　　　　洞房華燭好因緣
같은 해와 달에 나서 같은 마을에 살았으니　生同年月居同閈
이 밤의 만남이 어찌 우연이겠는가?　　　此夜相逢豈偶然

---

1 《시경詩經·주남周南·도요桃夭》. 잘 자란 복숭아나무처럼 아름다운 아가씨가 시집가서 집안을 화목하게 한다는 내용의 시이다.

배필이 되는 때는 산 백성의 시작인데 配匹之際生民始
군자가 여기에서 비롯하기 때문이라네. 君子所以造端此
반드시 공경하고 순종함이 부도일지니 必敬必順惟婦道
종신토록 낭군을 어겨서는 아니 되리. 終身不可違夫子
(이상 두 수, 아내의 시)

이 시를 통해서 보면, 담락당은 그들의 혼인이 전생의 인연을 잇는 필연이고 부부는 인류의 시작이며 만복의 근원일 뿐 아니라 집안의 흥쇠興衰가 안주인에게 달려 있다는 인식을 보여주고 있다.

삼의당도 남편과의 혼인이 보통 인연이 아니라는 사실에 동의하고, 혼인이 백성으로서의 삶의 시작이며 남편을 공경하고 그에게 순종하는 것이 아내의 도리이므로 죽을 때까지 남편을 어기지 않겠다고 하였다.

삼의당의 이런 생각은 부부유별夫婦有別에 대한 전형적인 인식과 태도라 할 수 있으나, 부부에 대한 인식이 이처럼 단순한 차원에 그친 것은 아니었다.

> 낭군께서 "종신토록 낭군을 어겨서는 아니 된다고 하였는데, 낭군에게 비록 허물이 있더라도 역시 그것을 따라야 하겠소?" 하였다. 나는 "대명大明의 사씨謝氏 정옥貞玉이 말하지 않았습니까? '부부의 도는 저 오륜五倫을 겸한 것으로서, 아버지에게는 일깨워주는 아들이 있고, 임금에게는 일깨워주는 신하가 있고, 형제는 바름으로써 서로 권면하고, 친구는 서로 좋은 일을 하도록 타이른다고 한다면 부부에 있어서만 어찌 유독 그렇지 않겠습니까?'라고 했습니다. 그렇다면 제가 말한 '낭군을 어겨서는 아니 된다'는 것이 어찌 낭군의 허물까지 따른다는 말이겠습니까?" 하였다.

이 기록은 앞에서 살핀 삼의당 시의 끝 부분을 두고 나눈 대화 중 일부이다. 아내가 남편의 허물까지 따라야 하는지를 묻는 담락당의 물음에 대해, 삼의당은 김만중金萬重의 소설《사씨남정기謝氏南征記》[2]에서 시아버지의 질문에 사씨가 대답한 것을 인용하였다. 자기는 남편의 허물까지 따르겠다는 것이 아니고 남편에게 혹시 잘못이 있으면 그 허물을 지적하겠다는 태도를 밝히고 있다.

"깊은 규중閨中에서 자라 널리 경사經史를 살피지는 못하였으나《소학小學》을 언문諺文으로 독해하고 문자文字를 추측으로 통하여 제가諸家의 글을 소략하나마 섭렵하였다"고 한 삼의당이 소설 속 등장인물의 말을 끌어와서 자기 생각을 드러내고 있는 것은 주목할 만한 대목이다.

이어서 부부는 시와 충효에 대한 대화를 나누었는데, 고금을 꿰뚫는 삼의당의 박식과 분명한 태도에 감복한 담락당은 다음과 같은 시 두 수를 지었다.

(1)

세간에 남자가 그 얼마인데	世間幾男兒
충효를 겸전兼全한 부녀자인가!	忠孝一婦子
우리나라 4백 년 동안	吾東四百年
풍화를 여기에서 보네.	風化觀於此

---

2 조선 숙종 연간에 서포 김만중이 지은 한글 소설. 한림학사 유연수劉延壽와 정실인 사씨謝氏, 후실인 교씨喬氏의 이야기이다. 간악한 교씨가 사씨를 내쫓고 남편도 모함하여 유배 보냈다가 나중에 간부奸夫와 함께 처형당하고 유연수와 사씨가 다시 결합하게 된다는 내용이다.

(2)

새색시가 가법을 옳게 세움을	之子宜家法
모름지기 옛 시에서 간취해야 하네.	須看取古詩
평생 충효에 뜻을 두었는데	平生忠孝意
아미에게 미치지 못함을 부끄러워하네.	愧不及蛾眉

삼의당의 담론을 들은 담락당은 조정에서 추진한 풍속 교화의 성과
가 규중에까지 미쳤기 때문에 부녀자가 이러한 생각을 갖게 된 것이
라고 생각하였다. 남존여비의 관념에 기초한 남성 중심의 사회 구조를
굳건히 유지하는 근본은 당연히 남성에게 놓여 있는 것이었다. 평생
충효에 뜻을 두고 살았음에도 불구하고, 자신의 인식이 새색시 아내에
게 미치지 못한다는 것을 깨달은 담락당은 스스로를 매우 부끄럽게 여
길 수밖에 없었다.

신혼 초야에 나눈 부부의 대화는 더 길게 진행된 것으로 보인다. 다
음은 삼의당이 남편에게 한 말이다.

남편은 바깥에 있으니 바깥은 군신이 있는 곳이요, 아내는 안에
있으니 안은 시부모님이 계시는 곳입니다. 바깥에 있는 도리를 다하
려면 반드시 충성으로 임금을 섬기고, 안에 있는 도리를 다하려면
반드시 효도로 어버이를 섬겨야 합니다.

당신은 바깥에서 부지런히 일하여 요순堯舜 같은 우리 임금님을
보좌하고, 저는 중간에 거처하며 음식을 주관하며 학발鶴髮의 양친을
섬기면 즐겁고 친숙함이 세상 사람들의 부부와 같음이 없겠습니까?

세상의 남편들은 사랑에 빠져 의義를 돌보지 않고, 아내는 정情에
지나쳐 분별을 알지 못합니다. 이것이 이른바 우부우부愚夫愚婦이

니 제가 매우 부끄럽게 여기는 것입니다.

옛날 기결冀缺의 아내는 시골 아낙이었으나 그 남편을 능히 공경하고, 마부馬夫의 아내는 비천한 아낙이었으나 그 남편을 능히 현달顯達하게 하였습니다. 저는 어리석고 열등하니 어찌 감히 옛 어진 아낙과 같겠습니까? 오직 군자께서 어진 남편이 되시기를 바랍니다.

이 인용문은 새색시 삼의당의 마음 자세를 드러낸 대목이다. 충효와 같은 바깥일은 남편이 책임지고, 가정 내의 일은 아내가 맡아 각자의 도리를 다하려는 자세를 보여주고 있다. 부부가 서로 공경하기를 손님처럼 하였다는 기결의 아내[3]나 제齊나라 재상 안영晏嬰을 모시던 마부의 아내[4]처럼 하기는 어렵지만, 나름의 최선을 다하겠다는 자세를 보여주고 있다. 아울러 그 배필도 어진 남편이 되기를 바라는 마음 또한 드러내고 있다.

부부유별의 도리에 충실한 생각을 가진 삼의당 부부는 그들의 결연을 더없이 조화로운 결합으로 인식하였다. 다음 시는 혼인하고 나서 얼마 지나지 않았을 때 담락당이 지은 작품이다.

한밤중 밝은 달빛 속에 봄꽃이 한창인데
꽃이 참으로 화려한 때에 달빛까지 더하였네.
달빛 속의 꽃구경에 부인까지 이르렀으니

---

3 춘추 시대 진晉나라 사람인 기결이 들에서 김을 맬 때 아내가 점심을 내오는데, 마치 손님을 접대하듯 공경하였다고 한다.
4 춘추 시대 제나라 재상인 안영의 마부가 외출할 때마다 의기양양해하였다. 그러자 안영은 키가 6척이고 재상인데도 겸손한데 남편은 키가 8척이고 마부인데도 거만하다며 마부의 부인이 이혼을 청하였다. 이 말에 뉘우친 마부가 행실을 바르게 고치자, 안영이 마부를 대부大夫로 삼았다.

세상에 둘도 없는 광경이 바로 우리 집에 있네.

三更明月仲春花　　花正華時月色加

隨月看花人又至　　無雙光景在吾家

활짝 핀 봄꽃과 휘영청 밝은 달이 함께 어우러져 아름다움을 뽐낸다. 여기에 아름답기 그지없는 아내까지 이르렀으니, 세상에 다시 찾기 어려운 아름다운 광경이 바로 자기 집에 있음을 깨닫는다고 하였다. 세상에 양주학揚州鶴은 없다고 하지만, 아름다운 자연과 사랑스러운 사람이 함께 있기에 더없이 만족스러운 광경이 자기 집에 펼쳐졌음을 자랑하였다.

이에 삼의당은 〈낭군을 모시고 밤에 동쪽 뜰에 이르렀더니 달빛이 참으로 좋고 꽃 그림자가 땅에 가득하였다. 낭군께서 절구 한 수를 짓기에 나도 그 시에 차운하였다(奉夫子, 夜至東園, 月色正好, 花影滿地. 夫子吟詩一絶, 妾次之)〉라는 시를 지어 화답하였다.

하늘에는 밝은 달 가득하고 뜰에는 꽃이 가득한데
서로 겹친 꽃 그림자에 달그림자가 더하였네.
달인 양, 꽃인 양 두 사람이 마주 앉아 있거늘
세상의 영욕은 누구 집에 속해 있는가?

滿天明月滿園花　　花影相添月影加

如月如花人對坐　　世間榮辱屬誰家

화락한 부부애를 자랑한 남편의 말에 공감하며 자족하는 마음을 드러내었다. 환한 달빛 아래 활짝 꽃핀 동산에서 부부가 서로 바라보고 있으니 무엇이 더 필요하겠는가? 앞서 남편은 꽃, 달, 부인의 아름다운

전傳 어몽룡魚夢龍, 〈월매도月梅圖〉,《사가유묵첩四家遺墨帖》, 16세기, 종이에 수묵, 44.4×28.3cm, 서울 대학교 박물관.

조화를 말하였는데, 뒤를 이은 아내는 달과 꽃의 조화처럼 아름다운 두 사람의 조화를 부각시킴으로써 부부의 아름다운 화합을 강조하였다.

여러 해의 생이별

조화로운 부부애에 마냥 행복하기만 한 이들에게 이별의 아픔이 닥쳐왔다. 남편이 과거 준비를 위해 암자로 공부하러 간 것이다. 남편과 헤어진 삼의당은 이태 동안 어렵사리 혼자 시부모를 봉양했다. 이런 상황에서 부부가 주고받은 다음 시는 진정한 부부애의 전형을 보여준다.

(1)

한밤중에 산사의 등불 아래 옛 책을 읽는데
잔치한 신혼 초에 영친을 맹세하였네.
베갯머리에서 때때로 집으로 돌아가는 꿈을 꾸니
게딱지 암자에서 쇠절구공이 갈지 못할까 두려워하네.
半夜山燈讀古書　榮親一誓宴新初
枕邊時有還家夢　磨鐵匡庵恐不如[5]

(2)

옛사람은 계곡에 편지를 던질 정도로 즐겨 글을 읽었는데
일찍이 그대를 전송할 때 이 뜻을 진술하였네.
베틀 위 나의 실이 한 필을 이루지 못했으니

---

5 마철저磨鐵杵: 상의산象宜山에서 공부하다 싫증을 느낀 이백李白이 집으로 돌아가다가 바위에 쇠절구공이를 갈아서 바늘을 만든다고 하는 노파를 보고 이에 자극받아 학업을 마쳤다고 한다.

그대는 악양자樂羊子처럼 하지 말기 바라오.

古人好讀澗投書[6]　此意嘗陳送子初

機上吾絲未成匹　願君無復樂羊如[7]

앞의 시는 담락당, 뒤의 시는 삼의당의 작품이다. 삼의당의 시에 '산에 들어가 글 읽는 낭군이 시를 보냈기에 내가 화답하다(夫子入山讀書, 以詩寄之, 妾和之)'라는 제목이 붙어 있어서 두 작품의 창작 배경을 알 수 있다.

담락당은 암자에서 밤늦도록 옛 책을 읽으면서 부모님의 영예를 드러내고자 노력하였으나, 아내를 보고픈 마음을 어찌할 수 없어 때때로 집으로 돌아가는 꿈을 꾸곤 하였다. 이어서 게딱지 같은 암자에서 기울이는 절차탁마의 노력이 허사가 될까 걱정하는 마음을 토로하였다.

그런 남편에게 삼의당은, 꾹 참으며 계속 공부에 힘쓰기를 권면했다. 결혼한 지 얼마 되지 않은 아낙이 홀로 시부모를 모시면서 생이별 상태의 낭군을 그리워하는 마음이 없지 않았으련만, 당장의 즐거움보다 미래 행복을 위해 학업에 매진할 것을 남편에게 강하게 요구한 것이다.

그러나 남편에게 엄숙한 자세로 학업에 매진할 것을 요구한 것이 삼의당의 온 마음은 아니었다. 비록 겉으로 강한 척 허세를 부려보지만, 마음 깊이 자리한 남편에 대한 그리움을 어찌할 수는 없었다. 삼의당 또한 여린 마음을 지닌 평범한 아낙의 하나였던 것이다.

6 투서간投書澗: 중국 산동성山東省 태산泰山에 있는 계곡 이름. 송宋 호원胡瑗이 이곳에서 밤새도록 글을 읽었는데, 집에서 온 편지를 '평안平安'이라는 두 글자만 보고 계곡물에 던져버렸다고 하여 붙여진 이름이다.
7 후한後漢 때 악양자가 멀리 떠나 공부하다가 1년 만에 집에 돌아오니 아내가 칼을 가지고 베틀로 달려가며 "학문을 쌓다가 중도에 돌아온다면 이 베를 자르는 것과 무엇이 다르겠습니까?"라고 하였다. 이에 악양자는 다시 돌아가 7년을 더 공부하였다.

(1)

그리움이 괴로워라, 그리움이 괴롭구나.	相思苦 相思苦
닭은 세 번 울고 밤은 오경五更이네.	鷄三唱 夜五鼓
잠이 없어 말똥말똥 원앙금침을 마주하니	脉脉無眠對鴛鴦
눈물이 비와 같네, 눈물이 비와 같네.	淚如雨 淚如雨

(2)

어젯밤에 가을바람 불더니	昨夜西風起
우물가에 오동잎이 떨어지네.	井上梧桐落
아름다운 사람은 깊은 방에서	佳人在洞房
천 리 밖의 사람을 길이 생각하네.	千里長相憶
그대 기다리는 것을 그대는 아는지?	待君君知否
영친을 일찍이 약속하였네.	榮親早有約
바라건대 그대는 이 마음을 안타까이 여겨	願君憐此心
한양에 오래 머물지 마시기를.	無久留京洛

• 낭군께서 한 해가 지나도록 한양에서 돌아오지 않으시는지라, 시를 지어 사사로운 정을 펼치다(夫子自京, 經年未歸, 余題詩以伸情私)

　과거를 보러 한양에 간 남편이 해가 지나도록 돌아오지 않자 삼의당이 자신의 소회를 진솔하게 표현한 연작시의 일부이다. 앞의 시는 상사相思의 괴로움과 독수공방의 외로움 때문에 밤을 지새우는 모습을 그린 것이고, 뒤의 시는 한번 떠난 뒤 가을이 되어도 돌아오지 않는 남편이 어서 빨리 돌아오기를 바라는 안타까운 마음을 드러낸 것이다.

　안타까운 이별의 상황이 여러 해 동안 지속되었는데도 불구하고, 남편이 과거에 급제하였다는 희소식은 들려오지 않았다. 그래서 삼의당

부부의 이별은 그 후에도 반복되었고, 그럴 때마다 삼의당은 남편을 전송하며 이별의 안타까움을 안으로 삭이는 모습을 보여주었다.

(1)
스물일곱 살의 아름다운 사람과 스물일곱 살의 낭군인데
몇 년이나 이별의 장면을 오래도록 일삼았던가?
올봄에 또 서울을 향해 떠나가니
두 살쩍에는 도리어 눈물 두 줄기가 더해지네.
卄七佳人卄七郎　幾年長事別離場
今春又向長安去　雙鬢猶添淚兩行

(2)
늙은 말이 밤새도록 콩깍지를 먹었건만
가려는 사람은 떠날 즈음에 짐짓 머뭇거리네.
치마를 걷은 어린 계집종이 부엌에서 오더니
메조 밥을 이미 새벽에 지어놓았다고 하네.
老馬終宵紇荳其　行人將發故遲遲
攓裳小婢來廚下　爲報黃粱已曉炊
• 한양으로 올라가는 낭군께 드리다(贈上京夫子)

이 시는 결혼한 지 10년이 되도록 과거에 급제하지 못하여 다시 한양으로 올라가는 낭군을 보내면서 지은 작품 중 일부이다. 앞의 시에서는 여러 번 맞는 이별이지만 그것이 늘 새롭게 다가와서 눈물이 맺히게 됨을 말하였고, 뒤의 시에서는 차마 떠나지 못하고 머뭇거리는 낭군에게 재촉하듯이 새벽 조밥을 이미 지어놓았다고 알리는 계집종

의 얄미움을 등장시키고 있다. 이런 이별은 천생연분을 자임하던 담락
당과 삼의당 부부에게도 대단한 시련이었음에 틀림없을 것이다.

다음 작품을 통해 그 안타까운 이별의 장면을 한 번 더 살펴보자.

(1)

그대에게 술을 권하노니 　　　　　　　　　　勸君酒
그대에게 권하노니 그대는 사양하지 마세요. 　勸君君莫辭
유령과 이백도 모두 무덤의 흙이 되었나니 　劉伶李白皆墳土
한 잔 또 한 잔을 권하는 이 누구인가? 　一盃一盃勸者誰

(2)

그대에게 술을 권하노니 　　　　　　　　　勸君酒
그대에게 권하노니 그대는 또 마시세요. 　勸君君且飮
인생의 즐거움이 능히 얼마나 되리오? 　人生行樂能幾時
나는 그대를 위해 장검무를 추고 싶네. 　我欲爲君舞長劍

(3)

그대에게 술을 권하노니 　　　　　　　　　勸君酒
그대에게 권하노니 그대는 잔뜩 취하세요. 　勸君君盡醉
부질없이 상 위의 돈을 지키고 싶지 않고 　不願空守床頭錢
다만 길이 눈앞의 술잔을 마주하고 싶네. 　但願長對眼前觶
　• 한양으로 올라가는 낭군께 출발에 임하여 술을 권하는데, 옛사람의
〈권주가〉를 본받아 노래하며 권하다(夫子作京行, 臨發勸之以酒, 效古
人勸酒歌, 歌之以侑)

한양으로 올라가는 낭군과 이별하는 자리에서 술을 권하며 지은 작품이다. 첫째 작품은 술을 좋아하기로 유명한 유령劉伶[8]과 이백의 이야기를 소재로 삼았다. 아무리 술을 좋아하더라도 죽고 나면 술을 권할 사람이 없는 법이니 바치는 술을 사양하지 말라는 뜻이다.

둘째 작품에서는, 짧고도 짧은 것이 인생이므로 지금의 즐거움을 마다하지 말라는 뜻을 담았다. 낭군을 위해서라면 기생들이나 추는 검무도 마다하지 않겠다는 모습을 보여주었다.

셋째 작품에서는, 낭군의 술 마시는 모습을 바라보는 것이 마냥 행복하므로 술을 살 돈을 부질없이 아끼지 않겠다고 하였다. 먼 길을 떠나는 남편과 조금이라도 더 함께 있기를 바라는 소박한 소망을 담은 것이다.

이하李賀와 이백의 〈장진주將進酒〉에 보이는 내용을 끌어와서 엮은 것이기는 하지만, 술을 권함으로써 낭군과 이별하는 안타까움을 풀어 보려는 의도를 잘 드러내고 있다.

(1)

오색 노을은 비단이요 버들은 아지랑이 같아 　彩霞成綺柳如煙
인간 세상이 아니라 별천지일세. 　　　　　　　非是人間別有天
10년 동안 한양에서 분주하던 나그네가 　　　　洛下十年奔走客
오늘은 신선같이 뗏집에 앉아 있네. 　　　　　　草堂今日坐如仙

• 뗏집에서 낭군을 모시고 읊다(草堂奉夫子吟)

---

8 죽림칠현竹林七賢의 한 사람으로, 옷을 벗은 채 술 마시기를 좋아했다. 어떤 이가 이를 비난하자, "나는 천지天地를 집으로 삼고 내 집을 속옷으로 삼는 사람이다. 당신은 어째서 남의 속옷에 들어왔는가?"라 했다. 〈주덕송酒德頌〉을 지은 것으로도 유명하다.

(2)

떳집은 사방으로 풍경이 좋아	草堂四面好風煙
늘그막에는 시서로 스스로 천성을 즐기리.	晚境詩書自樂天
어찌 반드시 구구하게 하고 싶은 바를 구하랴?	何必區區求所欲
내 몸 편한 곳이 곧 신선 세계인 것을.	吾身安處是神仙

앞의 시는 과거에 실패하고 돌아온 남편을 다시 모시게 된 기쁨을 담은 삼의당의 작품이고, 뒤의 시는 여기에 화답한 담락당의 작품이다.

앞의 시에서 삼의당은, 남편의 과거 급제와 출세도 중요하지만 그것보다 먼저 남편이 무사히 집에 돌아온 것에 대해 반갑고 기쁜 마음이 앞섬을 드러내고 있다. 평소에 대의명분과 부도婦道를 강조하였지만, 삼의당도 결국 마음 여린 아낙네임을 보여주고 있는 것이다. 남편이 돌아오자 늘 보던 주변 경관도 별천지로 느껴지고, 과거에 실패한 남편이 신선처럼 보인다고 하였다. 남편과 재회한 기쁜 마음을 솔직하게 드러낸 작품이라 하겠다.

뒤의 시에서 담락당은, 풍경 좋은 떳집에서 늘그막에 시서詩書를 벗삼아 천성을 즐기겠다는 다짐을 드러내었다. 이제는 과거 급제에 대한 미련을 떨쳐버리고 시골에서 아내와 함께 살겠다는 각오를 "내 몸 편한 곳이 곧 신선 세계"라는 말로 대신하였다.

그대와 함께 시를 읊다

담락당이 과거에 실패하고 돌아온 뒤, 부부는 생계를 위해 진안으로 이주했다. 물질적으로 빈곤한데도 삼의당 부부는 일상의 평온함 속에서 자연 변화에 순응하며 온전한 사랑의 감정을 담은 시편을 주고받았다.

(1)

낙화가 뜰에 가득하거늘	落花滿庭上
아이야, 장차 쓸지 말거라.	童子且莫掃
조각조각 남은 봄이 흩어지고	片片散餘春
하나하나 싱그러운 풀에 점 찍네.	箇箇點芳草
차고 가는 것은 마루의 제비요	蹴去付堂鷰
물고 나는 것은 산새들이네.	含飛有山鳥
안타까이 바라보아도 싫증 나지 않으니	哀惜不厭看
비단창의 발을 일찌감치 걷어 올리네.	紗窓捲簾早

• 낭군을 모시고 지는 꽃을 바라보며 읊다(奉夫子見落花吟)

(2)

낙화가 눈처럼 떨어지는데	落花落如雪
뜰에 가득해도 아까워 쓸지 않네.	滿庭憐不掃
흰빛은 창밖의 나무에 드물고	白稀窓外樹
붉은빛은 섬돌 위의 풀에 많네.	紅多階上草
어지러운 것은 마당에 찾아온 나비요	紛紛過場蝶
쓸쓸한 것은 산에서 우는 새라네.	寂寂啼山鳥
밤새 비바람이 심하더니	夜來多風雨
띳집에서 일찍 일어남이 귀찮아지네.	草堂慵起早

앞의 시는 삼의당의 시이고 뒤의 시는 담락당의 차운시이다. 저무는 봄, 낙화를 바라보면서 충만한 사랑의 감정을 유감없이 드러내고 있다.

삼의당은 떨어지는 꽃을 바라보며 자연의 아름다움에 만족하는 마음을 드러내었다. 꽃을 떨어뜨린 비바람 때문에 밤새 잠을 설친 담락당은, 그것을 핑계 삼아 게으름을 피우며 잠자리에서 일어나지 않는 한적한 여유를 담아내었다. 떨어진 꽃을 바라보며 아름다운 전원 풍경을 담아낸 부부의 시편에는, 함께 있음을 행복과 기쁨으로 여기는 다정한 부부의 마음이 넉넉히 담겨 있다.

(1)
석양에 자리에서 떠나 꽃그늘에 앉으니
우거진 나무에서 그윽한 새가 또 좋은 소리를 내네.
막걸리 석 잔에 노래 한 곡 있으니
마음은 청풍명월의 주인이라네.

夕陽離席坐芳陰　深樹幽禽又好音
濁酒三盃歌一曲　淸風明月主人心

• 낭군과 함께 읊다(與夫子吟)

(2)
초가 몇 칸이 나무 그늘 옆에 있고
땅에 가득한 낙화에 작은 지팡이 소리 들리네.
북창에 때때로 맑은 바람이 이르니
절로 희황 옛 시절의 마음이 있네.

茅屋數間傍樹陰　落花滿地小筇音
北窓時遇淸風至　自有羲皇上世心

이 시도 진안에 살면서 부부가 함께 읊은 것으로, 앞의 것이 삼의당의 작품이고 뒤의 것이 담락당의 작품이다. 앞의 시에서 삼의당은, 해 질 무렵 꽃그늘에 앉아 새소리를 들으며 막걸리 몇 잔에 노래까지 곁들이니 우리가 바로 청풍명월의 주인이라고 하였다.

뒤이어 담락당은 비록 두어 칸짜리 초가에 살지만 북창에 맑은 바람이 불어오니 절로 희황상인羲皇上人의 마음이 생긴다고 화답하였다. 희황상인은 희황, 즉 복희씨伏羲氏 시절의 사람으로서 그 백성이 모두 편안하고 한가했으리라는 상상에 기초한 말이다.

담락당은 진晉나라 도잠陶潛이 "오뉴월에 북쪽 창 아래 누워 있을 때 서늘한 바람이 잠깐 불어오면 스스로 희황 시절의 사람이라고 말하였다"는 고사를 끌어와서 스스로 태평성대의 안락한 백성이고자 하는 마음을 드러내었다.

이상에서 살펴본 삼의당과 담락당 부부의 사랑은 전통 사회에서 상정할 수 있는 부부애의 전범이라고 할 만하다. 삼의당은 담락당과의 결연을 운명적인 것으로 인식하여 아내와 며느리 역할에 충실하고자 하였다. 남편을 훌륭하게 내조하였던 여성의 행동을 본받으려 노력하는 모습을 보여주었으나, 한편으로 삼의당은 여느 아낙네와 다름없는 연약한 심성의 소유자이기도 하였다.

남편의 과거 실패와 물질적 궁핍 등이 이들을 괴롭혔지만, 삼의당과 담락당은 조화롭고 온전한 부부애를 바탕으로 이를 극복하였다. 현실적 고난에도 불구하고 변함없는 사랑의 시편을 주고받은 이 부부의 화락한 모습은 우리 문학사상 유례를 찾기 힘든 부부애의 전범이라 하겠다.

성범중成範重
울산대학교 국어국문학부 교수. 한국 한시의 맛과 멋, 한시에 담긴 선인의 삶에 대해 관심이 많고, 그런 것을 찾는 작업을 진행하고 있다. 지은 책으로는 《울산울주지방 민요자료집》(공편), 《척약재 김구용의 문학 세계》, 《역주 목은시고》(전 12권, 공역), 《한수와 그의 한시》(공저), 《한문학 속에 남아 있는 울산지역의 풍광과 풍류》, 《동국사영 연구》, 《울산지방의 문학 전통과 작품 세계》, 《울산지방의 민요 연구》(공저), 《국역 학성지》, 《한시 속의 울산 산책》, 《태화루시문》(공역), 《국역 울산효열록》 등이 있다.

요즈음 우리 임 몸 편안히 계신지

사창에 달 비치어 저의 한 깊습니다.

꿈속의 혼백에 발자취가 있다면

문 앞의 돌길인들 거의 모래 되었으리.

近來安否問如何
月到紗窓妾恨多
若使夢魂行有跡
門前石路半成沙

• 이옥봉李玉峯,〈몽혼夢魂〉

3부

심사정, 〈매월만정〉 부분, 간송미술관.

시와 삶이 하나로

목은牧隱 이색李穡(1328~1396)은 한국 한시 역사상 최대의 분량인 4,061제題 6,081수首의 시를 남긴 시인이다. 21세부터 67세까지의 창작 기간 중 20여 년 동안의 작품이 거의 전해지지 않는데도 불구하고, 최대 작품 수를 자랑하는 남송南宋의 육유陸游에 버금가는 자리를 차지하는 것이다.

하루에 밥은 세 번, 한시는 네 수

6천 편이 넘는 시를 지었다는 것보다 더 놀라운 것은, 이색이 쉰에서 쉰다섯 살 사이에 무려 3,505제 5,048수의 한시를 지었다는 사실이다. 쉰두 살 때에는 심지어 1천여 제, 1천6백여 수에 달하는 한시를 지었는데, 평균을 따져보면 밥을 먹은 횟수보다 시를 지은 횟수가 더 많은 셈이 된다. 왜 이색은 이 시기에 그토록 유별나게 많은 시를 지었을까?

첫 번째 이유로는 보통 사람에게서는 찾아보기 어려운 시에 대한 집착, 즉 시벽詩癖을 들 수 있다. 〈견흥遣興〉이라는 시에서 "죽도록 그치지 않고 심장과 간을 쏟아내려고, 근년에 다시 중선루에 오르네(嘔出心肝死不休, 年來更上仲宣樓)"라 토로한 것을 보면 이색의 시벽을 짐작할 만하다.

신병身病 및 집권층과의 불화로 실직實職을 얻지 못하여 시간적 여유가 많았다는 것이 두 번째 이유가 될 것이다. 한가함 속에서 창작의 욕구가 부쩍 증가하였던 것이다. 여기에 〈장난삼아 짓다(戲題)〉에서 "목은은 시를 한 권 채웠는데, 읊어보니 글자마다 엉성하네(牧隱詩盈卷, 吟來字字疎)"라 한 데서 짐작할 수 있듯이 규모가 큰 시집을 마련하고자 한 의욕이 보태졌을 것이다.

또한 당대를 대표하는 문호 이곡李穀과 이제현李齊賢을 아버지와 스승으로 모셨다는 점도 간과할 수 없을 것이다. 이인복李仁復이 타계한 후 이색은 자연스럽게 시단의 영수라는 책무를 떠맡게 되었기 때문이다.

〈즉석에서 짓다(卽事)〉에서 "날마다 빚쟁이가 문에 와서 재촉하니, 늙은이는 끝내 읊조림을 회피하기 어려우리(債主臨門日日催, 老翁吟嘯竟難廻)"라 토로한 것을 보면, 이 시기에 시문 청탁이 급증하였음을 알수 있다. 시단의 영수라 존경받는 입장에서 청탁을 거절하기 어려웠을테니, 이 또한 다작의 한 원인이 되었을 것이다.

"지나치게 시를 좋아한다고 친구들이 놀리고 비웃는 지경에까지 이르렀지만, 나는 결코 시를 좋아하는 사람이 아니다. 그냥 나의 회포를 펼쳤을 뿐이다"라는 언급이나, 〈독시견흥讀詩遣興〉에 보이는 "차마 문득 늙은 할미가 이해하지 못하게 하는 까닭은, '백속'[1]을 보탠다는 조

---

1 소식蘇軾이 "원진元稹의 시는 가볍고 백거이白居易의 시는 속되다(元輕白俗)"고 평한 데서 비롯한 말. 《냉재야화冷齋夜話》에 "백거이는 시를 지을 때마다 노파 한 사람에게 이를 해독시켰다. 노파가 알 만하다고 하면 이를 기록하고, 잘 모르겠다고 하면 글자를 바꾸었다. 그러므로 그의 시는 통속에 가깝다"는 말이 있다.

롱 때문이라네(不忍便敎老嫗解, 爲是譏評增白俗)"라는 표현에서 알 수 있듯이, 이색은 "지나치게 시에 빠진 자"나 "백거이처럼 속된 시를 짓는 자"라는 조롱까지 받았던 듯하다. 성리학자인 이색이 평균적으로 매일 네 수가 넘는 시를 지은 것은 '완물상지玩物喪志'라 성토당해도 마땅한 무절제한 처사라 할 수 있다. 그러므로 "백거이처럼 속되다"고 기롱당하였다는 사실은 되짚어 생각해볼 만한 대목이라 하겠다.

이색은 시문의 형식보다는 내용을 중시한 재도론자載道論者였다. "나는 동파의 시를 애호한다(我愛東坡詩)"고 말한 것처럼 한편으로는 소식蘇軾과 황정견黃庭堅으로 대표되는 송시풍宋詩風을 추종한 시인이기도 했다. 이 때문에 이색의 시가 개인적 일상을 두드러지게 다룬 송시의 경향을 지닌 것이다.

이색은 자신이 정종正宗으로 존숭한 이백李白과 두보杜甫와는 달리 기사紀事, 유감有感, 즉사卽事, 잡영雜詠 등을 시제詩題로 삼아 신변의 쇄사瑣事를 읊음으로써 '일상에 대한 개안', '잡박雜駁한 일상의 노정' 등 엇갈린 평가를 받을 수 있는 양면적인 경향을 보였다. 일상의 모든 국면을 다루었다고 해도 지나치지 않을 이런 시편들은 격조에 문제가 있을 수 있지만, 함유된 교훈과 재미, 진실성이 불러일으키는 감동은 결코 예사롭지 않다.

혹시 '싱아'를 아시나요?

1374년에 공민왕이 급서한 뒤, 이색은 신병이 더욱 악화되어 7, 8년을 침거하다시피 하였는데, 바로 이 시기에 시를 특별히 많이 지었다. 이때 이색은 신변의 잡사를 두루 제재로 삼았는데, 〈팔의 통증(臂痛)〉, 〈뼈가 시려서(骨酸)〉, 〈허리가 시려서(腰酸)〉, 〈치통齒痛〉 등 질병의 고통이나 와병 속의 정회를 읊은 작품들이 가장 비근한 예이다.

신병 때문에 기거좌와起居坐臥마저 어려운 고통을 열거하거나, 거기서 인생의 교훈을 찾으려는 경향을 흔히 볼 수 있거니와, 8연으로 이루어진 고시 〈병을 기록하다(錄病)〉의 마지막 부분에서는 "어찌 알리오? 이런 간난과 신고가 수역에 빨리 갈 원인이 될지를. 편안하게 지극한 고요함을 지키는 것을, 상제께서 환하게 내려다보시리(安知此艱辛, 所以趨壽域. 湛然守至靜, 上帝臨有赫)"라고 술회하여, 신병이라는 액운을 원망하기보다는 운명이라 여겨 편안하게 받아들이려는 마음가짐을 드러내었다. 〈기심을 없애고자(息機)〉의 결련에서 "한 번 병든 지 벌써 몇 년인가? 기심을 끊음이 약물보다 나으리(一病今幾年, 息機勝藥餌)"라 한 것과 마찬가지로 신변에서 교훈을 취하고자 한 노력이 잔잔한 감동을 주는 바가 있다.

한거하던 시기에 이색은 신병, 기거, 접빈과 같은 잡사 외에도 세시歲時, 기후, 선물 등의 자질구레한 일을 시로 읊었는데, 여기에서는 먹을거리에 대한 실용적 눈길을 담은 작품도 다수 포함되어 있다.

다음 시는 〈백설기를 읊다(詠雪餻)〉이다.

근래에 늙은 목은은 비린내를 싫어하여
다만 맑고 차가운 것으로 성령을 기르네.
이미 구슬 같은 살이 흰 달처럼 둥근 것을 기꺼워하였는데
문득 옥가루가 푸른 하늘에서 떨어진 것으로 여기네.
버들개지보다 가벼운 바람이 자리에서 생겨나고
매화처럼 차가운 물이 병에 가득하네.
손때를 묻히지 않고 절로 이루어진 것임을 가장 아끼면서
실컷 먹고 졸음에 겨워 창문에 기대어 있네.

年來老牧厭羶腥　　但把淸寒養性靈
已喜瓊膏團素月　　却疑玉屑落靑冥
輕於柳絮風生座　　冷似梅花水滿瓶
最愛天成無手澤　　飽餘和睡倚窓櫺

시루에 넣고 찐 떡을 시루떡이라 하는데, 그중 하나인 '설고雪餻'는 쌀가루로 켜를 지어 찐 떡을 가리킨다. 오늘날 백설기라고 부르는 떡이 바로 이것이다. '설고'에서 비롯한 '설기떡'이라는 표현은 사투리인데, 북한에서는 오히려 이것이 표준어이다.

이색은 수련에서 "성령性靈", 즉 성정性情과 정신의 도야를 위해 비린 음식 대신 맑고 차가운 백설기를 먹어야 한다고 하였다. 함련에서 시각적 비유를 통해 백설기의 외양을 섬세하게 묘사한 뒤, 경련에 이르러 시각과 촉각이 어우러진 공감각적 비유로 백설기의 식감食感을 그려내었다. 그리고 미련에서는 송편처럼 손으로 빚은 것이 아니기에 백설기를 사랑한다고 함으로써, 언외言外의 흥취가 감돌도록 식후의 포만감을 표현하였다.

별것 아닌 음식이지만, 이를 소홀히 넘기지 않고 정성이 깃든 실용적 안목으로 응대한 점이 돋보인다. 노경老境의 대시인이 보여준 의외의 면모를 통해 삶의 진실성과 시의 재미를 동시에 맛볼 수 있다.

다음은 〈승아를 읊다(詠僧莪)〉라는 시이다. 제목의 주에 "그 줄기는 매우 신데, 승아는 우리말 이름이다(其莖甚酸, 僧莪鄉名)"라 한 데서 이색의 실용적 관심을 미리 엿볼 수 있다.

푸르고 하얗게 길고도 연한데　　　　　　　　碧玉長仍嫩
산의 벼랑에서는 푸른 잎이 싸늘하다네.　　　山崖翠葉寒

　　　　　　　　　　　　　　　　　내가 좋아하는 한시

언뜻 보아도 미간이 벌써 찡그려지고	乍看眉已蹙
씹으려 하면 이가 먼저 시리네.	欲嚼齒先酸
취객 가운데 즐기는 이가 특히 많거니와	醉客偏多嗜
잠 귀신이 어찌 감히 침범하랴?	眠魔詎敢干
시편에 거두어들이기가 쉽지 않아서	詩篇容不載
한편으로 읊으면서 한편으로는 길게 탄식하네.	一詠一長歎

마디풀과에 속하는 다년초인 승아는 오늘날 싱아, 수영, 산모라 부른다. 줄기는 1미터가 넘고, 잎은 원추형으로 어긋맞게 나며, 6월과 8월 사이에 줄기 끝에 흰 꽃이 핀다. 신맛이 나는 어린잎과 줄기는 식용으로, 뿌리의 즙액은 피부병에 바르는 약재로 쓰인다.

개풍 출신인 박완서의 장편소설《그 많던 싱아는 누가 다 먹었을까》에 "우리 시골에선 싱아도 달개비풀만큼이나 흔한 풀이었다. 산기슭이나 길가 아무 데나 있었다"고 하였듯이, 우리나라 각지의 산과 들에서 승아를 흔히 찾아볼 수 있었다.

사는 곳 근처에 승아가 자라고 있었던 때문인지, 이색은 식재나 약재로 그리 요긴하지 않은 풀을 대상으로 삼아 자세한 식견을 드러내었다. 수련에서 생김새, 빛깔, 촉감 등을 사실적으로 묘사하였고, 함련에서는 시고 차가운 맛을 감각적으로 서술했으며, 경련에서 효능을 실감나게 풀이한 데 이어, 결련에서는 길지 않은 시형이라 나머지 장점을

싱아.

다 말할 수 없어 유감이라며 여운을 남겼다.

시적 기교를 거의 쓰지 않은 채 평담한 표현을 통해 대상을 설득력 있게 묘사하고 설명한 데서 감칠맛 나는 재미를 느낄 수 있다. 비근한 사물에 실용적으로 다가간 인식과 태도 또한 간과하기 어려운 의미를 지닌다.

일상이 곧 선생님

뽐내면서 죽마를 타고 대청으로 올라오려다가
뜰로 돌아가서는 다시 오락가락하네.
갑자기 동산을 향해 달려가더니
남에게 배와 밤을 달라고 하여 맛을 보네.
아름다운 바탕을 타고나도 물욕을 아우르게 마련인데
양지가 발휘되는 곳이 바로 강상이라네.
어른과 어린아이가 처음부터 둘은 아니건만
근년에는 병을 안고 사는 데다 살쩍마저 서리와 같다네.

竹馬驕騰欲上堂　　又還庭際更彷徨
忽然馳向東山去　　梨栗從他乞得嘗
美質稟來幷物欲　　良知發處卽綱常
大人赤子初非二　　抱病年來鬢似霜

이색의 나이 53세 때 지은 〈아이들의 놀이(兒戲)〉라는 시이다. 전형적인 선경후정先景後情의 구성을 보이거니와, 전반부에서는 아이들이 죽마를 타고 분주하게 놀다가 동산에 가서 과일을 얻어먹은 대수롭지 않은 일을 사실적으로 묘사하였다.

경련에 이르러 갑자기 전환이 일어난다. 아이들의 행위에서 이理와 기氣, 즉 본연지성本然之性과 기질지성氣質之性의 차이를 찾아낸 것이다. 목은은 사람이 타고나는 인식 능력인 "양지良知"가 "강상綱常", 즉 윤리로 발현되어야 한다는 교훈을 이끌어내었다.

아이들이 동쪽 산에 간 것은 놀다가 지쳐서 배가 고파졌기 때문이다. 이는 물욕으로 인한 행동이다. 그런데 남의 과일을 함부로 따먹지 않고 주인에게 달라고 하여 먹은 것은 사욕私慾이 아닌 천리天理가 발현한 결과이다.

이런 이치를 깨달은 이색은 결련에 이르러, 아이들조차 천성을 잘 지켜 사욕을 막을 줄 알건만, 자신은 오히려 늘그막에 존심양성存心養性을 게을리하지 않는지, 반성의 뜻을 토로하였다. 이는 귀거래歸去來를 입에 달고 살면서도 차일피일 실천을 미루는 태도를 자성自省하려는 마음의 발로인 것이다.

아이들의 장난과 같은 사소한 일에서 유학의 이치에 근거한 교훈을 이끌어내고, 거기에서 성리학적 수양과 탐구에 소홀한 자신의 삶에 대한 성찰의 계기를 찾은 셈이다. 작디작은 일상사에서 삶의 교훈을 이끌어낸 시인의 예지를 배우는 기쁨을 맛볼 수 있는 시라 할 것이다.

다음 작품은 당시의 소일거리이던 작시作詩를 읊은 〈낮닭(午鷄)〉이다.

낮닭의 울음소리 속에 앉아서 시를 짓다가
떨어뜨린 붓이 나의 옷을 더럽혔다고 불같이 성을 내네.
어찌 샘물을 길어다 씻기를 꾀할 겨를이 있으랴?
바로 시구를 단련하여 정미한 데로 들어가야 하리.
통술로 저녁 구름 아래에서 논의해보면 자세할 텐데
연못 둑의 봄풀은 꿈결에도 희미하네.

이재관,〈파초엽제시도〉, 18세기, 종이에 채색, 37×59cm, 고려대학교 박물관.

교묘한 곳은 본래 주고받기가 어렵거니와
생각에 사특함이 없어진 뒤에도 기심을 잊어야 한다네.

午雞聲裏坐題詩　　筆墜深嗔汚我衣
豈暇汲泉謀洗滌　　政當鍊句入精微
暮雲樽酒論應細　　春草池塘夢亦稀
妙處由來難授受　　思無邪後要忘機

이색의 나이 쉰둘에 지은 시이다. 상평성上平聲 미운微韻으로 압운
한 칠언율시인데, 수구首句에 방운傍韻인 지운支韻의 '시詩'를 쓴 점이
눈에 띈다. 왕력王力의 《한어시율학漢語詩律學》에서는 일부러 수구에
방운을 쓰는 것이 송대宋代의 유행이라고 한 바 있다. 수구입운에 함
련과 경련을 모두 대장對仗으로 한 정격 율시로 수련의 신의新意와 경
련의 점화點化가 돋보인다.

수련에서는 한낮에 홀로 앉아 작시에 골몰하다가 낮닭의 울음소리

에 놀랐는지, 아니면 실수로 그랬는지, 붓을 떨어뜨려 옷을 더럽힌 일에 화가 난 우스꽝스러운 체험을 직서하였다. "낮닭의 울음소리"는 왕안석王安石[2]의 〈자정림과서암自定林過西庵〉 이래로 흔히 쓰인 말이지만, 이를 시 짓다가 붓을 떨어뜨린 일에 연결시킨 의경意境은 전인前人에게서 볼 수 없는 새로운 것이다.

경련에서는 좀 더 생각해보니 화낼 일이 아니라 시를 지을 만한 감이라 여기게 되어 묘구를 얻고자 애쓰기로 했다는 뜻을 기술했다. 출구는 두보의 〈봄날에 이백을 그리워하며(春日憶李白)〉의 경련과 미련을 압축적으로 점화한 것이고, 하구의 "춘초지당春草池塘"은 남조南朝 송宋의 사령운謝靈運이 족제 혜련惠連을 꿈에서 만나 얻었다는 묘구인 "지당생춘초池塘生春草"를 도습蹈襲한 것이다.

경련을 거의 용사用事에 의존한 것은 일부러 묘구를 얻으려 애써도 쉬 얻지 못하여 옛사람들의 묘구를 빌릴 수밖에 없었다는 간접적 고백으로 이해할 수 있다. 묘처를 얻는 수법은 남에게서 빌릴 수 없다. 공자孔子가 말한 "사무사思無邪"에 이르더라도, 억지로 좋은 시를 짓겠다는 집착과 작위가 없어야 묘처를 얻을 수 있다.

미련은 이를 깨닫게 된 기쁨을 읊은 구절이다. 결국 바람직한 시의 지향志向인 "사무사"와 "망기忘機", 즉 시를 잘 짓겠다는 교사한 마음을 잊는 것이 작시의 묘리라는 뜻을 말하고자 한 것이다.

〈우제偶題〉에서 "우연히 얻으면 참된 맛이 많지만, 깊이 생각하면 본정을 잃네(偶得多眞趣, 沉吟失本情)"라 했던 체험적 시론詩論을 재확인할 수 있거니와, 낮닭의 울음소리 때문에 붓을 떨어뜨려 옷을 더럽

2 재상에서 파직당한 왕안석이 금릉錦陵에 은거했는데, 종산鍾山에 있는 정림사定林寺를 즐겨 찾았다. 이때 지은 시 가운데 "낮닭 울음소리 절에 이르지 않는데, 잣나무가 안개 속에 고요히 이불을 끌어안고 있네(午鷄聲不到禪林, 柏子煙中靜擁衾)"라는 구절이 있다.

힌 평범한 일에서 작시의 묘리를 얻은 시인의 예지를 발견하는 기쁨 또한 얻을 수 있다. 뿐만 아니라 실제의 작시 체험을 통해 작시의 이치를 깨닫는 과정을 따라가면서, 그 의미를 찾아내는 재미 또한 쏠쏠한 시라 할 것이다.

손자도 계집종도 모두 내 식구

다작하던 시기에 이색은 〈아내의 꿈을 기록하다(紀婦夢)〉, 〈종선이 글 읽는 소리를 들으며(聞種善讀書聲)〉와 같은 시를 통해 처자妻子에 대한 은근한 애정을 표출하였다. 주위 사람들에 대한 이색의 애정은 《석보상절釋譜詳節》에서 "가시며 자식이며 죵이며 집스릭믈 다 권속이라 ᄒᆞᄂᆞ니라"라 한 '권속'에 두루 미쳤다.

다음은 그런 예의 하나로 53세에 지은 〈경노가 오다(敬奴來)〉이다.

경이 녀석은 삼사나 물러났다가도	敬奴三舍也
앉아서 웃을 때에는 마치 서로 아는 듯하네.	坐笑似相知
붙잡고 세워보니 다리 힘이 아직 약한데	扶立脚猶弱
끌어당겨 오게 하니 기뻐하는 얼굴 되네.	牽來顔甚怡
잠깐 사이에 젖을 달라고 우니	須臾啼索乳
늙고 병든 이는 장난삼아 시를 짓네.	老病戱題詩
뒷날에 둘째에게서 난 손자들이	他日仲孫輩
읽어보면 틀림없이 턱뼈가 빠지리라.	讀之應脫頤

이색의 장남인 종덕種德의 둘째 아들이 맹균孟畇인데, 그 초명이 경복敬僕이다. 그러므로 1380년에 젖먹이였던 "경노敬奴"는 셋째 아들

인 맹준孟峻이나 넷째 아들 맹진孟畛이 아니라, 이색의 행장이 지어진 1402년에 이미 잃고 만 막내의 아명일 듯하다. 또 "중손배仲孫輩"는 중자仲子 종학種學의 아들들을 가리킨다.

할아비를 처음 볼 때에는 "삼사三舍", 즉 90리나 물러났다고 과장할 만큼 낯을 가리던 손자가 조금 뒤에는 얼굴이 익다는 듯 활짝 웃는 모습을 묘사하여 파제破題하였다. 함련에서는 일으켜 세우거나 끌어당겨 안아보고서 얻은 정회로 시상을 이었다. 경련에서는 아이와 자신의 행위를 대조시킨 경물을 제시하여 시상을 전환시키고 나서, 이런 시를 뒷날에 다른 손자들이 읽는다면 턱뼈가 빠지도록 웃을 것이라는 소회로 마무리하였다.

모처럼 손자를 만난 기쁨에 나이도 잊은 채 손자의 일거일동에 기뻐하거나 안타까워하는 할아버지의 자정慈情이 아이의 천진함과 한데 어울려 읽는 이를 즐겁게 한다. 장난스럽게 지은 시라서 후손들이 웃으면서 읽게 하고 싶을 뿐이라고 하였으나, 범부凡夫와 다를 바 없는 노시인의 애정 어린 시선에서 재미와 감동을 아울러 맛볼 수 있다.

독자獨子인 데다 24세에 부친을 여읜 이색이었기에 하나둘씩 늘어나는 손자에게서 얻은 기쁨이 대단하였을 것이다. 비유와 함축 같은 시적 장치를 버리고 평담한 묘사와 간결한 서술을 선택하였다는 점도 눈여겨볼 만하다.

다음 작품도 같은 해에 지어진 〈낙엽을 쓸다(掃葉)〉이다.

어린 계집종이 떨어진 잎을 쓸어서	小婢掃落葉
부서진 키에 채우네.	盛之以破箕
머리에 이고 부엌으로 들어가니	頂戴入廚去
아내는 저녁밥 짓기를 재촉하네.	主婦催暮炊

"저녁밥 짓는 것은 반드시 급한 게 아니지만   暮炊不必急
아침밥 짓기만은 늦어질까 두렵습니다.   祇怕朝炊遲
손님이 오면 저를 오라고 하시는데   客來要我去
가지 않으면 의심을 받으니까요.   不去遭猜疑
이른 식사 뒤에 부르시기를 기다려야 하니   蓐食待招呼
마땅히 놀 수 있을 때에 놀겠습니다."   行樂當及時

　상평성上平聲 지운支韻을 일운도저격一韻到底格으로 삼아 지은 시
이다. 이색은 〈7월 스무날에 난산하는 하녀가 있어 적다(七月二十日,
婢有難産者, 記之)〉, 〈혜민국의 여러 관리에게 약을 달라고 하였는데,
종의 병을 위함이었다(從惠民局衆官索藥, 爲奴病也)〉와 같은 시를 통해
서도 솔거노비率居奴婢를 권속처럼 아끼는 애틋한 정을 표현한 바 있
는데, 이 작품은 이런 시편들이 함유한 진부한 윤리 의식을 멀리 벗어
난 예라 할 수 있다.

　그리 늦은 시간도 아닌 데다 저녁밥을 지을 준비로 땔감을 들여가던
중이었음에도 불구하고, 주부인 아내가 어린 하녀에게 밥을 지으라고
재촉했다가 가벼운 반발에 부딪힌 일을 그냥 흘려보지 않고 시의 제재
로 거두어들였다.

　억지로 꾸미지 않고 목전에 벌어진 정경을 있는 그대로 묘사하고 나
서, 하녀의 말에 의지한 소품적小品的 서사敍事를 펼쳐내었다. 하찮은
일을 통해 주인과 하인의 처지가 다르다는 사실을 깨닫게 된 이색은
완곡하게 하녀를 편들게 되었는데, 이것이 이 시의 주지主旨라고 할
수 있다.

　그러나 이런 심층적 의미는 언표하지 않은 채 그 표면적 언동만을
거두어들인 탓에 재미와 여운의 맛이 두드러지고, 하녀를 자식과 다름

없는 권속으로 포용하여 감싸는 온정적 시선이 적지 않은 감동을 불러일으킨다. 마지막 구절 "행락당급시行樂當及時"는 〈고시십구수古詩十九首〉 제15수의 "위락당급시爲樂當及時"를 차용한 표현이다.

알려지지 않은 명작

일상성 내지 즉생활성卽生活性이 두드러진 이색의 시편들은 전대의 비평가나 선시자選詩者로부터 별로 주목받지 못하였다. 서거정徐居正이 〈목은시정선서牧隱詩精選序〉에서 찬양하며 열거한 열 개가 넘는 풍격風格에서도 이에 대한 배려를 찾기 어렵고, 71제 76수나 선발한 《동문선東文選》에도 이런 종류의 시편은 거의 들어 있지 않다.

그러나 전대에 높이 평가받은 명편들과 이 글에서 감상한 작품들 가운데 어느 쪽이 더 감동을 주는가 하는 물음에는 쉽게 답하기 어려운 점이 있다. 게다가 조선 후기의 한시와 근대의 자유시에서 일상적 제재가 차지하는 비중이 현저히 높아진 것을 감안한다면, 일상 속에서 만들어진 이색의 작품들을 이른 시기에 꿈틀거린 탈중세적 몸짓으로 볼 수도 있을 것이다.

여운필呂運弼
신라대학교 국어국문학과 교수. 고려 후기의 한시를 많이 읽어 그 실상과 특성을 알리고자 힘을 기울였고, 조선조 시인 20여 명의 시 세계를 천착하는 한편으로, 특정한 제재나 시체의 한시를 대상으로 한 분석과 평가에도 힘쓰는 중이다. 지은 책으로 《이색의 시문학 연구》, 《고려 후기 한시의 연구》, 《한국 중세의 한시 연구》 등이 있으며, 역주서로 《역주 고려사 악지》, 《역주 약산시부》(전 2권), 《역주 목은시고》(전 12권, 3인 공저) 등이 있다.

누구나 길을 걷는다

로버트 프로스트Robert Lee Frost(1874~1963)라는 미국의 계관시 인桂冠詩人이 있다. 하버드 대학을 중퇴한 후 10여 년간 소박한 농부의 삶을 살았던 사람이다. 프로스트의 시는 꾸밈없는 정감을 자연스레 들려주는 노변정담爐邊情談과도 비슷하다.

그래서일까? 영화 〈쇼생크 탈출〉에도 그의 시 한 구절이 나오거니와, 미국인들은 그리도 프로스트의 시를 좋아한단다. 프로스트의 〈눈 내리는 저녁 숲가에 서서〉란 시의 처음과 마지막은 다음과 같다.

이 숲의 주인을 나는 알 듯하다.
하지만 그의 집은 마을에 있어
그의 숲에 쌓이는 눈을 보려고
내 여기 서 있음을 그는 보지 못하리.
〔……〕
숲은 아름답고 어둡고 깊다.
하나 내겐 지켜야 할 약속이 있어

내가 좋아하는 한시

이인문李寅文,〈산촌설제山村雪霽〉, 18~19세기, 종이에 담채, 31×41.2cm, 간송미술관.

잠들기 전 아직도 몇 마일을 더 가야 한다.
잠들기 전 아직도 몇 마일을 더 가야 한다.

좋은 시가 주는 기쁨은 동서와 고금이 다르지 않다. 그 이유 가운데 하나는 아마도 인간 언어의 보편적 본질인 은유가 보편적인 감동과 아름다움을 만들어내기 때문이 아닐까 싶다.

우리 앞에 놓인 길

프로스트는 이 시에서 언어 중추의 내면에 깊숙이 자리하고 있는 은유 가운데 하나를 건드리고 있다. 그것은 바로 '인생은 길'이라는 은유다.

기실 시의 마지막 연은, 눈 내리는 저녁에 피곤한 몸을 이끌고 집으로 돌아가는 한 농부의 독백에 지나지 않는다. 그러나 그 구절에 이르러 독자들은 (비록 의도적 오류이긴 하지만) 그 옛날 첫사랑에 대한 달콤한 추억과 함께 현재 떠안아야 하는 가장으로서의 의무를 동시에 읽어낼지도 모른다.

그렇다고 독자의 자의성恣意性을 나무랄 수는 없다. '길'이라는 단어를 마주할 때 사람들은 복잡하고도 오묘한 함의含意를 떠올리기 때문이다. 한국의 중년층이 "노란 숲 속 사이로 길이 두 갈래 나 있습니다/나는 두 길을 다 가지 못하는 것을 안타깝게 생각하면서/바라다볼 수 있는 데까지 멀리 바라보았습니다"로 시작하는, 같은 시인의 〈가지 않은 길〉을 애송하는 것도 같은 이유에서이다.

사람들은 길의 은유를 통해 지치고 고단한 인생길과, 그리움으로 이어진 사랑의 길과, 인간으로서 지켜야 할 윤리의 길과, 긴 여로를 마치고 마침내 돌아가야 할 죽음의 길, 그리고 의로운 이가 밟아야 할 형극荊棘의 길을 노래하고 듣는다.

이서구는 신파극 〈사랑에 속고 돈에 울고〉에서 국민 여동생 홍도더러 "아내의 나아갈 길을 너는 지켜라"고 당부했으며, 현인은 흥남 부두에서 길을 잃고 헤어진 금순이를 위해 남북통일이 올 때까지 굳세게 살아달라고 구성지게 노래했다. 우리 아버지 세대는 술만 자시면 "오늘도 걷는다마는 정처 없는 이 발길"을 부르셨고, 우리는 하숙집 냉돌에서 담배꽁초를 빨며 "인생은 나그네길, 어디서 왔다가 어디로 가는가"를 읊조렸다.

이쯤 되면 '길'은 동서고금을 넘어 인간의 슬픈 역사를 지배하는 상상력의 원천이자 골 깊은 비유임에 틀림없다. 그리고 그 보조 관념은 신비평가들이 정의한 '매체'의 영역을 넘어 인지학자들의 표현대로 문자 그대로의 '근원 영역'이라 할 만하다.

한국 한시 작가들의 영원한 스승인 두보杜甫는 피난길을 떠돌다가 당 태종의 이궁離宮인 옥화궁玉華宮을 찾아가서 "여울물 슬피 흘러가는 무너진 길(壞道哀湍瀉)"을 보며 "저 물처럼 빨리도 흘러가는 이 인생길에서, 죽지 않고 영원히 살 사람 뉘 있으리(冉冉征途間, 誰是長年者)"라고 눈물을 쏟으며 노래하였다. "우리는 같은 흐름에 두 번 들어갈 수 없다. 만물은 유전流轉한다"라고 갈파한 그리스 철학자 헤라클리투스의 강물과 시인 두보의 여울물은 이처럼 시공을 초월해 '우주의 큰 길'에서 서로 합치한다.

고전수사학자들은 은유를 문법에서의 일탈로 간주했다. 정확한 의사 전달 도구로서의 언어가 지녀야 할 기능에 적합하지 못하다는 이유에서이다. 그러나 은유는 인간 상상력의 원천이다. 사람들은 전쟁과 폭력, 그리고 천재지변에 시달리면서 은유를 통해 끝없이 허무와 희망을 노래했다. 그 대표적인 예가 '길'이다. 필멸의 숙명을 짊어진 인간에게 길은 어디에나 있고 또 어디에도 없는 것이다.

길 위에서 만나고저

사랑을 찾아가는 행로를 길에 견준 사례를 우리 한시에서 발견해내기란 그다지 어렵지 않다. 특히 여성 시인들의 염정시艶情詩에서 이러한 은유가 흔하게 나타난다.

요즈음 우리 임 몸 편안히 계신지,	近來安否問如何
사창에 달 비치어 저의 한 깊습니다.	月到紗窓妾恨多
꿈속의 혼백에 발자취가 있다면	若使夢魂行有跡
문 앞의 돌길인들 거의 모래 되었으리.	門前石路半成沙

한국인이 가장 애송하는 사랑의 시인 이옥봉李玉峯의 〈몽혼夢魂〉은 전통적인 과장법 미학을 기반으로 하고 있다. 고려가요 〈정석가鄭石歌〉에 나오는 바와 같이, "구운 밤에서 움이 돋아 싹이 나야만", "옥으로 만든 연꽃 세 묶음이 피어나야만", "철사로 주름 박은 무쇠 갑옷이 다 헐어야만", 그제야 임과 이별하겠다는 사랑의 맹세에 익숙한 우리의 심안心眼에는, 꿈속에 오가는 내 발길 때문에 돌길이 모랫길로 변했다는 과장이 전혀 어색하게 느껴지지 않는다. 인간의 본원적 감정인 사랑은 수천수만 번을 되풀이하여도 질리지 않는 영원한 문학적 주제이기 때문이다.

사랑이란 감정은 근본적으로 대상에게 전달되어야만 비로소 의미를 획득하게 마련이다. 전달이라는 행위에는 화자의 진정성과 아울러 그 진정성을 두드러지게 하는 기술이 필요한데, 애증愛憎과 같이 복합적이고 이중적인 감정을 적절하게 전달할 수 있는 방법은 오직 은유뿐이다.

사랑, 특히 남녀 간의 사랑에는 매우 복합적인 감정이 어우러져 있음을 간과해서는 안 된다. 한 가지로 정의할 수 없는 인간의 본성처럼, 사랑에는 단순한 그리움 외에도 질투, 육욕, 원망, 체념 등 융합하고 갈등하는 온갖 감정이 복잡하게 얽혀 있다. 따라서 '너를 사랑한다'는 목표 영역 혹은 주제tenor는 근원 영역 혹은 매체vehicle로서의 은유를 통해서만 비로소 표현과 전달이 가능하다.

가령 위 시에서 작중 화자는 임을 향해 복합적인 감정을 토로한다. 오랫동안 만나지 못한 사람에 대한 그리움, 직접 보고 안부를 묻지 못하는 안타까움과 자괴, 소식이 없는 정인情人을 향한 원망 등이 한 덩어리가 되어 '거의 모래로 변한 돌길'이라는 은유로 표출되고 있다.

사실 현대 유행가에서도 보듯, 사랑의 행로를 길로 표현하는 것은 누구나 쓸 수 있는 상투적인 은유다. 그러나 시인을 통해 몇 가지 심상이 덧붙여져 사랑의 길은 새롭게 태어난다. 그것이 바로 창조적 은유다.

창조적이고 성공적인 전의轉意(trope)로서의 은유는 결코 다른 말로 대치되거나 환언換言될 수 없다. 일반적으로 고전수사학에서는 모든 전의가 인지적認知的 층위에서 같은 뜻을 지닌 문자로 환언될 수 있다고 보았지만, 낭만주의 시인 콜리지Coleridge는 그러한 관점을 비판했다.

언어가 대상만을 전달하는 것이 아니라 말하는 사람의 성격과 기분, 그리고 의도까지 전달하는 것이라면 "의미를 손상함이 없이 같은 언어상의 다른 단어로 바꾼다는 것은 불가능하다"고 단언하는 것이다. 말하자면 전달할 수 있는 다른 방법이 도저히 없기 때문에 은유가 사용된다고 말할 수 있다.

담화에 있어서의 청자, 즉 시에 있어서의 독자가 이옥봉의 시를 읽고 그 깊은 그리움과 함께 대상을 향한 절절한 원망까지를 파악해낸다면 '모래로 변한 돌길'은 다른 어떤 언어로도 대체할 수 없는 은유로서의 소임을 다한 것이다.

사랑의 행로를 꿈길로 은유한 또 하나의 시로 우리는 다음과 같은 작품을 기억한다.

보고파 그리운 맘 꿈에만 기대노니　　　相思相見只憑夢
임 찾아 내 떠날 때 임도 날 찾으시네.　儂訪歡時歡訪儂
간절히 원하오니 이 뒤의 꿈에서는　　　願使遙遙他夜夢
같이 떠나 노중에서 만나고 싶어라.　　一時同作路中逢

조선 중기의 명기名妓 황진이黃眞伊의 〈상사몽相思夢〉이다. 일찍이 이 시의 독특한 서정성에 주목한 안서岸曙 김억金億은 다각도로 모국어의 운율을 살려 번역한 바 있다. 그 번역을 바탕으로 김성태가 작곡한 가곡 〈꿈길〉은 전 국민의 애창곡이 되었다. 리릭 소프라노가 부르는 이 가곡을 한밤중에 혼자 들어보지 않은 사람은 우리 한시의 진정한 아름다움을 외면한 사람이다.

꿈길밖에 길 없어 꿈길로 가니
그 임은 나를 찾아 길 떠나셨네.
이 뒤엘랑 밤마다 어긋나는 꿈
같이 떠나 노중路中서 만나를지고.

기왕에 알려진 황진이의 다른 시조들과 함께 이 시도 우리의 문학적 감수성을 깊이 건드리는 바가 있다. 이 역시 황진이가 만들어낸 창조적 전의, 즉 다른 표현으로는 도저히 전달할 수 없는 은유의 참신성에서 비롯한 결과일 것이다.

앞서 말한 바와 같이 '사랑은 길이다'라는 명제는 상투적 은유다. 마찬가지로 이루어질 수 없는 사랑을 꿈에서나 이룬다는 파생적 설정도 역시 상투적이다. 책을 뒤적이고 귀만 기울이면 이런 종류의 시와 노래를 수없이 보고 들을 수 있다.

성공적인 전의는 동일 언어 내에서 환언 불가능하다는 사실은 이미 확인된 바 있지만, 그 외연을 좀 더 확대시킨다면, 이와 유사한 문학론을 펼친 이로 조선 중기의 탁월한 비평가 서포西浦 김만중金萬重을 들 수 있다.

김만중이 《서포만필西浦漫筆》에서 우리말로 된 문학 작품의 중요성을 강조하면서 개진한 유명한 문구, "문채文彩를 가장 높이 치는 것이 천축天竺의 풍속이라, 거기서 전하는 찬불讚佛의 가사는 극도로 화려하고 아름답다. 이제 그 가사를 중국말로 번역해보았댔자 단지 그 뜻(意)만 알 수 있을 뿐, 그 말(辭)이 지닌 묘미는 알 수 없다"는 말을 다시 음미해보자. 이는 분명 도남 조윤제 선생이 평가한 바와 같이 "국어의 존엄성을 부르짖고 국문학의 우수성을 주장"한 이론으로, 이로 인해 "국학의 정신이 현저히 표출 앙양"되었다고 말할 수 있다.

그러나 한편으로 이 발언은 문학의 보편적 가치를 제시한 것으로도 해석될 수 있다. 김만중은 '의意'와 대응하는 '사辭'라는 평어를 통해 당시의 유가儒家들이 묵수하고 있던 재도적載道的 문학관에서 벗어날 수 있었다. 수사적 문채란 것이 단순한 장식이 아니라 문학의 본질적 요소라고 힘주어 말한 것이다. 이방인으로서는 도저히 알 수 없는 '사

辭의 묘미'야말로 동일 언어 내에서의 환언이 불가능한 성공적인 전의와 같은 차원의 말임에 틀림없다.

왔으니 돌아갈 뿐

'인생은 여행이다'로부터 연역된 '인생은 길이다'라는 은유적 명제는 결국 최종적으로 '돌아가는 길(歸路)'이라는 한 단어로 귀착된다. 세계 어떤 민족이나 종교에서도 인간 삶의 최종 단계인 죽음을 표상할 때 예외 없이 '돌아간다'는 표현을 쓴다. 설혹 죽음을 새로운 삶으로 옮겨가는 하나의 통과 의례에 지나지 않는다고 보는 경우라도 이 단어를 반드시 죽음을 장식하는 말로 쓰고 있다. 죽음이란 결국 우리에게 삶을 부여한 본원에로의 회귀라고 보는 견해가 바탕으로 자리 잡고 있기 때문이다.

가령 "아름다운 이 세상 소풍 끝내는 날"에 "나 하늘로 돌아가리라"고 읊은 현대 시인 천상병의 시 〈귀천歸天〉에서 우리는 이러한 공통적인 사유의 표본을 보게 된다. 한시라고 예외일 수는 없다. 아니, 오히려 〈귀천〉 같은 시가 보여준 사유의 뿌리와 원천이 바로 한시에 있다.

'돌아간다'는 단순한 동사를 하나의 철리哲理로 승화시켜 후대의 무수한 시인으로 하여금 그 단어를 점화點化하게 만든 사람은 바로 도연명陶淵明일 것이다. 역겨운 벼슬을 버리고 고향으로 돌아간 도연명은 자연 속에 묻혀 노동하고 유유자적하면서 근원으로서의 자연으로 돌아가는 길에 대해 사유하고 그 과정과 결과를 한시로 창작하였다.

가령 "이른 새벽에 잡초 우거진 밭을 매고, 달빛 받으며 호미 메고 돌아온다네(侵晨理荒穢, 帶月荷鋤歸)" 같은 시구나, "산중으로 돌아갈 양이면 산중에는 응당 술이 익었겠지(歸去來山中, 山中酒應熟)" 같은 시구에 나오는 '돌아가는 길'은 홍진紅塵의 명리名利에서 벗어나 자족自足의 즐거움을 찾는 길이다.

안빈낙도의 즐거움을 찾아 나선 은둔의 길은, 자연 속의 삶을 통해 더욱 웅숭깊은 사색으로 발전하며 결국은 대우주에 대응하는 소우주로서의 인간이 걸어가는 본연의 길에 대한 깨달음으로까지 나아간다.

가령 "해 저물자 산기운 아름다우니, 나는 새도 짝지어 돌아온다네(山氣日夕佳, 飛鳥相與還)" 같은 시구나 "해 지자 뭇짐승 꼼짝 않는데, 돌아오는 새는 숲을 날며 우짖네(日入群動息, 歸鳥趨林鳴)" 같은 시구에서는 저무는 숲을 배경으로 자유로운 영혼을 상징하는 새를 등장시켜 필멸의 인간이 궁극적으로 받아들일 수밖에 없는 죽음의 시간을 암시하고 있다.

고향으로 돌아가는 길을 통해 삶과 죽음의 의미까지 연역하는 도연명의 철학적 사색은 "어디서 왔느냐고 묻는다면, 어딘지 모를 곳에서 왔다고 대답하리(問我何處來, 我來無何有)"라는 소동파蘇東坡의 설리적設理的 문학으로 이어진다.

주지하는 바와 같이 '무하유無何有'는 《장자莊子》에 나오는 '무하유지향無何有之鄕'에서 연유한 것이다. 무위無爲와 공환空幻을 근본 화두로 삼는 노장老莊 사상의 핵심이라 할 이 개념 역시 확장된 길의 은유라고 부를 수 있는 성질의 것이다.

노장으로부터 비롯된 은유로서의 길은 도연명의 시에 와서 하나의 거대한 표상으로 확고히 자리를 잡았고, 그것이 그대로 동아시아의 정신을 지배하는 근본 원리이자 동아시아 시가詩歌의 전범으로 굳어진 것이다.

조선조 시인 가운데 죽음과 순명順命이라는 목표 영역을 '돌아가는 길'이란 근원 영역으로 환치시키고, 그것을 훌륭한 창조적 은유로 승화시킨 대표적인 사람은 아마 성종대의 시인 추강秋江 남효온南孝溫일 것이다.

남효온은 유가적 명분론에 따라 감연히 행동하고, 그것이 좌절되자 미련 없이 은둔을 택하여 평생을 시와 술로 보낸 사람이다. 그 결과 남효온의 작품 속에는 현실에 대한 울분과 함께, 넘어설 수 없는 상황의 벽을 나름대로 초극하려는 일종의 방어 기제가 동시에 나타난다.

그것은 때때로 디오니소스적인 광기로 나타나기도 하고, 또 때로는 도연명 식의 초탈적인 자세로 나타나기도 한다. 특히 만년에 쓴 시들에서는 '귀歸'라는 글자가 놀랄 만큼 자주 등장하고 있음을 발견하게 된다.

황정경 잘못 읽고 하늘의 벌을 받아   黃庭誤讀被天譴
인간 세상 귀양 온 지 어언 40년.   謫在人間四十霜
머리 가득 백발이니 돌아갈 날 가까워   白髮滿頭歸日逼
목로주점 곁에서 술친구와 작별하네.   黃公壚上別山王[1]

남효온은 여러 가지 질병을 앓고 있던 30대 후반에 들어 죽음을 예감한 듯 보이는 여러 편의 시를 남긴다. '감흥感興'이란 제목의 이 작품도 그중 하나다.

남효온에게 있어 삶은 인간 세상에 '온' 것이며 죽음은 그 세상을 떠나 본원으로 '돌아가는' 것이다. 그런데 그가 인간 세상에 온 것은 스

---

1 황공로黃公壚: 죽림칠현竹林七賢인 혜강嵇康, 완적阮籍, 왕융王戎 등이 교유하던 술집. 혜강과 완적이 죽은 뒤 왕융이 이곳을 지나면서 "두 사람이 죽은 뒤로는 가까운 이곳이 마치 산하山河로 가로막힌 것처럼 까마득하다"고 하였다.
　산왕山王: 죽림칠현인 산도山濤와 왕융을 가리킨다.

스로의 의지에 따른 것이 아니라 하늘의 견책을 받아 한시적으로 '귀양 온' 것이다. 실존 철학에서 말하는 던져진 존재, 즉 피투성被投性의 인간 이해와 동일한 차원의 사유다.

실존 철학자들이 피투성을 지닌 인간 존재의 한계를 극복하기 위해 실존적 결단을 강조했듯이, 남효온은 문학 행위라는 결단으로 존재의 불안을 넘어서려 했다. 그러한 문학 행위의 종국에는 도가적道家的 사유가 자리 잡고 있다. 그러한 도가적 사유가 한마디로 귀결된 응축어가 바로 '돌아감'이다.

위의 시에는 두 가지 헤어짐이 나온다. 하나는 오늘 이 시간 주막에서 술잔을 나누는 친구와의 작별이며, 다른 하나는 불원간 닥쳐올 삶과의 작별이다. 전구轉句와 결구結句에 병렬된 두 헤어짐은 시간과 공간에 있어 서로 다른 차원의 것으로 보이지만, 기실 본질에 있어서는 동일한 성격을 지니고 있다.

시인은 젊은 시절에 한때 경도했던 노장의 사상을 빌려와 결국 항상恒常된 것은 존재하지 않으며 모든 것은 태초의 혼돈으로 회귀한다고 말하는 듯하다. 이러한 회귀의 사유는 남효온의 시편 도처에 나타난다.

여름날은 그 열기 거두어가고	夏日收恢台
찬 서리는 세모를 재촉하누나.	嚴霜催晚歲
무성한 잎은 제 뿌리로 돌아가	芸芸物歸根
떨어진 이파리 너른 언덕 덮었네.	落葉被長阪

'풍덕산의 절에 있는 화숙에게 부치다(寄和叔於豊德山寺)'라는 제목의 이 시는 산사에 과거 공부하러 간 사위에게 부친 장편시이다. 깊어가는 가을 산하를 배경으로 한 산림시의 표본이라 할 만한 작품으로,

시인의 자호인 추강과 그 정서에서 완전히 일치하고 있다.

앞부분의 핵심어는 말할 것도 없이 "물귀근物歸根"이다. 뻗어가는 생명의 상징인 여름이 가면, 만물이 수렴하고 회귀하는 가을이 돌아오고 계절의 표상인 잎사귀가 뿌리로 돌아가게 된다. 이와 마찬가지로, 현상의 본질인 우주 원리가 지시하는 대로 사람 또한 죽음을 향해 길을 돌아가게 마련이라고 말한다.

죽음의 길을 향해 걸어가는 인간의 필멸적인 본성을 낙엽으로 은유하는 방식은 매우 낯익은 것이다. 가령 호머의 《일리아드》에 나오는 "나뭇잎이 나고 시드는 것처럼 인간의 삶도 그러하리" 같은 구절이나, 아리스토파네스의 희극 《새》에 나오는 "인간의 세대가 스러지기는 마치 가을 낙엽과도 흡사한 것"이라는 구절에서 우리는 "죽음을 향해 걸어가는 허깨비"와 같은 인생을 유추한다.

이러한 은유는 도처에서 발견할 수 있는 것이지만, 그것이 지닌 죽음이라는 엄청난 무게 때문에 결코 가볍게 지나칠 수는 없다. 결국 시인의 은유도 그 바탕은 보통 사람의 일상적인 사유에서 발전하기 때문이다.

일상에서 사용되는 은유는 삶의 과정에서 맞닥뜨리게 되는 모든 현상에 대한 인간의 세계관을 반영한다. 마찬가지로 시적 은유도 일상의 체험에 대응하는 시인의 세계관을 보여주게 마련이다. 일상적 은유와 시적 은유는 사실 그리 먼 거리를 두고 있지 않다. 사람이 시대의 아들이듯 시인도 당대 인간들의 군락에 껴묻어 있는 사회적인 존재이기 때문이다.

특히 '죽음'과 같은 풀 수 없는 아포리아를 보는 인간의 관견은, 언어적 표현 형태에 있어서 거의 유사하게 나타난다. 그것이 바로 '돌아감'이라는 은유다. 확실히 은유적 사고는 당대 보편인들의 사고 속에 깊

내가 좋아하는 한시

고도 넓게 뿌리박혀 있는 것이며, 시인은 자신이 속한 사회 혹은 인류 일반의 공통적 사고를 바탕으로 은유를 발전시킨다. 즉, 시인은 기본적으로 은유를 '창조'한 것이 아니라 '확장'시키고 '발전'시킨 것이다.

김성언金性彦

동아대학교 국어국문학과 교수. 한시와 현대시의 미적 계승이라는 문제에 관심을 두고 이 방면을 집중적으로 공부해왔다. 지은 책으로 《한시를 위한 변명》, 《황진이, 보들레르를 노래하다》, 《붓끝으로 시대를 울다》, 《문학과 정치》, 《남효온의 삶과 시》가 있으며, 옮긴 책으로 《〈용비어천가〉의 비평적 해석》, 《쉽게 풀어 쓴 대동기문》, 《프랑스 외교관이 본 개화기 조선》 등이 있다.

홀로 걷는 눈길

찬바람만으로는 겨울이 온 것을 실감할 수 없다. 겨울의 전령사傳令使는 '눈'이다. 눈을 맞이하는 사람들의 마음은 모두 제각각이다. 첫사랑 다음으로 설레는 것이 첫눈이라고 말하는 이도 있고, 화이트 크리스마스를 소망하는 연인들도 있다. 강원도 산골짜기에서 겨울을 맞는 군인의 입장에서는 함박눈이 결코 반가운 손님이 아닐 것이다.

옛사람들에게 겨울은 추위와 배고픔의 계절이었다. 겨울이 되면 칼바람이 온몸을 에고 쌀독은 바닥을 드러내기 마련이었다. 눈이 내리면 땔나무와 물을 구하기 어려웠다. 겨울을 더욱 춥고 배고픈 계절로 만드는 장본인이 눈이었다. 그래서 '엄동설한嚴冬雪寒'이라고 했다.

메뚜기와 보리

당장의 삶이 고달파짐에도 불구하고 옛사람들은 눈을 원망하지 않았다. 아니, 큰 눈을 오히려 반기기도 했다. 세밑과 정초에 내리는 눈을 상서로운 눈, 서설瑞雪이라 불렀다.

　　　　　　　　　　　　　　　　내가 좋아하는 한시

조선 전기의 학자이자 문인文人인 김종직金宗直(1431~1492)은 고부古阜를 출발하여 흥덕興德으로 가는 길에 펑펑 내리던 눈이 그치자 시 한 수를 지었다. 그 시의 마지막은 다음과 같다.

납일 전에 이미 세 번이나 눈이 흠뻑 내렸으니　臘前已是饒三白
내년에는 격양의 노랫소리를 들을 수 있겠구나.　想聽明年擊壤謠

납일臘日은 동지 뒤 세 번째 미일未日로, 음력으로 12월 말쯤이 된다. 이날 조상신에게 한 해의 농사 결실을 알리는 제사를 지냈다.

'땅을 두드리며 부르는 노래'라는 뜻인 '격양요擊壤謠'는 '격양가擊壤歌'라고도 한다. 성군聖君으로 널리 알려진 요堯임금이 백성들이 사는 모습을 직접 보러 밖으로 나섰을 때의 일이다. 한 노인이 길가에 두 다리를 뻗고 앉아 한 손으로는 배를 두드리고 또 한 손으로는 땅바닥을 치며 노래를 부르고 있었는데, 그 내용은 이랬다.

해가 뜨면 일어나고 해가 지면 쉰다네.　日出而作 日入而息
우물 파서 마시고 밭을 갈아 먹는다네.　鑿井而飮 耕田而食
임금의 힘이 나에게 무슨 소용이 있으랴!　帝力于我何有哉

행복한 삶을 살고 있으니, 지금 임금이 누구인지 관심이 없다는 뜻이다. 이 노래를 들은 요임금은 '정치가 제대로 이루어지고 있구나' 안심하였다고 한다. 배를 두드리고 땅을 치며 부르는 격양 노래는 이후 태평성대를 상징하게 되었다.

지금도 먹고사는 일이 제일 중요한 것처럼, 옛날에도 농사가 잘돼야 태평성대라 일컬었다. 김종직의 시는, 눈이 많이 내렸으니 이듬해 농사가 잘될 것이라는 뜻이다.

눈이 많이 내리면 왜 이듬해 풍년이 들까? 눈 덮인 풍경을 노래한 송宋나라 소식蘇軾의 시에 다음과 같은 구절이 있다.

메뚜기 알이 천 척 깊이 땅속으로 들어갈 테니　遺蝗入地應千尺
보리가 구름까지 잇닿은 집 여럿 되겠네.　　　宿麥連雲有幾家

보리는 가을에 씨를 뿌려 이듬해 봄에 그 이삭을 거둔다. 두 해에 걸쳐 자라기 때문에 "숙맥宿麥"이라고 한다. 춘궁기春窮期, 즉 보릿고개를 넘기려면 보리농사를 잘 지어야 했다.

"유황遺蝗"은 메뚜기 알이다. 메뚜기는 가을에 짝짓기를 하고 땅속에다 알을 낳는다. 그 상태로 겨울을 보내고 봄이 되면 부화한다. 봄철에 보리 이삭이 익을 즈음, 그 귀한 것을 갉아먹는 녀석이 바로 메뚜기이다.

옛사람들은 땅에 눈이 쌓이면 그 한기寒氣를 피해 메뚜기 알이 더 깊은 땅속으로 들어간다고 믿었다. 눈이 많이 쌓일수록 메뚜기 알이 부화할 가능성이 적어진다고 여겼던 것이다. 게다가 땅에 쌓인 눈은 보리에게 충분한 수분과 영양을 공급한다. 눈이 많이 쌓이면 보리농사 걱정은 없는 셈이다. 김종직의 시에서 큰 눈이 내리면 풍년이 들 것이라고 한 까닭이 바로 여기에 있다.

용과 산신령

보리농사에 좋다고는 해도 대설이나 폭설은 반갑지 않은 손님임에 틀림없다. 시도 때도 없이 눈을 반기는 것은 어린아이들과 강아지들뿐이다. 눈이 쏟아지면 신이 난 아이들과 강아지들이 하늘을 향해 소리 지르며 마당을 뛰어다닌다. 마당 위에는 어지럽게 찍힌 발자국이 선명할 터이다. 글씨를 아무렇게나 쓰는 것을 '괴발개발'이라 하는데, 고양이 발과 강아지 발이라는 뜻이다. 눈밭을 뛰어다니는 고양이와 개의 발자국을 생각해보면 꼭 맞는 말이다.

노란 개는 몸 위가 하얗게 되고	黃狗身上白
하얀 개는 몸 위가 부어올랐네.	白狗身上腫

중국 당唐나라 시인인 장타유張打油가 지은 것이다. 눈을 반기는 개들의 모습을 묘사한 것인데, 어째 수준이 좀 그렇다.

노란 개가 눈을 맞아 흰 개가 되었다는 것은 봐줄 만하다. 그러나 흰 개의 몸뚱이에 종기가 났다는 표현은 보기에 민망하다. 눈송이를 고름에 비유한 셈이니, 눈이 지닌 순백純白과 청정淸淨의 이미지가 완전히 사라져버리고 말았다. 장타유는 이 시 때문에 아주 유명해졌다. 저속하고 천박한 시를 가리켜 '장타유체'라 부르게 되었기 때문이다.

펑펑 내리는 함박눈이 만들어내는 장관은 그 자체로 신비하고 경이롭다. 이 때문에 설경雪景을 노래한 한시가 많이 지어졌다. 날리는 눈송이를 꽃잎이나 버들개지에 비유하는 시가 특히 많았는데, 어서 빨리 봄이 돌아왔으면 하는 소망을 담았기 때문이다. 그런데 눈 내리는 모습을 엉뚱하게 표현한 것들도 있다.

이른 봄 어화원御花園에 꽃잎이 날리니	先春御花飄瓊蕊
어젯밤 하늘에서 옥룡이 싸웠나 보구나.	昨夜天衢戰玉龍

눈 내린 뒤의 풍경을 읊은 홍경신洪慶臣(1557~1623)의 시이다. "선춘先春"은 이른 봄, 곧 정월正月을 가리킨다. '어화원御花園'은 임금이 노니는 정원이다. "경예瓊蕊"는 옥처럼 희고 아름다운 꽃잎이다. 궁궐 마당에 날리는 눈발을 바람에 날리는 꽃잎에 비유하였다. 이러한 표현은 자주 보이는 것이어서 그다지 새롭지 않다.

그런데 뒤이은 표현이 재미있다. 용은 하늘의 주인이다. 주인은 여럿일 수 없는 법. 간밤에 용 두 마리가 주인 자리를 놓고 다투었나 보다. 옥룡玉龍이라 하였으니, 그 비늘도 흰색일 터. 옥룡 두 마리가 몸을 부딪치며 싸우는 바람에 그 비늘이 땅 위로 떨어졌다는 것이다. 하얀 눈송이를 용의 비늘이라 상상해낸 재주가 참으로 감탄스럽다.

집 뒤 숲 속의 갈까마귀 얼어서 날지 못하더니　屋後林鴉凍不飛
저녁 무렵 옥가루가 사립문을 뒤덮었네.　　　　晚來瓊屑壓松扉
아하, 어젯밤에 산신령이 죽었나 보다　　　　　應知昨夜山靈死
푸른 산봉우리들이 모두 흰옷으로 갈아입었네.　多少靑峯盡白衣

까마귀 날개를 얼려버릴 정도로 한파가 몰아닥쳤다. 저녁이 되자 소복소복 눈이 쌓이기 시작한다. 어느덧 사립문을 열지 못할 정도가 되어버렸다. 아침이 되어 방문을 열고 밖을 내다본다. 어제만 해도 푸르던 산봉우리들이 모두 하얗게 눈으로 뒤덮여 있다.

순간 시인은 재미난 생각을 떠올린다. 산신령은 말 그대로 산을 지켜주는 귀신이다. 그러니 산신령이 죽으면 평소 산신령의 보호를 받은 산들이 문상問喪하는 것이 당연한 예의. 그래서 산들이 흰옷으로 갈아입었다는 것이다. 눈 덮인 산봉우리들을 조문객으로 바꾸어놓은 재치가 빛난다.

　　　　　　　　　　　　　　　　　내가 좋아하는 한시

이 시를 지은 이는 신의화申儀華(1637~1662)이다. 글재주가 뛰어나 사람들 입에 오르내렸다. 그러나 산신령을 가지고 농담을 해서였을까? 신의화는 그 재주를 펼치지 못한 채 스물여섯이라는 젊은 나이에 세상을 떠나고 말았다.

등잔불과 소나무

눈은 평등하다. 산, 들, 강, 나무, 바위, 그 어느 것도 가리지 않는다. 눈은 길을 지운다. 외출할 수가 없으니 사람들은 집 안에 모여 앉는다. 식구들끼리 정담情談을 나누기도 하고, 음식을 나누어 먹기도 한다. 따뜻한 온돌방에서 방문을 열어놓고 마당에 쌓이는 눈을 바라보며 술 한잔을 즐기는 부유한 양반네들도 있었을 것이다.

그러나 외로이 혼자서 눈을 맞이하는 이들도 있었다. 온 세상을 뒤덮는 눈을 바라보며 이들은 무슨 생각을 했을까?

3년 귀양살이에 병이 서로 따르는데	三年竄逐病相仍
방 한 칸 인생살이 스님과 같네.	一室生涯轉似僧
사방의 산에 눈 가득하여 찾는 이 없는데	雪滿四山人不到
파도 소리 속에 등불 심지를 돋우네.	海濤聲裏坐挑燈

고려의 시인 최해崔瀣(1287~1340)가 지은 시이다. 《청구풍아青丘風雅》의 주注에 "장사長沙의 감무監務로 좌천되었을 때 지은 것"이라 하였다.

잘 나가던 벼슬길에서 미끄러진 지 벌써 3년째다. 시골살이에 익숙할 만도 하건만, 오히려 없던 병이 생긴다. 마음의 병 때문에 몸까지 아프게 된 것이다. 방 한 칸짜리 집에서 두문불출하니 수도修道하는 중과 다를 바 없다. 평소에도 찾는 이가 드물 터인데, 사방에 눈이 덮였으니 인적이 묘연하다.

"파도 소리"는 사실 '솔숲에 부는 바람 소리'이다. 밤에도 잠을 이루지 못하는 시인은 등잔불을 돋운다. 외로움을 이기려고 책을 펴 든 것이겠지만, 글자가 눈에 들어오겠는가? 시인의 눈에 비친 것은 결국 가물거리는 등잔불에 비친 자신의 그림자일 것이다.

종이 이불에 한기가 돌고 불등은 어두운데	紙被生寒佛燈暗
사미승은 한밤 내내 종을 치지 않는구나.	沙彌一夜不鳴鍾
자던 손님 너무 일찍 문 연다고 성내겠지만	應嗔宿客開門早
눈에 눌린 절 앞 소나무를 보고자 할 뿐이라네.	要看庵前雪壓松

고려를 대표하는 시인인 이제현李齊賢의 〈산속에서 눈 내린 후(山中雪後)〉라는 시이다. 이제현이 평생 동안 갈고닦은 시법詩法이 집약된 것으로 유명하다. 산속의 암자에서 하룻밤을 보내는 나그네 이야기다.

"지피紙被"는 종이로 만든 이불이고 "불등佛燈"은 불상佛像을 모신 법당에 항상 켜두는 등불이다. 이 시를 이해하기 위해서는 이 두 낱말의 관계를 알아야 하는데, 송宋나라 시인인 육유陸游의 시가 참조가 된다.

육유는 세상 돌아가는 꼴이 마음에 들지 않아 벼슬을 포기한 채 문을 닫아걸고 세상과 인연을 끊었다. 독서와 참선으로 하루하루 보내던 육유에게 친구인 주희朱熹가 종이 이불을 보내왔다. 한겨울 추위에 몸이 상하지 말라는 염려를 담아 선물을 보낸 것이다.

종이 이불을 받은 육유는 시를 지어 답례하였다. 그 시에 "내가 종이 이불을 어떻게 쓰는지 그대는 아는가, 모르는가? 밤새 좌선坐禪을 하

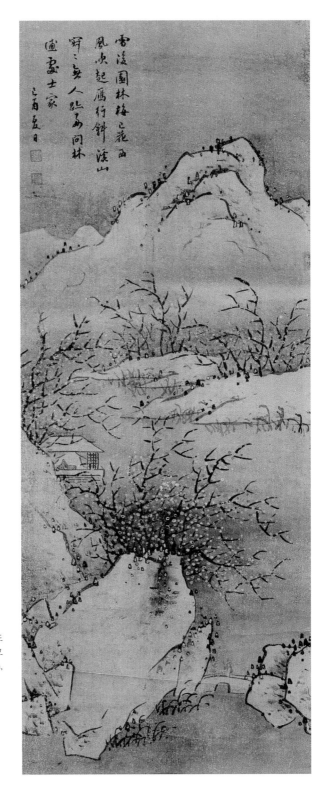

雪後園林梅已花 西
風吹起雁行斜 溪山
寂寂無人點 而向林
道是士家

己酉夏日

전기田琦,〈설경산수도
雪景山水圖〉, 1849년, 모
시에 담채, 88×35.5cm,
국립중앙박물관.

기에는 종이 이불이 포단蒲團보다 훨씬 낫구려"라 하였다.

육유의 시를 참고하면, 이제현의 시에 등장하는 나그네 또한 종이 이불을 두르고 참선하는 것으로 볼 수 있다. 밤새 펑펑 눈이 내리고 등불이 가물거리는 가운데 불상 앞에 앉아 추위를 견디고 있는 것이다. 군불 지핀 방에서 곤하게 잠든 사미승은 종을 울려야 할 새벽이 되었는데도 일어날 생각을 하지 않는다.

나그네는 문득 절 바깥, 눈에 눌린 소나무를 보고자 한다.《논어論語》에 "날씨가 추워진 다음에야 소나무와 잣나무가 뒤늦게 시듦을 안다(歲寒, 然後知松栢之後彫)"고 하였듯이 소나무는 절개를 상징한다. 함박눈을 견디어냈을 그 절개와 지조를 배우려고 소나무를 보려 하는 것이다.

대문을 열고 나가려면 마당에 쌓인 눈을 치워 길을 내야 한다. 그러려면 늦잠 자는 사미승을 깨워야 한다. 멋쩍어하는 나그네와 투덜대는 사미승 사이의 실랑이가 눈앞에 선하다.

연기와 기차

내리는 눈을 바라보며 내면으로 침잠한 이들이 있는가 하면, 아무도 걷지 않는 눈길을 홀로 걸어가는 이들도 있다. 새하얗게 펼쳐진 순수의 들판에 첫발자국을 남겨본 이들은 그 순간의 설렘을 오래도록 기억하고 있을 것이다.

이와이 순지 감독의 영화 〈러브레터〉의 막바지. 여주인공이 눈밭을 가로질러 뛰어가는 장면을 기억하는 이가 많을 것이다. 여인은 눈 덮인 벌판 저 너머를 향해 "잘 지내나요?"라고 외친다. 그리고 돌아오는 메아리에 "저는 잘 지내요"라 대답한다.

내가 좋아하는 한시

나에게는 그 말이 왠지 "저는 잘 지내지 못해요"라는 말처럼 들렸다. 그 여인이 눈 덮인 들판을 뛰어가 만난 것은 죽은 애인이 아니라 아마도 자기 자신이었을 것이다. "잘 지내나요?"라는 외침은, 이제 새로운 시작을 준비해도 되겠냐는, 죽은 애인과 자기 자신에게 동시에 외치는 말이었을 것이다.

이처럼 눈으로 덮인 산천山川을, 길 없는 그곳을 걸어가는 사람은 새로운 출발을 하는 사람이다. 그들이 걷는 길은 한없이 외로운 길이다.

세밑의 하늘 아득한데	蒼茫歲暮天
첫눈이 산천을 덮었구나.	新雪遍山川
새는 산속의 나무를 잃고	鳥失山中木
스님은 바위의 샘물을 찾네.	僧尋石上泉
굶주린 까마귀가 들 저편에서 울고	飢烏啼野外
언 버드나무가 시냇가에 누워 있네.	凍柳臥溪邊
어디쯤에 인가가 있을까?	何處人家在
먼 숲에서 흰 연기 피어오르네.	遠林生白煙

이숭인李崇仁(1347~1392)의 〈첫눈(新雪)〉이라는 시이다. 밤새 내린 눈이 그쳤다. 눈 때문에 걸음을 멈추었던 나그네가 다시 길을 나선다. 저 멀리 보이는 하늘 끝이 목적지다. 그곳으로 가는 길은 눈에 덮여 사라지고 없다. 나그네는 아무도 가지 않은 길을 스스로 만들어내야 한다.

하늘에 새 한 마리, 땅에는 물을 길러 나온 스님. 빙빙 도는 새는 아마 눈 때문에 둥지를 찾지 못하는 모양이다. 밥을 지을 요량으로 샘물을 길러 나온 스님도 평소에 긷던 샘을 찾지 못한다. 그만큼 눈이 많이 쌓였다는 뜻이다. 스님이 물을 길러 나온 것을 보니, 나그네가 지나는

곳은 절과 가까운 산속이다. 나그네 또한 그 절간에서 눈을 피했는지
도 모른다.

산 아래로 내려온다. 들판이 나타난다. 까마귀의 구슬픈 울음소리가
들린다. 폭설 때문에 먹이를 구하지 못하나 보다. 눈 덮인 산비탈을 내
려온 나그네의 발도 꽁꽁 얼어버린 지 오래다. 춥고 배고프고 목도 마
르다.

개울이 보인다. 꽁꽁 언 버드나무가 쓰러져 있다. 개울이 있고 버드
나무가 있으니 분명 마을이 있을 것이다. 밥을 지으려고, 온돌을 데우
려고 분명 불을 지핀 촌가村家가 있을 것이다.

그러나 모든 것이 눈에 덮여 인가를 찾기가 쉽지 않다. 추위에 지친
나그네는 실눈을 뜨고 먼 곳의 숲을 살핀다. 온 세상이 하얗다 보니 잘
보이지는 않지만, 분명 가느다랗게 피어오르는 흰 연기가 보인다. 분
명 어느 집에선가 아궁이에 불을 지폈다는 신호. 따끈한 밥 한 끼 얻어
먹고 아랫목에서 언 발을 녹일 수 있다면 얼마나 좋을까.

시는 여기서 끝난다. 어디에서 와서 어디로 가는 나그네인지, 무슨 사
연이 있기에 눈밭을 헤치면서까지 길을 나서야 하는 것인지 알 수가 없
다. 흰 연기를 피워 올리던 촌가의 주인이 낯선 나그네를 선뜻 반겼는
지도 알 수 없는 노릇이다. 인심 좋던 옛 시절의 일이니 나그네는 따뜻
한 밥 한 그릇과 국 한 대접을 대접받고, 언 발도 녹였으리라 믿고 싶다.

그러나 요즘의 나그네는 사정이 다르다. 예전에 TV문학관에서 방
영된, 황석영의 〈삼포 가는 길〉에서 전혀 어울리지 않을 것 같은 세 명
의 나그네가 눈밭을 헤치고 걷던 장면이 기억난다. 고향인 삼포로 돌
아가려는 정 씨와 떠돌이 영달, 그리고 술집을 도망쳐 나온 작부 백화
는 "사람들의 따뜻한 말소리들이 불투명하게 들리는" 산골 마을을 지
나면서도 결국 그곳에서 언 발을 녹이지 못했다. 그들이 몸을 녹인 곳

은 지붕 한쪽이 무너지고 토담도 반쯤 무너진 폐가였다. 낯선 나그네를 반겨주는 인심을 더 이상 찾아보기 어려워진 것이다.

어렵사리 기차역에 도착한 세 사람. 고향인 삼포로 가는 기차를 타려던 정 씨는 개발 바람이 불어 삼포에 살던 이들이 모두 고향을 떠났다는 말을 듣게 된다. 정 씨의 추억 속에 남은 삼포가 사라져버리고 만 것이다. 〈삼포 가는 길〉은 이렇게 끝난다.

작정하고 벼르다가 찾아가는 고향이었으나, 정 씨에게는 풍문마저 낯설었다. 옆에서 잠자코 듣고 있던 영달이가 말했다.

"잘됐군. 우리 거기서 공사판 일이나 잡읍시다."

그때에 기차가 도착했다. 정 씨는 발걸음이 내키질 않았다. 그는 마음의 정처를 방금 잃어버렸던 때문이었다. 어느 결에 정 씨는 영달이와 똑같은 입장이 되어버렸다.

기차가 눈발이 날리는 어두운 들판을 향해서 달려갔다.

발길 닿는 대로 하늘 저쪽을 향해 걸어가던 옛날의 나그네와 달리 눈발 속을 뚫고 달리는 기차는 분명한 목적지가 있다. 그러나 그 목적지는 작가의 말처럼 어찌 보면 "어두운 들판"에 불과할지도 모른다.

지금까지도 풀리지 않는, 그래서 황석영 작가에게 물어보고 싶은 의문 하나. "눈발이 날리는 어두운 들판을 향해서" 달려가는 그 기차에, 정 씨는 과연 몸을 실었을까?

구본현具本術
동덕여자대학교 국어국문학과 조교수. 우리 고전문학 작품을 새롭게 읽는 데 관심을 갖고 있으며, 한시 읽는 즐거움을 찾기 위해 제목, 글자, 용사, 함축, 그림 등을 주제로 한 논문들을 썼다.

부엌의 여덟 가지 채소

조선 시대의 사대부에게 한시는 생활의 일부였다. 매 순간 부딪치는 삼라만상이 시의 재료가 될 수 있었다. 한시와 일상이 이처럼 밀접하다 보니 수백 편은 기본이요, 수천 편을 지은 시인도 많았다.

서거정徐居正(1420~1488)은 매일 한시를 지어 평생 지은 시가 1만 수에 이르렀다고 하는데, 지금 남은 것만 헤아려도 5천 편이 넘는다. 관각館閣의 대가로 높이 평가받은 서거정이지만, 그의 시는 일상생활에서 비롯한 것도 많다. 이 가운데 채소를 읊은 시들이 있어 눈길을 끈다.

내 배에는 푸성귀가 제격

서거정은 특이하게도 채소를 소재로 한 시를 많이 남겼는데, 이를 읽다 보면 식탁에 오른 채소를 직접 먹는 듯한 즐거움을 느낄 수 있다.

서거정은 노년에 오늘날 올림픽 공원 안에 있는 몽촌토성 근처 방이동에 살았다. 이곳에 별장을 두고 손수 채소밭을 가꾸었던 것이다. 다음은 서거정이 방이동의 채소밭을 서성이면서 지은 시의 일부이다.

내가 좋아하는 한시

인생에 입에 맞는 것이 진미가 아니더냐? 人生適口是眞味
채소도 고기 먹는 것과 절로 한가지라. 咬菜亦自能當肉
우리 집 뜰에는 몇 이랑 빈터가 있어 我園中有數畝餘
해마다 마음에 들도록 채소를 심는다네. 年年滿意種佳蔬
순무도 심고 나박무도 심고 상추도 심고 蕪菁蘿蔔與萵苣
푸른 미나리에 흰 토란, 붉은 차조기까지. 靑芹白芋仍紫蘇
생강, 마늘, 파, 여뀌 등 온갖 양념까지 갖추어 薑蒜葱蓼五味全
살짝 데쳐 국 끓이고 절여서 김치를 담근다. 細燖爲羹沉爲菹
내 본디 푸성귀나 즐기는 창자를 지녔기에 我生本是藜藿腸
채소를 꿀이나 사탕처럼 달게 먹는다네. 嗜之如蜜復如糖

• 채소밭을 거닐다가 짓다(巡菜圃有作)

남들은 고기를 좋아하지만 내 창자에는 푸성귀가 맞고 내 입에는 채소가 어울린다. 그래서 마당의 빈터에 여러 가지 채소를 심었다. 순무와 나박무, 상추, 미나리, 토란, 차조기, 생강, 마늘, 파, 여뀌 등을 두루 심었다. 이것을 가지고 국도 끓이고 김치도 담가 먹는다.

서거정은 참으로 채소를 좋아하였다. 스스로 많은 품종의 채소를 키웠고, 파채자菠菜子라 불린 시금치나 파, 미나리, 순채 등을 친구한테서 선물 받고 기뻐서 시를 짓기도 했다. 손수 채소밭을 가꾸면서 얻은 즐거움을, 서거정은 다음과 같이 노래하였다.

손바닥만 한 작은 뜰, 가시울타리가 나직하여 小園如掌棘籬低
두둑 몇 곳에 좋은 채소 심었다. 爲種佳蔬一兩畦
푸른 염교, 파란 배추는 향이 더욱 묘하여라 綠薤靑菘香更妙
자줏빛 차조기에 붉은 아욱은 맛이 비슷하구나. 紫蘇紅蓼味應齊

가지와 오이는 술안주나 밥반찬 삼으리니　　　茄瓜佐酒仍共飯
미나리와 토란은 국 끓이고 절이기도 해야지.　　芹芋宜羹亦可齏
조정에서 먹던 고기 맛은 바로 어제 일 같지만　　肉食廟堂如昨日
한가한 삶 몇 년에 꿈길처럼 아스라하다네.　　閑居數載夢還迷

　• 채소를 심으면서(種蔬)

　손바닥처럼 조그마한 교외의 별서別墅에서 생활하려면 채소 정도
는 스스로 장만해야 한다. 그래서 염교와 배추, 차조기, 가지, 외, 미나
리, 토란 등 갖은 채소를 심었다. 고관대작을 지내면서 산해진미를 먹
는 즐거움도 여기에 비할 바가 아니다. '시詩'라는 밥상에 신선한 채소
를 반찬거리로 올려놓은 솜씨가 독자들의 눈과 입을 사로잡는다.
　서거정은 조선 초기의 이름난 문인文人이다. 그 외조부가 조선의 문
물제도를 정비하는 데 큰 공을 세운 권근權近이며, 그 자신은 우리 한
시의 역사에서 대가로 군림한 사람이다. 당대 최고의 지식인이 맡는 문
형文衡의 자리에 20년 이상 있으면서 국가의 문교文敎를 담당한 서거
정이지만, 평담한 일상을 담아낸 시들이 오히려 우리 눈길을 잡아끈다.
　서거정은 〈부엌의 채소 여덟 가지(廚蔬八詠)〉라는 연작시를 지어 냉
이, 토란, 고사리, 미나리, 배추, 순채, 파, 생강 등 여덟 가지 채소를 노
래하였다. 먼저 냉이를 노래한 작품부터 맛보기로 하자.

원래 고기 먹을 관상이 아닌지라　　　食肉元無相
봄 식탁에 냉이 나물이 향긋하다네.　　春廚薺菜香
국에 넣어 끓이면 입이 즐겁고　　　和羹能悅口
반찬으로 먹으면 속이 든든하다네.　　佐食足撑腸
부드러운 맛 연유만 못하겠나?　　　軟滑何須酪

윤두서尹斗緖, 〈나물 캐기〉, 《윤씨가보尹氏家寶》, 18세기, 모시에 수묵, 32.4×20cm, 녹우당.

단맛은 엿보다 훨씬 낫다네.　　　　　　　　　甛甘絶勝糖

손님이 오거든 자랑해야지　　　　　　　　　客來吾欲詫

제일가는 고량진미 이것이라고.　　　　　　　第一是膏粱

• 냉이(薺)

　외직조차 거의 나가지 않고 평생 한양에서 벼슬살이를 하였고, 벼슬아치라면 한 번쯤 겪어야 했던 유배 체험도 하지 않았으니, 첫 구절에서 고기 먹을 관상이 아니라 한 것은 가난 때문이 아니다. 고기를 먹지 않고 채소를 먹어 피를 맑게 하고자 함이요, 그렇게 하여 스스로 청빈하게 살고자 하였다는 뜻이다.

　그래서 봄 식탁에 오른 냉이 나물이 절로 달다. 된장에 넣어 끓이면 입이 즐겁고 나물로 무쳐 반찬으로 먹으면 속이 든든하다. 데친 냉이는 연유보다 부드럽고 엿보다 달콤하다. 손님이 오더라도 제일가는 고량진미라 하면서 굳이 닭을 잡지 않고 냉이를 내어놓겠다고 하였다. 시를 읽노라면 직접 냉이를 입에 넣은 것처럼 혀가 달고 목구멍이 행복하다.

　정호승 시인은 〈결혼에 대하여〉라는 글에서 "봄날 들녘에 나가 쑥과 냉이를 캐어본 추억이 있는 사람과 결혼하라. 된장을 풀어 쑥국을 끓이고 스스로 기뻐할 줄 아는 사람과 결혼하라"라 하였다. 사랑하는 사람과 봄나물을 함께한다면 그 또한 즐겁지 않겠는가? 게다가 봄나물은 몸에도 좋다.

　《본초강목本草綱目》[2]에는, 들판에서 겨울을 나면서도 죽지 않고 자라나는 냉이로 죽을 끓여 먹으면 피가 간으로 잘 들어가 눈이 밝아진다고 하였다. 허준許浚의 《동의보감東醫寶鑑》에는, 냉이의 줄기와 잎

2　명明 이시진李時珍이 지은 책. 약이 되는 흙, 돌, 풀, 나무, 벌레, 짐승, 물고기 등의 생김새와 약효 등을 소개하였다.

을 태워 먹으면 설사를 멈추는 데 탁월한 효과가 있다고 하였다. 주자朱子의 제자인 채원정蔡元定은 서산西山 꼭대기에서 공부할 때 배가 고플 때면 냉이를 씹어 먹으며 글을 읽었다고 하니, 냉이는 가난한 학자의 음식으로도 통한다.

채소 연작시의 전통

서거정이 지은 채소 연작시의 전범典範은 송宋 유자익劉子翬의 〈원소십영園蔬十詠〉에서 찾을 수 있다. 이 시는 고수, 토란, 부추, 박, 갓, 배추, 시금치, 생강, 나박무, 고들빼기 등을 대상으로 하였는데, 서거정의 시에서도 이 채소 대부분을 찾아볼 수 있다.

또 주자의 〈유수야의 채소 음식 13운에 차운하다(次劉秀野蔬食十三韻)〉에도 유부(乳餅), 죽순(新筍), 자심紫蕈, 생강, 고수, 남행南荇, 산갓(蔊菜), 목이버섯, 나박무, 토란, 죽순포(筍脯), 두부, 백심白蕈 등이 나오는데, 먹을거리 연작시라는 측면에서 서거정의 시와 일정한 상관관계를 찾을 수 있다.

조선 시대의 채소 연작시에 가장 큰 영향을 끼친 것은 배추, 파, 토란, 순무(蕪菁), 소채巢菜 등을 소재로 한 육유陸游의 〈소원잡영蔬園雜詠〉인 듯하다. 육유는 〈채소밭의 절구(蔬圃絶句)〉, 〈채소밭(蔬圃)〉 등 채소와 관련되는 시를 많이 창작한 바 있어 조선 시대 채소류 연작시에 많은 영향을 끼친 것으로 추정된다.

우리나라 한시사에서 채소류를 대상으로 한 연작시는 고려의 문호 이규보李奎報(1168~1241)의 〈채소밭의 여섯 가지 노래(家圃六詠)〉가 처음인 듯하다. 이 시는 오이, 가지, 무, 파, 아욱, 박 등 여섯 종류의 채소를 노래한 것이다. 그중 파를 소재로 한 것은 다음과 같다.

섬섬옥수 빼곡하여 수북하게 자라니   纖手森攢戢戢多
아이들이 입에 불면 풀피리가 된다네.   兒童吹却當簫笳
술자리 안주로 삼기 좋을 뿐 아니라   不唯酒席堪爲佐
생선국에 썰어 넣으면 더욱 맛이 좋다네.   苄切腥羹味更嘉

　이규보 당대에 가장 흔하게 먹던 채소 여섯 가지를 가지고 시를 지었다. 하얗게 돋아나는 파를 두고 섬섬옥수라 하고, 아이들이 파를 잘라 피리 삼아 분다고도 하였다. 이규보는 파를 안주로도 먹고 국에 넣어서도 먹는다 하였다.
　서거정도 〈부엌의 채소 여덟 가지〉에서 파를 노래하였다.

다섯 가지 매운맛 사람이 경계하지만   五葷人所戒
나는 병이 있어 안 먹을 수가 없다오.   我病不能無
뿌리는 하나하나가 황금같이 노랗고   箇箇黃金本
수염은 더부룩하게 백설같이 하얗네.   鬆鬆白雪鬚
약으로 내 몸 부지하니 그 공이 많고   多功扶藥餌
맛이 있어 식탁의 입맛 당기게 한다네.   有味助庖廚
서 말이나 많이 먹을 것은 없지만   三斗誰能食
소금이나 식초처럼 약간은 있어야 하지.   塩梅小所須

　• 파(蔥)

　불가佛家에서는 마늘, 부추, 파, 달래, 흥거興渠 등을 오훈五葷[3]이라 하여 먹지 않는다. 그러나 파는 두통이나 중풍을 다스리는 데 효과가 있다.

---

3 다섯 가지 매운 채소. 정신을 어지럽히고 본성을 해친다고 하여 먹지 못하게 하였다.

서거정은 다른 시에서 "푸른 미나리 줄기는 입 다친 데 좋고, 흰 파 뿌리는 두통을 낫게 하네(芹靑宜病口, 葱白愈風頭)"라 하였는데, 아마 도 두통이 있어서 약 삼아 파를 자주 먹은 듯하다. 게다가 파에는 냄새 를 제거하는 향신료의 기능도 있으므로, 억지로 많이 먹을 필요는 없 지만 조금씩 먹는 것은 좋다고 하였다.

서거정은 채소밭에 중국에서 수입한 종자도 두루 심었다. 서거정이 지은 〈강희맹姜希孟이 중국 채소를 보내준 데 감사하여(謝姜晉山寄唐 蔬十七首)〉라는 시의 서문에 따르면, 조선에 사신으로 온 명의 환관 정 동鄭同을 통하여 강낭콩(龍爪豆), 백편두白扁豆, 촌금두寸金豆, 수세미 (絲瓜), 고조(苦瓜), 까마중(天茄), 대가大茄, 유채(雲薹), 쑥갓(薑蒿), 수 라호水羅蒿, 나박무(大白蘿蔔), 배추(白菜), 질경이(紫花菜), 골등채滑藤 菜, 근엽채芹葉菜, 갓(芥菜), 방귀아리(生菜) 등 17종의 종자를 수입하 여 자신의 채소밭에 심었음을 알 수 있다. 익숙한 채소나 약재도 있지 만 오늘날 어떤 것을 가리키는지 알 수 없는 것도 여럿이다. 서거정은 이렇듯 채소를 좋아하였다.

배추는 조선 시대에 들어 본격적으로 문인의 시에 등장한다. 배추를 먹는 즐거움은 서거정은 〈부엌의 채소 여덟 가지〉에서 처음 확인할 수 있거니와, 중국에서 수입한 새로운 품종이었을 가능성이 높다.

청색 속에 백색이 서린 싱싱한 배추를	生菘靑間白
하나하나 봄 쟁반에 수북하게 담아놓았네.	一一釘春盤
자근자근 씹으면 입에서 아삭아삭 소리 나니	細嚼鳴牙頰
소화를 잘 시켜 폐와 간에도 좋다고 하네.	能消養肺肝
고기와 맞먹는 것임을 그 누가 알아주겠느냐만	誰知能當肉
밥 많이 먹도록 권하기엔 충분하다네.	亦足勸可餐

주옹이 내 마음을 먼저 알았구나,　　　　　周郎先得我

귀거래 또한 어려운 일도 아니건만.　　　　歸去亦非難

• 배추(菘)

겉을 싸고 있는 푸른 배춧잎 사이에 하얀 속잎이 싱싱하다. 까칠한 입맛을 돋우기 위하여 배춧잎을 쟁반에 수북하게 올렸다. 자근자근 씹으면 아삭아삭 소리가 난다. 절로 소화가 되니 몸을 보양하기에 고기보다 낫다. 주옹周顒⁴이 서거정 자신의 마음을 먼저 알았다고 한 구절은, 이른 봄의 부추와 늦가을의 배추가 가장 맛난 음식이라 한 주옹의 고사故事에서 가져온 것이다.

김창업金昌業(1658~1721)이 지은 배추 시 또한 서거정의 시 못지않게 입맛을 끄는 작품이다.

한 포기가 넓적다리만큼 큰데　　　　　　一本大如股

그 종자는 중국 시장에서 왔다네.　　　　其種來燕市

깨끗하기 푸른 옥 같은 줄기는　　　　　　濯濯青玉莖

이빨로 씹으면 앙금도 없다네.　　　　　　經齒忽無滓

중국에서 배추 종자를 수입하여 재배하였음을 밝혔는데, 아마 조선 초기에 중국으로부터 배추가 들어온 사실을 알고 있었던 듯하다. 배추의 외관과 맛을 압축적으로 제시하여 채소를 읊은 한시의 새로운 맛을

----

4 宋송 주옹은 종산鍾山 서쪽에 숨어 살면서 육식을 끊고 종일 채소만 기르며 살았다. "산속에서 무엇을 먹고 사느냐?"는 질문에 "붉은 쌀, 소금, 여뀌, 아욱"이라 대답하였고, "채소 중에 무엇이 가장 맛있느냐?"는 질문에는 "이른 봄의 부추와 늦가을의 배추"라 대답하였다고 한다.

보여주었다.

　김창업은 마늘, 부추, 파, 자총이, 쪽파, 가지, 토란, 시금치, 상추, 배추, 갓, 순무, 나박무, 생강, 후추, 박, 미나리, 오이, 아욱, 순채, 쑥갓, 동아, 호박, 차조기, 정가, 궁궁이, 박하, 고들빼기 등 무려 25종의 채소를 두고 연작시를 지었다. 이 무렵부터 채소류 연작시가 대량으로 창작되기 시작한다. 이는 한적한 교외의 별서에서 직접 채소밭을 가꾸는 풍속이 생겨났음을 의미하는 것이니, 번잡한 도시를 떠나고 싶어 하는 마음은 예나 지금이나 달라진 것이 없다.

집집마다 봄보리 찧는 소리

　주말이면 전원에서 채마밭을 가꾸는 이가 점점 늘고 있다고 한다. 도시 생활에 싫증을 느껴 귀농을 결심한 직장인들 이야기도 심심찮게 들린다. 그런데 이러한 현상은 최근의 일이 아니다. 오늘날의 우리와 마찬가지로 옛날 사람들도 전원생활을 동경하였다. 그들도 우리처럼 전원에다 꽃나무와 과일나무를 심고 싶어 했다. 손수 채소를 가꾸어 소박함 속의 한가함을 얻고자 했던 것이다.

　몽촌토성 인근에 살던 시절, 서거정이 누린 전원생활의 즐거움은 다음 시에 잘 나타난다.

짙어가는 가을빛에 비가 개었는데	秋光濃淡雨新晴
한가하게 나귀 타고 느릿느릿 가노라.	閑跨驢兒緩緩行
들길은 꼬불꼬불 산은 호젓한데	野路盤回山窈窕
들밭이 높고 낮아 물이 마구 흐르네.	村田高下水縱橫
김매는 곳마다 사람들의 말소리	鋤禾處處人相語

집집마다 봄보리 찧는 소리.	春麥家家杵有聲
광나루 돌아보니 푸르게 물들인 듯	回望廣津靑似染
바람에 돛대 하나 석양에 빛나네.	風帆一幅夕陽明

• 몽촌에서 제부촌의 별서로 가는 도중에 짓다(自夢村將如諸富墅途中
有作)

제부촌諸富村은 몽촌토성 근처 한강 쪽에 있던 마을이다. 그곳에도
별서가 있어 서거정은 한가한 날이면 몽촌과 제부촌을 오가면서 나들
이하였다. 들길을 걸으며 자신의 한가한 삶을 이렇게 노래한 것이다.

서거정이 자랑하지 않더라도 누군들 서거정처럼 살고 싶지 않겠는
가? 근교에 작은 집을 짓고 텃밭을 가꾸면서 살고 싶지만 경제적으로
나 정신적으로 여유가 없어 그렇게 하지 못한다. 그럴 때에는 꿈을 담
은 글로 즐기면 된다.

가난한 선비 장혼張混(1759~1828)이 그러하였다. 장혼은 자신의 꿈
을 담은 〈평생지平生志〉에서 자신의 채소밭을 상상으로 가꾸었다.

옥수수는 마른 빈 땅에 심고 오이와 동아, 파를 한 구역씩 동쪽 담
장 동쪽에 섞어서 줄지어 심는다. 아욱과 겨자, 차조기는 집 남쪽에
구역을 나누어 가로세로 심어두고 댓무와 배추는 집 서쪽 몇 자 간
격을 두고 심는다. 가지는 밭 바깥쪽에 심는데 그 색이 붉은 것도 있
고 흰 것도 있다. 단호박과 호박은 넝쿨이 사방 울타리로 뻗어 여러
나무를 당기게 한다.

장혼은 자신의 집 이이엄而已广을 이렇게 꾸미고 싶었다. 여러 꽃을
심어 완상하고 나무를 심어 그늘에서 쉬며, 과일나무를 키워 과일을

내가 좋아하는 한시

따고 채소를 가꿔 데쳐 먹는 꿈을 꾸었던 것이다.

19세기의 이름난 시인이요 화가인 조희룡趙熙龍은 김정희金正喜의 심복이라 하여 서남해의 임자도로 유배를 갔다. 그림을 그리면서 가난과 외로움을 잊고자 한 조희룡은 임자도에서 이런 말을 하였다.

돌은 점심으로 할 수 있는가? 글자는 삶아먹을 수 있는가? 그림으로 배가 부를 수 있는가?

종이를 대하면 그림의 기운이 위장을 지탱해주니 밥 먹는 것을 잊을 수 있다. 그러니 그림이 사람의 배를 부르게 하는 것이 분명하다. 오직 돌을 점심으로 하고 글자를 삶아 먹지 말라는 법이 있겠는가?

돌이나 글자는 먹을 수 없다. 그러나 돌을 그린 그림이나 글자를 엮은 책을 보노라면 절로 배가 부르다. 그림만 그러한 것이 아니다. 채소를 노래한 시를 읽고서도 상큼한 맛을 느낄 수 있다.

지금 이 순간 콘크리트 건물 속에 갇혀 있는 우리도 옛글을 읽으면 꽃, 나무, 바람, 구름 등 전원생활의 즐거움을 누릴 수 있을 것이다.

이종묵李鍾默

서울대학교 국어국문학과 교수. 선비의 운치 있는 삶을 사랑하여 우리 옛 시와 글을 읽고 그 아름다움을 분석하여 세상에 알리는 데 힘을 쏟고 있다. 옛사람들이 산수를 찾는 즐거움을 적은 글이나 그들의 지혜가 담긴 글을 번역하여 알리는 일도 하고 있다. 지은 책으로 《한시 마중》, 《우리 한시를 읽다》, 《조선의 문화공간》(전 4권), 《부부》 등이 있으며, 옮긴 책으로 《누워서 노니는 산수》, 《사의당지, 우리 집을 말한다》, 《글로 세상을 호령하다》 등이 있다.

임금과 신하, 그림과 한시

전통 시대의 문인文人들은 시詩·서書·화畵를 감상하고 창작하는 것을 호사스러운 취미가 아닌, 문화적인 교양 활동으로 여겼다. 성리학이 지배적인 이념으로 자리 잡은 조선 시대에 들어서면서, 시문詩文과 서화書畵는 여기餘技에 불과하니 완물상지玩物喪志에 빠져서는 안 된다는 생각이 널리 받아들여졌지만, 직접 서화를 제작하고 품평하거나 이에 대한 감상을 시문으로 표현하는 일은 사대부 문인들의 중요한 활동 가운데 하나였다.

숙종肅宗은 송나라 휘종徽宗이 그린 〈경잠도耕蠶圖〉[1]를 보고 쓴 글에서 "나는 옛 그림을 보면서 스스로 그림을 좋아하는 마음이 없지 않았다. 그러나 그림의 신묘한 곳을 좋아한다는 것을 가리켜 하는 말일 뿐, 완물상지에 빠져서는 안 된다. 그림의 의미 같은 경우는 우연이 아니니 또한 선을 본받고 악을 징계하지 않음이 없다"라고 하여 그림의 교화적 측면을 강조하기도 하였다.

1 밭 갈고 누에 치는 모습을 그린 그림. 나라를 지탱하는 주요 사업이었던 농사와 양잠에 힘쓰라는 뜻으로 그렸다.

기록으로 볼 때 국왕이 그린 그림으로는 고려 공민왕恭愍王의 〈천산대렵도天山大獵圖〉, 조선 성종成宗의 〈난죽도蘭竹圖〉, 인종仁宗의 〈묵죽도墨竹圖〉, 선조宣祖의 〈묵란도墨蘭圖〉와 〈묵죽도〉, 인조仁祖의 〈유하계마도柳下繫馬圖〉와 〈승사도乘槎圖〉, 영조英祖의 〈열선도列仙圖〉와 〈산수인물도山水人物圖〉 등이 있다. 후대에 모사하거나 모각한 것들이기는 하지만 공민왕의 〈천산대렵도〉와 인종·선조의 〈묵죽도〉는 지금까지 남아 있다.

국왕이 그림에 관심을 갖고 품평한 것은 당대의 화풍畵風을 반영하는 것인 동시에 새로운 화풍을 여는 데도 영향을 미쳤다. 국왕은 통치자의 입장에서 그림에 대하여 언급하였고, 이를 통하여 신하들과 소통하고 동시에 자신의 정치적 견해를 관철하여 왕권을 강화하고자 하였다.

국왕이 직접 그린 그림이나 국왕에게 진상된 그림을 두고 임금과 신하들이 지은 한시를 살펴보면, 그들이 그림에 어떠한 의미를 부여하고 어떻게 서로 소통하고자 하였는지를 알 수 있다. 조선 국왕의 시문을 모아놓은 《열성어제列聖御製》[2]와 당대 문인들의 문집에 실린 흥미로운 한시 몇 수를 살펴보자.

부끄러운 초상화

태조太祖 이성계(1335~1408)가 조선을 건국한 1392년 겨울에 북쪽을 순행하다가 평양에 머물 때의 일이다. 평양에는 국왕의 초상화를 모신 영전影殿이 있었는데, 태조는 그곳에서 자신의 초상화를 마주하

2 조선 시대의 역대 국왕이 지은 시문을 모아놓은 책. 인조 때부터 만들기 시작하여 태조에서 철종까지의 시문을 수록하였다.

게 된다. 숱한 고난과 우여곡절 끝에 새로이 나라를 열었으니, 자신의 얼굴을 보고 자부심을 느낄 만도 하였다. 그런데 태조의 마음은 오히려 그 반대였다.

> 박덕한 얼굴이 어쩌다가 여기에 걸렸을까?　　薄相胡爲在此中
> 그 이유 생각해보니 옛사람 풍습이라 그렇구나.　深思此理古人風
> 비록 조선의 시조라 불린다지만　　　　　　　　朝鮮始祖雖稱號
> 인덕이 전현에 모자라니 한없이 부끄럽구나.　德乏前賢愧不窮
> • 평양 영전의 어진에 짓다(題西京影殿御容)

　태조는 평양의 영전에 걸려 있는 자신의 모습을 보고 '박덕한 나의 모습이 어찌 이곳에 걸려 있을까' 궁금해하였다. 관공서에 역대 대통령의 사진을 걸어놓는 것처럼, 국왕의 초상을 그려 봉안하는 것은 동서고금 어느 나라에나 있는 오래된 유풍遺風이다. 조선 또한 전례에 따라 평양에 영전을 건립하고 초대 국왕인 태조의 초상화를 봉안하였던 것이다.

　자신의 초상화를 본 태조는 그만 얼굴이 뜨거워지고 말았다. 비록 조선을 건국한 임금이지만, 옛날 성현들과 비교하면 덕이 너무나 부족하여 부끄러움을 느꼈기 때문이다.

　1392년 12월에 권근權近이 지은 글에 따르면, 태종 이방원이 먼저 태조의 시에 차운次韻한 뒤 여러 신하에게 태조의 시에 차운하여 바치라고 하였다 한다. 권근은 태조가 지은 시에 대해 자신을 낮추고 잘못을 뉘우치는 뜻이 담겨 있다고 하였다.

　태조의 어진御眞은 건국 초기에 전주, 경주, 평양에 봉안하였는데, 건물의 명칭을 어용전御容殿이라 하다가 1412년(태종 12)에 태종의

조중묵趙重默·박기준朴基駿 외,〈태조 어진太祖御眞〉, 1872년, 비단에 채색, 218×150cm, 전주시.

명에 따라 태조진전太祖眞殿이라 고쳐 부르게 하였다.

훗날 숙종은 1677년(숙종 3)에 남별전南別殿에 보관하고 있던 태조의 영정을 경덕궁慶德宮의 자정전資政殿으로 옮겨 봉안하였다. 숙종은 자정전에 모신 태조 어진을 참배한 뒤 조선을 개국한 태조의 공덕을 기리고 추모하는 시를 짓기도 하였다.

임금의 그림과 신하의 통곡

인종(1515~1545)은 세자로 있던 1543년 무렵에 〈묵죽도〉를 그려 스승인 김인후金麟厚(1510~1560)에게 내렸다. 인종의 그림은 바위에 뿌리를 서린 채 올곧게 서 있는 대나무의 절개와 기상을 여실하게 보여준다. 김인후는 세자의 그림을 받은 뒤 다음과 같은 시를 지었다.

뿌리와 줄기, 마디와 잎이 모두 다 정미한데　　　　根枝節葉盡精微

돌을 벗한 정신이 화폭 속에 담겨 있네.　　　　　石友精神在範圍

세자께서 조화와 짝했음을 알겠거니와　　　　　始覺聖神侔造化

하나의 천지와 어긋남이 없으시네.　　　　　　一團天地不能違

• 세자께서 그린 〈묵죽도〉에 쓰다(應製題睿畵墨竹)

김인후는 바위에 뿌리를 서린 채 하늘을 향해 자란 대나무의 기상, 그리고 그 대나무의 뿌리와 줄기, 마디와 잎을 정미하게 그려낸 세자의 솜씨를 칭송하였다. 나아가 대나무의 물성物性을 완전하게 파악한, 즉 천지의 조화를 온전하게 담아낸 인종의 비범한 화품畵品과 인품을 극찬하였다.

세자에 대한 기대가 컸던 김인후는, 세자가 즉위하여 태평성대가 이루어지기를 간절하게 염원하였다. 그러나 인종은 1544년 11월에 즉위하여 1년도 채 되지 않은 이듬해 7월에 승하하고 만다.

김인후는 옥과玉果의 현감縣監으로 재직하던 중 인종의 승하 소식을 듣고 너무나도 애통해하며 벼슬을 사직하고 말았다. 그 뒤 집으로 돌아가 다시는 출사할 마음을 갖지 않았으며, 매년 인종의 기일이 되면 산에 올라 도성을 바라보며 통곡하였다고 한다.

임금과 신하 사이의 애절한 사연 때문이었을까? 이후 인종의 그림과 김인후의 시는 여러 차례 모각模刻되어 널리 유포되었다.

복숭아나무를 베어버린 까닭

선조(1552~1608)는 대나무와 난을 매우 잘 그렸다고 한다. 김정희金正喜는, 우리나라에서 난을 잘 치는 사람이 없었는데 선조가 송나라의 난 치는 법을 잘 터득하였다고 하였다. 또한 하나의 화폭에 왕죽王竹, 악죽惡竹, 정순正筍을 모두 그려 신하들에게 보여주었다고 하는데, 자신과 광해군光海君, 영창 대군永昌大君의 관계를 비유한 것이라 한다.

다음은 1618년에 이안눌李安訥(1571~1637)이 목판으로 간행된 선조의 〈묵죽도〉를 보고 지은 작품이다.

일찍이 삼색도를 베었다고 들었는데	曾聞三色桃花伐
대나무 한 줄기를 문득 보게 되었네.	却覩琅玕寫一莖
마흔두 해 인재를 배양한 땅에서	四十二年培養地
오늘날 몇 명이나 곧음을 보존했나?	幾人今日保堅貞

• 삼가 선조 대왕께서 그린 〈묵죽도〉에 짓다(恭題宣祖大王御筆墨竹圖)

이안눌은 시 제목 아래에 "일찍이 김인후가 인종의 대나무 그림에 쓴 시를 보았는데, 이제 나주에서 목판으로 간행한 선조 대왕의 〈묵죽도〉를 보고 김인후의 시를 본받아 짓는다"고 하였다.

제1구는 선조가 궁중에 있던 세 가지 빛깔로 피는 복숭아나무를 베어버리라고 한 뒤에 지은 〈삼색도三色桃〉라는 시를 염두에 둔 표현이다. 선조의 〈삼색도〉는 사물의 변전變轉을 들어 사람 일의 무상無常함을 읊은 작품인데, 이귀李貴의 상소에 대해 이발李潑이 사퇴를 주청하자 처음의 뜻을 번복한 이발의 행위를 풍자한 것이라고 한다.

보통 사람은 자기 이익에 따라 수시로 입장을 바꾸곤 한다. 본래의 면목과 초심을 지키지 못하는 것이니, 여러 빛깔로 피는 복숭아나무와 다를 바 없다. 삼색도가 가득한 세상에서 사철 푸른빛을 잃지 않는 대나무 그림을 보았으니 어찌 기쁘지 않을까? 이것이 제2구의 내용이다.

선조의 〈묵죽도〉는 아마도 신하들이 만고상청萬古常靑하는 대나무를 닮았으면 좋겠다는 바람을 담은 것이리라. 그래서 선조는 42년의 재위 기간 동안 수많은 인재를 양성하여 대나무 같은 절개를 지닌 신하들을 길러내고자 하였다.

그러나 광해군이 집정한 지금, 즉 영창 대군이 죽고 인목 대비가 폐위되는 현실에서 과연 대나무처럼 올곧은 신하가 몇 명이나 되는가? 이안눌의 시는 선조가 삼색도를 베고 대나무를 그린 뜻이 어그러진 현재 상황을 비판한 것이라 할 수 있다.

그림을 바꿔 건 까닭

숙종(1661~1720)은 조선의 국왕 중에서 그림을 제재로 가장 많은 시를 지은 임금이다. 당대 백성들의 모습과 애민 의식을 보여주는 풍속도 유형, 역사적 인물과 사실 등을 통하여 포폄褒貶 또는 교화의 방책으로 삼는 고사도故事圖 유형, 산과 강을 화폭에 담은 산수화 유형, 국방 정책의 일환으로 추진된 지도의 제작과 그에 대한 국왕의 생각을 보여주는 지도 유형 등 숙종은 매우 다양한 제화시題畵詩를 지었다.

이들 가운데 〈영동기민도嶺東飢民圖〉를 보고 지은 시를 살펴보자. 1706년(숙종 32)에 강원도 감진어사監賑御史로 나가 백성을 구휼하고 돌아온 오명준吳命峻이 관동 기민들의 참상과 구휼 모습 등을 그린 〈영동기민도〉를 진상하였다. 선조는 이 그림을 보고 네 수의 시를 지었는데, 다음은 제1수와 제4수이다.

(1)

관동 백성 살리는 진휼을 마친 뒤	活我東民賑事止
대궐로 돌아와서 병풍을 바쳤네.	歸來闕下獻障子
나라 걱정과 임금 사랑은 옛사람과 한가지라	憂國愛君同古人
궁궐 벽에 걸어두고 산수도를 대신하리.	揭圖殿壁代山水

(2)

올해의 장마는 근래에 드무니	今年霖潦近來稀
풍년 조짐 크게 어긋날 줄 누가 알았으랴?	誰料豊徵大有違
산골 농민 재앙이 너무나도 혹독하니	峽農可想災偏酷
무슨 죄로 관동 백성 기근이 계속되나?	何罪東民荐困饑

'관동진민도關東賑民圖'라고도 불리는 오명준의 〈영동기민도〉는 송나라 문감門監 정협鄭俠이 바친 〈기민도〉를 모방하여 그린 것이다. 시의 내용과 영조가 쓴 제발題跋을 통해 볼 때 〈영동기민도〉에는 흉년에

유랑하며 굶주리는 백성들이 나무껍질과 풀뿌리를 먹는 모습, 엉금엉금 기어서 진휼賑恤에 나아가 성덕을 찬양하는 모습, 전세田稅를 독촉하는 아전의 모습 등이 담겨 있는 것으로 보인다.

숙종은 흉년이 들어 바가지를 들고 다니며 구걸하는 등 생계가 막막한 백성들의 참상을 보며 비통해하는 마음을 표현하고, 산수도 대신에 이 그림을 걸어두고 위민爲民의 계기로 삼고자 하였다. 그리고 지난해에도 흉년이 들어 영동의 백성들이 굶주렸는데, 올해도 큰 장마가 져서 한 해 농사를 망치게 되었으니, 백성들의 고통과 참담함을 차마 견딜 수 없다는 심정을 토로하였다. 백성들과 동병상련하는 치자治者의 애절함과 자성自省을 잘 피력한 작품이라 할 수 있다.

1726년 영조 또한 삼남三南에 굶주리는 백성이 많은 것을 듣고 재해가 심한 곳에는 환곡還穀과 신포身布를 탕감하고 대동미大同米를 거둘 때 사나운 아전은 각별히 금지하라는 하교를 내렸다. 그리고 이때 오명준의 〈영동기민도〉를 보고 〈관동진민도에 쓰다(題關東賑民圖)〉를 지어 백성을 구휼하고자 하는 뜻을 표현하였다.

김남기金南基
안동대학교 한문학과 교수. 한국 한시 작품 및 작가의 가치와 매력을 연구하는 데 주력해왔으며, 옛 문인들의 작품을 번역하는 일에 관심이 많다. 〈삼연 김창흡의 시문학 연구〉, 〈조선 시대 국왕의 제화시 연구〉, 〈규장각 소장 책판의 현황과 가치〉 등의 글을 썼으며, 옮긴 책으로 《관동십경》, 《화동서법》, 《소현동궁일기》, 《수주적록》 등이 있다.

내가 좋아하는 한시

달
빛
이

고
와
서

밝은 전깃불과 흐린 밤공기 탓에 요즘 도시에서는 달을 보는 일이 어렵게 되어버렸다. 어릴 적 그리 높지 않은 재를 넘을 때 같이 따라와 주던 달에 대한 기억을 포함하여, 문틈으로 스며드는 달빛을 꼼지락거리며 가슴에 주워 담던 시절을 회억하곤 한다.

'바람과 달을 읊는다'고 할 정도로 달은 오랜 세월 사람들의 마음을 일렁이게 했고, 그만큼 빈번하게 노래와 시에 오르내렸다. 달을 읊은 시인은 셀 수 없을 정도로 많거니와, 그들이 읊은 시편도 체계적으로 정리하기 어려울 정도로 다양하고 풍성하다.

달을 마주 보면서 달 자체를 읊기도 하지만, 때로는 달밤을 배경으로 하여 다른 일을 노래하기도 한다. 이런 경우 달은 매개항의 역할을 맡기도 한다. 그리고 달빛이 밝은 때를 맞아 여러 사람이 모임을 가지면서 이런저런 회포를 풀기도 한다.

이하곤李夏坤(1677~1724)의 시를 정리하는 과정에서 그가 유독 월색月色, 즉 달빛에 주목하면서 실경과 감동을 형상화하려고 노력한 점에 주목하게 되었고, 이를 따로 자료로 엮어보려는 욕심까지 가지게 되었다. 자연 대상을 통한 서정적 체험의 내면화라는 점에서 더욱 관심을 가질 수 있을 것이라 기대한 것이다.

이제 이하곤의 달빛 시 가운데 달 자체를 읊은 시편과 달빛의 아름다움에 빠져 잠들지 못하는 내면을 읊은 시 몇 편을 중심으로 그의 달빛 사랑을 따라가도록 한다.

이 빛을 두고 어찌 잠을 청하랴

진경실정眞境實情의 정신으로 사물을 대하고 내면을 구체화하는 과정에서 이하곤은 자연 경물을 매우 치밀하게 관찰하고 자신이 관찰한 내용을 시로 형상화하려고 노력하였다. 그중에서도 '달빛'에 대한 지속적인 관심은 이하곤을 달빛 시인이라고 불러도 좋을 만큼 풍부한 분량과 다양한 내용을 포함하고 있다. 그리고 달빛 이미지에 대한 이하곤 시선의 추이는 이백李白의 전설적인 체험과 소식蘇軾의 〈승천기承天記〉를 염두에 둔 것으로 이해할 수 있다.

달빛을 읊은 이하곤의 시는 여러 편이 이어진 연작시의 형태를 띠고 있는 경우가 많다. 달빛의 모양이 상황에 따라 바뀌거나 주변의 경물과 어우러지는 양상과 거기에 따르는 화자 내면의 섬세한 변화까지 읽어낼 수 있을 정도이다.

올 때에 달이 함께 왔는데	來時月同行
돌아가려니 달이 함께 가네.	歸時月同去
잠을 자려다 맑은 빛이 아까워	臨睡愛淸光
다시 누대 높은 곳에 앉았네.	更坐樓高處

'집에 돌아오니 밤이 이미 깊었는데, 달빛이 더욱 아름다워 차마 잠들지 못하고 누대 위를 어슬렁거리다가 또 절구 한 수를 이루다(歸家夜已深矣, 月色尤佳, 不忍入睡, 徘徊樓上, 又成一絶)'라는 제법 긴 제목이 붙은 시이다. 35세에서 37세 무렵에 달빛의 감흥을 7제 9수의 연작으로 읊은 시 가운데 일곱 번째 작품이다. 이 시만 읽어서는 자칫 밋밋한 느낌이 들 수도 있다. 제목에 "달빛이 더욱 아름다워 차마 잠들지 못하고"라고 한 부분이 있어서 아름다운 달빛에 취한 것이라 짐작할 수 있다.

그런데 사실 이 시는 연작시의 형태로 되어 있다. 물빛과 어우러진 달빛, 나무와 산과 이룬 기묘한 광경을 눈이 무르도록 완상하고 난 뒤, 아름다운 달빛이 주변의 경물과 어우러진 정경에 대한 생각 때문에 잠을 이룰 수 없는 내면을 드러내고 있다는 점을 살피고 난 다음에 다시 이 시를 읽으면 그 맛을 제대로 느낄 수 있을 것이다. 달빛 그 자체에 흠뻑 빠진 시인의 모습과 마음을 읽을 수 있기 때문이다. 겉으로 밋밋하게 보이는 작품을 세심하게 읽어내는 것이 시를 읽는 재미라고 할 수 있다.

그런데 이 연작시의 세 번째 작품을 보면 달빛에 대한 관찰이 매우 섬세함을 알 수 있다. 제목을 '물속에 비친 달빛과 나무 그림자를 보니 서로 일렁이는데 경색이 매우 기이하다(見水中月光樹影, 互相蕩漾, 景色甚奇)'라고 하였다.

호수의 빛과 달그림자가 모두 너울거리는데
드리워진 버들이 거꾸로 누운 끝에 붙어 있는 듯하네.
갑자기 산들바람이 나무 끝에 불어와
금물결 일렁이며 둥글게 되지 않네.

湖光月影兩翩翩　　着在垂楊倒臥邊
忽有微風來樹杪　　金波蕩漾不成圓

　유호柳湖라는 이름을 가진 호수의 빛과 달그림자가 너울거린다고 하였다. 마치 거꾸로 늘어진 버드나무 끝에 누워 있는 것과 같다고 본 것이다. 호수의 이름과 호수에 비친 달빛의 형상을 핍진하게 연결시켰다.
　그런데 전구와 결구에서 갑자기 나무 끝으로 미풍이 불어와 호수의 표면에 금물결이 일면서 달빛이 이룬 형상이 바뀌고 있다고 하였다. 둥근 형상을 이루지 못한다는 관찰은 자연스러울 수 있는데, 시인은 스스로 자신의 시가 완성 단계에 다다르기 어렵다고 하였다. 일렁이는 금물결이 시인의 마음까지 일렁이게 한 것으로 이해할 수 있는 대목이다.
　시인은 기묘한 경지를 몇 줄의 언어로는 제대로 표현하지 못하였다고 아쉬워하면서, 다음 시에서 기묘한 경지를 그려내려는 노력을 이어가고 있다. 그래서 이어지는 제목도 '앞의 시가 그 기묘한 경지를 그리기에 모자라므로 또 절구 두 수를 지었으나, 끝내 만 분의 일도 그려낼 수 없었다. 태백과 자첨의 무리를 이끌고 오지 못함을 안타까워하며 마음을 전하게 하다(前詩不足以形容其奇處, 又賦二絶, 終不能摸寫萬一. 恨不携來太白子瞻輩, 使之傳神也)'라고 하면서 두 수의 작품으로 형상화하였다.

　(1)
　호수의 빛이 봉우리의 달을 거꾸로 옮겨놓았는데
　산 그림자는 물 바닥의 하늘을 가로질러 침노하네.
　위아래의 밝은 달빛이 한 점도 가림이 없으니

바로 내 몸이 옥호선인가 여기네.

湖光倒寫峰頭月　山影橫侵水底天

上下空明無點翳　直疑身世玉壺仙[1]

(2)

한 수레의 밝은 달과 여러 겹의 산은

그림자가 맑은 호수의 만 이랑 사이에 옮겨놓았네.

한밤중이 되도록 보아도 도리어 싫어하지 않는데

돌아가려니 오뚝하게 절로 쇠약한 얼굴을 비추네.

一輪明月數重山　影寫澄湖萬頃間

看到三更還不厭　臨歸兀自照衰顔

앞 작품은 부분에 대한 관찰이 중심을 이루고 있다. 이에 반해 뒤 작품은 전체를 포괄하면서 한꺼번에 기술한 것으로 이해할 수 있다. 달빛과 주변의 경물이 이루는 기묘한 경지를 두 수로 나누어 그린 것이다.

앞의 작품은 산꼭대기의 달, 호수에 비친 모습, 어슴푸레한 산의 모습, 또 물 바닥에 비친 산 그림자 등이 이루는 기이한 모습을 동시에 포착하고, 시인이 그 가운데에 자리하고 있어서 스스로 옥호선이 된 기분이라고 하였다. 산꼭대기에 달이 떴는데, 인용하지 않은 두 번째 시에서 산 그림자가 어슴푸레하다고 한 바 있다.

호수에 비친 달은 원래의 모습과 뒤집혀 보일 터, 어슴푸레한 산 그

1 옥호선玉壺仙: 한漢나라 때 비장방費長房이라는 사람이 신선이 되고 싶어 하였다. 시장에서 한 노인이 조롱박을 매달아놓고 약을 팔고 있었는데, 장이 파하자 조롱박 안으로 들어가는 것이었다. 이에 비장방이 머리를 조아리며 절하고 노인을 따라 조롱박 안으로 들어갔더니 화려한 집이 있고 그 안에 술과 음식이 갖추어져 있었다. 나중에 알고 보니 그 노인이 바로 신선이었다.

림자까지 물 바닥에 비친 하늘을 가로질러 침노한다고 관찰한 것이다. 지상의 상하와 수중의 상하가 전도된 모습을 동시에 관찰하고 있고, 그 힘의 주체가 "밝은 달빛(空明)"이라고 인식하면서, 자신을 옥호를 든 신선에 견주고 있는 셈이다.

그런데 뒤의 작품은 한 덩어리가 통째로 호수 속에 옮겨진 것으로 파악하고 있다. 앞의 작품에서는 부분에 대한 세밀한 묘사로 기이한 광경을 드러내었다고 할 수 있는데, 이번에는 이것을 통합하여 한꺼번에 전체 모습을 그리고 있는 것이다. 시인을 중심으로 부분과 전체를 통합하는 과정이 펼쳐지고 있다는 점에 주목할 필요가 있다.

한밤중까지 이러한 기이한 광경을 보면서 전혀 싫증을 내지 않았는데, 이제 집으로 돌아가야 한다는 마음을 먹으니 달빛이 바로 시인의 쇠약한 얼굴을 비춘다고 하였다.

달빛과 어우러진 주변의 경물을 섬세하게 관찰하는 과정을 거치면서 시인이 자기 자신을 확인하게 되자, 달빛을 직접 마주하게 된 것이라고 할 수 있다. 달빛과 마주한 시인은 이제 마음의 일렁임으로 달빛을 느낄 수 있게 되었다. 외물에 대한 섬세한 관찰을 내면화하는 단계로 올라선 것이다.

이제 다시 처음 인용한 일곱 번째 작품으로 돌아가보자. 앞서 밋밋하다고 생각할 수도 있다고 했는데, 이제 집으로 돌아간 시인이 잠을 이루지 못하는 이유를 알 만하기 때문이다.

시인은 열엿샛날 밤에 너무나도 아름다운 달빛을 완상하기 위하여 재종형, 동생과 함께 집에서 유호로 나가 시내, 나무, 산과 어우러지는 달빛을 보고, 바람에 따라 달빛이 비친 물결이 바뀌는 것을 관찰하고, 달빛과 마주한 자신까지도 발견하고 집으로 돌아간 것이다.

가슴속에 이러한 체험이 가득하니 시인은 넘치는 감흥을 그대로 멈

김희겸金喜謙, 〈적성래귀篴聲來歸〉, 18세기, 종이에 담채, 37.2×29.5cm, 간송미술관.

추게 할 수 없었다. 집으로 돌아왔으나 가슴 벅찬 감흥 때문에 바로 잠자리에 들 수 없어서 누대 위를 어슬렁거리는 것이다. 가슴속에 일렁이는 감흥을 반추하면서 달빛 서정에 흠뻑 빠진 시인의 모습이 그림 속에 떠오른다.

달빛을 읊은 이하곤 연작시의 전체 차례를 살펴보면 제목에서부터 이미 관찰의 섬세함과 내면의 일렁임을 읽어낼 수 있다.

(1) 열엿샛날 밤에 달빛이 매우 아름다워, 택경과 함께 유호에 이르렀는데, 재창 또한 양촌에서 와서 땅에 자리를 깔고 앉아 밤이 깊어서야 돌아오다(十六日夜, 月色佳甚, 偕澤卿步至柳湖, 載昌亦自陽村來, 席地而坐, 至夜深乃還).

(2) 물속에 비친 달빛과 나무 그림자를 보니 서로 일렁이는데 경색이 매우 기이하다(見水中月光樹影, 互相蕩漾, 景色甚奇).

(3) 앞의 시가 그 기묘한 경지를 그리기에 모자라므로 또 절구 두 수를 지었으나, 끝내 만 분의 일도 그려낼 수 없었다. 태백과 자첨의 무리를 이끌고 오지 못함을 안타까워하며 마음을 전하게 하다(前詩不足以形容其奇處, 又賦二絶, 終不能摸寫萬一. 恨不携來太白子瞻輩, 使之傳神也).

(4) 택경의 시에 차운하다(次澤卿韵).

(5) 집에 돌아오니 밤이 이미 깊었는데, 달빛이 더욱 아름다워 차마 잠들지 못하고 누대 위를 어슬렁거리다가 또 절구 한 수를 이루다(歸家夜已深矣, 月色尤佳, 不忍入睡, 徘徊樓上, 又成一絶).

(6) 재창의 시에 차운하다(次載昌韵).

(7) 다음 날 밤 달빛이 또 아름다워 지난밤을 생각하다(後夜月色又佳, 有懷昨遊).

내가 좋아하는 한시

이하곤의 연작시와 관련해서 그가 지은 〈수월루기水月樓記〉가 참고될 만하다. 이하곤은 이 글에서 물과 달의 만남이 서로를 보듬는 것이라 하면서, 논리적으로 따지기보다 직접 관찰하고 체험하는 것이 더욱소중하다는 태도를 보이고 있다.

　누의 이름을 수월로 삼은 것은 무엇 때문인가? 누가 덮고 있는 곳이 나의 집 동쪽인데, 곧바로 큰 시내를 굽어보아 난간과 궤석이 늘물결무늬와 물의 빛깔 속에 있으며 달밤에 가장 기이하다.
　달이 막 돋아서 동쪽 봉우리에 겨우 눈썹처럼 가지런하면 날아온돌이 이미 못 속에 거꾸로 드리우고 못은 소나무와 노송나무의 그림자를 받아 얌전하게 그윽하고 빽빽하여 사람으로 하여금 뜻을 맑게 한다.
　달이 점점 봉우리 꼭대기를 벗어나서 마침내 빛의 기운을 크게펴면 아래로 물과 다투게 되는데, 쇠를 녹여 쏟아붓는 듯 돌고 굴러서 일정하지 않고, 잠깐 사이에 만 가지 모양으로 바뀐다. 이윽고 달과 물 두 가지가 서로 화합하여 같은 빛으로 고요해진다. 눈을 펼친듯하고 명주를 맡긴 듯하여 또 하나의 특별한 광경이다. 누에 오른사람은 황홀하여 수정계 속에 앉은 듯하다. 물과 달을 보는 것은 대개 여기에서 다하게 된다.
　내가 일찍이 말하기를, "달이 일찍이 기이하지 않은 적이 없지만, 반드시 물을 만나야 더욱 기이하고, 물이 일찍이 생기가 없었던 적이 없지만 반드시 달을 만나야 더욱 생기를 얻는다. 만약 내 말을 믿지 못하는 사람은 시험 삼아 퇴비 더미에 올라 달을 보거나, 깜깜한밤에 물을 보면 알 수 있다"라고 하였다.
　간혹 나에게 묻는 사람이 있어 말하기를, "물과 누대는 굳이 있는 것이요, 달에 이르러서는 드러남과 감춤이 한결같지 않고, 차고 이지러짐이 때가 있으니 누가 어찌 능히 한결같이 있을 수 있으랴? 그렇다면 수월로 이름을 삼은 것은 곧 그 실상과 어긋나는 것이 아닌가?" 하였다.

내가 웃으면서 대꾸하지 아니하고, 손을 들어 동쪽 봉우리를 가리키며 말하기를, "달이 돋으려고 하니 그대는 빨리 누대에 올라서 보라"고 하였다.

따지지 말고 느껴라

처음에 대뜸 인용한 작품에서 잠을 이루지 못하고 누대 위를 어슬렁거린다고 한 것을 포함하여, 이하곤의 달빛 시에는 유독 잠을 이루지 못한다고 밝힌 작품이 많다.

'밤이 깊어가자 달빛이 더욱 기이하여 아까워서 잠들지 못하고 또 뜰 안을 걸었다(夜深月色尤奇, 愛而不寢, 又步庭中)', '달빛이 매우 아름다워 밤이 깊도록 잠들지 못하다(月色佳甚, 至深夜不寐)', '보름날 밤에 달빛이 매우 아름다워 땅에 자리를 깔고 밤이 깊도록 잠들지 못하다(十五夜月色佳甚, 席地至夜深不寢)' 등과 같은 제목에서 그 내막을 짐작할 수 있다.

잠을 이루지 못한다고 밝히는 것을 어떻게 이해해야 할 것인가? 대상 자체에 몰입하고 있기 때문이다. 그 몰입이 가져다준 벅찬 일렁임이 신체의 리듬인 잠을 잠시 밀어낸 것이다. 대상에 대해 몰입한 것이 흩어지고 부서질까 걱정스러워 잠을 이루지 못한 채 지속적으로 달빛 속을 거닐고, 달빛에 취하고 있는 것이다. 벗이 없어도, 꽃이 피지 않아도, 술이 없어도 불안하지 않으며, 다른 대상을 떠올리지 않아도 달빛 자체의 아름다움을 누릴 수 있는 것이다.

이하곤의 달빛 시는 그림과 같은 시라 할 수 있다. 정밀한 관찰을 바탕으로 언어로 그림을 그리는 것이다. 실제 이하곤이 그림에 대해 보인 태도를 환기할 수도 있을 터이지만, 달빛 시를 읽으며 느끼는 것은 달빛과 주변 경물이 어우러지는 광경을 관찰하고 묘사하는 과정이 매우 느릿하면서도 입체적이라는 점이다. 느릿하면서도 섬세한 관찰에는 분석적이면서도 통합적인 따뜻한 눈빛이 자리하고 있다. 화가의 날카롭게 번뜩이는 눈빛 속에 따뜻한 마음을 품고 있는 것이다.

그러기에 다급한 마음을 드러내지 않는다. 한 폭의 그림으로는 다 담을 수 없어서 여러 폭에 나누어 담듯이, 한 편의 시에 모든 것을 담으려고 하지 않고, 여러 편의 연작시에 나누어 담을 수 있는 느긋함을 가질 수 있는 것이다. 이하곤의 달빛 시가 연작의 형태로 이루어진 이유를 이해할 수 있는 맥락이기도 하다.

달빛 시인 이하곤의 시를 따라가면서 아름다운 달빛을 다른 일과 견주기 위하여 매개물로 대하던 태도를 되돌아보는 시간을 가진 것 같아 마음이 뿌듯하기도 하다. 대상 그 자체에 몰입하여 그 자체의 본질을 이해하고 사랑하는 마음이 느껴지기 때문이다.

이하곤의 시를 통해 새삼 깨닫게 된 것이 하나 있다. 시를 읽으며 배우는 서정의 핵심은 따지려는 것이 아니라 느끼는 것에 있다는 사실이다.

최재남崔載南
이화여자대학교 국어국문학과 교수. 서정시의 본질과 주체성을 중심으로 한국 서정시의 향방을 탐구하고 있다. 지은 책으로《사림의 향촌 생활과 시가문학》,《한국 애도시 연구》,《선인들의 생활문화와 문학》,《서정시가의 인식과 미학》,《체험 서정시의 내면화 양상 연구》등이 있다.

조선 시대의 사대부에게 여행은 어떤 의미였을까? 동화 작가 안데르센은 "여행은 나에게 있어서 정신을 다시금 젊어지게 해주는 샘"이라 하였고, 실존주의 문학을 대표하는 알베르 카뮈는 "여행은 스스로에게 자신을 다시 끌고 가는 하나의 고행"이라고 하였다. 그뿐인가, 오지 탐험가이자 여행 전문가 한비야는 "여행은 길 위의 학교"라 하였는데, 조선 시대 사대부들도 과연 여행의 의미를 이렇게 받아들였을까?

금강산에 뼈를 묻는다면

조선 시대에도 '여행의 달인'이라 하여도 무색하지 않은 시인이 있었으니, 그가 바로 옥소玉所 권섭權燮(1671~1759)이다. 권섭은 인생의 많은 시간을 탐승探勝으로 보냈는데, 무려 다섯 살부터 시작하여 여든일곱 살에 이를 때까지 전국의 산수를 유람하였다. 본격적인 여행은 서른세 살 때부터였다. 도봉산을 시작으로 삼척, 금강산, 관동팔경, 두타산을 여행하였고, 낙동강 등 영남 일대와 덕유산 등 호남 일대, 한산사와 고란사 등 충남 지역, 오대산과 강릉 등의 강원도 지역을 두루 유람하였다. 뿐만 아니라 지리산 일대와 가야산 일대, 상주, 단양, 풍기, 북관 등도 여행하였다. 그 사이에 구경한 숲과 산, 계곡, 누대 등은 수백 수천 곳이나 되었고, 감영이나 진鎭 등을 구경한 것도 182군데나 되었다고 하니, 조선 팔도 구석구석을 빼놓지 않고 유람한 셈이다.

권섭은 보통 사람의 경우 평생에 걸쳐 한 번 하기도 어려운 금강산 여행을 두 번이나 하였다. 서른아홉에 처음 금강산을 유람한 권섭은 30년이 지난 뒤 일흔의 노구를 이끌고 다시 금강산을 찾았다. 이때 "일흔의 늙은이가 죽으면서 이곳에 뼈를 묻을 수 있다면 참으로 다행이다"라고 하였으니, 권섭이 얼마나 뼛속 깊이 여행을 갈망하였는지 쉽사리 짐작할 수 있다.

권섭이 남긴 한시는 무려 6천여 수나 되는데, 여행을 좋아한 만큼 기행시가 상당한 비중을 차지한다. 다음 시는 1709년, 서른아홉의 나이에 금강산을 처음으로 여행하고 나서 지은 것이다.

3천9백 리 머나먼 여행길   九百三千道路遲
달포 남짓 쉬고서 석 달 열흘을 다녔네.   四旬休息九旬馳
배불리 먹고서 몸에는 탈 없으니   腸能飽飯身無疾
지나온 강산마다 수많은 시라네.   江海山林數百詩

위 시를 보면, 3천9백 리에 달하는 금강산 여정에 석 달하고도 열흘이 소요되었음을 알 수 있다. 걷는 것 외에 별다른 이동 수단이 없던 시절이었으므로 그토록 오랜 시간이 걸린 것이다.

권섭은 《유행록遊行錄》에서 금강산 유람의 여정을 다음과 같이 기록하였다.

2월 19일 한양을 떠나 22일 제천에 도착, 4월 11일 관동을 향해 떠나서 5월 13일 금강산에 들어갔고, 22일 산을 내려와서 6월 4일 제천에 돌아왔다. 23일 한양으로 돌아왔으니 출발해서 도착까지 133일에 3천9백 리인데 561곳의 명승을 구경하였다. 〔……〕

금강외산은 나흘에 175리를 다니고, 금강내산은 7일에 225리를 다녔다.

승려들의 등에 업히거나 가마를 타고 가는 경우도 왕왕 있었지만, 대개의 경우 자신의 두 다리에 의지할 수밖에 없었으니 체력이 허약하면 엄두조차 낼 수 없는 것이 당시의 금강산 여행이었다. 오늘날처럼 상세하고 친절한 안내책자가 없어서 축적을 헤아리기 어려운 간략한 지도에 의존해야만 했다. 더구나 안전을 보장할 수도 없었다. 권섭은 여행길에 큰 범과 이무기를 만나기도 하였으며, 말을 타고 가다가 다리에서 떨어져 죽을 뻔한 일도 여러 차례 경험하였다.

다행히 배는 곯지 않았다. 전국 각지에 있던 친인척이 이것저것 물품을 보태주었기 때문이다. 여행길에 도움을 받은 품목은 돈, 쌀, 콩, 담배, 종이, 편지지, 붓, 청주, 율무, 배낭, 방석, 짚신, 부채, 수박, 다시마, 꼬막, 생강, 후추, 마늘, 반찬 등 실로 다양하다.

여행지의 사또가 말과 심부름꾼을 빌려주고 화려하게 전별연을 베풀고 기생을 동반하여 풍악을 베풀어주었으며, 때로는 사찰의 승려들이 가마를 들어주기까지 하였다. 다소 불편하기는 하였어도 지체 높고 부유한 양반에게는 먼 곳으로의 유람이 자못 유쾌한 일이기도 하였던 것이다.

앞에 보인 권섭의 시를 본 권황權熀이 차운시를 지었는데, 그 가운데 이러한 구절이 있다.

금강산 1만 2천 봉을 석 달 동안 두루 다녔는데   萬二千峰三月遍

돌아와서는 온통 금강산 시라네.   歸來一一在山詩

금강산 여행에서 석 달 만에 돌아온 시인의 뇌리에는 온통 지나온 산수의 풍경만이 가득하였다. 눈을 감아도, 눈을 떠도, 길을 걸어도, 책을 펼쳐도 금강산 모습이 눈에 삼삼하였을 것이니, 입만 떼었다 하면 금강산이 화제가 되고 붓을 들기만 하면 시의 소재가 되었을 것임은 물어보나 마나다.

예나 지금이나 여행에서 가장 중요한 것 가운데 하나가 날씨다. 아무리 좋은 풍경과 장대한 계획이 있어도 하늘이 도와주지 않으면 허사가 되기 쉽다. 다음 시는 1743년 73세에 덕유산을 기행하면서 지은 것이다.

빼어난 경치가 성을 둘러도   城回一奇勝

이 계획 막히고 끊어졌구나.   此計空阻絶

도롱이 입고 서글피 내려가자니   披蓑悵然下

내 마음 어이 이리 헛헛한가?   我心何忽忽

권섭은 덕유산 구천동을 무려 네 번이나 찾았지만 항상 산 입구에서 돌아오고 말았다고 한다. 이번 산행에서는 구천동에 높이 솟은 향적봉과 그 주변의 장관을 볼 수 있겠다고 잔뜩 기대하였건만, 밤새 내린 비에 물이 불어나 할 수 없이 발길을 돌려야 했다. 마지막 시구의 "하홀忽何忽忽"에 안타까운 심정이 잘 반영되어 있다.

권섭은 "사람이 하늘을 이길 수 없으니, 참으로 운명이 안타깝도다(人爲未勝天, 信命嗟吃吃)"라 하고, 생전에 복이 없어 덕유산과 인연을 맺지 못한 것이라 스스로를 위로하였다.

꿈에서도 여행을

명문 사대부가의 자제로 태어난 권섭은 유복한 환경에서 자랐다. 우암 송시열의 학통을 이은 기호 성리학계의 대학자 권상하權尙夏가 그의 큰아버지이고, 호조판서와 이조판서를 지낸 권상유權尙游는 작은아버지가 된다. 외조부 이세백李世白과 외삼촌 이의현李宜顯은 당대를 대표하는 정치가였다. 권섭의 동생인 권형權瑩은 대사간과 경주부윤 등을 거치면서 영조의 신임을 받은 인물이다. 친가와 외가가 모두 혁혁한 명문 사대부가였으나 권섭은 권력과 부귀에 관심이 없었다. 일생 대부분을 여행과 창작으로 채웠다. 전문적인 작가이자 여행가였던 그는 요즘 말로 치면 '여행 전문 칼럼니스트'라 할 수 있다.

권섭의 여행은, 한가한 틈을 타 정신적 자유를 누리기 위한 일시적 놀이와는 사뭇 달랐다. 권섭은 평생에 걸친 여행에의 욕구를 식욕이나 색욕과 동일한 것으로 인식하였다. 산수를 보고 싶은 욕구가 일면 여름에는 두터운 솜옷을 입고, 겨울에는 얇은 적삼을 입고 봉당에서 노숙까지 하였다. 떠나고 싶은 열망에 몸살을 앓다가 사대부로서의 체신도 잊어버린 것이니, 산수에 대한 권섭의 광적인 욕구를 알 만하다.

권섭은 참으로 특이한 시인이다. 그의 산수에 대한 강렬한 욕구는 꿈으로까지 확대되었다. 권섭은 22세부터 86세까지 꾸었던 꿈의 내용을 기록하여 《몽기夢記》라 하였는데, 여기에는 무려 120여 편이나 되는 글이 실려 있다. 더구나 꿈에 본 광경을 그림으로 남기기까지 했으니, 이는 시詩·서書·화畵가 어우러진 독특한 '화첩畵帖'이라 할 수 있다. 다음은 71세에 꾼 꿈을 기록한 것이다.

청량산과 풍악산이 구담에 접해 있어　　　　　清凉楓嶽接龜潭
한곳에 명승지가 위아래로 셋이나 되네.　　　一處名區上下三

一慶
三勝

권섭의《몽화첩夢畵帖》에 실린〈일처삼승一處三勝〉.

| 몇 번이나 누대를 오르내리는 흥겨움 | 幾度亭臺巾寫興 |
| 동남쪽 천 리 길이 수고롭지 않았네. | 不勞千里有東南 |

위 시의 제목은 '한곳에 모인 세 군데의 명승(一處三勝)'이다. 이 시에는 "신유년 동짓달 29일의 꿈이다. 작은 누각 하나가 구담 위에 솟아있고, 그 위쪽으로 금강산이 있고, 금강산 위쪽으로 청량산이 있다. 또 크고 작은 누각들이 시원스럽게 연달아 지어져 있어서, 오르내리는 동안 흥겨운 마음을 이기지 못하였다. 그 아래로 도도히 흐르는 맑은 강의 모습이 정겨웠다"라는 해설이 덧붙여져 있어 시의 이해를 돕는다.

권섭은 이 꿈을 꾸기 10년 전에 청량산을 유람하였으며, 또 1년 전에는 금강산을 두 번째로 유람하였다. 구담은 단양 지역의 풍광 가운데 권섭이 가장 사랑한 곳이다. 단양의 구담을 몹시 사랑하여 말년에 손자 권신응權信應을 데리고 구담 아래에 배를 띄워 노닐며 신응으로 하여금 구담을 그리게 하고 병풍을 만들어 아침저녁으로 감상하기도 하였다.

몽화夢畵에는 바위산의 구담, 뾰족한 산봉우리가 많은 금강산, 숲이 우거진 청량산이 굵고 거칠게 묘사되어 있다. 동남쪽 천 리 길이 넘는 세 곳의 명승지를 하룻밤에 오르내리며 흥취에 젖는 꿈을 꾼 것을 보면, 권섭이 지닌 여행에의 욕구가 얼마나 대단하였는지 알 수 있다.

누워서도 여행을

아주 특별한 여행조차 시간이 지나면 기억 속에서 가물가물 멀어지기 마련이다. 그래서 요즘 사람들은 여행의 추억을 오래도록 간직하기 위해 사진을 찍는다. 빛바랜 사진을 들여다보면 한동안 잊고 있던 추억의 한 장면이 새록새록 되살아난다. 그래서 오늘날 여행과 사진은

　　　　　　　　　　　　　내가 좋아하는 한시

매우 밀접한 관계를 가진다.

그렇다면 권섭이 살던 당시에는 여행에서의 감흥을 기억하기 위해 어떤 노력을 했을까? 물론 기행시, 유행록, 산수유기와 같은 글쓰기가 우선이었다. 그리고 그림을 그려 남겨두기도 하였다. 젊은 시절에 경험한 산수 유람을 기록으로 남겨, 산행할 수 없는 노년기에 누워서 보기 위하여 유람한 풍광을 그림으로 그려 방에 걸어두었다. 이 때문에 유산문학의 기록을 '와유록臥遊錄'이라 한다.

권섭이 꿈 내용을 기록한《몽화첩夢畵帖》의 서문에 "그림을 그려두고 한가로이 보고자 한 것은 흥이 일어나서이다. 지역에 있는 이름난 산수 중에 보고 싶지만 볼 수 없는 곳을 그렸고, 발길이나 눈길이 한두 번 이르렀지만 항상 가볼 수 없는 곳을 그렸다. 상상 속에서 가끔 특별한 경관을 만들어내면 그려두고서 누워 노닐며 맑게 감상하는 자료로 삼았다"라 하였으니, 이 또한 '와유'를 위한 방편이었던 것이다.

권섭은 그림에 남다른 취미를 가졌고, 그림과 관련된 많은 시를 남겼다. 권섭이 남긴 시 가운데 제화시가 많은 부분을 차지하고, 산수화에 쓴 시가 많은 것도 권섭의 탐승과 무관하지 않다.

다음 시는 〈그림에 쓰다(題畵)〉 네 수 가운데 두 번째 시로, 손자 권신응이 그린 병풍 그림에 쓴 것이다.

어린 손자가 병풍에 그림 그리고 늙은 내가 시 지어
날마다 펼쳐서 지난 때를 읊조리네.
두 다리를 수고롭게 하지 않아도 되니
자연히 많은 일에 활짝 웃게 되네.
온화하고 깨끗한 봄빛은 어디나 똑같은데
울창한 산천은 짙기도 하고 옅기도 하네.

앉았다 누웠다가 보고 또 보아도 끝이 없어
백 년 인생살이에 늙어감을 잊는구나.

小孫屛畵老夫詩　　日日披來詠去時
可是不煩勞兩脚　　自然多事展雙眉
和煦皓潔同光色　　流峙葱籠異點癡
坐臥看看看不已　　百年忘我老垂垂

　손자가 그린 그림을 통해 왕성하게 탐승하였던 기억을 떠올리며 지
은 시이다. 애써 몸을 고달프게 하지 않아도 누워서 자연의 경치를 완
상할 수 있게 된 것을 기쁘게 여기고 있다. 기력이 없어 탐승할 수 없
는 말년에는 실경實景을 그린 권신응의 그림을 통해 와유를 즐긴 것으
로 보인다.

말년에 진진한 즐거움 없으나　　　　同無末路氾氾戲
각 명승지 곳곳에 정자 있구나.　　　各有名區處處亭
나막신 신고 조각배 타고 오고 간 즐거움　一屐扁舟來往樂
흰 구름과 갠 달 모두 맑고 시원하구나.　白雲晴月與澄泠

　이 제화시는 〈한천화지도寒泉華支圖〉에 쓴 것이다. 〈한천화지도〉는
청풍의 ‘한천장’과 부실副室인 이씨 부인이 살고 있던 문경의 ‘화지장’
을 그린 그림이다. 이곳은 모두 권섭이 말년을 보낸 곳인데 풍경이 매
우 빼어났다고 한다.
　권섭은 별 즐거움이 없는 인생의 말년에, 한때 나막신을 신고 조각배
를 타고 왕래한 한천장과 화지장을 그림으로나마 만나게 된 것을 매우
흡족해하였다. 일평생 전국 각처를 유람하였는데도 불구하고 권섭에

게는 그림 속 산수마저 동경과 그리움의 대상이 되었다. 권섭에게 있어서 그림은 젊은 날을 추억하는 매개이자 즐거움의 동인이었던 것이다.

권섭의 여행은 여든이 넘어서도 지속되었다. 죽기 전까지 이와 같은 여행을 몇 번이나 할 수 있을지 안타까워하였다. 산과 바다로 드나들면 몸과 마음이 편안해져 손자를 묻은 슬픔과 인생의 온갖 괴로운 생각을 잊어버릴 수 있다고 하였다. 권섭은 여행을 통해 정신이 더욱 맑아지고 근력이 더욱 굳세어져 젊은 시절과 같아지게 된다고 하였다.

누가 그랬던가, 여행이란 '그곳'에 가는 것이 목적이 아니라 '내'가 있는 '이곳'을 떠나는 것이 목적이라고. 실타래처럼 복잡하게 얽히고 설킨 현실을 벗어나 온전히 자신과 직면하는 것만으로도 여행의 목적은 달성된 것이 아닐까? 여행이란 공간의 이동뿐만이 아니라 시간을 거슬러 올라가 한층 젊어진 자신과 조우하는 거룩한 행위가 아닐까?

낯선 곳에 대한 동경과 떠나고 싶은 뜨거운 열망 속에 평생을 살아간 권섭이야말로 만년 청년이 아닐까?

조영임曹永任
중국 광서사범대학 한국어학과 교수. 한국과 중국의 문학과 문화 속에 깃든 한시의 자취를 찾아 비교하고 그 가치를 널리 알리는 데 관심을 두고 있다. 지은 책으로 《아들아, 이것이 중국이다》, 《학어집》, 《조선 시대 삼당시인 연구》 등이 있고, 공역에 《역주화양지》, 《동학농민국역총서》, 《우암선생언행록》 등이 있다.

먹
으
로
기
른
대
나
무

1827년(순조 27) 추운 겨울밤, 당대의 세도가 김조순金祖淳은 오랜 벗인 자하紫霞 신위申緯(1769~1845)가 그려준 묵죽墨竹을 보며 고적함을 달래다가 새벽녘이 되자 그림 여백에 다음과 같은 글을 써넣었다.

자하 노우老友는 열 살 남짓부터 이미 삼절三絶에 이르러서, 고금에 그 적수가 없으니, 하늘이 그 재주를 내신 것이 아닌가? 자하의 시법詩法은 압록강 동쪽에서 처음으로 묘함을 창출하였으니, 사람마다 엿볼 수 있는 바가 아니요, 그림 또한 기묘奇妙하고 청수淸秀하니 운림雲林 예찬倪瓚이나 석전石田 심주沈周 같은 사람이 아니면 모두 그 상대가 될 수 없다.

오직 서예만은 비록 그 취趣를 다하였으나, 시와 그림만은 못하다. 그러나 이는 자신의 삼절에서 논한 것이요, 만약 동시대의 다른 인물들과 비교한다면 이미 다른 사람들보다 훨씬 뛰어나다.

겨울밤에 우연히 자하의 묵죽을 보다가 그림 때문에 글씨가 생각나고 글씨 때문에 시가 생각나서 이와 같이 두서없이 썼다.

내가 좋아하는 한시

모르겠다! 비견鄙見 말고 또 다른 정론이 따로 있는지를! 자하를 논함에 나는 스스로 당세의 척안隻眼이라 자부하노니, 만약 잘 모르는 이가 망령되다 말한다면, 나는 구태여 변론하지 않을 것이다.

신위가 언제부터 시詩·서書·화畵 삼절이라 일컬어졌는지는 확실하지 않지만, 오늘날 우리가 흔히 신위의 재주에 대해서 삼절이라 일컫는 연유를 이 글은 꽤 유력하게 뒷받침해주고 있다.

자네도 그려줌세

타고난 문예적 자질도 뛰어났겠지만, 신위는 어렸을 때부터 당대 학계와 예원藝苑의 거장들에게 지도를 받았다. 한양의 소론少論 인사들 가운데 가장 명망 있는 학자인 이광려李匡呂의 문하에서 학문을 배웠고, 백하白下 윤순尹淳과 원교員嶠 이광사李匡師 이후 서법書法의 명가로 꼽히는 송하松下 조윤형曹允亨은 신위의 재주를 사랑하여 아예 사위로 삼고 가르쳤다. 그리고 신위의 그림은 당대 예원의 총수로 군림하며 화단에 많은 영향을 끼친 표암豹庵 강세황姜世晃에게서 연원한 것이다. 다만 화학畵學 전반을 두루 배운 것은 아니고, 묵죽을 위주로 전수 받았다. 신위는 훗날까지도 그림에 대해 폭넓게 배우지 못한 것을 두고두고 후회하기도 하였다. 그래서 신위의 그림은 다른 화목畵目에 속한 것도 전하지만, 역시 묵죽이 질과 양 모두에서 으뜸으로 꼽히고 있으니, 신위의 그림은 곧 묵죽을 가리킨다 해도 무방할 것이다.

신위는 사람됨이 모질지 않아서 남의 부탁을 잘 거절하지 못하였다. 묵죽과 글씨에 대한 이름값이 높아질수록 더욱더 청탁이 밀려들었는데, 이를 매몰차게 내치지 못하였던 것이다.

신위와 선대부터 교분이 있었던 연경재研經齋 성해응成海應은 자신이 소장한 신위의 묵죽에 대해 다음과 같은 글을 남겨놓았다.

자하가 승지承旨가 되어 승정원承政院에 근무할 때 일이다. 공의 자리에 가보니, 여러 재상과 승정원의 동료들이 다투어 부채를 가지고 와서 묵죽을 부탁하였다. 모든 사람을 위해서 붓을 휘둘러 그려주되, 조금도 짜증내는 기색이 없었다. 승정원의 서리가 초주지艸注紙 한 장을 가지고 옆에 서서, 그림을 청하고 싶었으나 감히 부탁하지는 못하고 있었다. 자하가 돌아보고 웃으며, "내가 어찌 자네에게만 인색하게 굴 것인가?" 하고 곧 종이를 받아 묵죽을 그려주니, 사람들이 그 시원시원함을 칭찬하였다.

여러 재상과 동료가 승정원의 승지에게 부탁한 것은 그렇다 하더라도, 말단 서리조차 신위의 그림을 갖고 싶어 했던 것이다. 차마 말을 못 하고 머뭇거리는 것을 보고, 먼저 불러 선뜻 묵죽을 그려주는 모습에서 신위의 넉넉한 마음을 읽을 수 있다.

그러나 글씨와 묵죽에 대한 명성이 높아갈수록 당시 사회에서 사대부로서 입신하는 데 여러 문제가 있었다. 글씨를 아무리 많이 써주고 묵죽을 아무리 많이 그려준들 특별히 경제적인 보상이 있는 것도 아니었고, 성리학적 이념이 강고한 조선 사회에서 사대부가 그림으로 이름난다는 것은 불이익을 받을지언정 결코 보탬이 되는 일이 아니었기 때문이다. 이러한 사실을 모를 만큼 미련하지 않았을 신위가 거리낌 없이 청탁에 응한 것은 자신의 예술적 욕구를 억누르지 못했기 때문이었을 것이다. 예술에 대한 신위의 생각은 당시 보통 사대부들의 가치관을 훌쩍 뛰어넘는 것이었다.

竹品有香老杜詩風映細と香
昌谷詩竹香滿畫庵

신위, 〈묵죽도墨竹圖〉, 18~19세
기, 종이에 수묵, 114×42cm, 국
립중앙박물관.

젊은 예술가의 초상

젊은 시절 신위의 탐미적인 경향과 예술가적 천품天稟은 10대 후반에서 20대 초반 사이에 지어진 것으로 추정되는 다음 작품들에서 또렷하게 살펴볼 수 있다.

도인이 장난삼아 뜰 안 바위 그리던 중	道人戲墨園中石
종이 위에 언뜻 비친 고죽의 그림자.	紙上忽見孤竹影
황급히 일어나서 찾아봐도 간 곳 없어	急起從之不如何
달 지고 바람 부는 잠깐 새에 사라졌네.	月落風飜遷俄頃

• 달빛 아래 대나무 그림자를 그리다가 장난으로 짓다(月下寫竹影戲言)

술항아리 방에 놓고 가양주家釀酒를 기울이다	陶尊坐閣傾家釀
눈을 들어 흰 벽을 보니 푸른 산이 어른거려,	擧眼粉壁迷青嶂
가슴속엔 소년기가 어느덧 사라지고	胸中消却少年氣
저 대나무 창로한 기상을 토해냈네.	吐出此君蒼老相

• 스스로 그린 묵죽에 장난삼아 쓰다(戲題自寫墨竹)

앞의 작품이 묘사하고 있는 상황은 이렇다. 달밤에 뜰 안의 바위를 그리는데, 언뜻 종이 위로 대나무 그림자가 비쳐든다. 그런데 그것이 바로 자신이 찾던 바로 그 모습이 아닌가!

화의畫意가 일어나 서둘러 이를 그리려 하는데, 어느새 바람이 불고 달이 움직여 그림자가 사라져버리고 말았다. 아무리 애를 써도 아까의 그 모습이 도무지 떠오르지 않는다. 하릴없이 허무한 듯 부끄러운 듯 우두커니 서 있다가 방금 자신이 겪은 일을 시로 읊는 소년의 모습이 또렷하다.

이러한 모습은 훗날 신위가, 자신을 몹시도 따르던 후배인 이유원李裕元에게 묵죽을 그리는 법에 대해서 이렇게 설명한 것과도 상통한다.

대나무를 그리는 것은 글씨를 쓰는 것과 같아서 필력筆力이 미치는 곳에서 닮지 않은 듯 닮은 듯 순전히 신들린 듯이 그려서 저절로 천기天機에 합하게 그려야 한다네.

여기서 좀 더 거슬러 올라가 중국의 묵죽화를 대성한 인물로 손꼽히는 송대宋代의 문동文同이 소식蘇軾에게 그 묘리妙理를 설명한 말을 들어보자.

대나무를 그리려면 반드시 먼저 가슴속에 대나무를 간직한 뒤에, 붓을 잡고 한참 응시하다가 그리고 싶은 것이 보이면 급히 쫓아가 붓을 휘둘러 바로 그려야 하네. 바라본 모습을 쫓아가는 것을 마치 달아나는 토끼를 매가 덮치듯 해야 하니, 잠깐만 늦추더라도 사라져 버리기 때문일세.

문동 역시 "달아나는 토끼를 매가 덮치듯" 눈앞에 떠오르는 모습을 순간적으로 포착하는 것이 중요하다는 점을 역설하였는데, 그보다도 가슴속에 대나무를 기르는 것이 더욱 중요하다는 말이 참으로 의미심장하다.

이제 신위의 두 번째 작품을 살펴보자. 앞의 작품과는 달리, 자기 마음에 드는 대나무를 그리고 난 뒤 그림 위에 창작의 경위를 써넣은 시이다.

술을 마시고 취기가 오른 뒤에 문득 흰 벽을 쳐다보니, 푸른 산이 어른거리고, 가슴속의 소년기少年氣가 사라져 이처럼 창로蒼老한 대나무를 그릴 수 있었다고 말하고 있다. 자신은 아직 소년이되, 소년답지 않은 원숙한 기상을 대나무에 투영한 것에 몹시 만족했던 것 같다.

창강滄江 김택영金澤榮은 소년 시절의 신위의 일화 한 토막을 다음과 같이 기록하고 있다.

어렸을 적에 제생諸生으로 태학太學에서 승보시陞補試를 볼 때 달밤에 흥이 나서 답안지를 펼쳐 대나무를 그리니, 구경하는 사람들이 담처럼 둘러섰으며, 마침내 답안지를 제출하지 않고 물러났다.

시험 보러 간 학생이 답안지를 받아놓고 답안에 골몰하다가 갑자기 달밤의 흥취에 취해 자기도 모르게 답안지에 대나무를 그리니, 다른 학생들까지도 둘러서서 웅성거리며 구경하는 광경이 눈앞에 환하게 그려진다.

아마 이때도 눈앞에 어른거리는 대나무의 모습을 놓치는 것이 너무나 안타까웠을 것이다. 시험 따위는 아랑곳하지 않는 소년의 풍류가 눈앞에 선하다. 위에서 읽어본 두 작품이 지어진 맥락을 보다 분명하게 이해할 수 있게 해준다.

가슴속의 대나무? 배 속의 대나무!

이번에 살펴볼 작품은 친구인 윤명렬尹命烈에게 지어준 〈추밀樞密 윤언국尹彦國이 죽순을 보내왔기에, 껍질 벗는 새로 자란 대나무를 그려서 사례하고, 향산香山의 '죽순을 먹으며' 시에 차운하여 그림 곁에 두 수를 쓰다(尹彦國樞密餉余竹笋, 爲作新篁解籜一幀以謝, 仍次香山食筍韻, 自題帖側二首)〉중 첫 번째 수이다. 1822년(순조 22) 초여름에 지은 것으로, 신위의 나이 54세 때의 작품이다.

비린 것이 비위를 상하게 하니	腥物敗人胃
죽순이며 고사리에 시골 그립네.	笋蕨思鄕谷
뉘 집 바람 이슬 맞고 자라났는지	誰家風露滴
때마침 시장에 와 놓고 팔기에	時來小市鬻
뻗어난 싹 홀연히 한 줌만 해져	抽萌忽入把
뾰족한 싹 서권처럼 돌돌 말리니	餞餞書卷束
양쪽 집 시루에다 나누어 넣어	分入兩家甑
담장 하나 사이로 함께 삶았네.	隔垣同時熟
거칠고 고운 껍질 벗기고	拆皮解褐錦
결대로 쪼개어 푸른 옥을 자르니	擘肌截綠玉
그대처럼 풍미가 뛰어나서	風味秀如君
참으로 고기 맛을 잊게 한다오.	使我眞忘肉
바라는 바 본래부터 담박하기에	所願本澹泊
배불리 먹고 나면 만사가 넉넉하여	一飽萬事足
마음껏 붓을 잡고 휘둘러보니	森森動筆翰
이미 가슴속에 대나무가 있질 않겠소!	已作胸中竹

대나무는 고상한 절조節操를 상징하기 때문에 예부터 선비들이 좋아했으며, 대나무를 그린 묵죽이 문인화의 단골 소재가 된 것도 같은 맥락에서일 것이다. 그런데 식용물로 애용되던 죽순은 대나무 자체와는 그 문화적인 맥락이 전혀 다르다고 할 수 있다.

묵죽은 본래 문인들의 고상한 취향을 반영하는 그림이다. 그렇다면, 묵죽을 얻기 위해서는 점잖은 언사로 정중하게 부탁하는 것이 격에 맞을 터인데, 여기서는 윤명렬이 먼저 죽순을 보내 장난을 걸어온 것으로 보인다.

죽순 삶는 과정을 차근차근 묘사하는 것에서 시작하여 죽순의 풍미風味와 윤명렬의 풍정風情을 비교하고, 마지막에 '흉중지죽胸中之竹'의 의미를 살짝 비틀어 독자를 웃음 짓게 한다. '흉중지죽'이라는 말은 앞서 살펴보았듯이 문동이 소식에게 일러준, "대나무를 그리려면 반드시 먼저 가슴속에 대나무를 간직해야 한다"는 말에서 유래한 것이다. 선비들이 가슴속에 길러야 할 대나무와 같은 기상이 순식간에 배 속을 든든하게 채워주는 음식물로 바뀌어버렸다.

여기에서 주목할 것은 이러한 유머뿐만이 아니다. 선물에 대한 사례로서 죽순의 담박한 맛이 그림이 되고 시가 되는 점에도 주목해야 한다. 먹을거리가 그림이 되고 시가 되는 과정은 그야말로 생활의 예술화라 할 만하니, 색다른 일취逸趣가 풍부하다.

호암湖巖 문일평文一平은 "자하의 특색이 한갓 좋은 시를 지은 것보다도 그 생활 자체가 시적인 점에 있었으니, 그는 칠십 평생을 두고 언제나 그림 그리기와 글씨 쓰기와 시 짓기에 거의 그 전 생명을 소연燒燃하여버렸다"고까지 평한 바 있다. 여기에 딱 들어맞는 작품이라 할 수 있다.

나의 병, 자네의 병

매년 봄가을 두 차례만 열리는 간송미술관의 전람회에 단골로 등장하는 서화첩 중 하나가 《자하시죽첩紫霞詩竹帖》이다. 후배인 이유원

내가 좋아하는 한시

에게 그려준 시화첩詩畵帖으로, 묵죽 세 폭에 세 수의 제시題詩가 붙어 있고, 마지막에 시화첩을 총괄하는 발문跋文의 성격을 띤 고시古詩가 한 수 적혀 있다.

내가 묵죽을 그려냄은 또한 천성이라
날이면 날마다 백 폭씩 그려내네.
기쁨과 슬픔 풀어내어 음악을 대신하고
속마음도 토해내니 술도 굳이 필요 없네.
대인지 아닌지는 스스로도 잘 몰라서
삼이다 갈대다 남들 비평 달게 받네.
문동 어른 도가 그리 깊지 않아
동파 선생 그 병을 이롭게 여겼는데
자네가 내 묵죽을 끔찍이도 좋아하니
비유하면 한 세상의 문동과 동파랄까?
아! 자네 예서를 내 묵죽과 비교하면 어떠한가?
자네 병이 도질 때를 나 역시 엿보리라!

我生墨竹亦天性　　一日一掃一百幅
陶寫哀樂代絲肉　　暢叙幽情當觴咏
是竹非竹不自覺　　爲麻爲蘆受人評
文同夫子未入道　　東坡先生利其病
君於我竹亦嗜劇　　譬如一世文蘇做
嗟君漢隷何如吾墨竹　　君之病發吾亦偵

• 묵농을 위해 묵죽을 그려주며 화첩 뒤에 장난스럽게 쓰다(爲墨農 寫竹, 戲題帖後)

1839년(헌종 5) 10월에 지은 작품으로, 이때 신위는 71세, 이유원은 26세였다.

첫 네 구에서는 묵죽을 그리면서 마음속의 희로애락을 풀어버리는 것을 말하였으며, 그다음 두 구절에서는 《운림유사雲林遺事》에 실린 예찬倪瓚의 말을 인용하였다.

내 묵죽은 가슴속의 일기逸氣를 그려낸 것일 뿐이다. 남들이 보고 삼이라고도 하고 갈대라고도 하며, 나 또한 대나무라고 우기지 않는다.

실제로 이 화첩에 실린 그림인 〈이슬 맞은 대(露竹)〉, 〈아름답고 긴 대(便娟修竹)〉, 〈비 맞은 대(雨竹)〉를 보면, 실제의 대나무를 충실하게 묘사하거나 그 고결한 이미지를 살리는 데 힘을 쏟았다기보다는, 그야말로 가슴속의 일기逸氣가 솟구치는 대로 붓을 휘두른 한묵유희翰墨遊戲에 가깝다. 어찌 보면 현대 미술의 추상화 같기도 하다.

그다음 여섯 구는 문동과 소식의 고사에서 끌어온 것이다.

동파의 문집에 이런 말이 있다. "여가與可(문동의 자)가 '내가 도를 깨우친 것이 깊지 않아 때때로 묵죽으로 드러나니, 이는 병일세'라 말한 바 있다. 나는 장차 그가 발병할 때를 엿보아 (그 묵죽을) 차지하려고 한다. 내가 그의 병을 이롭게 여기는 것이 또한 내 병일 것이다."

문동의 말은 자기처럼 흥에 겨워 그림을 그리는 것도 유도자有道者의 입장에서 보자면 일종의 병일 수 있다는 뜻이며, 소식의 말은 묵죽을 좋아하여 문동이 '발병發病하는 것을 이롭게 여기는' 자기 자신도 병이라는 것이다.

이 시에서는 물론 자신의 묵죽을 탐내는 이유원과 신위 자신을 비유하기 위해 쓰인 것이지만, 마지막 두 구에 반전反轉이 있다. 자네도 한나라 예서隷書를 즐겨 쓰는 병이 있으니 나 역시 자네가 '발병'할 때를 기다려서 그 작품을 차지하고 말겠다는 것이다. 물론, 이유원에게 묵죽과 시를 써서 보내준 답례로 근사한 예서를 한 폭 보내라는 말을 이렇게 표현한 것이다. 여기서 예서를 쓰는 것도 도매금으로 역시 '병'의 일종이 되어버렸다.

문동과 소식이 말한 병은 벽癖과도 상통하는 개념이다. 어떤 기예에 정통하려면 전일專一해야 하고, 그 분야에 벽이 있어야 한다. "벽이 없는 사람은 쓸모없는 사람"이라고 한 박제가朴齊家의 말에서 알 수 있듯이, 조선 후기 경화세족들 사이에는 벽을 숭상하는 풍조가 널리 퍼져 있었다. 투철한 유교적 사대부관에 입각해 판단해보면, 이러한 경향은 병리적인 징후이며, 문동이나 소식, 신위나 이유원 역시 이 점을 분명하게 인식하고 있었을 것이다.

마지막으로, 처음에 읽은 김조순의 글로 되돌아가보자. 김조순은 자하의 삼절 가운데 시가 가장 위이고, 그다음이 그림, 그다음이 글씨라고 평가하였다. 실제로 후배인 김정희金正喜가 추사체로 19세기를 석권하고, 오늘날까지도 태산북두泰山北斗의 지위를 굳건히 지키면서, 선배인 신위의 글씨는 역사적 그 존재감이 많이 가려졌다.

그러나 묵죽에 관한 한, 신위는 탄은灘隱 이정李霆, 수운岫雲 유덕장柳德章과 함께 조선의 3대 묵죽화가로 인정받고 있다. 또 시는, 그 스스로도 가장 자부하던 바였는데, 글씨 때문에 시에서 이룩한 성취가 가려질까 걱정할 정도였다.

신위의 바람대로 그의 시는 연암燕巖 박지원朴趾源의 산문, 김정희의 글씨와 함께 나란히 조선 후기의 절예絶藝로 거론된다. 19세기 이후 경화세족 출신 시인 치고 신위의 영향을 받지 않은 사람이 거의 없을 정도였던 것이다. 이런 점에서 본다면, 자제시自題詩가 붙어 있는 신위의 묵죽도는 진정 삼절의 정화精華가 깃들어 있는 작품이라 할 수 있을 것이다.

이현일李炫熹

명지대학교 국어국문학과 강사. 조선 후기의 대표적 시인인 신위를 연구하여 박사 학위를 받았다. 언젠가 '조선 후기 한시사'를 써보겠다는 꿈을 가지고, 꾸준히 18~19세기의 한시 작가들을 연구하고 있다. 최근에는 명·청 시대 중국 강남 지역의 문화와 학술에 대해 관심을 가지고 조선에 끼친 그들의 영향을 추적하고 있다.

　　19세기는 조선의 문화 예술계에 여성이 적극적으로 진출하여 활발하게 활동한 시기다. 이는 19세기 전반기의 남성 예술가들인 신위申緯, 김정희金正喜, 조희룡趙熙龍, 나기羅岐 등이 빈번하게 여성 혹은 기생 화가들을 소개하고 있다는 사실에서도 알 수 있다. 하지만 남성에 의해 기록된 여성 예술가의 작품과 활동 양상은 너무 단편적이어서, 이것만으로는 여성 예술가의 창작 의식, 예술 환경, 활동 양상 등을 구체적으로 파악하기 어렵다.

　　그런데 당대의 여성 작가인 운초雲楚 김부용金芙蓉이 그림을 어떻게 공부하였고 그림을 통해 무엇을 지향하였는지, 자신의 회화 창작과 활동에 대한 한시를 남기고 있어 눈길을 끈다. 우리는 운초의 한시를 통해 운초뿐만 아니라 19세기의 여성 화가의 존재와 그 예술 활동을 보다 구체적으로 간취看取할 수 있다. 운초는 한시로 예술가의 자화상을 남긴 독특한 존재인 것이다.

먹에 담은 정신

운초는 한시 작가이자 화가였다. 운초는 스스로 "시와 그림을 매우 좋아하여 벽癖이 있다"고 하였고, 시화詩畵에 대한 자신의 벽을 "눈 속의 매화와 달은 알아준다"고 읊었다.

예술가로서 운초의 명성은 일제 강점기에도 이어졌다. 어느 여성 작가보다도 많이 운초의 시집이 필사되거나 간행되었던 것이다. 일제 강점 시기의 신문과 잡지에는 운초를 적극적으로 소개한 글이 여럿 실려 있는데, 예컨대 《삼천리》에서는 운초가 시화뿐만 아니라 글씨도 잘 썼다고 하였다. 한시 작가이자 화가로서의 운초의 모습은 사후에도 오래도록 세간에 회자되었던 것이다.

김부용金芙蓉은 호를 추수秋水라 하야 260년 전 성천成川 명기名妓로서 서화시부書畵詩賦를 잘하야 한시 문단에 성명을 날이든 분이다. 더구나 〈상사相思〉의 차일편此一篇은 자유시형自由詩型을 본떠 그 창달暢達한 시상詩想을 마음대로 담은 데 더욱 뜻이 깁다. 본지本誌는 매월 계속하야 이 명기名妓의 시가詩歌를 연재코저 하노라.

성천의 관기官妓였던 운초는 1831년 20대 중후반의 나이로 77세인 김이양金履陽(1755~1845)[1]의 소실이 되어 한양에 정착하였다. 관기 시절 간절히 원하던 바대로 김이양의 소실이 된 뒤, 운초는 김이양을 따라 이곳저곳 함께 나들이를 다녔다.

관직에서 물러나 봉조하奉朝賀를 지내던 김이양은 운초와 함께 한

---

1 조선 후기의 문신. 1795년(정조 19)에 과거에 급제하여 함경도 관찰사, 예조·이조·호조의 판서를 거쳐 좌참찬에 이르렀다. 1844년(헌종 10)에 만 90세로 궤장几杖을 하사 받았으며, 이듬해 봉조하로 있다가 졸하였다.

　　　　　　　　　　　　　　　　내가 좋아하는 한시

양 도성을 떠나 한강변의 별장인 일벽정一碧亭 등에 머물거나 경치 좋은 곳으로 여행을 다녔다. 다음은 운초가 김이양과 함께 일벽정을 찾았을 때 지은 시이다.

비 그친 아름다운 물가에 물색이 새로운데
뛰어난 그림으로도 정신을 전할 수 없어 한스럽네.
사공이 취해 잠드니 물결도 함께 고요한데
시골 노인과 서로 만나 풀밭에 앉았네.
물새는 절로 기미를 잊었으니 어찌 나그네를 피하겠는가?
제비는 낯익은 듯 매양 사람을 가까이하네.
복숭아 열매 향기로운 집,
일벽정 안에는 특별한 봄이 있다네.

雨歇芳洲色相新　恨無工畫可傳神
蒿師醉睡波同靜　野老相逢草作茵
鷗自忘機胡避客　燕如曾識每親人
桃花結子香家室　一碧亭中別有春

• 어르신의 시에 화답하고 경산에게 올리다(奉和老爺韻, 呈上瓊山[2])

맑게 갠 뒤 펼쳐진 한강의 풍경이 새롭고도 아름답다. 이 신선한 풍경에서 감흥을 느낀 순간, 운초는 풍경의 정수精髓를 공교한 솜씨로 그려내고 싶은 욕망을 느낀다. 하지만 그만한 그림 솜씨가 없어 안타까울 뿐이다. "전신傳神"은 대상의 정수를 그림으로 표현하고 싶어 하

---

2 경산瓊山: '삼호정三湖亭 시단詩壇'의 동인. 삼호정 시단은 금원錦園, 경춘瓊春, 운초, 경산, 죽서竹西 등 5인의 소실이 용산 한강변에 있던 삼호정에 모여 결성한 우리나라 최초의 여성 시단이다. 삼호정은 금원의 남편인 김덕희金德熙의 별장이다.

는 화가 운초의 지향을 잘 보여준다. 이때 운초가 그리고자 한 산수화
는, 세속적인 삶에 묶인 채 산수 자연을 이상향으로 동경하는 결핍된
주체의 생산물이 아니다. 그보다는 관기라는 굴레에서 벗어나 소실로
서의 여유를 갖게 된 안도와 평화의 결과물이라고 보아야 할 것이다.

운초가 일벽정을 무릉도원으로 표현한 것은, 관기가 아닌 소실로서
김이양과 함께하는 삶에서 느낀 다채로운 감정 중의 한 부분일 것이
다. 관기의 신분으로 명승지에서 연행宴行을 펼쳐야 했던 감흥과 소실
의 신분으로 산수를 유람하면서 느끼는 감흥이 매우 다르리라는 것은
충분히 짐작할 수 있다. 산수화를 통해 대상의 정신을 전하고 싶어 한
운초의 욕구는, 그녀가 산수 자연에서 느낀 여유와 감흥의 깊이에 비
례할 것이다. 운초가 이 산수화를 실제 그림으로 완성하였는지는 그
녀의 시집을 통해서도 확인할 수 없다. 다만 힘겹게 얻은 삶의 여유를
표현하고 싶은 욕구에서 산수화를 창작하려 했으며, 궁극적으로 "전
신傳神"을 지향했다는 점은 분명히 알 수 있다.

운초는 산수화뿐만 아니라 묵죽화 또한 공부하고 그렸다. 다음 시는
운초가 장난삼아 먹을 뿌리며 묵죽화를 그리는 자신의 모습을 묘사한
것이다.

　　가을 깊은 바닷가 객관에 나그네의 근심이 찾아드는데
　　서울의 봄꽃을 꿈속에서 찾아가네.
　　장난삼아 뿌리니 난 같고 계수나무 같은 묵흔이여
　　구차하지 않고 돋우지도 않은 마음으로 이루었네.
　　秋深海舘客愁侵　京國春花夢裡尋
　　戲潑如蘭如桂墨　挈成不聊不挑心
　　•〈곡구의 여덟 수에 차운하다(次谷口八韻)〉 제6수

운초의 묵죽화가 남아 있지 않으므로 그 수준이 어느 정도였는지는 가늠할 길이 없다. 하지만 운초가 자신의 그림 수준에 스스로 만족한 것으로 보아 묵죽화에 대한 인식과 창작의 수준이 상당히 전문적이었음을 알 수 있다.

운초는 묵죽화를 그리며 '장난삼아 먹을 뿌리며 구차하게 그리려 하지도 않고 억지로 잘해보려 조급해하지도 않는다'고 하였다. 이러한 창작 태도는 기교와 작위를 배제하고 가슴속에 무르녹은 화의畵意를 일격의 필치로 화폭에 옮겨내는 것을 이상적 경지로 여기던 당대 최고의 묵죽화가인 신위 일파의 태도와 닮았다. 운초가 자신의 그림에 대해 '그려놓고 보니 난 같기도 하고 계수나무 같기도 하다'고 한 것은 자신의 묵죽화에 묵죽의 형상이 아니라 정신이 드러난 것을 만족스러워한 표현이다.

운초는 문동文同과 소식蘇軾의 묵죽화 창작 태도와 정신을 배웠다. 묵죽의 대가로 일컬어지는 문동, 그리고 문동의 묵죽을 진전시켰다고 알려진 소식은 운초가 선망한 대상이었다. 특히 운초는 한시에서는 소식의 시풍을 추구하였고, 그림에서는 문동의 화풍을 추구하며 그들과 함께 결사結社할 수 있기를 갈망하였다. 전문 화가는 아니었지만 묵죽화의 대가들을 추숭하여 그 창작 정신을 배우면서 여기餘技 화가로 활동하였던 것이다.

팽성 일파에는 몇 사람이나 있나?	一派彭城有幾人
원통거사의 참모습을 그리기가 어렵네.	圓通居士寫難眞
환한 창가에서 대나무 화폭을 펼쳐 바치니	明窓披獻琅玗幅
네모난 못에 대 심은 지 이미 10년이라네.	種得方塘已十春

• 〈곡구의 여덟 수에 차운하다〉 제7수

팽성 일파는 팽성 수령으로 있던 소식 및 그가 묵죽을 배운 문동 일파를 가리킨다. 문동은 "대나무가 곧 나이고 내가 곧 대나무"라 말할 정도로 대나무를 좋아하였다. 집 주변에 대나무 수천 그루를 심고 세밀히 관찰하여 그릴 정도였다. "뜻은 붓보다 먼저 있다"고 주장한 문동은 "가슴속에 대나무가 있다(胸中成竹)"고 선언한 것으로도 유명하다.

운초도 대나무를 좋아하였다. 네모난 못에 대나무를 심고 길러온 지 10년이나 되었다고 했다. 운초가 대나무를 심은 것은 곧 문동의 묵죽화 창작 태도를 본받았기 때문이다. 운초가 대나무의 참모습을 그리기가 어렵다고 한 것 역시, 묵죽화를 그리기 위해 대나무를 관찰하고 연구한 문동의 창작 정신과 태도를 배우며 묵죽화를 가볍게 창작하지 않았음을 역설적으로 밝힌 것이다.

소식은 문동의 뜻을 이어받고 나아가 "시와 그림은 본래 한 가지 법칙이다(詩畫本一律)", "시 속에 그림이 있다(詩中有畫)", "그림 속에 시가 있다(畫中有詩)"를 강조하였다. 운초가 경물을 보고 느낀 감흥을 그림으로 표현한 것, 산수 자연의 아름다움을 한시로 풍부하게 묘사한 것, 자신의 그림 창작에 대한 갈망과 작품 감상 및 비평 등을 한시로 표현한 것 등은 모두 소식의 정신을 구현한 것으로 볼 수 있다.

그림을 읽다

그림에 대한 운초의 애호와 감식안이 상당히 깊었다는 사실은 그녀의 시집 곳곳에서 확인할 수 있다. 다음이 그러한 예이다.

가야금, 노래, 시, 술, 그림이 있다면   琴歌詩酒畫
인간 세상도 봉래산이지.   人世亦蓬萊

강산은 기다림이 있는 듯하고   江山如有待
꽃과 새는 서로 시기하지 않네.   花鳥莫相猜
• 자황自況

이 시를 보면, 운초가 그림과 시와 술과 가야금과 노래를 얼마나 좋
아하였는지 알 수 있다. 정원용鄭元容도 평안도 성천에서 운초를 만나
고 한양으로 돌아오는 길에 운초가 보낸 편지에서 "말이 아름다워 들
을 만한 것이 많았다"고 밝혔다. 운초의 회화 비평 안목이 비교적 적확
함을 칭찬한 것이다.

운초의 회화 창작과 비평 활동은 청나라에서 들여온 화보를 중심으
로 그림을 공부하던 19세기 전반기 풍조의 영향을 받았다. 당시 조선
의 화단은 청에서 들여온 화보를 보고 익히는 일이 많았는데, 대표적
인 인물이 바로 신위이다.

당시 조선 화단의 추숭을 깊이 받은 인물은 문동, 소식, 오진, 황정견
등 문인화가들이었는데, 운초의 회화 활동에서도 이들에 대한 추숭 경
향이 강하게 나타난다. 운초는 당대 화단의 동향을 잘 알고 있었으며,
이와 밀접한 연관하에 회화 활동을 하였던 것이다.

대나무를 노래한 동파거사의 시   東坡居士詠筠詩
"석실산인이 바로 나의 스승이시네."   石室山人是我師
곱고 푸른 빛 눈가에 어리니   峭蒨青葱眉睫暎
빗속의 가벼운 잎, 눈 속의 가지여.   雨中輕葉雪中枝
• 〈곡구의 여덟 수에 차운하다〉 제2수

둘째 구절에 보이는 "석실산인石室山人"은 문동을 가리킨다. 문동의

묵죽은 "깨끗하게 씻긴 자태가 풍부하다"는 평을 받았다.

운초가 보고 있는 그림은 곱고 푸른 빛이 눈가에 아른거리는 우죽雨竹과 설죽雪竹이다. 빗속에서 흔들리는 가벼운 잎과 눈 속에 피어난 가지를 특별히 언급한 것은 우죽과 설죽에서 '깨끗하게 씻긴 자태'를 읽어내었기 때문이다. 이처럼 운초는 문동 묵죽의 특성을 잘 이해하고 있었다.

성근 모 굳센 마디 맑고 야위어 절로 어여쁘니　　稜節淸癯自可憐
매화도사가 신선의 인연을 기탁하였네.　　　　　梅花道士托仙緣
위수가의 우수수 흔들리는 천 그루의 대 그림자　　渭濱摵摵千竿影
산수 자연 속 책상 앞에 두기에 좋다네.　　　　　合置湖山几案前
• 〈곡구의 여덟 수에 차운하다〉 제1수

매화도사는 원나라의 화가 오진吳鎭을 가리킨다. 운초가 감상하고 있는 그림은 오진이 추구한 맑고 야위어 고상한 대나무의 형상이다. 오진은 황공망黃公望, 예찬倪瓚, 왕몽王蒙과 함께 원나라 말기 4대 화가의 한 사람으로 꼽힌다. 그런데 다른 3대 화가가 서로 활발하게 교유한 반면, 오진은 고결한 성격으로 다른 이들과 어울리려 하지 않았다. 평생 벼슬도 하지 않고 숨어 살면서 청빈하고 고고한 문인의 자세를 고수하였다.

운초는 대나무의 모와 마디의 성글고 굳센 모습, 맑고 야윈 이미지에서 오진이 추구한 고상한 삶의 자세를 읽었다. 세상에 모습을 드러내지 않고 고독하게 지조를 지키는 오진의 삶을 대나무에 비유하여 신선 세계에 기탁하여 사는 모습으로 그렸던 것이다.

오진은 북송北宋의 문동과 소식에서 비롯한, 사의寫意를 중시하는

　　　　　　　　　　　　　　　内가 좋아하는 한시

묵죽화풍의 영향을 받았다. 운초는 오진의 묵죽화가 위수渭水가에 천 그루의 대나무를 심고 세밀히 관찰하여 그림을 그린 문동의 정신을 계승하였음을 밝혔다. 운초가 중국 묵죽화의 계보와 정신에 대해 풍부한 지식을 습득하였고, 이에 바탕을 두어 감상과 비평을 하였음을 알 수 있다.

그리고 운초 자신도 문동, 소식, 황정견, 오진으로 이어지는 문인화풍을 추구하며 그 정신을 이어받아 스스로 그 계보의 구성원이 되었다. 이와 같은 운초의 묵죽화 창작과 비평 정신은 시종일관 유지되었다.

> 필획 너머 무성한 군센 자태 筆外蕭森有勁姿
> 일찍이 산곡이 찬 가지에 삐침을 친 줄 알았지. 曾聞山谷撇寒枝
> 죽순은 반드시 봄을 빌려 요란하게 우니 籜龍定借春雷吼
> 앉아서 온 산에 비 오려 할 때를 기다리네. 坐待千山欲雨時
> • 〈곡구의 여덟 수에 차운하다〉 제4수

운초가 보고 있는 묵죽은 황정견의 필법筆法처럼 찬 가지에 삐침을 한 것이 특징이다. 황정견의 대 그림이나 이를 의방依倣한 그림으로 추정된다.

운초는, 찬 대나무 가지를 그릴 때 황정견이 삐침을 한다는 사실을 일찍부터 알았음을 분명히 밝혔다. 운초가 묵죽화보를 보고 공부하였으며, 그 비평도 묵죽화보에 기반하고 있음을 알려주는 내용이다. 19세기의 관기 혹은 소실 출신인 여성 예술가들이 중국 화보를 보고 묵죽화를 익혔으며, 그에 따라 감상과 비평의 수준 또한 상당히 높았음을 알 수 있다.

김부용 묘(충남 천안시 광덕면 소재).

그림 앞에서의 춤

운초는 묵죽화를 감상하고 비평하며 격렬한 기세를 느끼게 하는 작품에 강렬한 공감을 느꼈다. 죽향, 조희룡 등이 호쾌한 기상과 빼어난 격조를 추구하여 개성적인 묵죽화를 그린 것과 상통한다. 여기서 관기 출신인 운초, 죽향과 중인 출신인 조희룡이 조선 시대의 신분제 사회에서 느끼는 동질성을 공유하고 있었음을 읽어낼 수 있다.

부용당의 가을밤 이슬 무성한데
슬프게 탄식하며 고운 마음으로 묵죽을 마주하네.
바람이 불고 잎이 흩날려 두 칼이 쌍검무를 추는 듯
천연스레 일어나 춤추는 푸른 비단 치마여.
荷堂秋夜露華繁　悽惋香情對墨君
風製葉飜雙釖動　天然起舞碧羅裙
• 〈곡구의 여덟 수에 차운하다〉 제5수

운초는 이슬이 무성하게 내린 가을밤을 슬퍼하고 탄식하며 묵죽화를 마주한다. 운초가 보고 있는 묵죽화는 마치 쌍검대무雙劍對舞를 추듯 거센 기세가 날카롭게 흔들리는 댓잎을 그린 그림이다.

이 묵죽화를 앞에 두고 운초는 자기도 모르게 자연스럽게 일어나 격렬하게 춤을 춘다. 이슬이 짙게 내린 가을밤의 슬픔과 탄식이 묵죽화에 의해 흥기되어 자신도 모르게 절로 격렬한 춤으로 표현되었다.

운초에게 묵죽화는 그녀의 장기인 시나 춤처럼 자신의 마음을 있는 그대로 표현하여 전달할 수 있는 또 하나의 예술이었다. 운초는 묵죽화를 감상함으로써 일어난 내면의 흥취를 강렬하게 표현하였다. 운초가 감상한 묵죽화는, 고아하고 담백한 미감을 간결하면서도 함축적으로 표현한 신위의 묵죽화와는 사뭇 다르다.

　신위는 죽향의 묵죽화에 대하여 "낭간琅玕 죽향의 묵죽 일파가 소산蘇山 송시랑宋侍郎으로부터 비롯되었다"고 비평하였다. 소산 송상래宋祥來의 묵죽화는 "시각적 감흥과 내면적 흥취, 강렬한 표현 욕구를 거리낌 없이 화폭에 옮겨 담았다"는 평을 받았다. 운초가 격렬하게 감응하였던 그림과 비슷한 화풍을 지녔던 것이다.

　거센 기운이 느껴지는 묵죽화를 비평하고 애호한 운초와 강렬한 기운이 느껴지는 묵죽화를 직접 그린 죽향이 화풍과 화격을 공유하였음을 알 수 있다. 그녀들은 관기 출신의 소실이라는 신분적 동질감과 악가무樂歌舞와 시詩·서書·화畵의 재능을 소유한 예술가로서, 서로 동질감을 공유하고 동지적 유대를 느끼며 19세기 예술계를 수놓았던 것이다.

박영민朴英敏

고려대학교 민족문화연구원 연구교수. 한국의 사대부 및 기생의 한시와 문화사에 대해 공부하고 있다. 최근에는 한국의 전통 미학과 예술 비평 이론에 대한 번역과 연구에 관심이 깊다. 지은 책으로 《19세기 문예사와 기생의 한시》, 《한국 한시와 여성 인식의 구도》, 《고전문학과 여성주의적 시각》(공저) 등이 있으며, 옮긴 책으로 《봉선화》, 《병세재언록》(공역) 등이 있다.

나비의 위기가
온 우주의 위기다

여기 한 편의 시가 있다. 제목은 '비 오는 밤 등잔불을 쫓는 작은 나비의 시종始終을 보고 느낀 바 있어(雨夜, 見趁燈小蝶始終, 有感)'이다.

세차게 쏟아지는 한밤중 빗속	澒洞中宵雨
불빛에 이끌려 조그마한 나비 따라온다.	媒明小蝶來
알록달록 치마 무늬 어여쁜데	斑斑裳飾好
분주히 펄럭이며 춤추는 자태 서글프구나.	促促舞姿哀

나비는 한 여인이다. 비 내리는 밤, 한 여인이 어여쁜 치맛자락을 휘날리며 춤추고 있다. 시인의 등잔 불빛 주위에서 한판 춤사위를 벌이고 있다. 분주하게. 시인은 여인의 모습이 서글프다. 이 몽환적이고 애잔한 정경은 원문을 주의 깊게 읽을 때 더욱 또렷해진다.

"세차게 쏟아지는"이라고 번역한 제1구의 "홍동澒洞"은 '허공의 혼돈한 모양'이나 '질펀하게 넘쳐흐름'이라는 두 가지 뜻을 지니고 있다. 어느 쪽으로 새겨도 빗줄기가 퍼부어 내리는 한밤중의 으슥하고 암담한 분위기에 일조하지 않음이 없다.

제3구의 "치마 무늬"는 실제로는 나비의 날개 무늬이며, 제4구의 "춤추는 자태" 또한 불빛을 쫓아 그 주위를 바삐 펄럭이는 나비의 날 갯짓이다. 나비는 어여쁜 치맛자락을 휘날리며 춤추는 여인이다. 온통 암흑으로 뒤덮인 아득한 한밤중, 정신없이 퍼붓는 빗속에서 나비 한 마리가 시인의 희미한 등잔 불빛 주위를 날고 있다. 분주하게 춤사위 를 벌인다. 그 모습이 시인은 서글프고 안쓰럽다.

미리 예감한 것일까? 이어지는 구절에서, 결국 그녀는 위기에 처한다.

등잔에 붙어 아주 잠깐 삶을 영위하다가　　　面壁俄成住
바람을 맞더니 이내 돌아오지 못하네.　　　　迎風兀不廻
'안선'은 네가 본래 지닌 것인데　　　　　　　安禪渠自有
'파랑'에 흔들리는 내 쇠락함이 부끄럽구나.　波浪媿吾頹

"등잔에 붙어"의 원문은 "면벽面壁"이며, "삶을 영위하다가"의 원문 은 "성주成住"이다. 이 두 단어는 모두 불교 용어로, 앞의 것이 '좌선坐 禪하는 모습'이라면 뒤의 것은 '성겁成劫'과 '주겁住劫'의 줄임말이다.

우주(세계)가 파괴되어 사멸한 후 아주 오랜 세월이 지나면 다시 우 주가 생기고 인류가 삶을 영위하기 시작한다. 이 기간이 '성겁'이다. 성겁에 이어, 인류가 세계에 안주하는 기간이 곧 주겁이다. 성겁과 주 겁은 세계가 무너져 멸망하는 기간인 '괴겁壞劫'과, 이 세계가 무너져 사라지고 다음 세계에 이르기까지의 기간인 '공겁空劫'으로 이어진다. 물론 공겁은 다시 애초의 성겁으로 회귀한다.

모든 것은 번성하면 소멸하고 소멸하면 재생한다. 어느 것도 영원 하지 않다. 우주가 생겨나고 없어지는 과정만이 끊임없이 되풀이된다.

余非飲年有病蝶
詩廿餘首今錄于
一愛日輕風好天氣茶
聳翅錦翅緩細約身
芳怨嗾畨佩領略花
五草來

남계우南啓宇, 〈호접胡蝶〉
부분, 19세기, 종이에 채색,
133.5×33.5cm, 이화여자
대학교 박물관.

영원히 반복된다. 이것이 이른바 불교의 '사겁四劫'인 '성주괴공成住壞空'이다.

나비는 등잔에 붙는 행위, 즉 면벽을 통해 일시나마 성겁과 주겁의 삶을 누리지만, 제2구에서와 같이 그 삶은 '바람'에 흔들려 사라질 정도의 미약한 것이다. 이것이 괴겁과 공겁으로의 파멸 과정이다. 한 마리 나비의 위기가 온 우주, 온 세계의 위기다. 비 오는 밤 등잔불을 쫓는 작은 나비의 시종始終, 즉 나비의 여정은, 시인에게 우주적 '사겁'에 대응한다.

제3구와 4구의 "안선安禪"과 "파랑波浪" 역시 불교 용어다. 앞의 것이 '정좌입정靜坐入定'의 상태라면 뒤의 것은 '번뇌煩惱'의 비유이다.

육조 혜능慧能의 어록인 《육조단경六祖檀經》에 "번뇌煩惱는 파랑이고, 독해毒害는 악룡惡龍이며, 진뇌瞋惱는 어별魚鱉이다"라고 했다. 시인이 보기에 나비는 면벽과 정좌를 통해 입정入定에 드는 안선의 성정性情을 하늘에서 품부 받았다. 그럼에도 불구하고 바람 따위에조차 쉽게 흔들릴 수밖에 없는 미력한 존재이다. 이것이 시인을 부끄럽게 한다.

왜 나비의 미력한 모습에 시인이 부끄러운가? 나비가 바로 시인 자신이기 때문이다. 시인은 작은 파랑에도, 작은 번뇌에도 쉽게 흔들릴 수밖에 없는 쇠락한 존재이다. 앞서 온 우주와 온 세계의 위기이기도 했던 작은 나비의 위태한 여정이, 이제는 시인의 실존과 겹친다.

시인을 안선하게 하지 못하고 번뇌에 시달리게 만드는 것은 무엇인가? 시인은 왜 한갓 미물에 불과한 작은 나비의 삶과 죽음에 온통 마음을 빼앗기는가? 이 질문에 대답하기 위해서는, 이제 텍스트 바깥으로 나와 산강재山康齋 변영만卞榮晚(1889~1954)의 삶과 시대를 응시해야 할 것이다.

두 마리 나비

변영만은 단재丹齋 신채호申采浩와 함께 수당修堂 이남규李南珪에게 한학漢學을 배우고 대한제국에서 약관의 나이에 판사로 재직한 지식인이다. 조선이 일본에 사법권을 빼앗긴 1909년, 변영만의 나이는 스물하나였다. 그때 광주지방법원 판사직을 사임하고 서울 집으로 상경하면서 처음으로 지은 한시가 바로 〈북상사北上詞〉다.

이 시에 보이는 '격분'과 '부끄러움', '자조' 등의 정제되지 않은 감정의 편린들은 변영만 문학의 모태를 이룬다. 망국에의 예감을 "약관의 꽃다운 나이여, 기구한 시대를 만났구나. 남토를 떠나 북으로 오름이여, 울울하게 근심스러운 이 마음 그 누가 짝 되어줄까"로 토해내고, 그의 전 생애를 장악할 식민지 지식인으로서의 내면을 "아, 부끄러운 나의 생이여! 장차 끝내 홀로 방황하며 슬퍼할 것인가"로 탄식하다가는, "어린 나의 어리석음이여, 두려워 벌벌 떨며 하늘만 바라보면서" 부끄러워하고 자조하기도 하였다.

결국 이 죄 많은 삶을 살려달라고 하늘의 상제上帝에게 빌어보지만, 하늘은 막막히 대답이 없다.

하늘은 막막할 뿐 대답이 없고　　　天漠漠而不答兮
햇살만이 서녘으로 흐르는데　　　惟日色之西流
바람 쓸쓸하고 물결 사나워　　　風蕭瑟而波譎兮
소리 없이 입 다문 채 고개만 떨구네.　　　噤無聲而垂頭

• 북상사北上詞

쓸쓸한 '바람'과 사나운 '물결'이 시인을 침묵시키고 좌절시킨다. 앞서 인용한 시에서 '바람'이 나비를 위협하고 '파랑'이 시인을 번뇌로 뒤흔든 것과 똑같다.

변영만 개인에게 있어서는, 사법권을 빼앗겨 판사직을 사임해야 했던 1909년, 그때부터 본격적으로 가시화되는 망국에의 여정이, 식민지 지식인으로서의 무기력한 내면이, 그 수치와 굴욕의 정제되기 어려운 자조의 목소리가, '바람'과 '물결'에 담겨서, 1936~1939년경에 창작된 〈비 오는 밤 등잔불을 쫓는 작은 나비의 시종始終을 보고 느낀 바 있어〉에까지도 지속되고 있는 것이다.

게다가 〈북상사〉의 다음과 같은 구절,

마음은 장자莊子와 같지 않아	懷不同於莊生兮
나비 될 길 없음 한스럽고	恨無術以爲蝶
인연은 불문佛門에 깊지 않아	緣不深於梵文兮
불경 또한 암송할 수 없네.	亦莫誦其貝葉

처럼, 시대와 역사에 절망하여 그 근심을 초탈하고자 해도, 장자와 같이 호접몽胡蝶夢의 나비가 될 수도 없고 불문에 귀의할 수도 없었다.

앞서 1930년대 후반, 시인의 실존이면서 전 우주의 위기와 맞먹는 위태한 한 마리 작은 '나비'가, 1909년의 시점에서는 아직, 현실의 고통을 초탈하기 위해 꿈꾸고자 하는 호접몽의 '나비'였던 것이다. 확실히 1909년의 '나비'는, 30여 년 뒤의 '나비'가 몽환적이고 섬려하며 선적禪的인 것에 비해, 그 시적 미감이 범용하다.

그러나 아무리 갈망해도 될 길 없는 호접몽의 '나비'든, 퍼붓는 한밤 빗속에서 등잔불 주위를 춤추듯 날고 있는 '나비'든, 거대한 역사 앞에서 도망치지도 저항하지도 못하는 한갓 나약하고 미미한 시인의 '실존'임은 마찬가지다.

그래서일까. 시인은 앞의 '나비'로 인해 한스럽고 뒤의 '나비'로 인해 서럽다.

벼룩과 함께 살리라

어떤 이미지들은 아주 강력한 자력처럼 시인을 당기거나 밀어낸다. 변영만에게 자신의 실존을 끌어당기는 강력한 이미지가 '나비'라면, 그러한 실존을 야기한 부정성으로서의 강력한 이미지가 '벼룩'이다.

시인은 '벼룩'을 자신의 삶에서 밀어내고 싶어 한다. '벼룩'은 시인에게 있어, 그 성정性情에는 인의仁義가 없기에, 배고프지 않아도 피를 빨며, 그래서 하지 못하는 악행이 없는, 폭군 걸桀보다도 사납고 악독한 원수이다.

그렇다. 시인의 벼룩은, 온갖 부정성으로서의, '나비'와 정반대편에 놓인, 가공할 압제자를 가리킨다. 시인 개인에게는, 법률가로서의 삶을 종식시키고 망국민으로서의 삶을 강요한, 온 생애를 고통과 자조, 부끄러움과 자학에 신음토록 한 존재이다.

그러나 매혹당한다고 '나비'를 구제할 수 없는 것과 똑같이, 미워한다고 '벼룩'을 내치기는 불가능하다. 시인은 무력하다. "벼룩과 모기가 멋대로 와서 잔치를 벌여도 내쫓을 힘 하나 없"는 것이다[이상 〈치통齒痛〉(1932)].

결국, 이 무기력한 시인에게 남은 길은 둘 중 하나이다. 죽음으로 벼룩에 대항하거나, 살기 위해 벼룩을 승인하는 것.

제목 그대로 벼룩을 읊은 〈조부蚤賦〉(1934)에서, 시인은 후자의 길을 선택하고 벼룩을 끌어안는다. 아니, 체념한다.

이제 나이 들어 몸 안정됨에
그대 무리들 뛰고 엎어져도 내버려두네
이에 오래도록 익숙하여 서로 편안하니
떠들썩한 사람들 소리는 하나도 내 알 바 아니라네.
항상 감개할 만한 조화에 순응하여
내 장차 너희와 같은 하늘 아래 살아가리라.

今向老而身恬兮　聽君輩之于以跳跌
乃習久而相安兮　吾一不知人之多聒
順造化之恒慨兮　吾將共戴天而爲活

어여쁘지만 위태로워 서글픈 '나비'의 춤사위가, 전 우주의 위태로
움으로, 망국에의 여정으로, 시인 내면의 무력함으로 겹쳐진 것처럼,
걸왕桀王보다도 악독한 압제자 '벼룩'의 횡포는 시인이 나이 듦에 따
라, 점차 제멋대로 날뛰어도 내버려둘 수밖에 없는, 그리하여 결국, 같
은 하늘 아래 살아갈 수밖에 없는, 용인해야 하고, 순응해야 하고, 체념
해야 하는, 시인 내면의 무력함을 초래한다.

하늘의 조화造化란, 역사의 운명이란, 한순간도 감개할 만한 것이 아
닐 때가 없었다. 이 비정한 현실에 순응하는 것이다. 한갓 미미한 나비
에 불과한 시인이 어찌할 수 있는 것은 아무것도 없다. 그저 순응할 수
밖에. 이렇게, 나비는 벼룩에 순응한다. 서럽게.

변영만 시에서 가장 두드러지는 시적 파토스는 이처럼, 무력함에서
초래되는 자조적 정조다. 시인은 말년의 다른 시에서, 자신의 삶을, 무
덤에 명銘이나 지어주고 돈과 술을 구하며, 때로 신괴한 소리를 지껄
여 촌로村老나 놀래고, 아침저녁으로 밥은 잘 먹어 절 농사나 낭비하
는 무뢰한 삶이라며 자조하고 자학한다〔〈자학自虐〉(1949)〕. 비정한 역

사, 폭압적 세계에 대한 부정은, 이렇게 무력한 자아에 대한 부정으로 선회한다.

이렇게 호접몽의 나비로도, 깊은 산속의 불문에로도 초탈하지 못한 채, 위태로운 춤사위 말고는 어찌할 수 있는 것이 없는 이 미력한 시인은, 그렇게 혐오하던 벼룩에조차 순응한 채, 자조와 자학에 신음한다.

그리고 그 와중에 시인은 어떤 꿈을 꾼다. 매해 매달 매일 밤.

내 예전에 기이한 꿈 꿨으니	我昔得奇夢
알몸으로 태허를 떠다녔지.	躶身太虛浮
해와 달, 별이 아득히 자취 없으니	三光杳無跡
산과 강을 다시 어디서 찾으리오?	嶽瀆更焉搜
〔……〕	
물이 용솟음치며 쏟아졌으나	滾滾有來注
튀기는 작은 물방울 하나 볼 수 없고	不見濺微漚
파드닥 날아와 부딪히는 것이 있는데	翩翩有相觸
새인 것 같으나 꼬리와 머리는 없다.	謂鳥無尾頭
부슬부슬 휘감는 물기가 있어	霏霏有繞灑
안개인가 했더니 또한 아니고	訝霧亦不侔
흰빛이었는데 홀연 푸르게 변하고	有白忽成蒼
푸르구나 생각하면 이미 어두우니 보이지 않더라.	認蒼白已謀

• 임우정 옹께서 호설을 요구하시기에 이것으로 대신하여 드리다
(林偶丁翁求號說, 代以此呈)

알몸으로 떠다니는 태허太虛, 거센 물살이 쏟아져도 물방울 하나 보이지 않는, 꼬리와 머리가 없는 새들이 날아와 부딪히고, 부슬부슬 수

증기가 깔려 있는데 안개는 아니고, 환한 흰빛이 홀연 푸르러졌다가 시꺼멓게 어두워지는 세계.

이 기묘한 꿈의 의미는 무엇인가? 젊은 시절에 갈구했으나 실패한 호접몽의 '나비'나 불문에의 귀의 같은 '초탈'에의 욕망인가?

이 꿈은 한밤 빗속에서 등잔불 주위를 춤추듯 날고 있는 나비의 서글픈 정경보다 몽환적이다. 위에 인용된 시의 뒷부분에서 "한번 이 꿈을 꾸고 나니, 내 이름과 자가 정말 나의 것인지 의심스러웠네(一經此夢後, 自疑名與字)"라 했으니, 역시 장자의 호접몽과 같은 종류의 꿈인가?

장자가 나비가 되는 꿈을 꾸고 나서, 자신이 나비가 되는 꿈을 꾸었는지, 나비가 장자가 되는 꿈을 꾸고 있는 것인지 의심했다는 그 꿈처럼, 시인도 태허에서 노닌 꿈을 꾼 후에 자신이 정말 자신인지 장자처럼 의심하는 것인가? 이 꿈의 의미는 단지 이 같은 진부하고 범용한 비유에 그치는가?

아무것도 없는 꿈

이 모든 질문의 답을 위한 실마리로, 10년 전인 1922년에 창작된 다른 두 편의 산문을 찾아보자. 〈품은 뜻을 적어 동지 여러분께 부치다(寄同志諸人述懷書)〉와 〈꿈 이야기(夢談)〉. 이 두 편의 글은 모두 시인이 꾼 꿈에 대한 기록과 풀이이다.

앞의 꿈이 "꿈속에서 한 나라를 보니 풀과 나무가 사람 같고 사람이 풀과 나무 같았는데, 그때 진한 향기가 코를 쏘아 잠에서 깨어 이 땅으로 돌아왔다"는 것이라면, 뒤의 꿈은 1932년의 시에서 묘사된 것과 동일한, "(꿈에서) 내가 알몸으로 서 있는데, 발을 디딜 곳 하나 없고 손으로 부여잡을 것 하나 없었다. 우러러 바라보니 창천蒼天이 없어 이름

붙일 달과 별도 없었고, 구부려 내려다보니 대지大地가 없어서 풀과 나무는 말할 것도 없었다"로 시작되는 '태허'에서 떠다닌 꿈이다.

게다가 이 두 꿈은 시인 스스로도 말했듯이, "언제 이 꿈들을 꿨는지, 선후가 무엇인지, 몇 번이나 꿨는지 알지 못하나, 거의 매해 매달 매일 밤 꾼 꿈들이다". 수많은 밤, 시인을 강력하게 미혹迷惑시킨 이 두 개의 꿈은 그 의미가 무엇인가?

특히 〈꿈 이야기〉의 꿈은 제목 그대로 몽환적夢幻的이다. 그 꿈속 세계는, "망망하고 공허하며, 텅 비고 흐릿하"며, "상하 사방으로 의지할 사람 하나 없"는, "어쩌다 혈혈단신으로, 끝내 이 '거대한 무(大無)' 한가운데에 홀로 서 있는지 도저히 알 수 없"는 몽환적 공간이다.

어떤 흰 것이 부슬부슬 내게 쏟아졌으나 쏟아진 것이 없고, 어떤 푸른 것이 조각조각 나를 엄습했으나 닿는 것이 없다. 젖이 샘솟고 유즙이 흐르는 듯, 억만의 물줄기가 허공을 뚫고 빠르게 내달리는데, 거품도 없고 물방울도 없으니, 마치 긴 뱀이 굴로 들어가는 모습과 흡사하다. 손가락을 갖다 대보니, 역시 아무것도 없었다.

비록 이러하더라도, 무릇 이러한 수數와 상象¹은 또한 뭐라 고정될 수 없는 것이어서, 가령 한 눈으로 그것을 얻으면 다른 눈으로는 그것을 놓치고, 앞에서 찰나에 그것을 보게 되면 뒤에서 찰나에 없어진다. 〔……〕

홀연 또다시 시름과 번민이 절정에 이르러 스스로 감당할 수 없기에, 엉엉 한바탕 곡하고, 곡하고 나서는 혼잣말로, "내가 곡한들, 누가 들겠는가?"라 하였다.

---

1 《주역周易》의 괘卦에 나타난 형상과 변화.

생각하기에, 슬픔을 억누르고 여러 상象이 모두 성대히 일어나는 것을 평온히 바라보는 것만 같지 못하다고 여겼다. 그중에는 필시 나의 아리따운 배필도 있었을 것이다.

1932년의 시에서 기록된 꿈과 동일한 꿈인데, 보다 상세하게 묘사되어 시인의 외로움과 슬픔이 더욱 막막하다. 온갖 초자연적 이미지들이 범람하는데, 갑자기 시인은 엉엉 한바탕 곡을 한다. 서럽게 운다.

그러나 곁엔 아무도 없다. 오로지 온갖 수數와 상象의 이미지들만이 성대히 일어난다. 시인은 슬픔을 억누르고, 그 고정될 수 없고 설명될 수 없는, 그 형상들의 성대한 범람을 평온히 바라보려 한다. 그 안에는 시인의 아리따운 짝도 있을 것 같다.

이 꿈은 장자의 꿈과 달리, 시인 자신의 무의식으로, 가장 밑바닥의 내면으로 곧장 육박해 들어가는 꿈이다. 여기서 부상하는 것은, 비 오는 밤 등잔불 주위에서 춤사위를 벌이는 나비의 서글픈 정경처럼, 아니 보다 근원적 층위에서의 시인의 실존이다. 따라서 이 꿈은 그저 허황된 것도 허탄한 것도 무의미한 것도 거짓된 것도 아니다. 시인도 말한다. "꿈에 어찌 허황되고 허탄한 것이 있겠는가? 대개 참됨은 꿈보다 참된 것이 없으니, 단 하나의 허황됨도 없다. 진실 가운데 꿈보다 진실한 것이 없으니, 단 하나의 허탄함도 없다. 무엇으로 이를 밝히겠는가?"

무엇으로, 이 참된 '진眞'의 꿈과 이 실된 '실實'의 꿈을 밝힐 수 있는가? 갖은 자조와 자학으로 신음하던, 가없이 무력한 식민지 조선의 한 시인을 미혹시킨, 이 꿈의 '진'과 '실'은 무엇으로 밝힐 수 있는가? 〈꿈 이야기〉는 다음과 같이 끝난다.

이것이 우주가 계시하는 꿈이니, 앞에서 말한 세 가지 법칙 사이

내가 좋아하는 한시

에 억지로 놓고 배정한다면 상징에 가까운 것이다.

성스럽다, 그 계시여! 신비하다, 그 상징이여! 나는 아노라, 앞으로의 예술은 상징을 버리고는 그 진眞을 파악할 수가 없고, 계시를 등지고서는 그 미美를 높일 수 없을 것이다.

'상징'과 '계시', 그리고 '예술'의 관계. 그렇다. 시인은 위 인용문 바로 앞에서 꿈의 세 가지 함의로, '옛 사실(故實)'과 '미리 보인 징조(豫兆)' 그리고 '상징(象景)'을 거론한 바 있다. 그중 '상징'을 통해서만, '상징'을 통한 '예술' 안에서만, 실존의 참된 의미와 아름다움을 파악할 수 있다는 것이다.

일제에 강점된 야만의 시대. 애국 계몽 운동과 중국으로의 정치적 망명, 돌아온 식민지 조선에서의 활발한 언론 활동 등. 시인은 이 폭압적 역사에, 이 굴욕의 세계에 저항하고자 분투했다. 그러나 실패했다.

시인은 온 우주의 위기마냥 나비의 어여쁘나 서글픈 실존을 응시하면서, 벼룩의 횡포에 순응할 수밖에 없는 무력한 식민지 지식인의 자조와 자학 속에서, 이렇게 수많은 밤 동안 기묘한 꿈에 미혹되었다. 그럼에도 그 꿈을 되레, '상징'이라는 예술, 곧 시詩의 가장 근원적 심급으로 고양시킨다.

'나비'가 서글픈 춤사위로 꿈을 꾼다. 그리고 '시'를 쓴다.

김홍백金弘百
아주대학교 기초교육대학 강사. 19세기 말~20세기 초 글쓰기의 형식미를 한문 전통 위에서 해명하는 데에 관심이 깊다. 최근에는 조선 중후기 문학의 정치사상적 측면을 다시 조명하는 작업에 몰두해 있다. 논문으로 〈변영만의 국한문체 글쓰기 연구〉, 〈이광사의 아내 애도문哀悼文에 나타난 형식미와 그 의미〉, 《대의각미록大義覺迷錄》과 조선 후기 화이론華夷論〉, 〈유몽인의 '안변삼십이책安邊三十二策' 연구〉 등이 있다.

후기

　　한국한시학회 회원들이 뜻 모아 '내가 좋아하는 한시'라는 주제로 각자 자유롭게 쓴 글을 상재합니다. 어떤 현학적인 표현보다 자신이 좋아 선택한 삶의 길이 오롯이 묻어나는 것 같아 그대로 제목으로 삼았습니다. 특히 우리 학회는 한국 한시가 지닌 미학적 아름다움과 내적 가치를 연구하고 가늠하는 것을 목표로 삼고 있는 만큼, 전문 연구자뿐 아니라 일반인들도 즐겨 읊을 수 있는 작품을 대상으로 삼았습니다.

　　당초 이 책은 한국한시학회 창립 초기부터 함께 참여한 정원표鄭垣杓, 김혜숙金惠淑, 김성기金聖基 교수의 정년퇴임을 맞아 그분들의 학문적 노고에 조그만 선물이라도 될까 해서 꾸민 것입니다. 막상 발간에 임해 세 분께 오히려 누가 되지 않을까 두려운 생각도 듭니다. 진작 출간되었어야 할 책이건만, 한시를 좋아하는 많은 이가 좀 더 흥미를 느낄 수 있도록 보기 편하게 다듬느라 지체된 것이 송구스럽습니다.

　　모쪼록 이 작은 모음이 한국 시가詩歌의 웅숭깊은 전통을 새롭게 발견할 수 있는 계기가 된다면 더 이상의 바람이 없겠습니다.

　　　　　　　　　　2013년 가을, 김성언(한국한시학회 회장)

내가 좋아하는 한시

초판 1쇄 발행   2013년 12월 26일
초판 2쇄 발행   2014년 1월 15일

지은이   민병수 · 김성언 외
펴낸이   지현구
펴낸곳   태학사
등 록   제406-2006-00008호
주 소   경기도 파주시 광인사길 223
전 화   (031) 955-7580~2(마케팅부) · 955-7585~90(편집부)
전 송   (031) 955-0910
전자우편   thaehak4@chol.com
홈페이지   www.thaehaksa.com

값은 뒤표지에 있습니다.

ISBN 978-89-5966-626-3 03810

이 책에 직간접적으로 그림 및 사진 게재를 허락해주신 모든 분께 감사드립니다.
저작권자와 연락이 닿지 않아 부득이 허가를 구하지 못한 일부 그림에 대해서는
연락 주시는 대로 적법한 절차를 따르겠습니다.

이 도서의 국립중앙도서관 출판시도서목록(CIP)은 서지정보유통지원시스템 홈페이지
(http://seoji.nl.go.kr)와 국가자료공동목록시스템(http://www.nl.go.kr/kolisnet)에서 이
용하실 수 있습니다.(CIP제어번호: CIP2013026445)